世界二十大名著

长篇小说有大提琴之雄浑 写实名著似火烈鸟之热情

包法利夫人

第十册

[法] 福楼拜 著

马博 主编 金澜 译

世畅名蓄

线装书局

图书在版编目（CIP）数据

包法利夫人 /（法）福楼拜著；马博主编. -- 北京：
线装书局, 2016.1（2021.6）
（世界二十大名著）
ISBN 978-7-5120-2006-1

Ⅰ.①包… Ⅱ.①福… ②马… Ⅲ.①长篇小说－法
国－近代 Ⅳ.①I565.44

中国版本图书馆CIP数据核字(2015)第258796号

包法利夫人

作　　者：［法］福楼拜
主　　编：马　博
责任编辑：高晓彬
出版发行：线装书局
　　　　　地　址：北京市丰台区方庄日月天地大厦B座17层（100078）
　　　　　电　话：010-58077126（发行部）010-58076938（总编室）
　　　　　网　址：www.zgxzsj.com
经　　销：新华书店
印　　制：北京彩虹伟业印刷有限公司
开　　本：710mm×1040mm　1/16
印　　张：20
字　　数：243千字
版　　次：2021年6月第1版第2次印刷
印　　数：3001－9000套

定　　价：4980.00元（全二十册）

线装书局官方微信

目　　录

导　读

　　福楼拜(1821~1880)，生于法国北部卢昂的一个世族之家。曾在巴黎攻读过法学，后因病辍学，从事写作，以朴实、严谨、用词精当成名，被誉为"文学基督"，是法国名扬后世的批判现实主义作家。

　　长篇小说《包法利夫人》是福楼拜的代表作，作者以简洁而细腻的文笔，通过一个富有激情的妇女艾玛的经历，再现了19世纪中期法国的社会生活，《包法利夫人》的艺术形式使它成为近代小说的一个新转机，从《包法利夫人》问世以后，小说家知道即使是小说，也要精雕细琢，这不仅是一部模范小说，也是一篇模范散文，但是，《包法利夫人》也为作者带来了麻烦，许多人对号入座，批评福楼拜这部书"破坏社会道德和宗教"，他还被法院传了去：原来是有人告他"有伤风化"，这时许多读者纷纷向福楼拜表示同情和支持，甚至连一向反对他的浪漫主义作家也为他辩护。法庭上，经过一番激烈的辩论，作家被宣告无罪——由此可见《包法利夫人》的影响。

第一部

一

校长进来那会儿我们正在上自习,他身后跟着一个没有穿学生装的新学生,还有一个小校工,端着一张大书桌。正昏昏欲睡的学生也醒过来了,个个站立起来,如同功课受到打扰一般。

校长做了个手势,示意我们坐下,接着转过身去,悄声对班主任说:

"罗杰先生,这个学生我交付给你了,叫他上五年级吧。假使他的功课和品行都够格的话,再让他升高班,毕竟他的岁数已经不小了。"

这个新生坐在门背后的角落里,门一开,没人看得到他。他是个约莫有十五岁的小乡巴佬,我们都比他矮。他的头发顺着前额剪齐,如同乡下教堂里的歌童,看上去既懂事,又别扭。他的那件黑纽绿呢小外衣肯定穿得太紧,虽然肩膀不算宽,袖口却绷开了线缝的地方,并露出了晒红的手腕,一看就能知道是卷起袖子干惯了活的。浅黄色的长裤被背带吊得太高,露出了穿蓝袜子的小腿。

大家背起书来。他竖起耳朵详听,专心得如同在教堂里听传道,甚至连腿也不敢跷,胳膊也不敢放在书桌上。两点钟下课铃响的时候,如果不是班主任提醒他,和我们一齐排队他也不知道。

我们平时有个习惯,一进教室就把帽子扔在地上,以免拿在手里碍事;于是,一跨过门槛,就得把帽子扔到长凳底下,而且还要靠墙,掀起一片尘土;这已经成为定律了。

不清楚这个新生是没有注意到我们的规矩，还是不敢跟大家一样做，做完课前的祷告之后，他依然把鸭舌帽放在膝盖上。他的帽子看不出到底是皮帽、军帽、圆顶帽、尖嘴帽还是睡帽，像是一盘大杂烩，反正绝非什么好东西，看上去难看死了，如同哑巴吃了黄连后的苦脸。帽子是鸡蛋形的，里面用铁丝支撑着，帽口有三道绲边；往上是交错的菱形丝绒和兔皮，中间还有条红线隔开；再往上是口袋似的帽筒；帽顶是多边的硬壳纸，纸上蒙着十分复杂的彩绣，还有一根细长的饰带，末端吊着一个用金线结成的小十字架作为坠子的饰带。帽子是新的，帽檐还闪光呢。

"起立，"老师说。

他一站起来，鸭舌帽就掉了。惹得全班哄堂大笑。

他弯下腰去捡帽子。一旁一个学生用胳膊一捅，帽子又掉了，他又捡了一回。

"别担心，你的王冠怎么会摔坏？"老师在旁边开玩笑。

学生都哈哈大笑起来，可怜的新生更加举手无措，不清楚帽子是该拿在手里，还是让它掉在地下，还是把它戴在头上。他到底又坐下了，帽子仍是放在膝盖上。

"起立，"老师又说了一遍，"告诉我你叫什么名字。"

新生说了一个听不清楚的名字口里像是含了萝卜似的。

"请再说一遍！"

新生仍是说了一个稀里糊涂的名字，全班笑得更厉害了。

"请声音高点！"老师喊道，"声音高点！"

于是新生痛下决心，像在呼救似的张开血盆大口，使出了浑身的力气叫道："下坡花力！"这下好了，越来越闹，笑声叫声直线上升，那声音尖得刺耳，有的像狼嚎，有的像狗叫，有人跺脚，有人学舌："下坡花力！下坡花力！"好不容易才变成零稀的叫声，慢慢静了下来，可是一排板凳好像一串爆竹，弄不准什么时候还会爆发出一两声，就像死灰复燃的爆竹一样的哭声。

老师只好用罚做功课的雨点,来淋湿爆竹,教室里总算逐渐恢复了秩序;老师又让新生听写,拼音,翻来覆去地念,才搞清楚夏尔·包法利是他的名字,就罚这条可怜虫坐到讲台前懒学生坐的板凳上去。他正要去,却又站住了。

"你找什么?"老师问。

"我的……"新生心神不宁,东张西望,胆小怕事地说。

"全班罚抄五百行诗!"教师命令道,就像海神镇压风浪一般一声令下,一场方兴未艾的风暴被压下了。

老师生气地道"都不许闹!",一面从高筒帽里掏出手帕来擦满脸的汗水,一面接着说。"至于你呢,新来的学生,抄二十遍拉丁动词'笑'的变位法给我。"

尔后,他用温和一点的声音说:

"回头就能找到你的帽子,没人抢你的!"

一切恢复了平静。头都低下来做练习了。新生端端正正坐了两个钟头,虽然说不准什么时候,不知什么人的笔尖就会弹出一个小纸团来,溅他一脸墨水。他只用手擦擦脸,也不抬头看一眼依旧一动不动。

上晚自习时,他从书桌里拿出袖套来,把文具摆得整整齐齐,细心地用尺在纸上划线。我们看他真用功,每个词都不厌其烦地查词典。当然,他没有被降到低年级去就是靠了他这股劲头,因为他即使勉强懂得文法规则,但是用词造句却并不高明。他的拉丁文是本村神甫给他启的蒙,他的父母为了省钱,要不是拖得实在不能再拖了,还不肯送他上学堂。

他的父亲夏尔·德尼·巴托洛梅·包法利,原先是军医的助手,在一八一二年前后的征兵案中受到了牵连,不得不在这时离开部队,好在他那堂堂一表的人才,赢得了一家衣帽店老板女儿的欢心,使他顺便捞到了六万法郎的嫁妆。他长相漂亮,嘴唇上边的胡子和络腮胡子连成一片,喜欢吹牛,总使他靴子上的马刺铿锵作响,手指上总戴着戒指,又穿着光彩夺目的衣服,外表看起来像个勇士,平易近人又像个推销员。婚后,头两三年他就,吃得好,起得晚,用瓷烟斗一大斗、一大斗地吸烟,晚上戏不看完不回家,还是咖啡馆的常客。这都靠老婆的钱过日子,岳父死了,没能留下多少财产,他不高兴,开一家纺织厂,又折了本,只好回到乡下,显显身手。但是,他既不懂得织布,也不懂得种地;他的马不是用来耕耘,而是用来驰骋;他的苹果酒不是一桶一桶卖掉,而是一瓶一瓶喝光;他院子里最好的鸡鸭,都供自己食用;就连他的猪油也用来擦亮自己打猎穿的皮鞋;没过多久,他发现自己所有发财的念头最好打消。

所以他一年花两百法郎,在科州和皮卡迪交界的一个村子里,租了一所半田庄、半住宅的房子;他灰心丧气,怨天尤人,从四十五岁起,就闭门谢客,决意只过安静的日子,说是厌倦人世。

他的妻子从前爱他简直就像着了魔,对他简直是百依百顺;没想她越顺着他,他就越远着她。她本来脾气非常好,感情外露,爱情专一,后来上了年纪,就像走了气会变酸的酒一样,也变得难相处了,说话唠叨,神经紧张。她吃了很多苦呵!起初看见他追骚逐臭,碰到村里的浪荡女人都不放过,夜里醉得人事不省,浑身酒气,不知从多少下流地方给送回家来,她从未抱怨。后来,她的自尊心受了伤,只好不言语,忍气吞声,逆来顺受,就这样过了一辈子。她还得忙这忙那到处奔波。她得去见诉讼代理人,去见法庭庭长,记住什么时候期票到期,办理延期付款;在家里,她又得缝缝补补,洗洗烫烫,监督工人,开发工钱,而她的丈夫却什么都不管,从早到晚都昏沉沉、懒洋洋,似乎在跟人赌气似的,对她说些忘恩负义的话在稍微清醒一点的时候,缩在火炉旁边吸烟,向炉灰里吐痰。

她生了一个男孩,却不得不交给奶妈喂养。小把戏断奶回家后,又把他惯养得像一个王子,母亲虽喂他果酱,但父亲却让他光着脚丫子满地跑,说什么小畜生一丝不挂,或许活得更好。冒充哲学家,父母对孩子的想法背道而驰,父亲头脑里有男人的理想,他想要按照斯巴达的方式严格训练儿子,要让他有强健的体格。他要儿子冬天睡觉不生火,教他大口喝甘蔗酒,看见教堂游行的队伍便说粗话。但是小孩子天性驯良,父亲的苦心被辜负了,他的精力被枉费了。母亲总把儿子带在身边,给他剪硬纸板,给他讲故事,神经地自言自语,快乐中有几分忧郁,亲热得又过于罗嗦。她的日子过得十分孤寂,就把支离破碎的幻想完全寄托在孩子身上。她梦想着高官厚禄,仿佛看见他已经长大成人,漂亮,聪明,有所成就了。不管是修筑桥梁公路,还是做官执法,都教他认字,甚至于弹着一架早买的旧钢琴,教他两三支小调。可是对这一套,重财轻文的包法利先生却说是太不划算了。难道他们有能力供养他上公立学校,将来买个一官半职,或者盘进一家店面?再说,一个人只要脸皮厚胆大,得意的日子总会有的。包法利太太只好让孩子在村里稀里糊涂吊儿郎当。

他跟在庄稼汉身后,用土块打得乌鸦东飞西跑;他手里拿着根钓竿,沿着沟摘黑莓吃,却说是在看管火鸡;收获季节他就翻晒谷子,东奔西跑在树林里;下雨天他便在教堂门廊下的地上画方格,玩跳房子的把戏,遇到节日他就求教堂的管事让他敲钟,好把身子吊在粗绳上,绳子来回摆动,他就觉得在随风飞舞。

所以,他长着结实的手臂,健美的肤色,像一棵硬木树。

十二岁时,他母亲才得到允许,让他开始学习。他的启蒙老师便是教堂的神甫。不过上课的时间太短,又很不固定,起不了太大作用。刚刚行过洗礼,又要举行葬礼,中间有点闲暇,就站在圣器室里,匆匆忙忙讲上一课都是忙里偷闲教的;或许是在晚祷之后,神甫不出门了,又叫人去把学生找来。他们两人便上得楼来,走进他的房间,于是就各就各位:苍蝇和蛾子也围着蜡烛飞舞。天气一热,孩子就打瞌睡;双手压在肚皮上的神甫,不消多久,也就昏昏沉沉的张嘴打起鼾来。有时,神甫给附近的病人行过临终圣礼回家,看见在田地里顽皮捣乱的夏尔,就把他喊住,训了他一刻把钟,并且利用机会,让他在树底下背动词变位表。可不是天下雨,就是过路的熟人,把他们的功课打断了。虽然如此,神甫还是对他一直表示满意,甚至还说:小伙子记性挺好。

夏尔不能就停留在这一步呀。母亲一抓紧,由于父亲问心有愧,或者是嫌累了,居然不反对就让了步,等到这个顽童行过第一次圣体瞻礼再说可还是又拖了一年。

一晃就过去了六个月;第二年十月底,夏尔总算进了卢昂中学,他父亲来过圣·罗曼节期间,赶热闹时,亲自把他带来的。

时过境迁,他的事我们现在谁也不记得了,只记得他脾气好,玩的时候玩,读书的时候读书,在教室里听讲,在寝室里睡觉,在餐厅里就餐。手套街一家五金批发店的老板是他的家长代理人,每月接他出来一次,总是在星期天铺子关门之后,打发他到码头去逛逛,看看船来船往,潮涨潮落然后七点,送他回学校晚餐。每个星期四晚上,他总给母亲写一封长信,用的是红墨水,还用三块小面团封口;尔后他就复习历史课的笔记,要不就在自习室里读《希腊游记》一本过时的、情节拖沓的书。散步的时候,他老是跟校工聊天,因为他们两个都是乡下来的。

靠了用功,他在班上总是保持中下水平;有一回考博物学,他受到了表扬尽管没有得奖。但是,到三年级结束时,他的父母要他退学,并要他学医,说是相信他会出人头地,得到学位的。

他的母亲认识罗伯克河岸一家洗染店的老板,就在为他在四层楼找了一间房子。她把他的膳宿安排停当后,找来几件家具,一张桌子,两把椅子,还从家里搬来一张樱桃木的旧床,另外买了一个生铁小火炉,储存了一堆木柴,准备供可怜的孩子过冬取暖之用。她回乡下去是在住了一个礼拜之后,临行前还千叮咛、万嘱咐,说现在就只剩下他一个人了,一定要会照管自己。

布告栏里使他头昏脑胀的功课表:解剖学、病理学、生理学、药剂学、化学、植物学、诊断学、治疗学,他不清来龙去脉的一个个名词,还不包括卫生学和药材学,看起来好像神庙的大门,里面庄严肃穆,一片黑暗。

他什么也不知道；听讲也是白搭，一点也没理解。但是他很用功，笔记订了一本又是一本，上课每堂都到，不缺一次实习。他就像蒙住眼睛拉磨的马一样完成繁琐的日常工作，转来转去也不知道磨的是什么。

为了免得他花钱，每个星期他的母亲都托邮车给他带来一大块叉烧小牛肉，他上午从医院回来，就靠着墙顿脚取暖，吃叉烧肉当午餐。然后就是，上阶梯教室，上救济院上课，上完课再穿街过巷，回到住所来。晚上，吃过房东不丰盛的晚餐，又上楼回房间用功。他身上穿的衣服被汗水浸湿了，背靠着烧红了的小火炉，一直冒汽。

到了夏天美好的黄昏时刻，闷热使街头巷尾都空荡荡的，只有在大门口踢毽子的女佣人。他打开窗户，凭窗眺望，看见底下的小河流过桥梁栅栏，有黄有紫有蓝的颜色，使卢昂这个街区变成了见不得人的小威尼斯。有几个蹲在河边洗胳膊的工人。一束一束的棉线阁楼里伸出去的竿子上晾着。对面屋顶上是一望无际的青天，还有一轮西沉的红日。乡下该多好呵！山毛榉下该多凉爽呵！他张开鼻孔去吸田野的清香，可惜只闻到的是一股热气。

他消瘦了，而且身材变得修长，脸上流露出一种哀怨的表情，更容易得到别人的关怀。

人只要一马虎，就会自然地摆脱决心的束缚。有一次，他实习没去，第二天，他上课又没去，一尝到偷懒的甜头，慢慢就进得去出不来了。

他养成了上小酒吧的习惯，在那里他玩骨牌玩得入了迷。每天晚上关在一个肮脏的赌窟里，大理石台子上掷着有黑点的小羊骨头骰子，在他眼里，这似乎是难能可贵的自由行动，抬高了他在自己眼里的地位。这就像是头一回走进花花世界尝到禁脔一样；在进门时，把手指放在门扶手上，肉欲般的快感在心里已经涌起了，此时，压在内心深处的一切欲望都冒了出来；他学会了对女伴唱小调，兴高采烈地唱贝朗瑞的歌曲，能调五味酒，最后，还懂得了谈情说爱。

他就这样准备医生考试,结果显然是彻底失败。当天晚上,他家里还在等他回来开庆功会呢!

他动身走回家去,一到村口托人把母亲找了出来,一五一十都告诉了她。母亲不但原谅了儿子,反而责怪主考人不公平,没有让他通过,并且说父亲面前由她来交代,这就给他吃了定心丸。包法利先生才知道考试真相是在五年以后;但事情已经过去,不能再算陈年老账,况且他怎能相信自己生的儿子会是蠢材呢!

由于夏尔重新复习功课,并且事先把考过的题目都背得烂熟继续准备考试。所以他总算通过了,并且成绩还算良好。这对他的母亲来说,简直是个大喜的日子!他们大摆喜筵。

但到哪里去行医呢?去托特吧。那里仅有一个老医生。很久以来,包法利太太就恨不得他死掉。夏尔就在他对面住下,不等老头子卷铺盖,迫不及待地要接班呢!

好不容易把儿子带大了,且让他学会了行医谋生,帮他在托特挂牌开业,这还不算完:他还没成家呢。她又给他娶了迪埃普一个事务员的寡妇,四十五岁,一年收入有一千二百法郎。

杜比克家的寡妇尽管长得丑,满脸的疙瘩像春天发芽的树枝,骨瘦如柴,可并不愁嫁不出去,供她挑选的还不乏其人。为此,包法利大娘不得不费尽心机,把对手都挤掉,甚至有一个猪肉店老板,得到几个神甫撑腰,也被她巧施妙计坏了好事。

夏尔如意算盘是,以为一结婚,人可以自作主张,钱可以随意花费条件就会变得好起来。哪里晓得当家做主的却是他老婆;他在人面前应该这样说,不能那样说,每逢斋戒日要吃素,要依着她的意思穿衣服,根据她的吩咐催促病人还账。她拆他的私信,监视他的行动如果诊室里有妇女的话,就隔着板壁听他看病。

每天早晨她要喝巧克力,没完没了地要他关心。她总是抱怨神经痛,胸脯痛,气血两亏。脚步声响吵了她;他一走就冷落了她;一回到她身边呢,那更是希望她早死。夜里,夏尔回到家中,她就伸出瘦长的胳膊从被窝底下,搂住他的脖子,把他拉到床边坐下,对他诉起苦来:他一定是忘记她了,爱上别的女人了!人家早就说过,她的命苦;说到最后,但她向他要一点甜药水,还要一点爱情,这是为了健康。

二

一天夜里,大约十一点钟,笃笃的马蹄声惊醒了他们,马就停在门口。女佣人打开阁楼的天窗,盘问一个停在街上的男人。他身上带了一封信,是来请医生的。娜塔西走下楼来,冷得她直打哆嗦,她首先开锁,然后拔出门闩。来人下了马,跟着女佣人,一下就进了房间。他从他的灰缨毡帽中,取出了一封用旧布包着的信,郑重其事地交给夏尔,夏尔倚着枕头看信。娜塔西手里举着灯站在床边;少奶奶不好意思,脸对着墙,背对着来人。

这封信是用一小块蓝漆封着的,请包法利医生赶快到贝尔托田庄去,医治一条断腿。可是拐弯抹角从托特到贝尔托要经过朗格镇和圣·维克托足足有六古里。夜漆黑一片,少奶奶担心丈夫会出事。因此决定来人骑马先走,夏尔要等三个小时以后,月亮出来了再动身。还要那边派个孩子接他,给他带路,开栅栏门。

清晨四点钟的样子,夏尔动身到贝尔托去,把大衣裹得严严的。被窝里的热气还没离身,他就迷迷糊糊,摇摇晃晃地骑着脚步平稳的牲口上路了。马走到田垄边上,面前是一些荆棘围着的大坑,就自动停下来;夏尔突然惊醒过来,马上想起断腿的事,尽力回忆自己学过的各种接骨法。雨已经停了;天朦朦亮了,一动不动的小鸟栖息在苹果树的枯枝上,清晨的寒风使它们细小的羽毛竖立起来。萧瑟的田野平铺在眼前,一望无边,远处一丛丛树木,围绕着一个相距遥远的田庄,好似灰蒙蒙的宽广平原上,点缀着紫黑色的斑点,这片灰色一直延伸到天边,和灰暗的天色融合为一了。夏尔时不时地睁开眼睛,后来精神疲倦,又困起来,不久就进入了一种

迷离恍惚的状态；他渐不清了刚才的感觉和过去的回忆，自己仿佛分身有术，既是学生，又是丈夫；既像刚才一样躺在床上，又像当年一样还在手术室里。在他脑子中，药膏的暖香和露水的清香混合为一了；他好像听见床顶的铁环在帐杆上滑动，他的妻子在睡觉……走过瓦松镇的时候，他看见一个小男孩在沟边的草地上坐着。

"你是医生吗?"小孩问道。

夏尔回答之后，孩子马上把木鞋提在手上，在他前面跑了起来。

夏尔听带路的孩子讲，知道了卢奥先生大约是这里最有钱的种地人。昨天晚上，他在邻居家过"三王节"，回来的时候摔断了腿。两年前他的妻子就死了。现在他的身边只有一个千金小姐，帮他料理家务。

贝尔托田庄越来越近。小男孩钻进一个篱笆洞，看不见了，然后又从一个院子里面跑了出来,把栅栏门打开。由于草湿路滑,马走不稳;走过树下时,夏尔还得弯腰。看门狗在窝里狂叫,链子都拉直了。走进贝尔托田庄时,马一惊,就闪到路边去了。

田庄看起来很有序。从马厩打开的上半扇门望去,可以看见正在静静地吃着新槽里的草料的种地的大马。顺着房屋有一大堆肥料,上面冒出一片水汽;在母鸡和火鸡中间,有五六只孔雀—这是科州田庄的珍禽—居高临下,正和鸡争吃食物。羊圈长长的,仓库高高的,墙壁和人的手一样光滑。两辆大板车在车棚里放着,四把铁犁,还有鞭子,轭圈,全副马具,马具的蓝色毛皮上沾满了从楼上谷仓里落下来的浮尘。院子在斜坡上,院里整整齐齐、还种上了树木;池塘边上,一群鹅在那里快活得嘎嘎直叫。

一位穿着有三道花边的蓝色丝绒长袍的年轻女子,在到门口迎接包法利先生,先带他走进了炉火烧得正旺的厨房。厨房灶台上摆着大大小小的闷罐,伙计们的早餐正在罐里沸腾。炉灶内壁烘着几件湿衣服。火铲、火钳、风箱吹风嘴都是大号的,闪闪发光;靠墙摆着成套的厨房用具,时明时暗地映出灶中的火焰,和玻璃窗透进来的曙光。

夏尔上楼去看病人,只见他蒙着被子躺在床上发汗,睡帽扔在一边。这是一个五十岁的老头,他是一个个子短小的胖子,皮肤白净,眼睛澄蓝,额头光秃秃的,还戴着一副耳环。床旁边有一把椅子,上面放了一大瓶烧酒,他不时地喝酒,给自己打打气;但是一见医生,打足了的气又泄了下去,他不再那样昏天黑地一直咒骂了,却有气无力地哼哼唧唧起来。

骨折情况很简单,没有什么并发症。夏尔不敢想象居然会有这样容易治的病。他想起了他的老师在病床前的姿态,于是就用各种好话去安慰病人。外科医生的这些亲切表示,就像手术刀上抹了油一样。到车棚底下找来了一捆板条做了自制夹板,他挑了一块,劈成几块小的,用碎玻璃磨光;女佣人撕开一块布作绷带,艾玛小姐也在试着缝几块小布垫子。因为她花了好长时间没有找到袖套,她父亲等得有些不耐烦了;她也没有顶嘴;只是在缝垫子的时候,一不小心,扎破了手指头,就把手指放到嘴里,嘬了两口。

夏尔看见她的指甲如此白净,觉得奇怪:指甲光亮,看来比迪埃普的象牙更洁净,指尖细小,剪成杏仁的形状。然而她的手并不完美,也许还不够白,指节瘦得有点露骨;此外,手也显得太长,轮廓的曲线不够柔和。如果说她美丽的话,那还是她的眼睛;虽然眸子是褐色的,但在睫毛衬托之下,好像变成乌黑的了;她的目光炯炯有神,看起人既不害羞,也不害怕,单刀直入。

包扎完之后,医生就得到邀请,而且是卢奥先生亲自邀请的:在走之前吃一点东西。

夏尔走下楼来,到了底层的大厅里。摆在一张小桌子上有两份刀叉,还有几个银杯,桌子靠近一张华盖大床放脚的那一头,床上挂着印花布帐,帐子上画的是土耳其人。闻得到蝴蝶花和湿布的气味,那是从窗子对面的高大的栎木橱子里散发出来的。在靠墙角的地面上,竖着摆了几袋面粉。那是隔壁谷仓装不下的,要放进谷仓去,还得爬三级石头台阶呢。墙上的绿色油漆一片一片地剥落在墙根下,在墙壁当中的钉子上,挂着一个装饰房间的镀金画框,框子里是用铅笔画的文艺女神的头像,头像下面用花体字写着:献给我亲爱的爸爸。

起先,他们谈到病人,然后就谈天气,严冬,夜里在田野奔跑的狼群。卢奥小姐在乡下并不大开心,尤其是现在,田庄的事几乎全靠她一个人照管。由于厅子太冷,她一边吃,一边打着哆嗦,这时让人看出她的嘴唇太厚,何况她有咬嘴唇的习惯在不讲话时。

她的脖子从白色的翻领中露出来。她的头发从中间分开,看起来如此光滑,好像两片乌云,紧紧贴住鬓角,又像起伏的波浪,几乎遮住了她的耳朵尖,盘到后头,挽成一个大发髻;头发的分缝纤细,顺着脑壳的曲线由前向后延伸,也消失在发髻里。这样的发型乡里医生从来没有见过。她的脸蛋红得像玫瑰。她仿照男人,在上衣的两颗纽扣中间挂了个玳瑁的单片眼镜。

夏尔上楼向卢奥老爹辞行后,又回到大厅里,发现她站在窗前,额头贴着窗户,正在眺望豆架被风刮倒的园子。回转过身来她问道:

"你在找什么东西吗?"

"对不起,我的鞭子,"他答道。

他开始在床上,门背后,椅子底下寻找;不巧鞭子却掉在地上小麦口袋和墙壁之间。艾玛小姐眼快,就伏到口袋上去捡。夏尔为了讨好,也赶快跑过去,同样也伸出胳膊,他感到他的胸脯蹭到她伏在口袋上的背脊。她站直了,涨红了脸,向后望了一眼,把牛筋鞭子递给他。

他原来答应三天以后再来贝尔托,但是第二天就来了;以后原定一星期来两次,但不包括不定期的偶尔探望。

其实,一切都顺利进行;按照自然规律,伤势一天比一天好了起来;过了一个半月,大家看见卢奥老爹一个人在自己的"寒舍"里练习走路,就开始把包法利先生说成是一个很有能耐的人。卢奥老爹说:伊夫托甚至卢昂的一流名医,恐怕也不过如此了。

至于夏尔,他从不扪心自问为什么乐意去贝尔托。万一想到这个问题,那不用说,他的满腔热情是为了有利可图,不是为了病情严重。然而,正是为了这个原因,到田庄去看病,却能给他平淡无奇的生活增加额外的吸引力吗?去的日子,他老早就起来,骑上飞快地牲口,然后下马,在草上把脚擦干净,还赶快把黑手套戴上。他喜欢看到自己走进院子时,感到栅栏门随着他的肩膀转开,听到公鸡在墙上鸣叫,小伙计们来迎接他;他喜欢仓库和马厩;他喜欢卢奥老爹叫他做救命恩人拍着他的手;他还喜欢艾玛小姐的小木头鞋,在厨房的洗干净了的石板地上,她的高后跟木鞋把她托高了一点,她一走动,木头鞋底很快抬起,和鞋皮一摩擦,发出了嘎吱嘎吱的声音。

她总是把他送到第一级台阶。要是马还没有牵来,她就等着。他们就不再说话在告别之后;四面的风,吹乱了她后颈窝新生的短发,吹动了她臀部围裙的带子,好像飘动的小旗。在一个解冻的日子,院子里的树皮渗透水了;房顶上的雪也溶化了。她站在门槛上,拿起阳伞撑开。阳伞是闪色绸子做的,阳光可以透过,闪烁的反光照亮了她面部白净的皮肤。天气暖了,她在伞下微笑,听得见点点滴滴落在绷紧了的波纹绸伞上的水珠的声音。

夏尔初去贝尔托的时候,少奶奶免不了要了解一下病人的情况,甚至在她的复式记账簿里,选了空白的一页来登记卢奥先生的账目。等她知道了他还有一个女儿之后,就四处去打听;听说卢奥小姐是于絮林修道院培养长大的,还受过众口交誉的"好教育";那她理所当然地会跳舞、绘画、绣花、弹琴了。这简直是忍无可忍!

"难道不正是为了这个缘故,"她心里思忖,"每次去看她的时候他才容光焕发,才不管风吹雨打也要换上他的新背心?啊!这个女人!这个女人!"

她本能地恨她。开始,她要减轻苦恼,就指桑骂槐。但夏尔听不懂;后来,她故意找碴子,他又怕吵,只当没听见;最后,她打开窗子说亮话了:卢奥先生的病不是好了吗?为什么还去贝尔托?他的账还没付呢?啊!是不是因为那边有个心上人?有个能说会道、会绣花的女才子?这就是你爱的,你要的是城里的小姐!说得夏尔哑口无言,但她还不肯放过:

"去她的罢!卢奥老爹的女儿,一个城里的小姐!他们家的爷爷不过是个放羊的;他们有个亲戚干了坏事,同人吵了起来,差一点吃了官司。这有什么可神气的!何必星期天上教堂还要换上一件绸袍子?难道要冒充伯爵夫人!去年要不是靠了油菜那个可怜的老头子,说不定连欠的账都还不清呢!"

夏尔让她吵得又烦又累,就不去贝尔托了。但是艾洛伊丝还是不罢休,一定要他把手放在弥撒书上发誓:以后决不再去。她一把眼泪,两片嘴唇,又哭又吻,好像爱情的火山大爆发,他不得不迁就她。但是他内心的强烈欲望却要造反,表面上虽然百依百顺,于是他自然地学会了两面派的手法:你能禁止我去看她,但是你能要我不爱她而爱你吗?这个寡妇瘦骨嶙峋,牙齿又长,一年四季都披着一块黑色的小披巾,尖角搭在肩上;她的骨架套上袍子,就像长剑套上剑鞘;袍子太短,露出了脚踝骨和交叉地搭在灰色袜子上的宽鞋带。

时不时地夏尔的母亲就来看望他们;但过不了几天,媳妇的尖嘴薄舌似乎要把婆婆磨成针了;不过,婆婆也不是好惹的,于是枪尖对刀锋,你一言,我一语,舌剑唇枪,都刺到夏尔身上。他吃起东西来为什么像饿了半辈子似的!干吗来一个人就要喝上一杯酒?怎么法兰绒的衣服死也不肯穿呀!

就在开春后的一天,安古镇一个公证人,就是保管杜比克寡妇财产的那一位,坐上一条顺风顺水的船带了事务所的全部现金,卷款潜逃了。不错,艾洛伊丝除了价值六千法郎的船股以外,还在弗朗索瓦街有一座房子;但是从这座吹得天花乱坠的房子里带到包法利家来的,只有几件家具,还有几套旧衣服。事情一定要搞个清楚。迪埃普的房子原来早已蛀空吃光,连柱子都抵押出去了;她在公证人那里存了多少,只有上帝知道,但是船的股份决超不过一千古币。这样看来,她原来撒谎了,好厉害的婆娘!一张椅子包家公公一气之下摔坏了,只怪老婆叫儿子上了大当,给他套上了这样一匹瘦马,看来马鞍还不如马皮值钱呢!他们赶到托特。话一说穿,就吵起来。艾洛伊丝扑在丈夫怀里,一把眼泪一把鼻涕,死皮赖脸求他不要让公婆欺负她。夏尔想为她说两句话。父母一生气,就回去了。

但是打击已中要害。过了一个星期,她在院子里晾衣服,吐了一口鲜血;第二天,夏尔正转身去拉上窗帘,她忽然说:"啊!我的天!"她叹口气,晕了过去。她死了!多么奇怪!

下葬之后,夏尔回到家里。楼下一个人也没有;他上楼进卧房,看见她的睡衣还挂在床头边;于是他抱头坐在书桌前一直待到天黑,都沉浸在半睡半醒的痛苦中,说来说去,她到底爱过他。

<h1 style="text-align:center">三</h1>

一天早上,卢奥老爹给夏尔送医药费来了:七十五法郎的硬币,每个硬币值四十苏,另外还有一只母火鸡,就尽力安慰丧了妻的夏尔。

"我知道这是怎么回事!"他拍着他的肩膀说:"我也像你一样,我是过来人了!我失去老伴的时候,就跑到田里去,一个人呆着;我又哭又喊倒在树底下,叫天不应,就说混账话;我还不如树上的田鼠,还不如肚子里长蛆呢,一句话,不如死了拉倒。我一想到别人,他们这时正和媳妇待在一起,亲亲热热,你搂我抱,我就只有拿手杖捶地,死命地捶;我几乎要疯了,什么也不想吃,咖啡馆也不想去,说来你恐怕不相信,咖啡都叫我恶心呢!不过,慢慢地,一天一天过去了,冬天过去春天来,夏天过去秋天到,时间就这样一点一滴、一分一秒地溜走了;事情也就这样过去了,越来越远了,越埋越深了,我的意思是说,因为总有什么东西压在你的心上,像人家说的……总有一块石头压在胸口!不过,既然人人命该如此,那也不能糟蹋自己,不能因为别人死了,自己就也想死……你应该打起精神来,包法利先生;事情总会过去的!有时间来看看我们吧;你要晓得,我的女儿念叨着你呢,她还说什么你把她忘啦。眼看春天就要到了;我们陪你到树林里打野兔去,你也好散散心。"

夏尔听了他的劝告。他又回到贝尔托来。他发现一切都没有变,这就是说,一切都和五个月前差不多。只是梨树已经开花,卢奥老头子如今不再卧床不起,而是到处走动,这就使田庄变得更热闹了。

卢奥以为医生丧了妻很痛苦,所以认为他尽量体贴,这是义不容辞的事:他求他不要脱帽,以免受凉;并低声细气同他说话,似乎把他当作病人;如果为他准备的食物不够清淡,奶酪不是小罐精制的,或者梨子没有煮过,他甚至会假装生气。他给他讲故事,不料夏尔居然笑了,但一想到亡妻,他的脸又沉了下去。咖啡一端上来,亡妻又忘记了。

他越来越不想念亡妻慢慢习惯于一个人过日子,他新得到的自由自在的乐趣,不久就使他觉得孤独并不是难以忍受的。他现在可以随意改变一日三餐的时间,出门回家都用不着找借口;要是他太累了,又可以伸手伸脚往床上一躺。于是他爱惜自己,贪图舒服,人家来慰问他,他也觉得受之无愧。再说,找他看病的人反而有增无减,老婆的死并没有给他帮倒忙,因为一个月来,大家老是说:"这个可怜的年轻人!他多么倒霉呵!"他的名气大了,主顾多了,没人管他还可以随心所欲到贝尔托去。他怀着不明确的希望,感到模糊的幸福;对着镜子梳胡须,觉得脸孔也不难看。

一天三点来钟,他又来到田庄;人全下地去了;他走进厨房,起初没有看见艾玛,因为窗板是关上的。阳光穿过板缝落在石板地上,成了一道一道又细又长的条纹,碰到家具就会折断,又在天花板上摇曳。桌上,在用过的玻璃杯里几只苍蝇往上爬,一掉到杯底剩下的苹果酒里,就嗡嗡乱叫。从烟囱下来的亮光,照在炉里的煤烟上,看起来毛茸茸的,冷却的灰烬也变成浅蓝色的了。艾玛在窗子和炉灶之间缝东西;她没有披围巾,看得见她裸露的肩膀上冒出的小汗珠。

根据乡下的惯例,她请他喝一杯。他不肯,她一定要他喝,最后她边笑边说,就算陪她喝一杯酒罢。于是她去碗橱里找来一瓶柑香酒,拿来两个小玻璃杯,把一杯斟得满满的,另外一杯几乎没有斟,碰杯之后,就把酒杯举到嘴边。她要仰起脖子才喝得着,因为她的杯子差不多是空的,所以她头朝后,嘴唇向前,颈子伸长,还没有尝到酒就笑起来,同时把舌尖从两排又细又白的牙齿中间伸了出去,一点一滴地舔着杯底。

她又坐下来,再拾起女红,那是一只白线袜,需要织补;她不再说话埋头干起来了,夏尔也不开口。风从门底下吹进来,吹起了石板地上的微尘;他看着尘土沿地面散开,只听见自己的太阳穴一蹦一蹦地跳,还有母鸡下了蛋在院子里咯咯啼。艾玛不一会儿就张开巴掌摸摸自己发热的脸,然后再摸摸壁炉前铁架上冰凉的小铁球。

她抱怨说,夏天一来,她就觉得头昏脑涨;她问海水浴管用不管用;她谈起她的修道院,夏尔也谈起他的学堂,这下他们之间有了共同语言。他们上楼到她房间里去。她拿出从前的音乐本子,修道院奖给她的小册子,还有扔到衣橱底层去了的橡叶花冠。她还谈到她已故的母亲,墓地,甚至指给他看,每个月的第一个星期五,她把花从花园里的哪一个花坛上摘下来,放在她母亲的坟上。可是她家雇佣的花匠不懂这一套,真不顶事!还不如住在城里好呢,哪怕过个冬天也罢,虽然夏天日子太长,住在乡下也许更无聊;——她的声音有时清楚,有时尖,那要看谈的是什么,有时她忽然没精打采,拖腔拉调,最后变成自言自语,几乎听不见了,——有时高兴起来,睁开天真的眼睛,马上却又目光无神眼皮半闭,不知想到哪里去了。

晚上,夏尔回到家里,把她说过的话一句一句地恢复原状,他苦苦地回忆,并且补充话里的意思,想了解在他们相识之前,她是怎样生活的。不过他想来想去,他心里出现的艾玛不是他们第一次见面时、就是他们刚刚分手时的模样。于是他又寻思,要是结了婚她会怎样呢?结婚?和谁?唉!卢奥老爹有的是钱,而她!……她又那么漂亮!但艾玛的面孔总是出现在他跟前,他耳边总是响一个单调得像陀螺旋转的嗡嗡声:"要是你结婚呢!怎么?要是你结婚呢!"夜里,他睡不着,喉咙发干,口渴得要命;他下床走到水罐前倒水喝,并把窗子打开;满天星光灿烂,吹过一阵热风,远处有狗吠声。他转过头来向着贝尔托。

夏尔想到,反正他并不冒什么风险,于是下决心一有机会就求婚;但是每次机会来了,他害怕说话不得体,又把封条贴在自己的嘴上。

卢奥老爹却不怕有人把他的女儿娶走,因为女儿待在家里,对他没有什么好处。他心里并不怪她,怎么这么有才气的她能种庄稼呢?这个该死的行业!也从来没见过哪个庄稼汉成了百万富翁呵！老头子靠庄稼不但没有发财，反倒年年蚀本；因为他虽然会做买卖，喜欢耍花招，但是谈到庄稼本身，还有田庄内部的管理，那就恰恰相反，他可并不内行。他不乐意把手伸出裤兜去干活，又不肯节省开销过日子，一心只想吃得好，穿得好，住得好。他喜欢味道很浓的苹果酒，半生不熟的嫩羊腿，搅拌均匀的烧酒掺咖啡。他一个人在厨房的灶前用餐，小桌上就像戏台一样什么都摆好了。

当他看见夏尔靠近他的女儿就脸红，这不意味着总有一天，他会向她求婚吗？于是他就事先通盘考虑一下。他觉得他不是一个理想的女婿，因为貌不出众；不过人家都说他品行好，很节省，有学问，那当然不会斤斤计较嫁妆的了。而卢奥老爹不卖掉二十二亩田产，恐怕还不清他欠泥瓦匠、马具商的重重债务，何况又该换新的压榨机的大轴了。

"要是他来求婚，"他心里盘算，"我就答应他吧。"

九月份过圣·密歇节的时候，夏尔来贝尔托待了三天。眼看最后一天像头两天一样过去，一刻钟又一刻钟地缩短了。卢奥老爹送他回去；他们走的一条小路坑坑洼洼，马上就要分手；是求婚的时候了。夏尔心里打算，还是到了篱笆转角再开口吧；最后，篱笆却走过了。

"卢奥老爹，"他低声说，"我想和你谈一件事。"

他们站住了。夏尔却不吱声了。

"说吧！你以为我不知道你要说什么吗？"卢奥老爹和气地笑着说。

"卢奥老爹……卢奥老爹……"夏尔结结巴巴地说。

"好了，我是巴不得呢，"田庄的主人接过来说。"虽然，不消说，小女和我是想的一样，不过，总得问她一声，才能算数。好，你走吧，我回去问问她。要是她答应，你听清楚，你用不着走回头路，免得人家说话，再说，也免得她太紧张。不过，怕你着急，我会推开朝墙的窗板，开得大大的：你伏在篱笆上就看得见。"

卢奥老爹走了。

夏尔把马拴在树上。他赶快跑回到小路上来;他待在路上等着。半个小时过去了,于是他看着表,又过了十几分钟。忽然撞墙的声音响起了;折叠的窗板打开了,靠外边的那一块还在震动。

第二天,才九点钟,他又到了田庄。他一进来,艾玛脸就红了,勉强笑了一笑,装装样子。卢奥老爹拥抱了他未来的女婿。他关心的婚事安排留到日后再谈;他们的时间有的是,因为要办喜事,也得等到夏尔服丧期满,那才合乎情理,所以要等到明年开春前后。

大家都在等待,冬天又过去了。卢奥小姐忙着办嫁妆。一部分是去卢昂定做的,她自己也按照借来的时装图样,缝制了一些衬衫、睡帽。夏尔一来田庄,他们就谈如何筹划婚礼,喜筵摆在哪个房间,应该上几道菜,头一道正菜上什么好。

艾玛与众不同,她幻想在半夜举行火炬婚礼,但是她这古怪的念头卢奥老爹一点也不懂。于是只举行了普通的婚礼,来了四十三位客人,吃了十六个小时,第二天还接着吃,一连吃了几天。

四

一早客人就坐车来了:有一匹马拉的小篷车、两条板凳的双轮车、轻便的老式敞篷车、挂皮帘子的游览车,附近村子的年轻人,一排一排站在大板车里,用手扶住两边的栏杆,免得马跑车颠,人会摔倒。有人从十古里以外的戈德镇、诺曼镇、卡尼镇来。邀请了两家所有的亲戚,闹翻了的朋友都忘了旧事,多年不见的熟人也发了请帖。

过不了多久,篱笆外鞭子的响声就会听见;接着,栅栏门打开了:来的是一辆小篷车。车子一直跑到第一层台阶前,突然一下停住,让乘客从前后左右下车,下车后有的揉揉膝盖,有的伸伸胳膊。妇女戴着无边软帽,穿着城里人穿的长袍,金表的链子露出,披着两边对叠的短披肩,下摆掖在腰带底下,或者披着花哨的小围巾,用别针在背后扣住,露出了后颈窝。男孩子的穿着和他们的父亲一样,他们的新衣服似乎有点碍手碍脚。这一天,许多孩子还是有生以来头一次穿新靴子。在他们旁边,看得见一个就会听见一个大姑娘大约十四、五岁的,穿着初领圣体时穿的白袍子,为了这趟做客才放下了绲边,不消说,不是他们的姊妹,就是他们的堂姊。大姑娘脸蛋红红的,样子呆呆的,头发上抹了厚厚的玫瑰油,一句话也不说,总怕弄脏了手套。马夫人手不够,来不及给马卸套,客人就挽起袖子,自己动手。他们根据不同的社会地位,有的穿全套礼服,有的穿长外衣,有的穿短外套,有的穿两用外套;——礼服代表一家的敬意,不是参加隆重的仪式,不会从衣橱里拿出来;长外衣有随风飘扬的宽下摆,有圆筒领子,有口袋一般的衣袋;短外套是粗呢料的,一般配上一顶加铜箍的鸭舌帽;两用外套很短,背后两个纽扣靠得很近的,好像两只眼睛,下摆似乎是木匠从一整块衣料上一斧子劈下来的。还有一些该坐末席的人,穿的是翻领的工作礼服,背后皱皱褶褶,一条手缝的腰带腰身的下半部系着。

衬衣象护胸甲一样鼓了起来!人人都理了发,免得头发遮住耳朵,胡子也剃得光光的;有几个人甚至天不亮就起床,刮胡子也看不清楚,就在鼻子底下开了几道斜斜的口子,或者在下巴上像三法郎金币那么大的一块皮剃掉,路上一冻就发炎,使这些笑逐颜开的面孔像大理石上加了一块玫瑰红的斑纹。

村公所离田庄只有半古里,大家走路去;教堂仪式一完,大家又走路回来。一行人起初看起来好像一条花披肩,顺着绿油油的麦地中间的蜿蜒曲折的小路,像波浪似的往前走,不久行列就拉长了,三个一群,五个一伙,放慢了脚步,闲谈起来。乡村琴师走在前头的是,小提琴上还扎了彩带;新人在后面跟着,亲戚朋友,碰上谁就同谁一起走;孩子们走在最后,掐下燕麦杆杆子上的喇叭花来玩,或者躲着大人,自个儿耍自个儿的。艾玛的袍子太长,下摆有点拖地;她走不了一会儿,就得站住,把袍子往上拉拉,同时用戴着手套的指头轻巧地,拔掉野草的小刺,而夏尔只在旁边等着,不会动手帮忙。卢奥老爹头上戴了一顶新的绸缎帽子,黑礼服袖子上的花边连手指甲也遮住了,他挽着他的亲家母。至于他的亲家包法利先生,他从心里瞧不起这些乡巴佬,来的时候只随便穿了一件一排纽扣的军大衣,却向一个金黄头发的乡下姑娘卖弄风情,就像在小咖啡馆里一样。姑娘涨红了脸,只好点头,不知怎样回答是好。别的贺客各谈各的事,或者在背后开玩笑,仿佛要提前热闹一下;他们谈什么假如你想听清楚,那就只听得见琴师在田野里拉提琴的嘎吱声。琴师一见大家落后太远了,也会站住换口气,慢慢上松香给琴弓,使琴弦的嘎吱声不那么刺耳,然后他又继续往前走,琴的把手一上一下,在给他打拍子。琴声把小鸟都吓得飞走了。

在车库的天棚底下摆着酒席。桌上有四大盘牛里脊,六大盘烩鸡块,还有煨小牛肉,三只羊腿,当中一只好看的烤乳猪,四边是香肠加酸模菜。四角摆着长颈大肚的玻璃瓶,里面装了烧酒。细颈瓶里的甜苹果酒,围着瓶塞浮起了厚厚的泡沫;每个玻璃杯被先斟满了酒。还有几大盘黄奶酪,上面一层光溜溜的,用细长的花体字写下了新人名字的第一个字母,只要桌子稍微一动,奶酪就会晃荡。一位制糕点的师傅,来做夹心圆面包和杏仁饼。由于他在当地才初露头角,所以特别小心在意;上点心的时候,他亲自端出一个塔式奶油大蛋糕,使大家都惊喜地叫了起来。首先,底层是方方的一块蓝色硬纸板,剪成一座有门廊、有圆柱、周围有神龛的庙宇,神龛当中有粉制的小塑像,上面撒了纸剪的金星;其次,第二层是个萨瓦式的大蛋糕,中间堆成一座城堡,周围是白芷、杏仁、葡萄干、桔块精制的玲珑堡垒;最后,上面一层是一片绿油油的假草地,有假石,有果酱做的湖泊,有榛子壳做的小船,还看得见一个在打秋千的小爱神,秋千架是巧克力做的,两根柱子的顶上有两朵真正的玫瑰花蕾,那就是蛋糕峰顶的圆球了。

到天黑大家才吃。坐得太累了,就到院子里去走动走动,或者去仓库玩瓶塞的游戏,看谁能把瓶塞上的钱打下来,然后又重新入座。快散席的时候,有些人已经睡着,甚至打鼾了。但是一喝咖啡,大家又来了劲,不是唱歌,就是比力气,比举重,攀拇指,扛大车,说粗话,甚至吻女人。到夜晚才动身回去;马吃得鼻子眼里都是燕麦,连套车都很难,不是尥蹶子,就是直立起来,皮带都挣断了;主人急得破口大骂,或是张口大笑;整个夜里,在月光下,在乡间的大路上,有几辆发了疯似的奔跑的蹩脚的小篷车,跑到水沟里,在鹅卵石浅滩上蹦蹦跳跳,几乎撞在陡坡上,吓得妇女把身子伸出车门来抓缰绳。

留在贝尔托过夜的人,通宵在厨房里喝酒。孩子们早在长凳底下睡着了。

新娘子事先恳求父亲,免掉闹新房的俗套。但是有个海鱼贩子的老表,特别带了一对比目鱼作新婚的贺礼,还把水从钥匙孔里用嘴喷进新房去;碰巧卢奥老爹走过,把他拦住,并且对他解释:女婿是有地位的人,这样闹房未免举止失当。老表只得勉强住手。但在心里,他怪卢奥老爹摆臭架子,就去一个角落里向另外四五个客人发牢骚,这几个人偶尔一连几次在酒席桌上吃了几块劣质肉,也怪主人刻薄,于是都叽叽咕咕,隐隐约约地咒这一家子没有好下场。

包法利老太太沉默了一天。媳妇的打扮,酒席的安排,全都没有同她商量;她老早就退席了。她的丈夫非但不跟她走,反而要人去圣·维克托买雪茄烟来,一直吸到天亮,同时喝着掺樱桃酒的烈性酒——这两种酒掺在一起,乡下人还没有喝过,因此格外佩服他。

夏尔生来不会开玩笑,因此在酒席桌上,表现并不出色。从上汤起,客人义不容辞地对他说了些打趣俏皮的话,有的音同义不同,有的意义双关,有的是客套话,有的是下流话,说得他招架不住,更没有还嘴之力,只得哑口无言。

到了第二天,说也奇怪,他却前后判若两人。人家简直会以为他是昨天的少女变成新媳妇了;而新娘子却若无其事,令人难以捉摸她的心思。最机灵的人对她也莫测高深,当她走过他们身边时,他们反倒显得比她更加心情紧张。可是夏尔却掩饰不住他的高兴。他亲亲热热地叫她"娘子",碰到人就问她,到各处去找她,时常把她拉到院子里去,老远就可以看见他们并肩走在树木中间,他搂住她的腰,身子几乎俯在她身子上,他的头把她的胸衣都蹭皱了。

婚礼过了两天,新夫妇要走了:夏尔要看病人,不能离开太久。卢奥老爹套上他的小篷车,亲自把他们送到瓦松镇。他最后吻了一次女儿,就下了车,走上归途。他大约走了百来步,又站住回头看,看见小篷车越走越远,一片尘土在车轮下扬起来,他不禁长长地叹了口气。接着他想起了他自己的婚礼,过去了的日子,他妻子第一次怀孕;他从岳父家把她带回去,那一天,他自己也是多么快活,他们一前一后骑在马上,那时是圣诞节前后,田野一片白茫茫的;她的一只胳膊抱着他,另外一只挎着篮子;她的帽子是科州货,长长的花边帽带给风一吹,有时飘拂到她嘴上;他一回头,就看见她小小的红脸蛋,紧紧贴着他的肩膀,在金黄色的帽檐下,静静地微笑。她怕冷的手指,不一会儿就伸进他怀里。这一切都是陈年往事了!他们的儿子要活到今天,也该三十岁了!他不由得回头看看,但路上什么也没有看到。他觉得自己好凄凉,就像搬空了家具的一所房屋;温情脉脉的回忆,忧郁惆怅的思想,交织在他酒醉饭饱、如坠五里雾中的头脑里,他一时真想转到教堂去,看看他妻子的墓地。不过他怕因此还会愁上加愁,就一直回家了。

夏尔夫妇回到托特,左邻右舍都在窗前看他们医生的新夫人。

年老的女佣人出来,见过了新的女主人,抱歉地说晚餐还没有准备好,请少奶奶稍候片刻,先熟悉熟悉她的新居。

五

一所砖墙的房子是新居,正面朝着街道,或者不如说在大路边上。门后面挂了一件小翻领的披风,一副马笼头,一顶黑皮帽,在门角落里,还有一副皮绑腿扔在地上,上面沾的泥都已经干了。厅子右边,也就是餐厅兼起居室。鹅黄色的糊墙纸,高处发白的花叶饰边都卷起来了,因为纸下面垫的帆布没有铺平,整张墙纸都是颤巍巍的;绲了红边的白布帘子,交错地挂在窗子上;在壁炉上方狭窄的框架里,一座光闪闪的钟放着,钟上有希腊名医的头像,两边是两个包银的蜡烛台,上面扣着椭圆形的罩子。过道左边是夏尔的诊室,是一个六步来宽的小房间,里头有一张桌子,三把椅子,一张看病用的扶手椅。一部原封未动、六十厚册的《医学辞典》,几乎摆满了一个松木书架的六层,书的毛边虽然还没有裁开,但经过一次一次的转手出卖,书脊的装订却早已磨损了。看病的时候,闻得到隔壁熬黄油的香味;人在厨房里,同样听得见病人在诊室咳嗽,或者是讲病历的声音。再往里走,院子和马棚的正对着,是一间年久失修的大灶屋,现在当柴房、库房、储藏室用,里面搁满了废铁、空桶、不能再用的农具,还有很多积满了灰尘、摸不清派什么用场的东西。

花园不宽,呈长方形,两边有两道土墙,靠墙种了绿荫成行的杏树,走到尽头有一道荆棘篱笆,外面就是田野了。一个青石板的日晷在花园当中,座子是砖砌的;有四个对称的花坛,上面种了稀疏的野蔷薇,围着一方比野花更重要、更有用的菜地。紧靠花园里首,在一棵雪松底下,有一座神甫诵经的石膏像。

艾玛上楼来看房子。第一间没有家具;第二间是新夫妇的寝室,靠里有一张桃花心木床,挂着红色床幔。五斗柜上,放着一个蚌壳盒子,作为装饰;靠窗的书桌上,有一个长颈大肚玻璃瓶,里面插了一束橘子花,还用白色缎带扎着。这是新娘子的花束,前一个新娘子的!艾玛看了一眼。夏尔这才发现,赶快把花拿走,放到阁楼上去;而艾玛坐在一把扶手椅里,带来的东西放在身边,装在纸盒里的结婚礼花却被她想到了,一面出神,一面寻思:万一不幸她要是死了,花又会怎样处理呢?

开头几天,她考虑如何重新布置房屋。她把烛台上的罩子拿掉,糊上了新墙纸,楼梯也油漆一新,还在花园里的日晷周围,放上了几条长凳;怎样动手修一个喷水池甚至都被她盘算到了,还可以养鱼。她丈夫到底知道了她喜欢坐马车出去闲逛,就买了一辆便宜的旧货,两盏新灯被装上,挡泥板蒙上了有凸纹的皮子,看起来简直像英国式的轻便马车了。

于是他很快活,在世上无忧无虑。两个人单独地用餐,傍晚沿着大路散步,她的手分开头发的姿态,她的草帽挂在窗子插销上的形象,还有数不清的琐事,其中有什么乐趣夏尔本来没有想到,现在却使他不断地感到幸福。早晨,他们并头共枕。睡在床上,他瞧着阳光和帽带的阴影投射在金发美人脸上的汗毛间。从近处看来,她的眼睛显得更大,特别是在她一连几次睁开眼皮,欲醒未醒的时候;在阴影中眼珠是黑色的,在阳光下却变成了深蓝,仿佛具有一层层深浅不同的颜色,越靠里首越浓,越接近表面的珐琅质就越淡。他自己的眼睛也融入了她眼睛的深处,他从中看到了自己的半身小像,头上围着头巾,半开领口的衬衫。他起床了。她也来到窗前,看着他离开家;她的胳膊肘靠着两盆天竺葵之间的窗台,一件宽大的晨衣松松披在身上。夏尔踏着街头的墙角石,把马刺扣紧;在楼上她继续对他说话,嘴里咬下一片花瓣或是绿叶,向他吹去,这片花瓣像鸟一样飞飞停停,在空中画下了半圆的弧线,眼看就要落地,却给老白马乱蓬蓬的鬃毛缠住了,这匹母马只是一动不动地站在门口。夏尔上了马,送了她一个飞吻;她摆摆手,窗子被她关上了,他走了。于是,不管是在尘土飞扬、不见尽头的长带似的大路上,或是在枝丫交错、浓荫蔽天的坑坑洼洼的大道上,或是在小麦长得膝盖那么高的羊肠小道上,太阳的温暖被他在肩上感到了,鼻孔吸着清晨的空气,心里装满了昨夜的欢乐,精神平静,肉体满足,不断咀嚼他的幸福,就像在没有完全消化的块菰餐后还在回味一样。

在这以前,他半辈子哪里有过好日子?在学堂里,他孤单地关在四堵高墙之内,班上的同学都比他钱多力气大,他们笑他乡下人的口音,说他土里土气的衣服,而他们的母亲来看他们的时候,手笼里还带着糕点呢!这样的学堂生活好过吗?后来,他学医了,他的钱包从来没有装满过,连和小女工跳舞的钱都付不起,否则,他不是也可以搞到个把妞头吗?再后来,就是和寡妇一道过的十四个月,简直和她被窝里的那双脚一样冰凉。这样的日子好过吗？可是现在，他心爱的这个美人，一辈子都是他的了。对他说来，她的丝绸衬裙比宇宙的范围还大；他怪自己：爱她哪能有个够？怎能不回去再看看她？于是他赶快回家，跑上楼梯，心跳得厉害。艾玛正在房里梳妆；他不声不响溜到她后面，吻她的背，由于惊吓她叫了起来。

他按捺不住，不停地抚摸她的压发梳，她的指环，她的头巾；有时，他张大嘴，大吻她的脸蛋，或者是小吻她的光胳膊犹如蜻蜓点水似的，从手指尖一直吻到肩膀；而她只好半推半就，又是微笑，又是厌烦，就像对付一个纠缠不休的孩子一样。

结婚以前，她以为爱情自己懂得；但现在却没有得到爱情应该带来的幸福，于是她想，是不是自己搞错了？艾玛竭力想要知道：幸福、热情、陶醉，在书本中显得如此美丽的这些字眼，在生活中到底是什么意思呢？

六

《保尔和维吉妮》她读过，梦见过小小的竹房子，黑黑的多曼戈，"忠心的"小狗，尤其是一个好心的、情意脉脉的小哥哥，为了给你摘红果子，可以爬上比钟楼还高的大树，为了给你找到鸟窝，可以在沙滩上光着脚跑。

等到她十三岁，她的父亲亲自带她进城，送她上修道院去受教育。他们住在圣·洁韦区一家小客店，吃晚餐的时候，他们发现拉·华丽叶小姐修道的故事在盘子上画着。解释图画的文字都是宣扬宗教，赞美心地善良，歌颂宫廷荣华富贵的，可是给刀叉刮得东一道痕，西一道印，看不清楚了。

在修道院她起初并不觉得烦闷，反倒喜欢和修女们待在一起，她们要她高兴，就带她去餐厅，走过长廊，去看小礼拜堂。休息的时候，她也不太爱玩，但很熟悉教理问答课，只要出了难答的问题，她总是抢着回答助理神甫。她的生活没有离开过教室的温暖气氛，没有离开过这些脸色苍白的修女，一串念珠和一个铜十字架在她们胸前挂着,加上圣坛发出的芳香,圣水吐出的清芬,蜡烛射出的光辉,都有一种令人消沉的神秘力量,使她不知不觉地沉醉了。但是她并不听弥撒,只是出神地看着圣书上的蓝边插图,她喜欢图中得了病的羔羊,圣心被利箭穿过,走向十字架时倒下的耶稣。她要禁欲苦修,就试着一整天不吃饭。她还挖空心思,要许一个愿。

在忏悔时,一些微不足道的罪名被她凭空捏造出来,为了可以在阴暗的角落里多待一点时间,可以双手合十地跪着,脸贴着小栅栏,听教士的低声细语。布道时往往把信教比做结婚,提到未婚夫、丈夫、天上的情人和永久的婚姻,这在灵魂深处使她感到意外的甜蜜。

晚祷之前,她们在自习室读宗教书。整个星期,不是读点圣史摘要,就是读修道院长的《讲演录》,只有星期天,才选读几段《基督教真谛》调剂调剂。头几回她多么爱听这些反映天长地久、此恨绵绵的浪漫主义的悲叹哀鸣呵!她的童年假如是在闹市的小店铺里度过的,那么,她也许会心旷神怡地让大自然的抒情声音侵入她的灵魂,因为一般说来,城里人是只有通过书本,才对大自然有所了解的。但乡下她太了解了,她听过羊叫,会挤牛奶,也会把犁擦得雪亮。过惯了平静的日子,她多事之秋反倒喜欢。她爱大海,只是为了海上的汹涌波涛;她爱草地,只是因为青草点缀了断壁残垣。她要求事物投她所好;凡是不能立刻满足她心灵需要的,她都认为没有用处;她多愁善感,而不倾心艺术,主观的情是她寻求的,而不是客观的景。

修道院里有一个老姑娘,每个月来做一星期针线活。她是一个贵族世家的后代,在大革命期间家破人亡,所以得到大主教的庇护,在餐厅里特准和修女们同桌用膳,餐后还同她们闲谈一会儿,再做针线活。她往往被寄宿生溜出教室来看。她会唱前一个世纪的情歌,有时一面飞针走线,一面就低声唱起来。她讲故事,讲新闻,替你上街买东西,把围裙口袋里藏着的小说私下里借给大姑娘看,她自己也是女红一歌手,长长的一章一口气就可读完。书里讲的总是恋爱的故事,多情的男女,逼得走投无路、在孤零零的亭子里晕倒的贵妇人,每到一个驿站都要遭到毒害的马车夫,每一页都疲于奔命的马匹,阴暗的树林,内心的骚动,发不完的誓言,剪不断的呜咽,流不尽的泪,亲不完的吻,月下的小船,林中的夜莺,勇敢得像狮子的情郎,温柔得像羔羊,人品好得不能再好,衣着总是无懈可击,哭起来却又热泪盈眶。半年以来,十五岁的艾玛就这样双手沾满了旧书店的灰尘。后来她读司各特,爱上了古代的风物,梦中也看到苏格兰乡村的衣柜,卫士的厅堂,走江湖的诗人。她多么希望像腰身细长的女庄主一样,住在一座古老的城堡里,整天在三叶形的屋顶下,胳膊肘支在石桌上,双手托住下巴,引颈企望着一个头盔上有白羽毛、胯下一匹黑马的骑士,从遥远的田野奔驰而来。那时,她内心崇拜的是殉难的玛丽女王;狂热地敬仰的是出名的或不幸的妇女。在她看来,以身殉教的女杰贞德、同老师私奔的艾洛伊丝、查理七世的情妇阿涅丝·索蕾、美丽的费隆夫人、女诗人克莱芒丝·伊索尔像是历史的漫漫长夜被灿烂的彗星划破了,而在栎树下审案的路易九世、宁死不屈的勇士巴亚、毒死索蕾的路易十一、圣·巴特勒米之夜对新教徒的大屠杀,头戴白缨冲锋陷阵的亨利四世,还有艾玛难忘的、晚餐盘子上的彩画所颂扬的路易十四,在黑暗的天空中虽然也发出闪烁的光辉,但和那些受到宗教迫害的妇女,似乎没有什么关系。

上音乐课的时候,她歌唱的不过是金翅膀的小天使、圣母玛利亚、威尼斯的环礁湖、湖上的船夫。这些平淡无奇、风格庸俗、音调轻浮的作品,却使她隐隐约约地看到了感情世界富有魅力的幻景。她有几个同学,在节日里收到了图文并茂的画册,还带到修道院来。这非藏起来不可,但是并不容易;她们只好在寝室里偷偷阅读。美丽的缎面精装本被艾玛小心地翻开,心醉神迷地凝视着陌生作者的署名,作品下面的名字,多半不是伯爵,就是子爵呵。

她紧张得有点颤抖,吹一口气来掀起图画上的透明纸,薄纸卷起了一半,又轻轻落下。图画中的阳台栏杆后面,有一个穿短外套的青年男子,怀里抱着一个白衣少女,一个钱包还在女郎的腰带上还挂着;也有不具名的英国贵妇人的画像,她们的金黄卷发上戴着圆草帽,睁开了明亮的大眼睛望着你。还看得见一些歪靠在马车上的贵妇人,在公园中溜达,驾着马跑的是两个穿着白裤子的小马夫,马前还有一条猎狗在欢腾奔跃。还有的贵妇人坐在沙发上出神地望着月亮,旁边有一封拆开了的信,半开的窗子上挂着有褶裥的黑色窗帘。有些脸上挂着一滴眼泪天真的贵妇人,正在喂哥特式鸟笼里的斑鸠,或者是微笑地歪着头,用翘头鞋似的尖尖手指,掐下一朵雏菊的花瓣。画面上还出现了吸烟杆的苏丹王,在半圆形的拱顶下,在印度舞女的怀抱里沉醉;还有异教徒,土耳其的马刀,希腊的软帽;特别是酒神故乡的朦胧景色,这是既有热带的棕榈,又有寒带的冷杉,几只老虎在右边,一只狮子又在左边,远处是清真寺的尖塔,近处却是古罗马的废墟,还有几只蹲着的骆驼;——这些东拼西凑的图片周围都有一个画框,画的都是一片纯净的处女林,还有一大道阳光直射波光荡漾的水面,在铁灰的背景上有几道稀疏的白痕,那是几只戏水的天鹅。

墙上挂着的煤油灯照在艾玛头上,灯罩把光聚在她观看的一幅幅图画上面,偶尔有一辆晚归的马车还在街上走动的响声才会打破寝室里静悄悄的这片沉寂。

她的母亲死了,头几天她哭得十分伤心。她用死者的头发织成了一幅悼念的图画,并给贝尔托写了一封信,信中充满了对人生的忧思哀怨,要求自己死后也葬在母亲的坟墓里。她的老父亲以为她病了,跑来看她。艾玛暗中得意,觉得居然一下就感到了自己人生的灰暗,而平凡的心灵却一辈子也难得进入这种理想的境界。于是她让自己随着拉马丁柔肠百转的诗句,顺流而下,听着湖上的竖琴,天鹅临终的绝唱,树叶落地的飒飒声,纯洁的贞女飘飘升天和永恒的天父在圣谷谆谆布道的声音。她又不肯承认感到腻味了,先是哀伤成了习惯,后是为了面子,就一直哀伤下去,但是到了最后,说也奇怪,她居然觉得平静已被自己恢复了,心里没有忧伤,就像额头没有皱纹一样。

修女们本来认为卢奥小姐得天独厚,感应神的召唤特灵,现在发现她似乎误入歧途,辜负了她们的一片好心,觉得非常失望。她们的确地尽心尽力对她,无微不至,要她参加日课,退省静修,九日仪式。传道说教,要她崇敬先圣先烈,劝她克制肉欲,拯救灵魂,不料她像拉紧缰绳的马一样,你一松手,马嚼子就从嘴滑出来了。在她奔放的热情中,却有讲究实际的精神,她爱教堂是为了教堂的鲜花,爱音乐是为了浪漫的歌词,爱文学是为了文学热情的刺激,这种精神和宗教信仰的神秘性是格格不入的,正如她的性格越来越反感修道院的清规戒律一样。因此,她父亲来接她出院的时候,大家并没有依依惜别之情。院长甚至发现,她越到后期,越不把修道院放在眼里。

艾玛回到家中,开始还喜欢发号施令给仆人,不久就觉得乡下没有趣味,反倒留恋起修道院来了。夏尔第一次来贝尔托的时候,她正自以为看破了一切,没有什么值得学习的,对什么也不感兴趣。

但是她急于改变现状,也许带来的刺激是这个男人的出现,这就足以使她相信:她到底得到了那种可望而不可即的爱情,而在这以前,爱情仿佛是一只玫瑰色的大鸟,只在充满诗意的万里长空的灿烂光辉中飞翔;——可是现在,她也不能想

象,她从前朝思暮想的幸福就是这样平静的生活。

七

她有时想,她一生最美好的日子,莫过于所谓的蜜月了。如果要尝尝甜蜜的滋味,自然应该到那些远近闻名的地方,去消磨新婚后无比美妙、无所事事的时光。人坐在蓝绸子的车篷下的马车里,爬着陡峭的山路,车走得并不比人快,听着马车夫的歌声在山中回荡,和山羊的铃声,瀑布的喧嚣,一首交响曲被组成了。太阳下山的时候,人在海滨呼吸着柠檬树的香味;等到天黑了,两个人又手挽着手,十指交叉,站在别墅的平台上,望着天上的星星,谈着将来的打算。在她看来,幸福似乎只有在地球上某些地方才会产生,就像只有在特定的土壤上才能生长的树木一样,换了地方,就不会开花结果了。她多么盼望在瑞士山间别墅的阳台上凭栏远眺,或者把自己的忧郁关在苏格兰的村庄里!望丈夫身穿青绒燕尾服,脚踏软皮长筒靴,头戴尖顶帽,手戴长筒手套是她多么盼望的呵!为什么不行呢?

难道她不想找一个人谈谈这些心里话?不过,怎么对人说得清楚她自己也抓不准的苦恼?这种苦恼像云一样变化莫测,像风一样使人晕头转向,她觉得无法表达;再说,她既没有机会,也没有胆量。

然而,假如夏尔是一个有心人,假如他会察言观色,假如她的思想能被他的眼睛能够接触到,哪怕只有一次,那她觉得,千言万语就会立刻源源不断地从她心头涌出来,好像用手一摇墙边的果树,就会纷纷落下熟透了的果子一样。可是,他们生活上越接近,心理上的距离反倒越来越远了。

夏尔谈起话来,平淡无奇得像一条人行道一样,他的想法,也和穿着普通衣服的过路人一样,引不起别人的兴趣;笑声,更不会使人浮想联翩。据他自己说,住在卢昂的时候,他从来没想过上剧场去看看巴黎的名演员。他既不会游泳,也不会击剑,手枪更不会开。有一天,她读小说的时候,碰到一个骑马的术语,问他是什么意思,他竟说不出来。

一个男人难道不该和他恰恰相反,难道不该无所不知,多才多艺,领着你去品尝热情的力量,生活的三昧,人世的奥秘吗?可是这位什么也不知道的老兄,不能教你知道,甚至自己根本不想知道。他以为她快乐,不知道她怨恨的,正是这种雷打不动的稳定,心平气和的迟钝,她甚至于怪自己不该给他带来幸福。

有时候她还画素描;这对夏尔说来,真是莫大的赏心乐事,他硬邦邦地站在那里,看她俯身向着画夹,眯着眼睛,斟酌自己的作品,或在大拇指上把面包心搓成小球,用来做橡皮。至于钢琴,她的手指弹得越快,就越叫他神往。她敲击指板,又稳又狠,从上到下打遍了键盘,一刻也不停。这架旧乐器的钢丝已经七扭八歪,一受到震动,会响得全村都可以听见,如果窗子没有关上的话,送公文的实习生,只要走过窗前,往往也会站住听她演奏,虽然是光着头,穿着便鞋,公文还拿在手里。

此外,艾玛很会料理家务。病人看病没有付出诊费,她会不流露讨账的痕迹写封措辞婉转的信去。星期天有邻人在家里晚餐,她会独出心裁做一盘好菜,会在葡萄叶子上把意大利产的李子堆成金字塔,还会把小罐子里结冻的果酱原封不动地倒在碟子里。她甚至说要买几个漱口杯,好让客人漱口后再吃甜品。这样一来,包法利的身价就大大提高了。

夏尔终于也觉得有了一个这样的妻子夫以妻贵。她有两幅小小的铅笔画,他却配上了大大的框子,用长长的绿绳子挂在厅堂的墙壁上,得意扬扬地指给人看。每次弥撒一完,就看见她站在门口,穿着一双绣花拖鞋。

他不是十点,就是半夜才回家。他要吃东西,而女仆早睡了,只有艾玛服侍他。他脱掉外衣,这样可更方便吃起夜餐来。他讲他碰到过的人,去过的村子,开过的药方,一个也不漏掉;他吃完了洋葱牛肉,切掉奶酪上长的霉,啃下一个苹果,喝光瓶里的酒,然后上床一躺,就打起鼾来了。

长久以来,戴棉布帽子睡觉他已习惯,结果,包头的棉布在耳朵边上都扣不紧;一到早晨,头发乱得遮住了脸,夜里,枕头带子一松,鸭绒飞得满头都是,看起来连头发也变白了。他老是穿一双结实的长筒靴,脚背上有两条厚厚的褶纹,斜斜地一直连接到脚踝,脚面上的皮子紧紧绷在脚上,看起来好像鞋帮子。他却说:这在乡下就算不错了。

他的母亲称赞他会过日子,还像从前一样来探望他,尤其是她自己家里闹得有点天翻地覆的时候;不过似乎婆婆对媳妇早就抱有先入为主的成见。她觉得艾玛的出手太高,他们的家境摆不得这种派头:柴呀,糖呀,蜡烛呀,就像大户人家一样开销,光是厨房里烧的木炭,足够做二十五盘菜了!柜子里的衣服被她放得整整齐齐,教艾玛留神看肉店老板送来的肉。艾玛恭敬从命,婆婆更加不吝指教,两个人从早到晚,"娘呀""女呀"不离嘴,嘴唇却有一点震颤,虽然口里说的是甜言蜜语,心里却气得连声音都有点发抖了。

杜比克寡妇活着的时候,婆婆觉得自己得到儿子的感情比他妻子还要多一点;可是现在,在她看来,夏尔简直是忘恩负义有了老婆不要娘,而艾玛却是白白占了她的合法权利;她心里有苦说不出,只好冷眼旁观儿子的幸福,仿佛一个破了产的人,隔着玻璃窗,看别人在自己的老家大吃大喝一般。她回忆往事,向儿子诉说自己过去的辛苦,做出的牺牲,同时对比现在,艾玛粗心大意地对他,他却把全部感情倾注在她一个人身上,这未免太不公平了。

夏尔不知如何回答是好;他尊敬他的母亲,但是更爱他的妻子;他觉得母亲说的话不会有错,但又发现妻子实在无可指责。母亲一走,他就鼓起勇气,畏畏缩缩地说了两句母亲说过的最不关痛痒的指责话,但艾玛一句话就把他顶了回去,并且打发他看病人去了。

同时,她根据自以为是的理论,要表现她是个多情种子。在月光下,在花园里,她对他吟诵她所记得的情诗,并且如怨如诉地唱起忧郁的柔板乐曲来;不过,吟唱之后，她发现自己的心情，平静得同吟唱之前一样；夏尔看来也并不更加多情，而是无动于衷，一如既往。

因为她心灵的火石，打不出一点火花，加上她的经验她的理解，她相信的只是她习以为常的事情，所以她推己及人，认为夏尔没有与众不同的热情。他表示的感情成了例行公事；他连吻她也有一定的时间。拥抱只不过是一个习惯，就像吃了单调的晚餐之后，猜得到的那一道单调的点心一样。

有一个猎场看守人得了肺炎，被包法利医生治好了，他给夫人送来了一只意大利种的小猎狗；她散步带着小母狗，因为她有时也出去走走，有时也要孤独，以免眼睛老是看着这永远不变的花园，这尘土飞扬的大路。

她一直走到巴恩镇的山毛榉树林，走到墙角边上一个荒凉的亭子，再往前走就是田野。在这深沟乱草当中，芦苇长长的叶子会把人的皮割破。

她开始向周围张望，看看和上次来时，有没有什么不同。她看到毛地黄和桂竹香还长在老地方，大石头周围长着一丛一丛的荨麻，三个窗子下面长满了大片的苔藓，窗板从来不开，窗子上生锈栏杆沾满了腐烂的木屑。她的思想起初游移不定，随意乱转，就像她的小猎狗一样，在田野里兜圈子，跟着黄蝴蝶乱叫，追着鼩鼱乱跑，或者咬麦地边上的野罂粟。后来，思想慢慢集中了，她坐在草地上，一下又一下地用阳伞的尖头拨开青草，翻来覆去地说：

"我的上帝！我为什么要结婚呀？"

她心里寻思，如果机会凑巧，另外一个男人是否有办法被她碰上；于是她就竭力想象那些没有发生过的事情，那种和现在不同的生活，那个她无缘相识的丈夫。那个丈夫当然与众不同。他可能非常漂亮，聪明，高人一等，引人注目，就像她在修道院的老同学嫁的那些丈夫一样。她们现在干什么啦？住在城里，有热闹的街道，喧哗的剧场，灯火辉煌的舞会，她们的生活过得喜笑颜开、心花怒放。可是她呢，生活凄凉得有如天窗朝北的顶楼，而烦闷却是一只默默无言的蜘蛛，正在她内心各个黑暗的角落里结网。她想起了结业典礼发奖的日子,她走上讲台去领奖,小花冠被她戴着。她的头发梳成辫子,身上穿着白袍,脚下蹬着开口的斜纹薄呢鞋,样子非常斯文;当她回到座位上来的时候,男宾们都欠身向她道贺;马车满院都是,有人在车门口向她告别,音乐教师走过她身边也和她打招呼,小提琴匣子被他挟着。这一切都成了遥远的从前,多么遥远的从前!

她喊她的小猎狗嘉莉过来,把它夹在两个膝盖中间,用手指抚摸它细长的头,对它说:

"来,亲亲你的女主人,你哪里知道世上还有忧愁呵!"

然后,她看到这条慢悠悠地打呵欠细长的小狗,仿佛露出了忧郁的神气,于是又怪自己对它太严,将心比心,高声同它说起话来,仿佛自己不该错怪了它,赶快安慰几句,将功补过似的。

有时海上忽然刮起一阵狂风,科州的高原一下就席卷了,把清凉的咸味一直带到遥远的田地里。灯芯草倒伏在地上,嘘嘘作响,山毛榉的叶子急促地颤抖,树梢也总是摇来摆去,不断地呼啸。艾玛站了起来把披巾紧紧裹住肩头。

林荫道上,给树叶染绿了的光线,照亮了地面上的青苔;她一走过,青苔就发出轻微的咯吱声。夕阳西下,树枝间的天空变得通红,大同小异的树干,排成一条直线,仿佛被一行棕色的圆柱金色的布景衬托着;她忽然觉得害怕,就叫唤着嘉莉,赶快走大路回到托特,精疲力竭地倒在扶手椅里,整个晚上没有说话。

但是,快到九月底的时候,一件不寻常的事在她的生活中出了;安德威烈侯爵邀请她去沃比萨。

波旁王朝复辟时期,侯爵做过国务秘书,现在又想恢复政治生涯,很久以来,就在准备竞选众议员。冬天,他把大量木柴送人;在县议会,他总是,要求为本地区多修道路而慷慨陈词。在夏天大热的日子里,他嘴上长了疮,夏尔用柳叶刀尖一挑,奇迹般地使他化脓消肿了。派去托特送手术费的管家,当天晚上回来,说起在医生的小花园里,他看见了上等樱桃。沃比萨的樱桃一直长得不好,侯爵先生就向包法利讨了一些插条,他认为理应当面道谢,碰巧看见艾玛,发现她身材苗条,行起礼来不像乡下女人,觉得如果这一对年轻夫妇被邀请到侯爵府来,既不会有失体统,也不会惹出是非。

一个星期三下午三点钟,包法利先生和夫人坐上他们的马车,动身到沃比萨去,车后面捆了一只大箱子,挡板前面放了一个帽盒。此外,夏尔两腿中间还夹着一个纸匣。

他们天黑时分才到,灯笼开始在园里点起,给客人的马车照路。

八

城堡是意大利风格的近代建筑,房屋平面呈"凹"字形,中间是三座台阶,紧挨着山坡上的一大片草坪,有几只母牛在吃草,有一丛丛稀疏的大树在草坪两旁,中间有一条弯弯曲曲的沙子路,路旁是修剪过的花木,杜鹃花、山梅花、绣球花,凸起了一团团大大小小的绿叶。一条小河流过一座小桥;雾中可以看见几所茅屋,在草地上疏疏落落地散布着,草地周围是两座坡度不大、植满了树木的小山冈,再往后走,在树丛中,有两排并列的房屋:车库和马房,那是旧城堡没有拆毁的遗址。

在当中的那座台阶前夏尔的马车停下来;仆人出来了;侯爵走上前来,伸出手臂,让医生的夫人挽着,把她领进前厅。

前厅很高,有大理石板铺地,一走动或一说话,都有回声,像在教堂里一样。正面是一座楼梯,有一条走廊在左手花园对面,通到台球房,才到门口,就听得见象牙台球连续相撞的响声。艾玛穿过台球房去客厅的时候,看见球台四围有几个神情非常认真的男子,下巴挨着翘起的领结,个个都带了勋章,不声不响,微笑地推动球杆击球。在阴暗的护壁板上,挂着几个镀金的大画框,用黑字在画像下方写着画中人的名字。艾玛一看,一个写的是:让·安东·安德威烈·伊韦邦维尔·沃比萨伯爵,弗雷斯内男爵,一五八七年十月二十日,库特拉战役阵亡。另一个写的是:让·安东·亨利·吉·安德威烈·沃比萨,法兰西海军上将,圣·米谢尔骑士勋章,一六九二年五月二十九日,乌格·圣·瓦之战负伤,一六九三年一月二十三日,在沃比萨逝世。以后的人名就认不清了,因为灯光聚在球台的绿色台毯上,一层阴影在房间其他地方都浮着。灯光横照到油画上,如果碰上油漆的裂痕,就会出现鱼骨的图形,使画像变成褐色的;在这些四方的金边大画框内,黑暗的画像也有比较明亮的部位:一个灰白的前额,瞧着你的两只眼睛,红色衣服的肩头披散着扑了粉的假发,或者在滚圆的腿肚子上方,有个松紧袜带的扣子。

客厅的门被侯爵推开;一个贵妇人站起来(那就是侯爵夫人)迎接艾玛,请她坐在身边的一张双人沙发上,和她亲切地谈起话来,仿佛她们早就相识一样。夫人是个四十岁左右的贵妇,有漂亮的肩膀,鹰钩鼻子,说话有点拖音,那天晚上,她蒙上一条镂空花边的头巾在栗色的头发上,头巾垂在背后,像一块三角巾。一个头发金黄的年轻人,坐在旁边一把高背椅子上;有几位男宾,在一朵小花上衣翻领的纽扣孔里插了,围着壁炉和贵妇们闲谈。

七点钟开晚宴。男宾比较多,坐在前厅,是第一桌;女客坐在餐厅,是第二桌,由侯爵和夫人作陪。

艾玛一进餐厅,一股温暖的气味就被她感到,夹杂着花香、衣香、肉香、和块菰的香味。枝形大烛台上的蜡烛,在银制的钟形罩上,显得光焰更长;多面体的水晶,笼罩在不透明的水汽里,折射着淡淡的光辉;一簇簇鲜花在长长的餐桌上摆着,排成一条直线,餐巾折得像主教的帽子,放在宽边的盘子里,每个折缝中间摆了一块小小的椭圆形面包。龙虾煮熟了的红色爪子伸出盘外;大水果一层又一层,在镂空花篮的青苔上堆着;鹌鹑蒸时没有脱毛,更加热气腾腾;膳食总管穿着丝袜,短裤,打着白色领结,衣服镶了花边,庄严得像一个法官,在两个宾客的肩膀中间上菜,菜已一份一份切好,他只用勺子一舀,就把你要的那一份放到你盘子里。瓷器大炉子下面是根小铜柱,有一座妇女的雕像在上面,衣服从上到下都有波纹褶裥,她一动不动地看着满屋子的人。

包法利夫人注意到,有好几位贵妇人,没有把手套放在玻璃杯里。

但是在餐桌上座的,却是一个老人,他是女客中唯一的男宾,弯腰驼背,伏在盛得满满的一盘菜上,餐巾像小孩的围嘴一样,在背后打了结,他一面吃,一面让汤汁从嘴里漏出来。他的眼睛布满了血丝,一头卷起的假发,用一根黑带子系住。他是侯爵的老岳父,拉韦杰老公爵,国王兄弟曾经宠幸过他。孔弗让侯爵在沃德勒伊举行猎会的时候,他是一个红人,据说他和夸尼、洛曾两位先生,先后做过王后玛丽·安图瓦奈特的情人。他过着荒淫无度的生活,声名狼藉,不是决斗,就是打赌,或者强占良家妇女,把财产荡尽花光,使家人担惊受怕。他结结巴巴,用手指着盘子,问是什么菜,一个仆人站在他椅子后面,对着他的耳朵大声回答这个耷拉着嘴唇的老头子;总是艾玛的眼睛不由自主地望着,仿佛在看一个千载难逢、令人起敬的活宝一样。他到底在宫里待过,在王后床上睡过觉呵!

香槟酒是冰镇过的。艾玛感到一股凉气钻进嘴里,不由得浑身震颤起来。她从来没有见过石榴,也没有吃过菠萝,在她看来,就连砂糖也比别地方的更白、更细。

晚餐后,妇女们上楼回房间里去,准备参加舞会。

艾玛小心着意地打扮了一下,就像第一次上舞台的女演员一样。她按照理发师说的,把头发梳理停当,然后穿上摊在床上的罗裙。夏尔的裤腰太紧了。

"带子太紧不好跳舞,"他说。

"跳舞?"艾玛问道。

"是的。"

"你发疯啦!还是老实待着吧,不然人家会笑你的。再说,这才更像医生。"她又加了一句。

夏尔没话好说。他在房里走来走去,等艾玛打扮好。

他在背后看她,看着镜中人影,一边一支蜡烛。她的黑眼睛显得更黑了。她紧贴两鬓的头发,到了耳朵边上,稍微有点蓬起,发出蓝色的光辉;有一枝摇摇晃晃的玫瑰在发髻上,叶子的尖端还有几滴人造露水。她穿一条淡红色的罗裙,边上衬着三朵红花绿叶的绒球蔷薇。

夏尔走过来吻她的肩膀。

"走开!"她说,"不要把我的衣裳弄皱。"

小提琴的前奏曲和喇叭的声音响起来了。她赶快下楼,恨不得跑下去。

四对男女合舞已经开始。来了一些客人。后来的挤前面的。她坐在靠门边的一条长凳上。

四对舞一跳完,舞池就被空出来了,只有三五成群的男宾站着说话,还有穿制服的仆人端着大盘子给客人送饮料。女客坐成一排,轻轻摇动画扇,花束半掩着脸上的笑容,一个金塞子的香水瓶,在捏得不紧的巴掌心里转来转去,白手套紧紧箍在手腕上,显出了指甲的形状。装饰女服上身的花边,震颤得发出了簌簌声,在胸前钻石别针发出了闪烁的光辉,甚至听得见镶嵌着画像的手镯和光胳膊摩擦的声响。头发紧紧贴着前额,盘在颈后,上面插着勿忘草、茉莉花、石榴花、麦穗或矢车菊,看起来像是王冠,或是葡萄串,或是树枝丫。板着脸孔,近东的红色头巾还被她们戴着。

艾玛的舞伴用指尖搀着她去舞池,她和女伴站成一行,等候音乐开始,这时有点心跳。但是不久,心情的激动就消失了,伴随着乐队的节奏,左右摇曳,轻轻滑步向前,颈脖子俯仰自如。有时,小提琴独奏得恰到妙处,别的乐器都停止演奏,微笑会在她的嘴唇露出;隔壁传来金路易倒在赌台绿毯上的叮当声;随后,乐器又都同时吹奏起来,短号发出了嘹亮的响声,脚步又合上了拍子,裙子飘开,擦过舞伴,翩若惊鸿,有时手握着手,有时又撒开手;舞伴的眼睛上下顾盼,然后又盯住你的眼睛。

有些二十五岁到四十岁之间的男宾(大约有十四、五个),不管是混杂在人群中跳舞也好,或者是在门口谈天说地也好,虽然他们的年龄、装束、面孔并不一样都显得家世与众不同。

他们的燕尾服做工特别考究,似乎是一种更软的料子制成的,他们鬓角上的卷发雪亮,抹了高级的香脂。他们的脸色白润,是富贵人家的脸色,瓷器的青白,锦缎的灿烂,漂亮家具的光泽,衬托得他们的脸色更加白润,非得讲究饮食、注意营养维持这种脸色。他们的领结打得很低,颈脖子可以自由转动;长长的络腮胡子在衬衫的翻领上飘拂;他们用手绢擦嘴唇,手绢上绣了姓名的第一个字母,散发出一股香味。那些不知老之将至的人,看起来显得年轻,而年轻人的脸上,却显出少年老成的神气。他们的眼睛流露出满不在乎的神情,因为每天的欲望都得到满足,所以心平气和;然后从他们温文尔雅的外表,他们特殊的粗暴本性也可以看出来,他们要控制不难控制的东西,既可以显示力量,又可以满足虚荣心,所以他们喜欢驰骋骏马,玩弄荡妇。

离艾玛三步远,身穿蓝色燕尾服的一个男宾,正和一个脸色苍白、戴了珍珠项链的年轻女客闲谈意大利的风光。他们赞不绝口地提到圣·彼得大教堂的粗大圆柱,蒂沃利的瀑布,维苏威的火山,卡斯特拉玛的温泉,卡辛河滨的林荫大道,热那亚的玫瑰花,月下的斗兽场。艾玛用另一只耳朵听别人闲谈,有许多话她听不懂。一个年纪轻轻的男子被大家围着,他上星期在英国赛马,居然胜过了"阿拉伯小姐"和"罗木卢",并且跃过了一条宽沟,赚了两千路易。有一个人埋怨,他的快马都长了膘;另外一个怪人家把他那匹马的名字印错了。

舞场的空气沉闷,灯光也暗下来。大家退潮似的走到台球房去。一个仆人爬上一把椅子,打碎了两块玻璃;包法利夫人听见喀喇声,转过头去一看,原来是花园里有些乡下人,把脸贴在窗玻璃上往里瞧。她不由得想起贝尔托来。她又看见了田庄,泥泞的池塘,在苹果树下穿着工作罩衣的父亲,还看见她自己,像从前一样在牛奶棚里,用手指把瓦钵里的牛奶和乳皮分开。但是,在她眼前眼花缭乱的时刻,她过去的生活只是昙花一现,便烟消云散了,无影无踪,连她自己都怀疑是否那样生活过了。她这时在舞厅里,舞厅外是一片朦胧,笼罩一切。这时,她左手拿着一个镀银的贝壳,里面的樱桃酒刨冰正被她吃着,眼睛半开半闭,嘴里咬着勺子。

她旁边的一个贵妇人把扇子掉在地上。一个舞客走过。

"劳驾,先生,"贵妇人说,"能替我将扇子捡起来吗?它掉到沙发背后去了。"

男宾弯下腰去,伸出胳膊的时候,艾玛看见少妇把手里一张叠成三角形的白纸,扔进他的帽子。男宾捡起扇子,很有礼貌地献给少妇;表示谢意地点点头,又闻起花束来。

夜宵也很丰盛,有的是西班牙酒,莱茵葡萄酒,虾酱浓汤,杏仁奶汤,英国式的果馅"布丁",还有各式各样的酱肉,盘子四边挂满在哆嗦的肉冻都。夜宵之后,马车开始一辆接着一辆地离开了。只要掀开纱窗一角的帘子,就看得见星星点点的马车灯光,慢慢消失在黑暗中。长凳上坐的人越来越少;只剩下几个赌客;乐师用舌头舔舔手指头,凉快一下;夏尔半睡半醒,背靠住门坐着。

清晨三点钟,开始跳花样舞。华尔兹艾玛不会跳。别人都会跳,包括安德威烈小姐和侯爵夫人在内;其余的舞客,都是在城堡留宿的客人一共只有十二三个。

有一个舞客,大家亲热地叫他做"子爵",他的背心非常贴身,胸脯的轮廓被显出了。他再一次来邀请包法利夫人跳华尔兹,并且说他会带她跳,保证她一定能学会。

他们开始跳得慢,后来越跳越快。他们转了起来,周围的一切也在旋转:挂灯、家具、墙壁、地板,就像绕轴旋转的唱片一样。跳到门口,对方的裤管被艾玛裙子的下边蹭着;他们的腿,有时你夹着我,有时我夹着你;男方的眼睛向下看着,女方的眼睛向上看着；她忽然觉得头晕，赶快停住。他们又跳了起来；子爵转得更快，她气喘吁吁，几乎要跌倒了，一下把头靠着他的胸脯。后来，他还是一直转，直到走廊尽头只是转得慢些，最后，她被他送回原来的座位；她头往后一仰，靠在墙上，用手蒙住眼睛。

等到她再睁开眼睛的时候，舞厅中央，已经有三个舞客，在一个贵妇人的小凳前面拜倒，求她跳华尔兹。她选中了子爵，小提琴又开始演奏。

他们在大家的双眼中转了出去，又转回来，她低着头，身子不动，他也总是一个姿势，挺着胸脯，手臂弯成圆弧，下巴昂起。这个女人才算会跳华尔兹哩！他们跳了很久，一直跳到别人都累得跳不动了。

客人们还谈了几分钟，互相说过晚安，或者不如说是早安，才回房间去睡觉。

夏尔，扶着楼梯栏杆拖着脚步上楼，他的腿也站不直了。一连五个小时，他都站在牌桌旁边看人家打牌，自己一点也不懂。因此，等到他脱靴子上床的时候，他心满意足地叹了一口长气。

艾玛披上一条肩巾，打开窗户，凭着窗子眺望。

夜是黑的。下了几点小雨。润湿的空气被她吸着，凉风吹着她的眼皮。跳舞的音乐还在她耳边响，她想不打瞌睡睁着眼睛，要延长这豪华生活转眼即逝的幻景。

天要亮了。她瞧着城堡的窗户，瞧了很久，她想猜猜哪些房间住着她头天夜里注意过的那些人。她真想知道他们的生平，深入了解他们，和他们打成一片。

但是由于她打哆嗦了。她脱了衣服，钻进被窝，在睡着的夏尔身旁蜷缩着。

吃早餐的人很多。只吃了十分钟；连酒也没有，使医生觉得意外。餐后，安德威烈小姐捡了一些奶油蛋糕碎屑，装进一个小柳条筐，带去喂池塘里的天鹅；别人去看花房的温室，那里有些满身长刺奇花异草，一层一层地摆在花架子上，像金字塔一样。一些蛇窝似的花盆在上面还挂着，盆边上垂下一些缠在一起的绿色枝条，好像蛇窝里挤不下的蛇。花房尽头是片橘林,有条林荫道通到城堡的下房。侯爵招待年轻的艾玛去看马厩。马槽像个筐子,上面有块磁板,用黑字写着马的名字。只要有人走过时,栏里的马都会惊动,舌头发出嗒嗒声。马具房的地板也像客厅的一样有光泽。车马的用具挂在当中两根转柱上。

这时,夏尔麻烦一个仆人为他驾好马车。车停在台阶前,大包小包都塞进车里;包法利夫妇向侯爵和夫人辞了行,就动身回托特去。

艾玛一路上只瞧着车轮滚滚向前而不说话。夏尔坐在长凳靠前的边缘,张开两只胳膊赶车,小马在宽阔的车辙当中,前、后腿一左一右地小步快跑。缰绳拉得不紧,打着马的屁股,浸在马身上的汗水里;捆在马车后头的箱子,不断碰撞车厢,有规律的扑突声不断发出。

他们到了蒂布镇坡上,忽然后面来了几个骑马的人,口里叼着雪茄,笑着跑了过去。艾玛相信她认出了子爵;等她转过头去看时,却只见远处的人头,随着马跑的节奏快慢而高低起伏了。

再走四分之一古里之后,马屁股上的绑带磨断了,只好停下来,用根绳子接好。

但在夏尔最后再查看一下马具时,发现地上有什么东西,掉在两条马腿之间。他捡起来一看,是个雪茄烟匣,绿色绸子在边上镶着,有个家徽在当中,像贵族之家的马车门上的一样。

"里面还有两支雪茄呢,"他说。"那正好今天晚餐后吸。"

"你怎么吸起烟来了?"她问道。

"只是偶尔有机会的时候才吸。"

捡到的烟匣子被他放进衣服口袋里,又用鞭子抽起小马来。

他们回到家里时,晚餐还没有准备好。夫人生气了。娜塔西居然顶了嘴。

"你给我滚!"艾玛说。"你这样不在乎。我辞掉你了。"

晚餐时只有洋葱汤和酸模小牛肉。夏尔坐在艾玛对面,兴奋得搓着手说:

"还是回到自己家里舒服！"

他们听见娜塔西哭。他开始喜欢这个可怜的女仆。在他从前做鳏夫的时候，她陪他度过了多少个百无聊赖的晚上呵！她还是他的第一个病人，是最早在当地认识的熟人了。

"你当真要打发她走？"他到底开口了。

"是的。难道有人阻拦？"她回答道。

收拾卧房的时候，他们到厨房来取暖。夏尔伸出嘴唇吸起烟来，不断地吐痰，吐一口烟，就往后一仰。

"是不是你要自找苦吃？"她带着蔑视的神气说。

他就放下雪茄，跑到水龙头前，喝了一杯冷水。艾玛抓起烟匣子，赶快扔到碗橱里头去。

第二天的日子显得真长！她在小花园里散步，在同一条小路上走来走去，在花坛前，靠墙的果树前，神甫的石膏像前，她站住了，简直不能相信，从前天天看着这些东西，怎么不厌烦！舞会似乎已经成了遥远的过去！前天早晨和今天晚上，怎么相隔十万八千里呵！沃比萨之行使她的生活中留下了一个大洞，就像一夜的狂风暴雨，有时会造成山崩地裂一样。然而，她有什么办法呢？漂亮的衣裳只能被她虔诚地放进五斗柜里，就连那双缎鞋给地板上打的蜡磨黄了的鞋底，她也原封不动地保存起来。她的心也一样：一经富贵熏染，再也不肯褪色。

这样，占据了艾玛心头的是对舞会的回忆。每逢星期三，她一醒来就自言自语："啊！一个星期以前……两个星期以前……三个星期以前……我还在跳舞哩！"然而，她记忆中的面貌慢慢混淆了，四对男女合舞的音乐她忘记了，她记不清楚制服和房间的样子；细枝末节消失了，留下的是一片惆怅。

九

夏尔不在家的时候,她常常走到碗橱前,从折叠好的餐巾中,拿出那个绿绸雪茄烟匣来。

她瞧着烟匣,把它打开,闻闻衬里的味道,闻到的是烟味和马鞭草香精。这是谁的?……是子爵的吧。说不定还是一个情妇送给他的礼物呢。这是在一个红木绷架上绣出来的,情妇当宝贝似的珍藏起绷架,生怕人家发现,她在这上面花了多少时间呵!轻柔的卷发吊在绷架上,吊的是刺绣人的重重心事。绣花底布上的一针一线浸透了爱情的气息;每一针扎下的不是希望,就是回忆,这些纵横交错的丝线,不过是在默默无言、不绝如缕地诉说着情人的心而已。然后,一天早上,子爵把烟匣带走了。当烟匣放在宽阔的壁炉框上,放在花瓶和彭巴杜风格的座钟之间时,它听见子爵说过些什么话呢?现在,她在托特。他呢,他在巴黎,多么遥远!巴黎是什么样子?无法衡量名声是多么大!她低声重复这两个字,自得其乐;这个名字在她听来有如嘹亮的教堂钟声,印在香脂瓶的标签上也闪闪发光。

夜晚,海鱼贩子驾着大车,走过她的窗下,口里唱着"茉荠栾"之歌,把她吵醒了;她听着铁轱辘在土路上转出村庄,越走越远,响声也越来越小。

"他们明天就到巴黎了!"她自言自语。

于是她的思想也跟着他们上坡下坡,穿过村庄,在星光下,在大路上奔波。不知道走了多远之后,总会到达一个模模糊糊的地方,因此她的梦就断了。

她买了一张巴黎地图,在纸上用手指划着路线,游逛京城。她在大街上游荡,每到一个街角,两条路交叉的地方,或是看到一个表示房屋的白色方块,她就停住。最后,她看累了,闭上眼睛,看见煤气灯光随风摇曳,但在黑暗中也听见马车在剧院的柱廊前,咔嗒一声放下脚踏板。

她订了一份妇女杂志《花篮》,和一份《纱笼仙女》。她贪婪地读赛马的消息、剧院晚场和首次演出的实况报道,一字不漏,她对女歌星初次登台,对商店开张,都很感兴趣。她知道流行的时装式样,上等裁缝的地址,在森林公园和歌剧院每天演出的节目。她研究欧仁·苏描写的室内装饰,读巴尔扎克和乔治·桑的小说,寻求个人欲望的满足的手段是幻想。甚至在餐桌上,她也带着她的书,当夏尔一边吃,一边和她谈话的时候,她就翻开书来看。她一读书,总会回忆起子爵。她居然在子爵和书中的虚构人物之间,建立起了联系。这个以子爵为中心的联系圈子越来越大,他头上的光辉也扩散得越来越远,结果离开了他的脸孔,照到她梦想中的其他脸孔上去了。

在艾玛眼里,巴黎比海洋还更模糊不清,它在一片镀了金的银色空气中,闪闪发光。不过不可对这熙熙攘攘的芸芸众生,分门别类。艾玛只看到两三类人,就一叶障目,以为他们代表全人类了。第一类人是外交官,他们踏着闪亮的地板,客厅的墙壁上镶满了镜子,金丝绦的天鹅绒毯子椭圆形的桌面上蒙着。这里有长长的礼服,大大的秘密,微笑掩饰下的焦虑不安。第二类是公爵夫人的社交界,他们脸色苍白,睡到下午四点钟才起床;女人都是楚楚动人的天使,裙子下摆镶了一道英吉利花边;男人都是平庸之辈怀才不遇而无所事事的,为了寻欢作乐,不惜把马跑得筋疲力尽,到了夏天就去巴德温泉避暑,最后,快到四十岁了,不得不娶一个有钱的继承人了事。第三类人是五彩斑斓、成群结伙的文人雅士,舞台明星,过了半夜,他们才来到酒店餐馆的雅座,在烛光下,吃喝玩乐。他们这班人,花起钱来像国王一样毫不在乎,雄心勃勃,往往异想天开。他们过的生活是高人一等的,在天地之间,在狂风暴雨之中,他们显得超凡脱俗。这三类以外的人,都在茫茫人海中失落,在艾玛心中没有固定的位置,仿佛他们根本就不存在似的。而且无论什么东西,如果离她越近,她越懒得去想。她周围的一切,沉闷的田野,愚蠢的小市民,生活的庸俗,在她看来,是她不幸陷入的特殊环境是世界上的异常现象而在这之外,展现的却是一望无际、辽阔无边、充满着幸福、洋溢着热情的世界。欲望使她冲昏了头脑,误以为感官的奢侈享受就是心灵的真正愉快,举止的高雅就是感情的细腻。难道爱情不像印度的花木一样,需要精耕细作的土壤,特别温暖的气候?月光之下的叹息,依依不舍的拥抱,无可奈何的双手沾满了泪水,这些肉体的热血沸腾和心灵的情意缠绵,难道能够离开古堡阳台的背景?只有在古堡里,才有悠闲的岁月、纱窗和绣房、厚厚的地毯、密密的花盆、高踞台上的卧榻,还有珠光宝气和仆人华丽的号衣。

每天早上驿站的小伙计来刷洗母马,大木头套鞋践踏着走廊;罩衫上还有窟窿,光脚丫穿着布鞋。有这样一个穿短裤的小马夫也该知足了!因为夏尔回来,会自己把马牵进马棚所以他干完活就走,卸下马鞍和马笼头,女仆会抱一捆草来,放进马槽,她也不会干别的了。

娜塔西流着泪离开了托特之后,艾玛找了一个十四岁的样子很乖的小孤女来干活。她不许小姑娘戴软帽,教她回话不要用"你",而要称"太太",要用盘子端一杯水,进来之前先要敲门,教她烫衣浆裳,伺候她穿衣服,想培养她成贴身的女仆。新来的使女很听话,不发牢骚,以免被女主人辞退;因为太太经常不锁橱子,每天晚上偷费莉西一小包糖,做完晚祷之后,一个人躺在床上吃。

下午,她有时也去对面驿站找马车夫闲谈。太太待在楼上的房间里。

艾玛穿一件领子敞开的室内长袍,打褶的衬衫在上身带披肩的翻领之间露出来,上面有三粒金纽扣。她腰间系一条有大流苏的腰带,脚上穿一双石榴红小拖鞋,还有一束宽带子摊开在脚背上。虽然没有通信人她自己买了吸墨纸、一支笔、信纸信封;她掸掉架子上的灰尘,照照镜子,拿起一本书来,然后,心不在焉地让书掉在膝盖上。她想旅行,或者回修道院。她既想死,又想去巴黎。

夏尔骑着马到处奔波不管下雨或是下雪。他在农家的餐桌上吃炒鸡蛋,把胳膊伸进潮湿的床褥,放血时脸上溅了病人喷出的热血,听垂死的病人发出嘶哑的喘气声,检查抽水马桶,卷起病人肮脏的衣衫;不过每天晚上回家,总是温暖的火炉,准备好的晚餐,舒适的家具等待他,还有一个打扮考究的妻子,她身上有一种魅力,一股不知道从哪里来的芬芳味,是不是她的肉体使她的内衣也变香了?

她通过一些小事能得到他的好感。有时在蜡烛托盘上放一张新花样的剪纸,有时给他的袍子换一道镶边,有时给女仆烧坏了的普通菜取一个好听的名字,夏尔就津津有味地把它吃光。她在卢昂看见过一些贵妇,一串小巧玲珑的装饰品挂在表链上;她也买了一串。她在壁炉上摆了两个碧琉璃大花瓶,不久之后,又摆上一个象牙针线盒和一个镀银的顶针。夏尔越不懂这些名堂,越是觉得雅致。它们使他感官愉快,家庭舒适。这是金沙铺在他人生道路上。

他在乡下已经有了名气并且身体好,气色好。乡下人喜欢他,因为他没有架子。他抚摸小孩子的头,从来不进酒店的门,他的品行使人相信他靠得住。他最拿手的是治伤风感冒,胸部炎症。夏尔非常害怕病人死了和找他麻烦,实际上,他开的药方仅仅是镇静剂,或者偶尔来点催吐药,再不然就是烫烫脚,用蚂蟥吸血。他并不怕动外科手术;给人放起血来,就像给马放血一样痛快,拔起牙来手劲大得像"铁钳子"。

最后,为了"了解情况",他订了一份新出的刊物《医生之家》。他晚餐后读上一两页;但是房里很热,加上食物正在消化,读不到五分钟他就睡着了;就这样他双手托着下巴打盹,头发像马鬃毛一样松散,遮住了灯座脚。艾玛一见,只好耸耸肩膀。她怎么没有嫁给一个好点的丈夫?起码也该嫁个虽然沉默寡言,却是埋头读书直到深夜的人,那么到了六十岁,即使是得了风湿病,他那不合身的黑礼服上,至少也可以有一串勋章呀!她多么希望她现在的姓氏,也就是包法利这个姓,能够名扬天下,在书店里有作品出卖,在报纸上经常出现,在全法国无人不知。但是夏尔一点雄心壮志也没有!伊夫托有一个医生,最近同他一起会诊,就在病人床前,当着病人家属的面,叫他简直有点下不了台。夏尔晚上回家讲起这件事,气得艾玛破口大骂他这个同行。夏尔感激涕零。他带着眼泪吻她的额头,不知道她又羞又恼,恨不得打他一顿来泄愤。她走到过道上,打开窗子,吸了一口新鲜空气,好让自己平下气来。

"居然有这样的窝囊废!窝囊废!"她咬着嘴唇,低声说道。

她越看他,就越有气。他年纪越大,动作也就越笨:吃果点时,空瓶的塞子被他切开;餐后,他用舌头舔牙齿;喝汤时,他咽一口,就要咕噜一声;因为他开始发胖了,本来已经很小的眼睛,给浮肿的脸蛋往上一挤,挤得似乎离太阳穴更近了。

他穿衣时,羊毛衫的红边被艾玛有时塞到背心底下去,帮他重新打好领带,把他舍不得丢掉的、褪了色的旧手套扔到一边;这一切并不是像他相信的那样是为他着想,而是为了她自己,她个人的好恶扩大到他身上,发火的原因仅仅是看到不顺眼的东西。有时,她也同他谈谈她读过的书,例如小说中的一段,新戏中的一出,或者报纸上登载的"上流社会"的趣闻轶事;因为,说到底,夏尔总是一个人,总有听话的耳朵,总有唯唯诺诺的嘴。没有猎狗,她恐怕要对壁炉里的木柴和壁炉上的钟摆说知心话了。

然而,在她的灵魂深处,她一直等待着发生什么事。就像遥望着天边的朦胧雾色的沉了船的水手,希望看到一张白帆,她睁大了绝望的眼睛,在她生活的寂寞中到处搜寻。她不知道她期待的是什么机会,机会被什么风吹来,把她带去什么海岸,更不知道来的是小艇还是三层甲板的大船,船上装载得满到舷窗的,究竟是苦恼还是幸福。但是每天早晨,她一睡醒,就希望机会当天会来,于是她竖起耳朵来听;觉得很惊讶听不到机会来临,就一骨碌跳下床去寻找,一直找到太阳下山。晚上比早上更愁,又希望自己已经身在明天。

春天又来了。梨树开花的时候,放出了懒洋洋的暖气,使她觉得有一种郁闷的感觉。

一到七月,她就掐着指头计算,还要过几个星期才到十月,心里暗想,安德威烈侯爵也许还会在沃比萨再开一次舞会呢。但整个九月过去了,既没有送请帖来,也没有人来邀请。

这种失望带来了烦闷,她的心又觉得空虚,于是又开始了没完没了的、同样无聊的日子。

现在,一天接着一天来了这种同样的日子,毫无变化,数不胜数,却没有带来一点新鲜的东西。别人的生活尽管平淡无奇,但至少总有发生变化的机会。运气碰得巧,没准机会有很大变化,甚至改变整个生活环境。而她呢,什么好运道也没有碰上。这是天意!对她来说,未来只是一条一团漆黑的长廊,而长廊的尽头又是一扇紧紧闭上的大门。

她放弃了音乐:为什么要演奏?给谁听呀?既然短袖丝绒长袍她没有机会穿一件,在音乐会上,用灵巧的手指弹一架埃拉钢琴的象牙键盘,感到听众心醉神迷的赞赏,像一阵微风似的在她周围缭绕不绝,那么,她又何苦去学音乐自寻苦恼呢!她的画夹和刺绣,也都丢在衣橱里了。有什么用?有什么用?针线活也惹她生气。

"我什么都懂了,"她白言自语说。

于是她把火钳烧红了,或者瞧着天下雨,用这些来打发时光。

星期天,晚祷钟声响了,她感到多么苦闷!她呆若木鸡,注意听那一声声沙哑的钟响。屋顶上有只猫,在暗淡的日光下弓起了背,慢慢地走着。一阵阵尘土被大路上的风刮起了。远处有时传来一声狗叫,节奏单调的钟声继续响着,消失在田野里。

教堂里面的人出来了。妇女穿着擦亮了的木鞋,农民换了新的罩衣,在大人前面小孩子光着头蹦蹦跳跳,一起走回家去。有五六个男人,老是这几个,在客店大门口用瓶塞子赌钱,一直赌到天黑。

冬天很冷。每天早晨,一层霜结在玻璃窗上,从窗口进来的光线,像透过了毛玻璃一样,都成了灰色的,有时整天都灰蒙蒙,没有变化。从下午四点起,就得点灯。

天气好的时候,她就下楼到花园里去。水在白菜上露留下了银色的镂空花边,有些透明的银色长线把两棵白菜连起来了。鸟声也听不到,仿佛一切都在冬眠,草盖了墙边的果树,葡萄藤像一条有病的大蛇躺在墙檐下,走近一看,那里有一串多足虫。靠近篱笆的雪松下,戴三角帽还在诵经的神甫的石膏像的右脚掉了,甚至石膏也冻脱了皮,在神甫脸上留下了白癣。

她又回到楼上,关上房门,拨开木炭,壁炉里的热气使她昏昏沉沉,更觉得烦闷沉重地压在她心头。如果她下楼去和女佣人聊聊天,或许会好一点,但是她又不好意思下去。

每天到了一定的时间,他家的窗板就会被戴着黑色缎帽的小学校长推开,罩衣上挂着军刀的乡下警察也会走过她的门前。傍晚和清晨,驿站的马三匹一排,穿过街道,到池塘去饮水。一家小酒店的门铃,有时会响上一两声;只要起风,就听得见理发店的两根铁杆夹着几个小铜盆的招牌,嘎吱作响。理发店的玻璃窗上,贴了一张过时的时装画,还有一个黄头发女人的半身蜡像,作为装饰品。理发师也在埋怨生意清淡,前途没有希望,并且梦想着在大城市开店,比如说在卢昂,在码头上,剧场附近,于是他整天在街上走来走去,从村公所一直走到教堂,面带忧色地等待顾客。包法利夫人只要张眼一望，就看得见他歪戴着希腊便帽，穿着斜纹呢上衣，像一个卫兵在站岗放哨似的。

下午，她有时看到一个人的头出现在房间的窗格玻璃外边，脸上饱经风霜，黑色络腮胡子，慢慢地张开大嘴微笑，露出了一口白牙齿。于是，华尔兹舞立刻开始了，在手风琴上的一个小客厅里，一些只有手指那么大的舞俑就跳起舞来，女人裹着玫瑰头巾，山里人穿着短上衣，猴子穿着黑礼服，男子穿着短裤，在长短沙发、桌几之间，转来转去，他们的舞在角上贴着长条金纸的镜片照出来。那个人摇动手风琴的曲柄，左右张望，看看窗户。他时不时地朝着界石吐出一口拉得很长的黄色浓痰，同时因为手风琴的硬皮带挂在肩上很累，总得用膝盖去顶住风琴匣子；匣子是用一个阿拉伯式的铜钩吊住的，上面盖了一块玫瑰色的塔夫绸幕布，里面传出了嘈杂的音乐，有时声音忧伤，拖拖拉拉，有时兴高采烈，音调急促。这些曲调是在舞台上演奏的，在客厅里歌唱的，在吊灯下伴舞的，艾玛耳朵里传来这些外部世界的回声。没完没了、狂跳乱舞的音乐在她的头脑里高低起伏；就像印度寺院的舞蹈女郎在花朵铺成的地毯上跳舞一样，她的思想也随着音乐跳跃，左右摇摆，从梦里来，到梦里去，旧恨才下眉头，新愁又上心头。当那个摇手风琴的人收起他帽子里得到的施舍之后，就拉下一块蓝色的旧呢料，蒙在手风琴上，再把它扛在背后，拖着沉重的脚步，慢慢走开。她的眼睛也跟着他走开了。

吃晚餐的时候她特别忍受不了，楼下的餐厅这么小，火炉冒烟，门嘎吱响，墙壁渗水，地面潮湿；人生的辛酸仿佛都盛在她的盘子里了，闻到肉汤的气味，她灵魂的深处却泛起了一阵阵的恶心。夏尔吃的时间太长，她就一点一点地啃榛子，或者支着胳膊肘，用刀尖在漆布上划着一道道条纹。

现在，她对家务事也听之任之，当她的婆婆到托特来过四旬斋节的时候，非常惊讶看到这种变化。的确，媳妇从前那样讲究挑剔，现在却整天懒得梳妆打扮，穿的是灰色棉布袜，夜里点的是有臭味的土蜡烛。她再三说，他们不是有钱人家，不得不省吃俭用,还说她很满足,很快活,很喜欢托特,以及其他新的老调,来堵婆婆的嘴。再说,艾玛好像并不打算听婆婆的劝告。有一回,主人应该管佣人的宗教生活包法利老夫人居然谈到,艾玛的回答只是生气地看了她一眼,冷冷地笑了一声,吓得老太婆再也不敢多管闲事了。

艾玛变得反复无常越来越难伺候。她自己要了几样菜,却一点也不吃,一天只喝新鲜牛奶,第二天却只要几杯粗茶。她常常说了不出去,就不出门,但又闷得要死,只好打开窗户,而又只穿一件薄薄的衣衫。在她骂过女佣人之后,总是送点东西赔礼,或者放她的假,让她去隔壁消消气,就像她有时候也会把口袋里的银币都施舍给穷人一样,她并不是大发慈悲和同情别人,只不过是像大多数乡下人一样,灵魂深处还有父辈手上的老茧而已。

到二月底,卢奥老爹为了纪念他痊愈一周年,把一只又肥又大的母火鸡亲自给女婿送来了,在托特住了三天。夏尔要看病人,只有艾玛和他做伴。他在卧房里抽烟,往壁炉架上吐痰,谈的只是庄稼、牛羊、鸡鸭,还有乡镇议会;等他一走,她把大门一关,松了一口气,连她自己也感觉意外。再说,要是她瞧不起什么人,或者有什么东西看不上眼,她也并不隐瞒;有时她还喜欢发表奇谈怪论,别人说好的她偏说坏,有伤风雅的事,她却津津乐道,她的丈夫听得睁大了眼睛。

难道要永远过这种糟糕的生活?难道她永远不能跳出火坑?她哪一点比不上那些生活快乐的女人!她在沃比萨也见过几个公爵夫人,腰身都比她粗,举动也比她俗,她只有怨恨上帝太不公道了。她头靠着墙饮泣;她羡慕热闹的生活,戴假面具的晚会,她闻所未闻,然而却是自认理应享受的、放浪形骸之外的乐趣。

她脸色苍白,心律不齐;夏尔要她服缬草汤,洗樟脑浴。但不管用什么方法,她的病似乎越治越重了。

有些日子,她发高烧,没完地说胡话;兴奋过度之后,接着却又感觉麻木,一言不发,一动不动。要是恢复了一点知觉,她就拿一瓶科罗涅香水往胳膊上洒。

因为她不断地埋怨托特不好,夏尔心里也想,她一定是水土不服得病。一头栽进了这个想法,他也认真考虑迁地为良,打算换个地方开业了。

从这时起,她喝醋,要瘦下去,得了小小的干咳症,反了胃口。

要夏尔离开托特,那是太不合算了,他在这里住了四年,好不容易才开始站稳脚跟呵!但是不走又怎么办呢!他把她带到卢昂,去看他的老师。老师说她得的是神经病,应该换换空气。

夏尔到处打听,听说新堡区有一个,叫荣镇修道院大镇,医生是从波兰来的难民,上个星期搬到别的地方去了。于是他就写信给当地的药剂师,了解人口的数目,离最近的同行有多远,他的前任每年有多少收入,等等。得到的答复令人满意,他下定决心,如果到春天艾玛的病情还不好转的话,他只好迁居了。

准备搬家的时候,有一天,她收拾抽屉时,有什么东西扎了她的手指。那是她结婚礼花上的一根铁丝。橘子花蕾上盖满了灰尘,已经发黄了,缎带的银边也丝缕毕露。纸花被她扔到火里去。花烧起来,比干草还快。在灰烬中,它好像红色的荆棘,慢慢地消耗干净。她看着纸花燃烧。硬纸做的小果子裂开了,铜丝弯曲了,金线、银线熔化了,纸做的花冠萎缩了,似乎黑蝴蝶一样沿着底板飘起,最后从烟囱中飞了出去。

等到他们三月份告别托特的时候,包法利夫人已经怀了孕。

第二部

一

荣镇修道院(地名的来历是荣镇从前有一座嘉布会的修道院,现在遗址已无影无踪了)相距卢昂八古里,左边有条大路通阿贝镇,右边有条大路通到博韦,荣镇在里约河灌溉的河谷里,这条小河沿岸有三座磨坊,然后流入安德尔河,河口附近产鳟鱼,在星期天男孩子来钓鱼玩。

走到布瓦西耶,再离开大路往前面的平地走,一直走到勒坡高头,就可以看见河谷了。小河流过谷地,把两岸分成了外貌显然不同的两个地区:左岸全是草场,右岸全是耕地。草场伸展在连绵的小山脚下,到了山后又和布雷地区的牧场连成一片,而东边的平原却慢慢高起,越来越宽,展现了一望无际的金黄麦田。沿着草地河水流过,好像一条白练,把青青的草色和金黄的田埂分开,而整个田野看起来犹如一个铺平了的大披风,绿绒的大翻领上镶了一道银边。

走到尽头,迎面就是阿格伊森林的橡树,和圣·让岭的悬崖峭壁,山岭从上到下都被宽窄不等的红色长沟切开;那是雨水流过的痕迹,而这红砖的色调,像网一般分布在灰色的山岭上,来自很多含铁的矿泉水,泉水流得很远,流入了周围地区。

这里是诺曼底、皮卡底和法兰西岛交界的地方,三个地方的人杂居,语言没有抑扬高低,就像风景没有个性一样。这也是新堡地区干酪做得最坏的地方。另一方面,这里耕种开销太大,因为土地干裂,沙子、石头太多,需要大量施肥。

在一八三五年以前,去荣镇没有好路可走;大约就在这期间,修了一条"区间大道",把去阿贝镇和阿米安的两条大路连了起来,有时,运货的马车从卢昂到弗朗德去,也走这条大道。荣镇修道院虽然有了"新的出路",可是发展太慢,还在原地不动。他们不改良土壤,只是死死地抓住牧场不放,不管价格跌了多少;这个村镇行动迟缓的,和平原隔离了,自然继续向着河边伸展。远远望去,小镇躺在河岸上,就像一个放牛的牧童在水边午睡一样。

过桥之后,山脚下有一条两边种了小杨树的堤道,一直通到当地的头几户人家。房屋在院子中间,四周都有篱笆,院子里还有星罗棋布的小屋,压榨车间,车棚,蒸馏车间,都分散在枝叶茂密的树下,树枝上还挂着梯子,钓竿,还有长柄镰刀。茅草屋顶好像遮住眼睛的皮帽子一样,几乎遮住了三分之一的窗户,窗子很低,玻璃很厚,并且鼓起,当中有个疙瘩,好像一个瓶底。石灰墙上斜挂着黑色的小搁栅,墙头无意看得见一棵瘦小的梨树,楼底下门槛上,有一个可以旋转的小栅栏,免得来门口啄酒浸面包屑的小鸡进屋里去。但是再往前走,院子就更窄了,房屋之间的距离便小了,篱笆也不见了;一捆羊齿草绑在扫帚柄的一头,挂在窗户下面,摇来晃去;过了一家马蹄铁匠的作坊,就是一家车铺,外面摆了几辆新车,差不多摆到大路上。再过去,有一个栅栏门,里面是一座白房子,房前有一块圆草坪,草坪上有一尊爱神的塑像,手指放在嘴上;台阶两头各有一个铁铸的花瓶;门上挂着亮晶晶的盾形招牌,这是公证人的住宅,是当地最豪华的房屋。

教堂在街的斜对面,离公证人家只有二十步,就在广场的入口。教堂周围是小小的墓地,围墙有大半个人高,墙内布满了坟墓,旧墓石倒在地上,接连不断,如同铺地的石板,夹缝里长出来的青草画出了规则的绿色正方形。查理十世在位的最后几年,教堂翻修一新。现在,木头屋顶开始腐烂,高处先朽,不是这里,就是那里,有些陷下去了涂蓝色的地方,成了黑色。门高头放风琴的地方,成了男人的祭廊,有一道螺旋式楼梯,木头鞋一踩就咯噔响。

阳光从光滑的玻璃窗照进来,斜斜地照亮了沿墙横摆着的长凳,一些凳子上钉了草垫,下边写了几个大字:"某先生的座位"。再往前走,礼拜堂更窄了,那里,神工架和圣母小像相对而立,圣母身穿缎袍,头上蒙了有银星点缀的面纱,颧颊染成紫红,好像夏威夷群岛的神像;最后看到的是一幅"内政部长颁发的神圣家庭图",挂在圣坛上面四支蜡烛当中。祭坛的神职祷告席是冷杉木做的,始终没有漆过油漆。

菜场不过是二十来根柱子撑起的一个瓦棚,却占了荣镇广场大约一半地盘。村公所是"按照一个巴黎建筑师画的图样"盖起来的,样式好像希腊神庙,坐落在街道拐角上,在药房隔壁。底层有三根爱奥尼亚式的圆柱,一楼是一个半圆拱顶的游廊,游廊尽头的门楣中心画了一只公鸡,一个鸡爪踩在宪章上,另一个举着公正的天平。

但是最引人注目的,还要属金狮客店对面的奥默先生的药房!尤其是晚上,油灯点亮了,装潢门面的红绿药瓶在地上投下了两道长长的彩色亮光,那时,在光影中,就像在孟加拉烟火中一样,可以看到药剂师凭案而坐的身影。药房从上到下贴满了广告,有斜体字,有花体字,有印刷体,写着:"维希矿泉水,塞尔兹矿泉水,巴勒吉硫磺泉水,净化糖浆,拉斯巴伊药水,阿拉伯可可粉,达尔塞药片,雷尼奥药膏,绷带,浴盆,卫生巧克力"等。店面和招牌一样宽,上面用金字写着:奥默药剂师。在店里头,固定在柜台上的大天平后面,一扇玻璃门的上方,写了实验室三个字,在门中央,又一次出现了黑底金字的奥默二字。

除此以外,荣镇没有什么可看的了。只有唯一一条街道,从街这头开枪,可以打到那一头;在街两边有几家店铺,大路一拐弯,也就到了街的尽头。如果出街之后再往左转,顺着圣·让岭脚下走,不多久就到了公墓。

在霍乱流行时期,为了扩展墓地,还推倒了一堵后墙,买下了墙外的三亩土地;但是这块新坟地几乎没有人使用,坟墓像往常一样,总是挖在离门口近的地方,一个压着一个。看守既是掘墓人，又是教堂管事，这样可以从本教区的死人身上捞到双份好处。他还利用空地，种了一些土豆。但是年复一年，那本来就不大的空地越来越小，碰到传染病流行，他真不知道应该高兴还是难过，高兴的是有钱可赚，难过的是坟地又要占了他的田地。

"你是在吃死人的肉呢，勒斯蒂布杜瓦！"有一天，本堂神甫到底对他说了。

这句话说得他毛骨悚然，有一阵子，他洗手不干了；但是今天，他又种起他的块根来，并且心安理得地说，是自然而然长出来的。

下面就要讲到一些事，从那以后，荣镇确实没有发生什么变化。镀锡铁皮做成的三色旗，一直在教堂钟楼的尖顶上转动；时新服饰用品商店的两幅印花布幌子，还在迎风招展；药房酒精瓶里浸着的胎儿，如同一包白色的火绒，也在慢慢腐烂；还有客店大门上头的金狮子，风吹雨打，褪了颜色，在过路人看来，好像一只鬈毛狗。

包法利夫妇就要到达荣镇的那天晚上，客店的老板娘勒方苏瓦寡妇正忙得不亦乐乎，一边大锅烧菜，一边大把出汗。明天是镇上赶集的日子，一定要切好肉，开好鸡膛，煮好汤和咖啡。此外，还要准备包伙人的膳食，医生夫妇和女仆的晚餐；台球房响起了阵阵笑声；小餐室的三个磨坊老板叫人送烧酒去；木柴在燃烧，木炭在噼啪响，厨房的长桌上，在放生羊肉的地方，堆了几叠盘子，砧板上一剁菠菜，盘子也晃荡起来。听得见后院的家禽咯咯叫，女佣人在抓鸡捉鸭，准备宰了待客。

一个穿着绿色皮拖鞋的男人，脸上有几颗小麻子，头上戴一顶有金流苏的绒帽，背朝着壁炉，正在烤火。他的表情看来洋洋得意，神气平静，就像挂在他头上的柳条笼里的金翅雀一样；这个人就是药剂师。

"阿特米斯！"客店老板娘叫道，"拿些小树枝来，玻璃瓶装满水，送烧酒去，赶快！如果我知道用什么果点招待新来的客人也就好了！老天爷！这些帮搬家的伙计又在台球房里闹起来了！他们的大车还停在大门底下呢！燕子号班车一来，要不把它撞翻才怪呢！快叫波利特把车停好！……你看，奥默先生，从早上起，他们好像打了十五盘台球,喝了八坛苹果酒!……他们要把我的台毯弄破的!"她接着说,远远地望着他们,手里还拿着漏勺。

"破了也不要紧,"奥默先生答道,"你买一张新的不就得了。"

"买张新的!"寡妇喊了起来。

"既然旧的不管用了,勒方苏瓦太太,我对你再说一遍,是你错了!大错而特错了!再说,现在打台球的人,讲究台子四角的球袋要小,球杆要重。人家不再打弹子啦,一切都改变了!人也得跟着时代走!你看看特利耶……"

老板娘气得涨红了脸。药剂师接着道:

"他那张球台,随便你怎么说也比你这张漂亮得多;他又会出主意,比如说,为波兰的爱国难民,或者为里昂遭水灾的难民下赌注……"

"我才不在乎他那样的叫花子呢!"老板娘耸耸她的胖肩膀,打断他的话说。"算了算了!奥默先生,只要金狮客店开一天,总会有客人来。我们这种人呀,不愁没有钱赚!倒是总有一天,你会看到他开的法兰西咖啡馆关门大吉,门窗贴上封条的!换掉我这张球台!"她接着自言自语说,"你不知道台子上放要洗的衣服多么方便!到了打猎的季节,我还可以在台子上睡六个客人呢!……这个慢手慢脚的伊韦尔怎么还不到!"

"难道你还等班车来才给客人开晚餐?"药剂师问道。

"等班车来?那比内先生怎么办!只要六点钟一响,你肯定会看到他来用晚餐,像他这样刻板的人,世上也没有第二个。他总是要坐小餐室里的老位子!宁死也不肯换个座位!又挑剔!连苹果酒也要挑三拣四!根本不像莱昂先生;人家有时七点钟,甚至七点半才来呢;有什么吃什么,看也不看一眼。多好的年轻人!说话声音高了都怕妨碍别人。"

"这一下你就可以看出来,一个当过兵的税务员和受过教育的人是多么不同了。"

六点钟一敲,比内进来了。

他的身材瘦小,穿的蓝色外衣,从上到下成条直线,皮帽子的护耳,在头顶上用绳子打个结,帽檐一翘起来,就露出了光额头,这是戴时间长了头盔留下的痕迹。他穿一件黑色呢子背心,衣领是有衬布的,裤子是灰色的,一年四季,靴子都擦得很亮,可是脚趾往上翘,两只靴的脚背都凸起一块。金黄色的络腮胡子,没有一根越轨出线的,描绘出他下巴的轮廓,像花坛边上的石框一样,围住他平淡的长脸,还有脸上的小眼睛和鹰钩鼻。无论干什么,他都是个好手,家里有架车床,他就来做套餐巾用的小圆环,像艺术家那样妒忌,像大老板那样自私,他把圆环堆满了一屋。

他向小餐室走去;但是先得请三个磨坊老板出来;在摆刀叉的时候,他一言不发地坐在炉边的位子上;然后像平日一样关上门,摘下帽子。

"说几句客气话也不会磨烂他的舌头呀!"药剂师一见只有老板娘和他了,就说。

"他从来不谈天,"老板娘答道。"上星期,来了两个布贩子,两个很有意思的年轻人。晚上,他们讲了一些笑话,笑得我都流眼泪了;而他呢,呆在那里,好像一条死鱼,一句话也不说。"

"是呀,"药剂师说,"没有想象力,没有趣味,一点不像见过世面的人!"

"不过,人家却说他很有办法呢,"老板娘不同意了。

"办法?"奥默先生回嘴说,"他!有什么办法?在他那一行,倒也可能,"他又用比较心平气和的语调加了一句。

于是他接着说:

"啊!一个联系很广的商人,一个法律顾问,一个医生,一个药剂师,心无二用,变得古怪了,甚至粗暴了,这都说得过去,历史上有的是嘛!但是,至少,那是因为他们心里有事呀。就说我吧,有好多回我在写字台上找钢笔写标签,找来找去都找不到,结果却发现笔夹在耳朵上!"

那时，勒方苏瓦寡妇走到门口，看看燕子号班车来了没有。她吃了一惊。一个穿黑衣服的男人突然走进了厨房。在慌忙地暮色中，看得出他的脸色通红，身体强壮。

"神甫先生，有事情找我吗？"客店老板娘一边问，一边伸手去拿铜制烛台，烛台和蜡烛在壁炉卜摆了一排；"你要不要吃点什么？喝一点黑茶蔗子酒，或者来一杯葡萄酒？"

教士十分客气地谢绝了。他是来找雨伞的，上次去埃纳蒙修道院时忘了拿走了，现在拜托勒方苏瓦太太派人在晚上送往神甫的住宅，说完他就回教堂去，因为晚祷钟声响了。

等到药剂师听见神甫的脚步声走过了广场，他就大发议论，说神甫刚才的做法太应该了。在他看来，拒绝喝酒是最讨厌的装模作样；哪一个教士在没有人看见的时候不大吃大喝，总想恢复大革命以前的生活？

老板娘帮神甫说话了：

"要说末，像你这样的男人，他一个可以顶四个。去年，他帮我们的人收麦秆；一趟就扛了六捆，力气不小那！"

"棒极了！"药剂师说。"那么，打发你们的姑娘去向这样精力旺盛的男子汉忏悔吧！我呢，我如果是政府的话，我要一个月给神甫放一次血。不错，勒方苏瓦太太，每个月都要切开静脉大放血，这才不会有碍治安，伤风败俗呵！"

"住口吧，奥默先生，你不信神！你不信教！"

药剂师回嘴说：

"我信教，信我自己的教，我敢说比他们任何一个都更相信，他们不过是装腔作势，耍骗人的花招而已。和他们不同，我崇拜上帝！我相信至高无上的真神，相信造物主，不管他叫什么名字，那都不要紧，反正是他打发我们到世上来尽公民的责任，尽家长的责任的。不过，我犯不着去教堂，吻银盘子，掏空自己的钱包去养肥一大堆小丑,他们吃得比我们还好呢!因为你要礼拜上帝,那在树林里,在田地里,甚至望着苍天都可以,古人就是那样的吗?我的上帝,就是苏格拉底、富兰克林、伏尔泰和贝朗瑞的上帝!我拥护《萨瓦教长的信仰宣言》和八九年的不朽原则!因此,我不承认上帝能拄了拐杖在乐园里溜达,让他的朋友住在鲸鱼的肚子里,大叫一声死去,三天之后又活过来:这些事情本身就荒唐无稽,何况还完全违反了一切物理学的定律;这反倒证明了,顺便说一句,神甫是愚昧无知的朽木,还硬要把他人和世人一起拉入黑暗的无底洞。"

药剂师住了口,用眼睛寻找周围的听众,因为他一激动就忘乎所以,还以为自己在开乡镇议会呢。但是客店老板娘却不再听他那一套;她伸长了耳朵,要听远处的车轮声。她听得出马车的声响,夹杂着松动了的马蹄铁打在地上的咔嗒声,燕子号到底在门口停住了。

班车只有两个大轮子上面放一只黄箱子,轮子和车篷一样高,使旅客看不见路,却把尘土带上他们的肩头。车门一关,狭窄的气窗上的小玻璃就在框子里振动,玻璃上有一层灰尘,再加上左一块、右一块泥水干后留下的斑点,连大雨也洗不干净。班车套了三匹马,一匹打头,下坡的时候,车一颠簸,箱底就会挨地。

有几个荣镇的老板到广场上来了;他们一块说话,打听消息,问长问短,找鸡鸭筐子;伊韦尔忙得不知道回答谁才好。本地人总是拜托他进城办事。他要去铺子里买东西,替鞋匠带回几卷皮子,给马蹄铁匠带来废铁,给老板娘带一桶鲱鱼,从妇女服饰店带回几顶帽子,从理发店带来假发;他一回来,站在座位上,高声叫喊,把一包一包东西从篱笆上扔到院子里去,而他的马认得路,会自己向前走。

一件意外的事使班车回来迟了:包法利夫人的狗在田野里不知去向。大家足足吹了一刻钟口哨,叫狗回来。伊韦尔甚至开了半古里倒车,总误以为看见狗了;但是不得不赶路呀。艾玛气得哭了,总怪夏尔倒霉。布贩子勒合先生和她同车,想办法安慰她,举了好多例子,说狗丢了几年之后,还认得它的旧主人。他听人说,有一条狗从君士坦丁堡回到了巴黎。另外一条笔直走了五十古里，泅过了四条河；他的父亲有一条卷毛狗，丢失了十二年，一天夜里，他进城吃晚餐，不料忽然在街上碰见这条狗，它一下就跳到他的背上去了。

二

艾玛第一个下车，接着是费莉西，勒合先生，还有一个奶妈，而夏尔是不叫不醒，自从天一黑，他就在车角落里睡着了。

奥默上前作自我介绍；他向夫人表示敬意，对医生说了些客气话，说他非常高兴能为他们效劳，并且口气亲热地说，他自作主张要陪他们晚餐，再说，他的妻子也不在家。

包法利夫人一进厨房，就走到壁炉前。她用两个手指头捏住膝盖上的袍子，把它往上一提，露出了脚踝骨，再把一只穿着黑靴子的脚，伸在转动的烤羊腿上面，烤火取暖。火照亮了她的全身，一道强光穿透了她的衣服，穿透了她白净皮肤的小汗毛孔，甚至穿透了她时时眨动的眼皮。风从半开半关的门吹进来，把一大片红色吹到她身上。

在壁炉的另外一边，一个头发金黄的青年人在不声不响地瞧着她。

莱昂·杜普伊先生是第二个在金狮客店包伙的人，他在公证人吉约曼那里当实习生，在荣镇住得很乏味，经常推迟用膳的时间，希望客店里会来个把旅客，可以陪他聊一个晚上。有些日子，工作完了，他不知道干什么才好，只得准时来受活罪，从喝汤开始，到吃干酪为止，一直单独和比内在一起。因此，他十分高兴地接受了老板娘的议建，来陪新到的客人晚餐，他们走进大餐厅，勒方苏瓦太太要讲究一下，就摆了四副刀叉。

奥默怕鼻炎发作，请大家不要怪他戴着希腊便帽用膳。

然后，他转过头来对邻座的艾玛说：

"夫人一定有点累了吧？坐我们的燕子号班车实在颠簸得厉害！"

"那是真的，"艾玛答道。"不过动动也很好玩，我喜欢换换地方。"

"钉在一个地方不动，"实习生叹口气说，"真是没意思透了！"

"要是你像我一样，"夏尔说，"总得骑马……"

"不过，"莱昂接着对包法利夫人说，"在我看来，没有什么比换地方更有意思的了。只要你做得到，"他又加了一句。

"其实，"药剂师说，"在我们这个地方行医，并不十分辛苦，因为大路上可以跑马车，而且一般说来，农民相当富有，出诊费也很高。在医疗方面，除了肠炎、支气管炎、胆汁感染等常见病之外，我们也不过是在收获季节，三天两天有人发烧而已，但是总的说来，情况并不严重，没有什么特别值得注意的，顶多只是得了冷脓肿，很显然，是我们乡下人住的地方卫生条件太差的缘故。啊！你会发现：需要和多少偏见做斗争呵，包法利先生，陈规陋习是多么顽固呵！你为科学做出的努力，会碰到不少人反对呵！因为他们宁愿相信九天圣母，圣骨，神甫，也不愿医生或药剂师。然而，说实话，这里天气并不算坏，就在本乡，我们还有几个活到九十岁的老人呢。我观察过寒暑表，冬天降到摄氏四度，夏天升到二十五度，最多三十度，合成列氏表，最高也不过二十四度，或者合成英国的华氏表，也只有五十四度，不会再高了！——而且事实上，我们一方面有阿格伊森林挡住北风，另一方面又有圣·让岭挡住西风；然而，这股热气来自河水蒸发而成的水汽，还有草原上大批牲畜吐出的氨气，这就是说，氮气、氢气和氧气，不对，只有氮气和氢气，这股热气吸收了地面上的腐烂植物，合成了这些不同的挥发物，可以说是把它们扎成一捆，而且自身也同空气中散布的电流起化合作用，时间一长，好像在热带地方一样，可能会产生有害健康的废气；——这股热气，我说，会变得温和的，因为从它来的地方，或者不如说，从它可能来的地方，也就是说，当它从南方来的时候，会碰上东南风的，而东南风吹过塞纳河就已经变凉爽了,有时突然一下吹到我们脸上,简直像俄罗斯的凉风呢!"

"难道附近连散散步的地方也没有吗?"包法利夫人继续问年轻的莱昂。

"呵! 非常少,"他回答道。"只有一个叫作牧场的地方,在坡子高处,在树林边上。星期天,我也到那里去,带一本书,看看落日。"

"我认为没有什么比落日更好看的了,"她接着说,"尤其是在海边。"

"呵! 我非常喜欢海,"莱昂先生说。

"难道你不觉得,"包法利夫人接过来道,"在无边无际的海上遨游,精神也更自由? 只要看海一眼,灵魂就会升华,内心也会向往无穷,向往理想!"

"高山的景色也是一样,"莱昂接着说。"我有一个表哥,去年游历了瑞士。他对我说:你想象不出湖泊多么有诗意,瀑布多么有魅力,冰川多么宏伟。你看见高大得令人难以相信的松树,横跨过飞湍急流;木板小屋,高挂在悬崖峭壁之上;在你脚下,云开雾散,显出了万丈深谷。这些景色会使人陶醉,心醉神迷,感谢上天! 我这才恍然大悟,为什么那位著名的音乐家,为了激发自己的想象,总要去对着惊心动魄的景色弹琴了。"

"你是音乐家?"她问道。

"不,我只是非常喜欢音乐罢了,"他答道。

"啊! 不要听他的,包法利夫人,"奥默插嘴了,身子趴在盘子上。"这纯属是谦虚。——怎么,亲爱的朋友! 咳! 那一天,在你房间里,你唱的'守护天使'十分好听。我在实验室里都听得见;你咬字清楚得像个演员。"

莱昂的确住在药剂师家,在二楼一间朝向广场的房子。他听见房东的恭维话,涨红了脸,而房东却已经转过头去,对医生一个一个地数着荣镇的主要居民。他讲故事,提供消息:没有人知道公证人到底有多少财产,还有'杜瓦施那家人',总是装腔作势。

艾玛接着问莱昂:

"你喜欢什么音乐呢?"

"呵! 德国音乐,让人梦想联翩的音乐。"

"你到过意大利歌剧院吗?"

"没有。不过我明年要去巴黎,读完我的法律课,那时就要看歌剧了。"

"我刚才非常高兴,"药剂师说,"和你的丈夫谈到那个丢下房屋远走高飞的亚诺达;由于他挥金如土,才给你们留下了荣镇最舒适的一座房子。这房子对医生来说方便的是有个小门通到一条小路,出出进进都没有人看见。另外,对住家的人来说,一切方便都不缺少:洗衣房、厨房带配膳室、起居室、水果储藏室等等。这个亚诺达是个浪荡子,什么也不在乎! 他在花园尽头,水池边上,搭了一个花棚,专为夏天喝啤酒用,要是夫人喜欢,不妨……"

"我的妻子不搞这套,"夏尔说。"尽管有人劝她多动动,她却老是喜欢待在房里看书。"

"这也和我一样,"莱昂接过去说,"确实,还有什么比在炉旁夜读更惬意的呢?让风吹打玻璃窗吧,让灯点着吧! ……"

"可不是?"她睁开炯炯有神的眼睛,盯着他说。

"你什么也不想,"他接着说,"时间就过去了。你一动不动,就可以神游你想看到的地方,你的思想和小说难解难分,不是亲身体会细节,就是追随故事的来龙去脉。思想和书中人打成一片,似乎是你穿了他们的衣服,在心惊肉跳一样。"

"对! 说得对!"她说。

"你有没有遇到过这种情况,"莱昂接着说,"在书里看到相识的念头,若有若无的形象,却表达了你最细腻的感情?"

"有,有的,"她回答道。

"因此,"他说,"我很喜欢诗人。我觉得诗比散文更富有温情,更能使人流泪。"

"不过,诗读久了也会生厌,"艾玛反驳说。"现在,相反,我倒喜欢一气呵成、惊心动魄的故事。我最讨厌平庸的人物,有节制的感情,那和日常见到的人一样。"

"的确,"实习生指出,"这样的作品不能使人感动,在我看来,就脱离了艺术的真正目的。人生的幻想很容易破灭,如果在思想上能和高尚的性格、纯洁的感情、幸福的情景联系上,那是多么美好呵! 就说我吧,住在这里,远离大世界,不看书还有什么消遣呢? 荣镇能提供的娱乐实在是不多了!"

"当然,就像托特一样,"艾玛接着说,"因此,我从前一直在图书室借书看。"

"要是夫人肯赏光,"药剂师听到最后一句话,就说,"我倒有些好书,可供夫人随意使用,书的作者都是名人:伏尔泰,卢梭,德利尔,华特·司各特,《专栏回声》等等,此外,我还收到各种书刊,其中《卢昂灯塔》天天送来,因为我是该刊在比舍、福吉、新堡地区和荣镇一带的通讯员。"

他们的晚餐吃了两个半小时,因为阿特米斯这个侍女穿着一双粗布拖鞋,懒洋洋地在石板地上慢慢游游走着,端了一个盘子,再端一个盘子,丢三落四,什么也不懂,老是开了台球房的门就不关,让门闩的尖头不断在墙上碰得咔嗒响。

莱昂一边说话,一边不知不觉地把脚踩在包法利夫人椅子的横档上。她系了一条蓝缎小领带,使有管状褶裥的细麻布衣领变得笔挺,如同绉领一样;只要她的头上下一动,她的下半边面孔就会藏进她的颈饰,或者款款地再露出来。就是这样,他们两个挨得很近,在夏尔和药剂师谈天的时候,他们也进入了闲谈,于是谈来谈去,总离不开一个中心,那就是他们共同的兴趣:巴黎的演出,小说的名字,新式的四对舞,他们不知道的世界,她住过的托特,他们现在住的荣镇。他们翻箱倒柜,什么都谈,一直谈到吃完晚餐。

上咖啡的时候,费莉西到新居去把房间准备就绪,四个客人没等多久也离席了。勒方苏瓦太太靠着炉火的边缘已经睡着,马夫手里提着一盏灯,等着把包法利夫妇送去新居。他的红头发上还沾着碎麦秸,走起路来左腿一瘸一拐。等到他用另一只手接过了神甫先生的雨伞,大家就上路了。

全镇都已经入睡。菜场的柱子投下了长长的黑影。土地是灰色的,好像夏天晚上一样。

不过,医生的住宅离客店只有五十步远,大家立刻差不多就互祝晚安,各走各的了。

艾玛一进门廊,就觉得石灰渗出的冷气,好像湿布一样,落在她的肩上。墙是新粉刷的,木楼梯嘎吱地响。一楼的房间没有挂窗帘,一道淡淡的白光从窗口照了进来。隐隐约约地看得见树梢,还有远处在雾中若隐若现的牧场,沿河道的草地在月光下冒出水汽。房间里面,乱七八糟地放着五斗柜的抽屉,瓶子,帐杆,镀金的床栏,堆在椅子上的褥垫,搁在地板上的面盆,那两个搬家的人,随便把家具放下了。

她这是第四次在一个不熟悉的地方睡觉。头一回是进修道院的那天,第二回是到托特的那一晚,第三回是到沃比萨,而这次是第四回了;每一回似乎都在她的生活中开始了一个新阶段。她不相信:在不同的地方,事物会出现相同的面目;既然过去的生活不如人意,剩下来等待消磨的时光,当然会更好了。

三

第二天,她刚起床,就发现实习生在广场上。她穿的是梳妆衣。他抬起头来,向她打招呼。她赶快点点头,就把窗子关上。

莱昂等了整整一天,等下午六点钟来到;但是,他走进客店时,只看见比内先生一个人在餐桌就座。

头一天的晚餐,对他说来,是一件大事;在这以前,他以前没有同一位女士一连谈过两个小时。怎能用这样美妙的语言,把这么多从没讲清楚的事情,对她讲得一清二楚呢?他一向胆小,非常保守,一半由于腼腆,一半由于害怕出丑。在荣镇,大

家都认为他"老老实实"。他聆听成年人发表意见,似乎并不热衷政治:这对年轻人来说,是很难得的。而且他多才多艺,会画水彩画,会读高音乐谱,晚餐后不打牌,就专心读文学作品。奥默先生看重他有文化;奥默太太喜欢他为人随和,因为他时常在小花园里陪伴那些小奥默。这些肮脏的小家伙,没有教养,有点迟钝,像他们的母亲一样。照顾他们的人,除了女佣人之外,还有药房的伙计朱斯坦,他是奥默先生的远亲,药房收留了他,似乎是做好事,其实是把他当佣人。

药剂师表现得是一个再好不过的邻居。他告诉包法利夫人关于商店的情况,特意把他认识的苹果酒贩子找来,亲自为她尝酒,并且亲眼看着酒桶在地窖里摆好;他还指点她怎样才能买到价廉物美的黄油,而且替她和勒斯蒂布杜瓦打交道,这个教堂管事,除了管理教堂和料理丧葬以外,还随主顾的心意,按钟点或按年头照管荣镇的主要花园。

并不单单是关怀别人,才使药剂师这样亲切地巴结包法利的,关怀之下还有自己的打算。

他违犯了十一年四月十九日公布的法律,第一条严禁所有没有执照的人行医。经人暗中揭发,奥默被传唤到卢昂,去王家检察院办公室见检察官先生。这位法官穿了公服,肩上披了白鼬皮饰带,头上戴了直筒无边高帽,站着传他。这是在早晨开庭以前。他听见宪兵的笨重靴子走过通道。远处好像有大铁锁锁牢门的声音。药剂师的耳朵嗡嗡响,仿佛就要中风倒地;他似乎关在地牢底层,一家老小都在痛哭,药房已经出卖,短颈大口瓶丢得到处都是;他不得不走进一家咖啡馆,喝一杯掺矿泉水的甘蔗酒,才能清醒过来。

日子一久,对这次警告的记忆渐渐忘记了,他又像以前一样在药房后间看病,开一些不关痛痒的药方。但是他怕镇长怪罪,又怕同行妒忌,所以向包法利先生大献殷勤,拉好关系,这是要赢得他的感激之心,万一他发现了什么以后,也会嘴下留情。因此,每天早上,奥默都给他把"报纸"送来,而到了下午,他又要离开药房,到负责居民健康的医生那里谈上几句。

夏尔很不高兴:没有人来看病。他一坐就是好几个钟头,一句话也不说,不是在诊室里睡觉,就是看太太缝衣服。为了消磨时间,他在家里干粗活,甚至试用漆匠剩下来的油漆给顶楼添上颜色。不过他最操心的,还是钱财大事。他花了不少钱来修理托特的房屋。为夫人买化妆品,还有搬家,结果三千多金币的嫁资,在两年内就用完了。再说,从托特搬到荣镇,损坏了多少东西,又丢失了多少!还不算那座神甫的石膏像,因为颠簸太厉害,从大车上掉了下来,在坎康布瓦的石板路上摔得粉碎了!

还有一件他乐于操心的事,那就是他的妻子有孕。分娩期越来越近,他也越来越疼她。这是在建立另一种血肉的联系,好像连续不断地感到他们的结合越来越复杂了。当他在远处看见她走路懒洋洋的样子,胯骨以上没穿束腰的身子软绵绵地转动,当他们面对面地坐着,他随心所欲地瞧着她在扶手椅上没精打采的模样,那时,他幸福得控制不住了;他站起来,拥抱她,用手摸她的脸,叫她做年轻的小妈妈,想要她跳舞,又是笑,又是哭,想到什么,就说什么,滔滔不绝地开着各式各样亲热的玩笑。想到要生孩子,他陶醉了。现在,他什么也不缺。他认识了人生的整个过程,于是就把胳膊肘凭着人生的餐桌,高高兴兴地享受人生。

艾玛起先觉得非常惊奇,后来又急于分娩,想要知道做母亲是怎么回事。但是,她不能乱花钱,买一个有玫瑰罗帐的摇篮,几顶童帽绣着花,于是一气之下,她就懒得管婴儿的穿着,统统向村里一个女工订货,既不挑选,也不商量。这样一来,她就享受不到准备工作的乐趣,而在准备当中,母爱是会变得津津有味的;她的感情,从一开始,也许就缺少了什么东西,就冲淡了。

相反,夏尔却是每餐不忘谈到他们的小把戏,久而久之,她想到他的时候,也越来越想念了。

她希望生一个儿子,身体强壮,头发褐色;她要他叫乔治;这个生男孩子的念头,就好像希望弥补一个女人无所作为的过去一样。一个男人至少是自由的,可以尝遍喜怒哀乐,走遍海角天涯,跨越面前的障碍,抓住以后的幸福。可对一个女人却是重重困难。她既没有活动能力,又得听人摆布,她那软弱肉体,只能依靠法律保护。她的愿望就像用绳子系在帽子上的面纱,微风一起,它就蠢蠢欲动,总是受到七情六欲的引诱,却又总受到清规戒律的限制。

一个星期天早上六点钟,太阳出来的时候,她分娩了。

“是个女儿!”夏尔说。

她头一转,昏过去了。

奥默太太差不多立刻跑过来吻她,金狮客店的勒方苏瓦大妈也不落后。药剂师懂得分寸,只在半开半闭的门口,顺便说了几句道喜的话。他想看看婴儿,并且说她长得好漂亮。

坐月子期间,她挖空心思给女儿起名字。她先考虑有意大利字尾的,如克拉蕾,路易莎,阿芒达,阿达拉;她相当喜欢嘉姗德,但又更喜欢伊瑟或莱奥卡蒂。夏尔希望孩子用母亲的名字,艾玛反对。她们把历书从头翻到尾,甚至见人就问。

"莱昂先生,"药剂师说,"前一天和我谈起这件事,他问你们为什么不选玛德兰这个非常好听的名字。"

但是包法利奶奶大喊大叫,不能用一个罪人的名字。至于奥默先生,他偏爱伟大的人物,光辉的事件,高贵的思想,因此他给他的四个孩子命名时,就是根据这套道理:拿破仑代表光荣;富兰克林代表自由;伊尔玛也许是对浪漫主义的让步;阿达莉却表示对法兰西舞台上不朽杰作的敬意。因为他的哲学思想并不妨碍艺术欣赏,思想家并不抑制感情的流露;他分得清想象和狂想。例如这部悲剧,他指摘思想,却欣赏性格;他诅咒全剧的构思,却称赞所有的细节;他厌恶剧中人物,却热爱他们的对话。当他读到得意之处,不禁手舞足蹈,想到教士以权谋私,又不免悲感交加,这样百感交集,无法自拔,既想亲手为拉辛戴上桂冠,又想和他争得水落石出,争到斗换星移。

最后,艾玛想起在沃比萨侯爵府,听见侯爵夫人叫贝尔特这个年轻女子,于是名字就选定了。因为卢奥老爹不能来,他们请教父奥默先生。他送的礼物都是药房的出品:六盒枣糊止咳剂,一整瓶可可淀粉,三筒蛋白松糕,还有六根冰糖棒在橱子里找到的。举行洗礼的晚上,摆了一桌酒席;神甫也来了;过得很高兴。喝酒之前,奥默先生唱起《好人的上帝》来。莱昂先生唱了一支威尼斯船歌,包法利奶奶是教母,也唱了一首流行的浪漫曲是帝国时代;最后,包法利老爹硬要人把小孩子抱下来,开始给她举行洗礼,当真拿一杯香槟酒倒在她头上。拿洗礼这种头等神圣的事来开玩笑,使布尼贤神甫生气了;包法利老爹却从《众神的战争》中引用了一句话来做答复,气得神甫要走;妇女们一起恳求他留下,奥默也来说合,结果总算又使神甫坐了下来,他倒像没事人一样,又端起碟子,喝那剩下来的一半杯咖啡。

包法利老爹在荣镇又住了一个月,他早上戴着漂亮的银边警官帽,在广场上吸烟斗,把居民都唬住了。他习惯于大喝烧酒,时常派女佣人去金狮客店买上一瓶,记在他儿子的账上；要他使围巾有香味，他把媳妇储备的科隆香水全用光了。

媳妇也不讨厌有他做伴。他见过世面；他谈到柏林，维也纳，斯特拉斯堡，谈到他的军官生活，他过去的女友，他摆过的盛大宴会，而且显出讨人喜欢的样子，有时在楼梯上或花园里，他甚至搂住她的腰喊道：

"夏尔，不要大意！"

于是包法利奶奶为儿子的幸福担心了，生怕时间一久，她的丈夫会对年轻女人的思想产生伤风败俗的影响，她就催他早点动身回去。也许她有更严重的忧虑。包法利老爹是个不顾体统的人。

一天，艾玛突然心血来潮，要去看小女儿，就到奶妈家去，也不看看历书，看坐月子的六个星期过了没有，就向罗勒木匠住的地方走去。他住在村子的里头，在山坡下，在草原和大路之间。

时间已是中午；家家户户都关了窗板，青石板屋顶在蓝天的强光下闪闪发亮，人字墙的墙头似乎在冒火花。一阵闷热的风吹来。艾玛觉得四肢无力，走不动了；河边道路上的碎石头又磨脚；她打不定主意，到底是回家，还是找个地方休息一下。

正在这个时候，莱昂先生从附近一家大门里出来了，胳膊下面还夹着文件。他走过来和她打招呼，并且在勒合商店门前伸出来到灰色帐篷的阴影下站住了。

包法利夫人说，她要去看她的孩子，但是她已经觉得累了。

"如果……"莱昂吞吞吐吐，不敢再说下去。

"你事忙吗？"她问道。

实习生说他不忙，她求他做伴。一到晚上，这事就传遍了荣镇，镇长的太太杜瓦施夫人对女佣人说："包法利夫人真不要脸。"

要到奶妈家去，就去公墓一样，走出街后，要向左转，走上一条两边栽了女贞树的小路，穿过一些小房子和小院子。女贞树正开花，还有婆婆纳，犬蔷薇，荨麻和轻盈的树莓，耸立在荆棘丛中，争奇斗妍。从篱笆眼里看得见，破房子里公猪躺在粪堆上,或者是颈上套着夹板的母牛在树上磨角。他们两个,肩并肩,慢慢走着,母亲靠在他身上,他随着她的脚步,放慢了自己的步子;在他们前头,一群苍蝇乱飞,在闷热的空气中发出了嗡嗡声。

他们看见一棵老胡桃树下有一所房子,认出了奶妈家。房子很矮,屋顶上盖了灰色瓦,顶楼天窗下面,挂了一串大葱念珠似的。一捆一捆细小的树枝,直立在荆棘篱笆旁边,围着一块四方的生菜地,一小片只有几尺长的薰衣草地,还有开花豌豆爬在支架上的。脏水泼在草上,流得左一摊,右一摊,房子周围晾着好几件破衣烂衫看不清楚的,针织的袜子,一件红印花布的女用短上衣,还有一块厚帆布摊开在篱笆上。奶妈听见栅栏门响,就出去了,还抱着一个吃奶的孩子。她用另一只手牵着一个小家伙瘦得可怜,脸上长满了瘰疬,这是卢昂一个帽商的儿子,父母做生意忙,把儿子留在乡下。

"进来吧,"她说,"你的孩子在那边睡着呐。"

底层只有一间房子。紧靠着里面的墙边,有一张没挂帐子的大床,靠窗放着缸和面,玻璃破了一块,是用蓝纸剪成的太阳图案粘起来的。门后面的角落里,在石板底下有一个洗衣池,摆着几只半统钉靴,靴底的钉子很亮,旁边有一个瓶子装满了油,瓶的颈口插了一根羽毛;一本《马太历书》扔在满是灰尘的壁炉架上,在打火石、蜡烛头地零碎的火绒当中。最后,这屋子里显得多余的是一个荣誉女神吹喇叭的画像,这当然是从什么香水广告画上剪下来的,用六个靴钉钉在墙上。

艾玛的孩子睡在地上一个柳条摇篮里。她连人带被窝都抱了起来,胳膊上下左右摇晃,轻轻地唱着歌。

莱昂在房里走来走去;看见这个太太穿着南京市袍漂亮得很,待在一个穷苦人家,他觉得不是滋味。包法利夫人脸红了;莱昂转过身去,以为这样看她未免失礼。孩子吐奶吐在她衣领上,她就把她放回原处。奶妈赶快来擦干净,并且说奶不会留下痕迹的。

"她也在我身上吐奶,"奶妈说。"要是方便的话我一天到晚都得给她漱洗!好不好请你对杂货店的卡米说一声,我缺肥皂的时候,要他让我拿几块用?那我就不用多打搅你了。"

"好的,好的!"艾玛说。"再见,罗勒大嫂。"

她走出来,在门槛上擦了擦脚。

大嫂把她送出了院子,一面对她诉苦,说自己每天夜里都得起来。

"我有时候累得不行,坐在椅子上就睡着了。所以,你起码也该给我一小磅磨好的咖啡,我早上掺牛奶喝,可以喝,几个月。"

包法利夫人耐着性子听她道谢的话,就上路了;小路走了一段,忽然听见木头套鞋的响声,回头一看:来的是奶妈。

"还有什么事?"

于是她被乡下大嫂拉到旁边一棵榆树后面,开始对她谈起她的丈夫来,说他干的那行,一年才挣六个法郎,而他的头头……

"快点说吧,"艾玛说道。

"唉!"奶妈说一句话,接着一口气,接着说道:"我怕他看到我喝咖啡,心里会难过的。你知道,男人……"

"虽然你有咖啡喝,"艾玛重复说,"我会给你们的!……别啰唆了!"

"唉!好心的太太,因为他受过伤,胸口抽筋抽得厉害。他甚至说,连苹果酒也不能喝。"

"说快点吧,罗勒大嫂!"

"那么",奶妈行了一个屈膝礼,"要不嫌我过分的话……(她又行了一个屈膝礼),要是不介意的话(她的眼睛露出恳求的神色),要一小罐烧酒,"她到底说话了,"我可以用来擦你孩子的脚,她的小脚丫嫩得像舌头。"

艾玛解脱了奶妈的纠缠,又挽上了莱昂先生的胳膊。她先走得很快,后来放慢了脚步；她的眼睛看着前方，看到了一个年轻人的肩膀，他的外衣领子是黑绒的。他的褐色头发梳得整整齐齐，垂在衣领上。她看到他的指甲留得比荣镇人长。实习生没事干就修指甲；他的文具盒里有把小刀，是专修指甲用的。

他们从河岸走回荣镇。到了热天，水浅岸宽，花园连墙基也会露出来，要下一道台阶才走到河边。河水不声不响地流着，看起来又凉又快；细长的水草成片地倒伏在流水里，随水浮动，好像没人梳理的绿头发，摊开在一片清澈之中。有时候，在灯芯草的尖端，或者在荷叶上面，看得见一只细脚虫慢慢爬着，或是待着不动。阳光穿过前赴后继、若隐若无的波纹，好像穿过蓝色的小球；老柳树瞧着自己的断枝残条和灰色树皮在水中的倒影；再往前后，周围都是草场，显得空荡荡的。这时正是田庄用膳的时刻，年轻的少妇和她的同伴走路的时候，只听见他们自己的脚步在土路上行走的节奏，他们说话的声音，还有艾玛的袍子在身上磨蹭的窸窣声。

花园墙顶上砌了玻璃瓶的碎片，像暖房的玻璃屋顶一样热。砖墙缝里长了桂竹香。包法利夫人撑开阳伞走过，伞边碰到开残了的花，就撒下一阵黄粉，碰到忍冬和铁线莲挂在墙外的枝条，小枝就会缠住蓬边，划过伞面。

他们谈到一个西班牙歌舞团，不久要在卢昂剧场演出。

"你去看吗？"她问道。

"能去就去。"他答道。

难道他们没有别的话讲？他们说出来的话比眼睛还更重要得多。当他们搜索枯肠，说些平淡无奇的话时，他们两人都觉得一种忧郁涌上心；这好像是窃窃私语的灵魂声，深沉悠远，不绝如缕，比说话的声音还更有力量。他们发现了这种新的惊奇美妙感，却没有想到要互相倾吐各自的感受，也没有想到要寻找这种感受的起因。未来的幸福好比热带地区的海岸，吹来一阵香风，把软绵绵的当地风光融入了无边无际、可望而不可即的幸福海洋，他们沉醉在感受中，甚至懒得去想那看不见的前途远景了。

有一个地方给牲口踩得陷了下去;只好踏着烂泥中稀稀落落的大青石,才能走过。她不得不时常站住,看看哪落脚好,——石头一动,她就摇晃,胳膊高举,身子前倾,眼神惊惶。她笑了起来,害怕掉进水坑里去。

他们到了她家花园前面,包法利夫人推开栅栏门,跑上台阶,就进去了。

莱昂回到事务所。公证人不在;他看了一眼档案夹,然后削了一支鹅毛笔,然后戴上帽子走了。

他来到阿格伊岭上的"牧场",没有走进森林,就躺倒在冷杉树下,从手指缝里看着天。

"我多无聊!"他自言自语说,"我多无聊!"

他抱怨村子里的生活,奥默这样的朋友,吉约曼这样的老师。公证人一天到晚只忙事务,戴一副金丝边眼镜,留一嘴络腮胡子,系一条白领带,一点也不会体贴别人,只会摆出一副英国人的死板派头,头几天倒把实习生唬住了。至于药剂师的老婆,那是诺曼底最好的妻子,像绵羊一样温顺,爱护她的子女、父母、亲戚,为别人的不幸而哭,却不管自己的家务,讨厌穿紧身衣。她行动迟缓,语言无味,相貌一般,说话就那几句,虽然她三十岁而莱昂才二十,他们住在对门而且每天说话,但他从没想到她是女人,脱了裙子有什么女人味。

除此以外,还有什么人呢?比内,几个商人,两三个小酒馆老板,本堂神甫,最后还有镇长杜瓦施先生和他的两个儿子,他们自己种地,一家人大吃大喝,却很信教,真叫人受不了。

这些面孔构成的背景,衬托得艾玛的形象更加孤单,更加遥远;因为他感到在她和他之间,仿佛隔着懵懵懂懂地深渊。

起初,他同药剂师到她家去过几回。夏尔对接待他似乎并不特别感兴趣;莱昂既怕自己冒昧,又明知不可能的亲近,所以就不知道如何是好了。

四

冷天一开始,艾玛就不住在卧室里了,而搬到厅子里去:厅子长长的,天花板很低,在壁炉上的镜子前面摆了一盆茂密的珊瑚枝条。她坐在窗前的扶手椅里,看着村里人来来往往的在人行道上。

莱昂从公证人事务所走到金狮旅店去,每天要走两回。艾玛听见他的脚步声由远而近,她听时身子向前倾;那个年轻人却总是同样的装束,头也不回,就从窗帘外溜过去了。但是到了黄昏时分,她用左手支着下巴,把开了头的刺绣撇在膝盖上不管,突然看见这个影子溜过,不由得震颤一下。于是她站起来,招呼佣人摆好餐具。

奥默先生是在晚餐时来他们家。他把希腊便帽拿在手里,悄悄走了进来,以免打扰他们。他老是重复同样的话:"晚上好,老朋友!"然后,他走到饭桌前,在这对夫妇之间的老位子上坐下。他向医生打听有多少人来看过病,医生同他商量该收多少诊费。接着,他们就谈报纸上的消息。到了晚上这个时候,奥默差不多已经能把消息背诵好了;他不但可以和盘托出,而且夹叙夹议,把记者的评论,国内外私人的大灾小祸等秘闻轶事都讲得历历如数家珍。但是,不等话题谈得山穷水尽,他就马上话头一转,品评起眼前的菜肴来。有时,他甚至探起身子,精心地为夫人挑选一块最嫩的肉,或者转过身去对女佣人说,怎样操作才能烧好炖肉加蔬菜,怎么调味才算讲究卫生;他谈到香料、味精、肉汁和明胶,谈得令人目迷五色。而且奥默头脑里的配方,比药房里的瓶子还多,做各式果酱、香醋和甜酒是他的拿手好戏,他还知道新发明的节约用热能的方法,以及保存干酪、料理坏酒的技术。

到了八点钟,朱斯坦来找他回去,药房快关门了。奥默先生发现他的学徒喜欢来医生家,尤其是碰到费莉西在的时候,于是他就用狡诈的眼光看着他。

"我的这个小伙子，"他说，"开始会打主意了。我说，他爱上了你们的女佣人，要不才怪呢！"

但是药剂师怪学徒的，还有一个更重要的错误，那就是一听见有人谈话，他便立地生根了。比如说，星期天，简直没有法子要他离开客厅。本来奥默太太把他喊来是要他把孩子们抱走的，因为他们在安乐椅里睡着了，而椅套太大，都给他们的背脊挤皱了，但他却站住了就不走。

并没有几个人来参加药剂师家晚上的聚会，他喜欢议论政治说长道短，体面人先后都对他敬而远之。只有实习生一次聚会也不错过。一听见门铃响，他就跑去迎接包法利夫人，接过她的披肩；如果下雪，她的鞋上穿了布边大套鞋，他就把她脱下的套鞋放在药房长桌底下，摆在一边。

他们先玩了几盘"三十一点"，然后，奥默先生和艾玛玩两人牌戏，莱昂站在她背后出点子。他把手搭在她的椅子靠背上，眼睛像牙齿一般咬住她发髻的梳子盯着。她每次出牌，身子一动，右边的袍子就撩起来。她的头发往上卷起，露出了她褐色的背脊，但是褐色越往下走越淡，渐渐消失在衣服的阴影中。她松松的衣服从座位两边一直拖到地上，上面满是皱褶。有时莱昂发现他的靴子后跟踩了她的袍子，就立刻把脚挪开，好像踩了她的脚一样。

打完了扑克牌，药剂师又和医生玩起多米诺骨牌来，艾玛换了座位，把胳膊肘撑在桌子上，一页一页地翻看《画报》。她带来了时装杂志。莱昂坐在她的身边；他们一起图画，先看完地等着后看完的。她让他念诗；莱昂就拉长了声调阅读，读到爱情的段落，他连出气都分外小心。但是打骨牌的声音扰乱了他；奥默先生是个强手，老是赢双满贯。打完了三百分，他们两个把腿一伸，就在壁炉前睡着了。柴火烧成了灰，茶壶喝得空空的，莱昂还在朗诵。艾玛一边听，一边无意识地转动灯罩，纱罩上画了几个拿着平衡木走钢丝的舞女和坐车的丑角。莱昂打住了，用手指着已经入睡的听众；于是他们低声说起话来，这悄悄话显得特别情意绵绵，因为不怕别人听见。

这样,他们之间就建立了一种联系,不断地交流唱歌和看书的经验;包法利先生妒忌心不重,并不觉得奇怪。

他过生日,收到一个医学用的头颅标本,染上了蓝颜色,写满了数目字,一直写到胸口。这是实习生盛情送上的礼物。他还大献殷勤,甚至替医生去卢昂买东西,一个小说家写了一本书,引起了对热带植物的新尝,莱昂为医生太太买了一盆仙人掌,他坐燕子号班车回来,花放在膝盖上,硬刺扎破了手指也不管。

艾玛在窗子外面装了一个带栏杆的小木架,把她的小花盆放进去,实习生也把花盆吊起,好像一个悬空的小花园;他们看得见对方在窗口养花。

在全村的窗户中,总有一家老是显得比别家更忙;因为星期天从早到晚,有时天气好的每个下午从顶楼的天窗口都看得见比内先生瘦小的侧影弯在车床上,车床单调的隆隆声连金狮旅店都听得见。

一天夜里,莱昂回到房里,发现了一条浅色底上印着绿叶的毛毯。他叫奥默太太、奥默先生、朱斯坦、孩子们和厨娘来看,他甚至告诉了他的老板;大家都想看看这条毯子;为什么医生太太要送实习生这份厚礼呢?这显得不合情理,于是大家一口咬定她是他的"情妇"。

这也不是胡说,他不住口地说她漂亮聪明,比内听得不愿意了,有一次竟毫不客气地回嘴道:

"这跟我有什么关系! 我和她并没有来往。"

莱昂折磨自己,想方设法,如何对她"吐露衷情"。他又怕惹得她不高兴,但却恨自己胆小,老是犹豫不决,又是气馁,又是跃跃欲试,他痛苦得哭了起来。后来,他狠狠地下了决心,写了几封信,但又撕掉了,确定了时间,又一再延期。他时常打算,无论怎样,也要开始行动了,但一到艾玛面前,他的决心就消失了;碰到夏尔出来,邀他同坐马车去看附近的病人,他立刻答应,向医生太太告辞后就走了。她的丈夫不也是她的一部分吗？

至于艾玛，她并没有问过自己是否爱他。爱情对她来说，应该突然而来，光彩夺目，如同从天而降的暴风骤雨，横扫人生，震撼人心，像狂风扫落叶一般，把人的意志连根拔起，她不知道，屋檐的排水沟如果堵塞的话，雨水会使屋顶上的平台变成一片汪洋的湖泊，她自以为这样待在屋内安然无事，不料墙上已经有一条裂缝了。

五

这是二月的一个星期天，一个下雪的下午。

包法利先生和夫人，奥默和莱昂先生，大家同到荣镇半古里外的河谷里，去观看一家新建的亚麻纺织厂。药剂师把拿破仑和阿达莉也带在身旁，好叫他们活动一下；朱斯坦陪着他们，肩上扛着几把雨伞。

然而，他们要参观的地方，并没有什么可以参观的。只是一大片空地，乱七八糟地堆着些沙子和石头，还有几个已经上满了锈的齿轮，当中有一座长方形的建筑，墙上打了许多洞，那就是小窗子。房子还没盖好，从屋梁中间可以看见天空。人字墙的小梁上，系着一把麦秆，中间掺杂着些麦穗，头上的三色带子在风中喀喇响。

奥默开讲了。他对来的人解释这家厂房未来的重要性，他估量地板的载重能力，墙壁的厚度，可惜没有带把尺来，其实比内就有一把，可以供他随便使用。

艾玛伸出胳臂让他拦住，稍稍靠住他的肩膀，遥望着一轮太阳，在雾中发射出耀眼的白光；但她一转过头去，就看见了夏尔。他的鸭舌帽戴得很低，遮住了他的眉毛，两片厚厚的嘴唇有点颤动，使他的面孔露出了一副蠢相；就连他的背脊，虽然稳如大山，但是看了也令人生厌。她还发现，他这个人俗不可耐，连他的外衣也显得俗不可耐了。

她这样打量他的时候，在厌恶中得到了一种反常的快感，正好莱昂向前走了一步。天冷使他的面部变得苍白，看起来显得落落寡合，脉脉含情；他的衬衫领子有一点松，看得见领带和颈之间的皮肤；他的耳朵尖从一绺头发下面露了出来；他抬头看天的时候，又大又蓝的眼睛，在艾玛看来，简直比映照青天的山间湖泊还更清澈，还更美丽。

"该死！"药剂师忽然叫了起来。

他的儿子刚刚跳到石灰堆里，要把鞋子涂成白色，他赶快跑了过去。拿破仑一听见父亲骂他，就叫唤起来，而朱斯坦拿着一把麦秆，帮他把鞋子擦干净。但他需要用刀把石灰刮掉，夏尔就掏出自己的刀子。

"啊！"她自言自语说，"他口袋里还拿了一把刀子，真像个乡巴佬！"

直到下雪的时候，他们才回到荣镇。

晚上，包法利夫人没有去隔壁奥默家，但当夏尔一走，她感到孤单的时候，对比又自然而然地涌上心头，感觉清清楚楚，几乎就像刚发生的事，景象模模糊糊，似乎是回忆的延长。她从床上看着燃烧的火光，仿佛身子在河谷，看见莱昂站在那里，一只手弄弯他的软手杖，另一只手牵着静静地吃冰的阿达莉。她觉得他很可爱，她简直无法摆脱。她想起了他在其他时候的姿态，他说过的话，说话的声音，他整个的人，于是她伸出嘴唇，像要吻他似的，颠来倒去地说：

"是啊，可爱！可爱！……他是不是在爱着一个人呢？"她问自己，"是哪一个？……不就是我吗！"

所有的证据都摆在面前，她的心怦怦跳了。壁炉里的火焰在天花板上投下了一片红光，欢欢喜喜，哆哆嗦嗦；她扭过身去，伸直了胳膊。

于是她又开始没完没了，如怨如诉地说："唉！假如这是天意！那又有什么不可以的呢？有谁会妨碍呀？……"

等到夏尔半夜回家的时候,她装出刚刚睡醒的样子,听见他脱衣服的声音,她就说是头痛;然后漫不经心地问他晚上过得好不好?

"莱昂先生,"他说,"很早就回楼上去了。"

她不禁微微一笑,灵魂深处感到新的心旷神怡,就沉入睡乡了。

第二天夜色降临的时候,她接待了来访的商店老板勒合。这个商人很能干。

他生在加斯康尼,长在诺曼底,因此既像南方人一样爱说话,又像北方人一样有心眼。他浮肿的脸上没有胡须,好像是涂了淡淡的甘草汁,而他的白头发使他得黑色的小眼睛看透人的光芒显得更加敏锐。没有人知道他的底细:有人说他过去是个货郎,有人说他在鲁托开过钱铺。可以肯定的是,他的头脑复杂,善于算计,就连比内也怕他几分。他客气得到了卑躬屈膝的地步,老是弯着腰,不知道他的以为他在打招呼还是在求人,还是有求于人。

他把滚了绉边的帽子挂在门口后面,就把一个绿色的纸匣子放在桌上,开始向夫人道歉,客客气气地说:直到今天,还没有得到夫人的照顾。像他开的那样的小铺子,本来不配"上流"妇女光顾;他特别强调"上流"两个字。其实,只要她招呼一声,他就会送货上门的,不管她要的是服饰还是内衣,帽子还是时装,因为他一个月照例要进四回城。他和最大的商行都有来往。在三兄弟公司,金胡商店,或者大野商行,提起他的名字,真是无人不知,无人不像囊中物一样熟悉!今天,他刚巧进了好货,机会难得,所以他顺便送来给夫人过目。于是他从纸匣子里拿出半打绣花衣领。

包法利夫人瞧了瞧。

"这种东西我用不着,"她说。

勒合先生又小心翼翼地摆出三条光彩夺目的阿尔及利亚围巾,好几包英国针,一双草拖鞋,最后,四个用椰子做的、由劳改犯雕镂而成的蛋杯。然后,双手撑在桌上,颈子伸出,身子前倾,张大了嘴,望着艾玛的眼睛。她观看了一下这些货物,拿不定主意。时不时地,好像为了掸掉浮尘,他用指甲弹一弹摊开了的围巾的纵缎面;围巾抖动了,发出了轻微的窸窣声,在傍晚暗绿色的光线中,缎面上的金色圆点,就像小星星一样闪闪发亮。

"卖多少钱?"

"不贵,"他回答道,"也不必忙着给钱。看你什么时候方便,我们犹太人并不是贪钱的!"

她考虑了一阵子,结果还是谢绝了勒合先生。他倒不在乎地答道:

"好吧! 一回生,二回熟;和太太们我总是合得来的,只有我家里那一位不行!"

艾玛微微一笑。

"我如是说,"打趣之后,他又装出老实人的模样,接着说道,"就是不愁没有钱花……要是你手头紧,我这里倒方便。"

她露出了惊讶的神色。

"啊!"他赶快低声说,"你算手头紧,也用不着跑老远去借。相信我吧!"

于是他又打听咖啡馆老板特利耶的消息,包法利先生正在给这位老爹看病。

"特利耶老爹的病好点了吗? ……他一咳嗽,就会震动整个房屋,我怕他过不了几天,就用不着法兰绒恤衫,而要进雪杉木棺材了。年轻的时候,他这样花天酒地! 太太,他这号人,一点也不珍爱自己的生命! 就是喝烧酒也把他烧成石灰了!不过话又说回来,看着熟人死去总不是滋味。"

他扣上纸匣子的时候,就这样谈论医生的病人。

"天气不对头,当然罗,"他一脸不高兴地瞧着玻璃窗说,"人就生病了! 我呀,我也觉得不舒服,总有一天,我也要来看医生,治治我的背痛。打扰了半天,再见吧,包法利太太,有事尽管说,在下一定效劳。"

他轻轻地把门关上。

晚餐被艾玛叫人用托盘送到卧房里壁炉旁边;她吃的时间很长;一切都显得称

心如意。

"我怎么那样老实!"她想起了围巾,就自言自语说。

她听见楼梯上有脚步声:来的人是莱昂。她站起来,在五斗柜上的一堆抹布中,随便拿起一块来缲边。他进来时,他显得很紧张。

话谈得不够劲,包法利夫人说了上句没有下句,使他不知道说什么好。他坐在壁炉旁边一张矮椅子上,用手指头转动象牙针线盒;她却穿针引线,时不时地用指甲压得抹布打褶。她不说话,他也不开口;不管她说与不说,他都看入了迷。

"年轻人好可怜!"她心里想。

"我有什么不讨她喜欢?"他问自己。

还是莱昂开口说他要到卢昂去给事务所办事。

"你订的音乐杂志到期了,要不要我续订?"

"不要,"她答道。

"怎么啦?"

"因为……"

她抿紧了嘴唇,把针慢吞吞地穿过抹布,抽出一长段灰色的线。

艾玛的手指头似乎给抹布擦粗了莱昂看了有气;他脑子里闪出了一句献殷勤的话,但又不敢大胆说出口。

"你不再学了吗?"他接着说。

"什么?"她赶快说,"音乐吗? 啊! 我的上帝,是呵! 说来说去,要干的活多着呢! 难道我不要管家务了,不要照料丈夫了,难道分内的事不要先做!"

她看看钟。夏尔还没回来。于是,她三番两次装出担心的样子说:

"他人太好!"

实习生对包法利先生也有感情。不过妻子对丈夫感情太深反倒使他意想不到,使他不快,但他还是接着说医生的好话。他说,他听见大家尤其是药剂师都说他好。

"啊！他是一个好人，"艾玛接着说。

"当然，"实习生接嘴道。

他又谈起奥默太太来，平常他们老是笑她衣着随便，邋里邋遢。

"那有什么关系？"艾玛打断他说。"一个做母亲的人，哪里顾得上打扮自己！"

她然后又不说话了。

一连几天，她的谈话，她的姿态，统统都改变了。人家看见她把家务事放在心上，又按时上教堂，对女佣人也管得更严格了。

她从奶妈那里接回贝尔特。一有客人，费莉西就把她抱出来，包法利夫人撩起孩子的衣服，让客人看她的胳膊和腿。她说她爱孩子；孩子给她安慰、乐趣。她一边抚摸她，一边抒发感情，如果不是知道底细的荣镇人，恐怕要把她错当作《巴黎圣母院》里的好妈妈呢。

夏尔回家的时候，发现他的拖鞋总在壁炉边上烘着。现在，他的背心衬里不再脱线，他的衬衫也不再缺纽扣，他甚至高兴地看到：他的睡帽也放在壁橱里面整整齐齐地叠好。她不再像从前一样，不乐意去花园里消愁解闷；无论他提什么建议，她都同意,虽然她并没有猜到他的意图,她顺从,毫无怨言;——莱昂看见他餐后坐在炉边,双手放在肚子上,两脚蹬着炉架,面孔饱得发红,眼睛浸润在幸福中,孩子在地毯上爬,而这个腰身苗条的少妇,竟俯在椅子背上吻他的前额。

"我想到哪里去了!"他自言自语。"怎么可能到手呵?"

她在他看来显得这样贤惠,这样圣洁不可侵犯,甚至连最渺茫的希望也烟消云散了。

这种可望而不可即的情况,更把她抬高到了超凡入圣的地位。对他说来,既然得不到她的肉体,她似乎也就摆脱了凡胎俗骨;在他心里,她好像成了仙的圣徒总是扶摇直上,远离人间,令人目眩神迷地飞上九霄云外去了。这种感情是纯洁的,它并不会妨碍日常生活的运行;人们培养这种感情,因为感情也以稀为贵;有了这种感情使人得到的享受,远远少于失去这种感情给人造成的痛苦。

艾玛瘦了现在老是沉默寡言,脸色变得苍白,面孔也拉长了。她的黑头发从中间分开,紧紧贴住两鬓。她的眼睛大,鼻子直,走起路来像只小鸟,就不像蜻蜓点水似的度过人生,而且额头上隐约地露出了负有崇高使命的迹象?她是这样忧郁而又平静,温柔而又持重,使人觉得一种冷若冰霜的魅力在她身上,就像一座冰凉的大理石教堂,虽然花香扑鼻,也会使人寒战一样。即使莱昂以外的人也会感到这种不可抗拒的引诱。药剂师就说过:

"她的资质不凡,即使县长夫人也不如她。"

老板娘称赞她节省,病人说她客气,穷人称赞她慈善。

其实她却贪心不足,容易生气,怨天尤人。她的纹丝不乱的直褶裙包藏着一颗动荡不安的祸心,她的羞答答的嘴唇讲不出内心的苦恼。她爱上了莱昂,却寻求孤独,喜欢自由地想象中自得其乐。看见了真人反而扰乱了沉思默想的乐趣。艾玛听见他的脚步,心就扑扑地跳使她莫名其妙的是;在他面前,激动的感情反而低落,最后陷入一片惆怅。

莱昂并不知道，当灰心失望地离开她家的时候，她却站了起来，看着他走到街上。他的行动使她挂念；她暗中观察他的脸色，甚至凭空捏造，找个借口到他房间里去。药剂师的老婆在她看来真是幸运，能够和他同住在一个屋檐下；而她的思绪不断围绕着这所房子，就像金狮旅店的鸽子老是飞来这里，把白羽红爪浸在檐沟里一样。艾玛越是发觉自己堕入情网，越是压制自己的感情，让它慢慢削弱好不流露出来。她并不是不想莱昂猜到她的心事；她甚至想出一些机会，一些突如其来的变化，好使他恍然大悟。但是她没有这样做，当然，不是行动太慢就是心里害怕，还有不好意思。她想到她的拒绝也许做得过火，已经错过了时机，无法挽回了。然后，她的自尊心，自封"贤妻良母"带来的喜悦，无可奈何的顾影自怜得到的安慰，总算聊胜于无，可以弥补一点她自认为做出了的牺牲。

于是，肉体的七情六欲，对金钱的垂涎三尺，还有热情带来的伤感，全都混在一起，成了一种痛苦；——而她不但不求解脱，反而自寻烦恼越陷越深。一盘菜烧得不好，一扇门关得不紧，她都有气；她埋怨自己错过了幸福没有丝绒衣服，没有实现太高的理想，住的房子太窄。

她最恼火的是，夏尔似乎想都没有想到她在受苦。他居然以为是他使她幸福地在她看来。这种愚蠢的想法，简直是一种侮辱，而他的心安理得，就是无情无义。她为谁做贤妻良母的？难道他不是一切幸福的障碍，一切苦难的根源，像一根复复杂杂的皮带上的尖扣针一样，从四面八方把她紧紧扣在他的身上？

因此，由于烦闷无聊而产生的种种怨恨，她都转移到他头上。她想努力减轻痛苦，结果反而加重了愤怒，因为这种徒劳无益的努力，更增加了她灰心失望的理由，扩大了他们之间的裂痕。她对自己的温存体贴也起了逆反心理。家庭生活的平凡使她向往奢侈豪华，夫妇生活的恩爱却使她幻想婚外的恋情。她巴不得夏尔打她一顿，她才好理直气壮地憎恨他，报复他。有时她会大吃一惊：自己居然会起这样无情的念头；然而她不得不继续露出笑容，自己骗自己说："我很幸福，"然后装出幸福的模样,骗别人相信自己真幸福。

她其实讨厌这样口是心非。她也起过同莱昂私奔的念头,随便到哪里去,也不管多么远,只要能尝尝新的生活;但一想到私奔,她的灵魂深处立刻裂开,隐约地出现了一个黑暗的深渊。

"而且他已经不再爱我了,"她心里想。"怎么办呢?还能指望谁来帮忙,谁来安慰,谁来减轻我的痛苦?"

她已经老是低声哭泣,眼泪直流精疲力竭,气急败坏,如痴似呆。

"为什么不告诉先生呢?"女佣人碰到她发病的时候进来,就问。

"这是神经有毛病,"艾玛回答。"不要告诉他,免得他难过。"

"啊!对了,"费莉西接着说,"你就像小盖兰一样。她是在波莱打鱼的老盖兰的女儿,我到你们家来以前,在迪厄普认识的。她老是哭丧着脸,站在门口,好像报丧的裹尸布。她的病看起来似乎是脑袋里起了雾,医生无能为力,神甫也没办法。她就一个人跑到海边去,海关人员巡查的时候,老看见她伏在地上,爬在鹅卵石上哭呢。后来,很怪,她一嫁人,病就好啦。"

艾玛接过来说,"可是我的病是嫁人后才得的。"

六

傍晚时分,她坐在打开的窗前,刚刚得到教堂管事勒斯蒂布杜瓦修剪黄杨,忽然就听见晚祷的钟声响了。

这时节已是四月初了,报春花已经开放;一阵暖洋洋的风卷过新翻土的花坛,花园也像女人一样,打扮得花枝招展,来迎接夏天的良辰美景。从花棚的栅栏向外一望,能够看见蜿蜒曲折的河水在草原上漫游的行迹。暮霭穿过落了叶的杨树,使树的轮廓呈现出淡淡的紫色,仿佛在树枝上挂了一层朦胧的透明轻纱似的。远方有牲口在走动,但听不见它们的脚步声,更听不到它们的哞叫。晚钟一直在响,在空气中散发出哀而不怨的长鸣。

听到漫长的叮当钟声,少妇的情思又迷迷糊糊地回到了她的青年时代,回忆起当年的寄宿生活。她想起了摆满了鲜花的花瓶和圣龛的小圆柱都要高得多的圣坛上的大蜡烛台,她真想象从前一样,和修女们打成一片,排成长长的一行,看着白面纱中夹杂着一顶顶黑色的硬风帽,全都跪在跪凳上祈祷。星期天做弥撒的时候,她一抬起头来,就看见淡蓝色的香烟缭绕着圣母慈祥的面容。她想到这里心有动于衷了;她觉得自己柔弱无力,无依无靠,就像一只小鸟身上的绒毛,在暴风雨中晕头转向;就是这样,她自己还没有意识到,却已经走上了去教堂的路。只要她能够把灵魂全部投进去,只要她能忘掉人间的烦恼,她准备献身给宗教,不管哪种信仰都行。

她在广场上碰见勒斯蒂布杜瓦回来;因为他为了充分利用一天的时间,宁可打断工作,回头再做,所以他只在他方便的时候敲晚祷钟。再说,早点敲钟还可以提醒孩子们上教理课。

已经有几个孩子,在墓地的石板上玩弹子。另外几个骑在墙头,摆动两条腿,用木鞋弄断围墙和新坟之间的荨麻。这是仅有绿色植物的地方;别的地方都是石头,上面老是蒙着一层浮土,圣器室的扫帚也扫不干净。

孩子们穿着软底鞋在石板上跑来跑去,仿佛这是专门为他们铺好的拼花地板,他们的叫声笑声,比叮当的钟声还响得多。粗粗的钟绳从高高的钟楼上吊下来,一头拖在地上,摆动得越来越少,钟声也就越来越弱。几只燕子,发出唧唧喞喞的叫声,用翅膀划破了长空,迅速地飞回滴水檐下黄色的燕子窝。教堂里点了一盏灯,这就是说,挂了一个玻璃盏,里面点着一根灯芯。从远处看,灯光在灯油上摇曳不定好像一个白点。一道长长的阳光穿过教堂的中殿,使两边的侧道和四围的角落,显得更加阴沉。

"神甫在哪里?"包法利夫人问一个正在摇晃活动栅门上一根已经松了的栏杆的小孩子。

"他就要来了,"他回答道。

果然,教士住宅的门咯吱一响,布尼贤神甫走了出来;孩子们乱糟糟地挤进了教堂。

"这些小淘气!"教士嘀咕着说,"总是这样!"

他一脚碰到一本破破烂烂的《教理回答入门》,就拾起来说:

"什么都不爱惜。"

他一眼看到了包法利夫人,

"对不起,"他说,"我没有认出来是你。"

他把《教理入门》塞进衣服口袋,两个手指还在摆动圣器室沉重的钥匙站住了。

夕阳的光辉照在他脸上,使他的毛料道袍显得颜色淡了,胳膊肘下面已经磨得发亮,下摆还脱了线。一点接着一点油污和烟熏的痕迹,就像他宽阔的胸前那一排小纽扣在延长似的,离他的大翻领越远,污点也就越多;翻领之上,露出他红皮肤的皱褶;皮肤上还星星点点地撒上了一些黄色斑点,直到灰色的胡子遮住了粗糙的皮肤,才看不见。他刚吃过晚餐,呼气吸气声音都响。

"你身体好吗?"他接着问。

"不好,"艾玛答道,"我很难受。"

"可不是! 我也一样,"教士接着说。"说也奇怪,这些日子天气一热,人就软弱无力了,对不对? 但这有什么办法呢? 圣·保罗不是说过我们生来就是受罪的吗? 不过,包法利先生怎么说?"

"他呀!"她说时做了一个瞧不起的手势。

"怎么!"好神甫吃了一惊,接着就说,"他难道没有给你开药方吗?"

"啊!"艾玛说,"我要的不是世上治病的药方。"

但是神甫时刻望着教堂里面，顽童们，好像竖着摆成一行、一推就倒的纸牌都跪在那里，互相用肩膀你推我挤。

"我想知道……"她接着说。

"等着，等着，理不得，"教士生气地喊道，"我想扇你嘴巴，打得你耳朵发烧，调皮鬼！"

然后，他又转身对艾玛说：

"他是布德木匠的儿子，父母有钱，把他惯坏了。不过，只要他肯用功他很快就会学好的，因为他挺机灵。我有时候开开玩笑，就叫他'理布德'，因为去玛罗姆要走过一个叫作'理布德'的山坡，我甚至叫他作'理布德坡'。哈哈！'理不得坡'！有一天，我把这个叫法告诉了主教大人，大人居然笑了……大人居然笑了，真给面子。——哦，包法利先生怎么样了？"

她好像没有听见。他又接着说：

"当然非常忙啰？因为他和我，在教区要做的事实在太多了。他呀，他是治疗身体的医生，"他笨拙地笑着加了一句，"我呢，我是拯救灵魂的医生。"

她哀求似的眼神落在教士身上。

"是啊……"她说，"你是救苦救难的。"

"啊！不要客套了，包法利太太！就在今天早上，我还不得不到下狄奥镇去了一趟，一条母牛'肚子胀'，他们说是着了魔。他们的母牛，我也不晓得是怎么搞的……不过，对不起！隆格玛和布德这两个该死的小鬼！你们有完没完？"

他一步就跳进了教堂。

淘气的孩子们正挤在大讲经台周围，爬到领唱人的凳子上，打开了祈祷书；有几个还蹑手蹑脚，胆大的就要走进忏悔室。但是，神甫突然出现，巴掌像雹子似的落下，打了大家一顿耳光。他抓住他们的上衣领子，从地上提起来，使劲要他们双膝跪在祭坛的石板地上，仿佛要把他们像树木似的栽进去。

"唉!"他拿出一条印花大手帕回到艾玛身边,用牙齿咬住一个角说,"这些可怜的乡巴佬!"

"还有别的可怜人,"她答道。

"当然!比如说,住在城里的工人。"

"我不是说他们……"

"对不起!我也认识一些可怜的母亲,我敢说,简直就是女圣徒,的确是家庭的好主妇,但是却连面包也没得吃。"

"可是还有些人,"艾玛说的时候,嘴角都抽搐了,"神甫先生,有些人虽然有面包,但没有……"

"冬天没有火炉,"教士说道。

"哎!那有什么关系?"

"怎么!没有关系?以我的观点,一个人只要温饱……因为说到头……"

"我的上帝!我的上帝!"她叹了一口气。

"你不舒服了?"他有点担心的样子,把身子向前凑了凑。"恐怕是消化不好吧?最好是回家去,包法利太太,喝一杯茶,或者喝上一杯新鲜的红糖水,就会有劲了。"

"为什么?"

她好像恍然大悟的样子。

"因为你把手放在额头上,我以为你头晕了。"

然后,他又转移话题:

"我不记得你本来要问我什么来着了。"

"我吗?没什么……没什么……"艾玛重复说。

她向周围看看,慢慢地注意到了穿道袍的老神甫。两人面对面地,你看看我,我看着你,没有话说。

"那么，包法利太太，"他到底说了，"请你原谅，因为你也明白我的职责第一。我得打发那些调皮的小家伙去了。马上要第一次领圣体了。我怕我们还会乱套！所以，从升天节起，我要这些可怜的孩子每星期三准时来加上一堂课。指引他们走上主的道路，总不会嫌太早的。其实，主已经通过圣子的口，向我们指出了正路……祝你身体好，太太，替我向你丈夫问候！"

他走进教堂去，在门口还屈了一下膝。

艾玛注视着他头朝一边歪，双手微微张开，手心朝外，脚步沉重，走到两排长凳中间去了。

于是她也掉转脚跟，整个身子就像一座雕像在基石上转动，回家去了。但神甫的粗嗓子，顽童的尖嗓子，在她背后喊着，还是传到了她的耳边，

"你是基督徒吗？"

"是的，我是基督徒。"

"基督徒是何许人也？"

"基督徒就是一个受过洗礼……受过洗礼……受过洗礼……"

她扶住栏杆，走上楼梯，一进卧房，就倒在一张扶手椅里。

苍茫的暮色透过玻璃窗，后浪推着前浪，慢慢地降临了。家具仿佛已经僵化摆在原处不动，在阴影笼罩下，似乎落入了黑暗的海洋。壁炉里的火已经熄灭，挂钟一直在嘀嗒嘀嗒地响。艾玛模模糊糊地感到惊讶，为什么周围的环境这样安静，而她的内心却是一片混乱。那时，小贝尔特穿着毛线织的小靴站在窗子和女红桌子之间，摇摇晃晃地要到母亲身边来，揪住她围裙带子的末端。

"不要打搅我！"母亲说的时候用手把她推开。

小女儿不久又来了，离母亲的膝盖更近；她用胳膊依着母亲们膝盖，抬起蓝色的大眼睛望着母亲，嘴里流出一道纯口水，滴在母亲的绸子围裙上。

"不要打扰我！"少妇又烦恼地，又说一遍。

她的面孔把孩子吓坏了,女儿就哭起来。

"咳!不要烦我呀!"她说着用胳膊推了女儿一下。

贝尔特摔倒在五斗柜脚下,碰在铜花饰上,划破了脸,流了血。包法利夫人赶快把她扶起来,拼命叫女佣人,拉断了传呼铃的带子,正要咒骂自己,忽然一眼看见了夏尔。原来已经到了他回家吃晚餐的时间。

"你看,好朋友,"艾玛没事人似的对他说,"小东西玩时不小心,在地上摔伤了。"

情况并不严重夏尔叫她不用担心,然后就找胶布去了。

包法利夫人她要一个人守着孩子没有下楼到餐厅去,看到她睡着了,她的担心才慢慢地消散,回想起来,她自己显得既愚蠢,又善良,为了刚才那么一点小事,居然会搅得心烦意乱。的确,贝尔特已经不再哭泣了。大颗的眼泪留在她眼皮半开的眼角里,睫毛当中露出了两个暗淡无光、深深下陷的眼珠;胶布贴在脸上,使她皮肤绷紧,把脸也拉歪了。现在,也觉察不到她的呼吸还能不能使棉被上下起伏。

"说也奇怪,"艾玛心里想,"这孩子怎么这样丑!"

夏尔餐后把没用完的胶布还给药房,直到晚上十一点钟才回家,回家时看见妻子还站在摇篮旁边。

"既然我已经和你讲过,不会出什么事的,"他一边吻她的额头,一边说道,"那就不要自寻烦恼了,你这样会搞出病来的可怜的小亲亲!"

其实他也在药房里待了很久。虽然他并没有显得非常着急,但是奥默先生还是尽力要他坚强一点,要他"鼓起勇气"。于是他们谈起儿童时代要经历的各种风险,佣人可能做出的糊涂事。奥默太太就有亲身的体会,小时烫伤的疤痕留在她的胸部,那是一个女厨子把一碗滚烫的热汤打翻在她的小罩衫上造成的。因此,她的慈父良母采取了种种预防的措施:刀子从来不磨得太快,房间里的地板也从来不打蜡。窗子上装了铁栏杆,牢固的小柱子装在壁炉前。那些小奥默虽然纵容惯了,其实动不动有人在后面看住的;只要得了一点伤风感冒,父亲就给他们灌祛痰止咳药,哪怕过了四岁,也毫不通融地要他们戴防风防跌的软垫帽。其实,这是奥默太太的怪主意。她的丈夫心里担忧,唯恐这样紧紧地箍着脑袋,可能会使他们的脑子受到影响,有一次居然脱口说出:

"难道你当真要把他们变成西印度群岛的土著,还是巴西的印第安人?"

夏尔有好几次要打断他的话。

"我有话想要对你讲,"他低声对着实习生上楼时走在前头的实习生的耳朵说。

"难道他猜到什么啦?"莱昂心跳得厉害了,于是越发胡思乱想。

最后,夏尔关上门,请他去卢昂打听一下,买一个好照相机要多少钱;他想使妻子喜出望外,想向她表示无微不至的关心,想送她一张穿黑色燕尾服的照片。但他事先要"做到心中有数"。这大概不太费莱昂的事,因为他几乎每个星期都要进一次城。

奥默猜想进城有什么事这是年轻人的通病,有什么风流勾当。但是他猜错了,莱昂在城里并没有一个相好。他比以前任何时候都更忧郁。勒方苏瓦老板娘一眼就看得出,他盘子里剩的菜现在多起来了。她要去税务员那儿寻根问底;比内让她碰了一鼻子的灰,说"警察局并没有雇佣他作耳目。"

不过,在他眼里,他的伙伴也真古怪,因为莱昂老是坐在椅子上往后一仰,双手一伸,空空洞洞地说什么人生没有意思。

"那是因为你没有什么娱乐呀,"税务员说。

"什么消遣呢?"

"我要是你,我就玩玩车床!"

"可我不会车东西呀,"实习生回答说。

"说得也是!"对方摸摸下巴,几分得意的神气杀在藐视中。

莱昂对没有结果的恋爱感到厌倦了,再说,他开始觉得毫无变化的生活,既没有兴趣来引导,又没有希望来支持已成了沉重的负担。他对荣镇和荣镇人都感到如此乏味,一看到某些人,某些房子,他就恼火得无法控制;而药剂师呢,不管他人多好,也变得完全无法忍受了。然而,展望前途,若要换个地方,对他既有几分诱惑,却也有几分害怕。

巴黎在远方向他招手,吹起了化装舞会的铜管乐,发出了轻佻姑娘的笑声。于是害怕很快就变成了焦急,既然他要去那里读完法律,为什么不早点去?有谁阻拦他吗?于是他心里开始做准备,预先安排他的活动。他在头脑里设计,房间里的家具怎样布置。他想过艺术家的生活!他要学六弦琴!他要穿室内装,戴无边软帽,穿蓝色丝绒拖鞋!他想得出神,似乎已经在欣赏壁炉上交叉地挂着的两把花式剑,还有高头的死人脑壳和六弦琴了。

得到他母亲的同意很难,然而,她的同意似乎又是合乎情理的事。甚至他的老板也劝他换一个事务所,可能更有发展前途。于是莱昂想了一个折中的办法,要到卢昂去找一个二等帮办的差事,可惜没能找到。最后,他给母亲写了一封,详细地说明了他要尽早去巴黎的理由的长信。母亲同意了。

其实,整整一个月来他一点也不着急。伊韦尔每天帮他把大箱小箱、大包小包、从荣镇运到卢昂,从卢昂运到荣镇;等到他添置了衣服,修理了三把扶手椅,买好了一大批绸巾,总而言之,准备的东西越多,他就来不及在放假前通过考试了。

互相拥抱吻别的时间终于来到。奥默太太哭了起来,朱斯坦也在啜泣。奥默是男子汉,感情不便外露,只说要帮他的朋友拿大衣,他亲自送公证人到铁栅门前,公证人再用自己的马车把莱昂送到卢昂去。莱昂就只剩下一点时间,去向包法利先生告别。

他走到楼梯高头,就停住了,因为他觉得呼吸紧张,上气不接下气。他一进来,包法利夫人赶紧站起。

“是我,还是我!”莱昂说。

"我早就晓得了！"

她咬咬嘴唇,血像潮水似的往上涌。她脸红了,从头发根部到衣领边上,皮肤都变成了玫瑰色的。她站,肩膀靠住护壁板站着不动。

"先生不在家吗?"

"他出去了。"

她再说一遍:

"他出去了。"

一阵沉默。他们互相瞧着,焦虑中他们的思想混成一片,紧紧搂在一起,就像两个扑扑跳动的胸脯。

"我想亲一亲贝尔特,"莱昂说。

艾玛走下几步楼梯,去叫费莉西上楼来。

他赶快向周围笼笼统统地扫了一眼,眼光恋恋不舍地落在墙壁上,架子上,壁炉上,恨不得能钻进去,或者都带走。

但是艾玛又进来了,贝尔特由女佣人引路,贝尔特用绳子拉着一架头朝下的风车。

莱昂一遍又一遍吻了她的小脖子,吻了一遍又一遍。

"再见,可怜的孩子！ 再见,亲爱的小宝贝,再见!"

孩子被交还母亲。

"带走吧,"母亲说。

只剩下他们两个人。

包法利夫人转过身去,脸依住玻璃窗;莱昂手里拿着鸭舌帽,从上到下轻轻地拍着自己的屁股。

"快下雨了,"艾玛说。

"我有外套,"他答道。

"啊!"

她又转回身来,脸孔朝前看下巴低着。阳光照着她的额头,好像照着一块大理石,划出了她眉毛的曲线,谁也不知道艾玛在天边看见了什么,也不知道她心里想什么。

"好了,再见吧!"他叹口气说。

她猛然一下抬起头来。

"是的,再见了……走吧!"

他们向着对方走去;他伸出手来,她犹豫了一下。

"那么,照英国规矩吧,"她勉强笑了一笑说,伸过手去。

莱昂感到他的指头捏住了她的手,他的整个生命似乎也都化为流体,流入了她的手掌。

然后,他松开了手;他们还是四目相对,他就这样走了。

他走到菜场又站住,藏在一根柱子后面,要最后一次看看这白色的房屋和那四个绿色的窗帘。他仿佛看见卧室窗口有一个人影;窗帘似乎没有人碰,就自动脱离了帘钩,长长的、斜斜的褶纹慢慢地移动。忽然一下,窗帘已经挂直,一动不动,好像是一堵石灰墙。莱昂跑了起来。

他远远看见他老板的轻便马车停在大路上,旁边有一个铺开了所有的皱纹系着粗布围裙的男人,奥默和吉约曼先生在谈天。他们等着他呢。

"拥抱我吧,"药剂师眼睛含泪说,眼睛里还有眼泪。"这是你的大衣,我的好朋友。当心不要着凉!好好照顾自己!多多保重!"

"好了,莱昂,上车吧!"公证人说。

奥默弯腰立在挡泥板旁边,说一个字就呜咽一声,才说出了这句断肠话:

"一路平安!"

"再见,"吉约曼先生答道。"走吧!"

他们走了，奥默也回家了。

包法利夫人打开朝着花园的窗子，看着天上的云。

在卢昂那一边，乌云密集，奔腾翻滚，黑色波浪式螺旋形卷起，在云层后面，太阳像高悬的金盾，发出条条金光，就像盾上射出的支支金箭，而在别的地方，天上却是空的，像瓷器一样白。但是一阵狂风吹来，吹得杨树弯腰，突然噼噼啪啪地落下一阵急雨，打在绿色树叶上。随后，太阳又出来了，母鸡咯咯地叫，麻雀在淋湿的小树丛中拍打翅膀，沙上的小水洼往低处流淌，粉红落花被带走了。

"啊！他恐怕已经走远了！"她心里想。

还和过去一样奥默先生，在他们六点半钟吃晚餐的时间过来。

"好了！"他坐下来说道，"我们方才总算把我们的年轻人送走了吧？"

"总算送走了！"医生答道。

他坐着转过身来问道：

"你们家里还平安吧？"

"没出什么大事。只是我的女人，今天下午有点感情冲动。你知道，女人吗，一点小事都会叫她们难过！特别是我的妻子！若是你要怪她们，那就不对了，因为她们的脑神经组织，本来就比我们的脆弱。"

"多么可怜的莱昂！"夏尔说道，"他到了巴黎怎么打发日子呢？……他会过得惯吗？"

包法利夫人叹了一口气。

"得了！"药剂师咂咂舌头说，"饭店老板会做好地给他吃！还有化装舞会！喝香槟酒！我敢担保，日子过得快活着呢！"

"我相信他不会胡来，"包法利反驳道。

"我也不相信！"奥默先生赶紧接着说，"否则人家就会说他是伪君子。唉！你不知道这些轻浮的学生在拉丁区和女戏子过的是什么生活！再说，他们在巴黎还很吃得开。只要他们有一点寻欢作乐的本领，上流社会就会接待他们这就给他们提供了攀龙附凤的机会，甚至圣·日耳曼市郊的贵妇人还会爱上他们呢。"

"但是，"医生说，"我担心他在那里……"

"你说得对，"药剂师打断他说。"这是事情的阴暗面！那总得用手提钱包。假如说，你在公园里碰到一个穿得讲究，甚至挂了勋章的人，你会以为他是个外交官；他走过来，和你闲谈，讨你好，请你吸烟，帮你捡帽子。然后关系更密切了；他带你上咖啡馆，请你去乡间别墅，等你半醉时，让你结识各色人等。其实，大部分时间是为了你的钱，或者拉你下水干坏事。"

"不错，"夏尔答道，"但我更害怕他们生病，比如说，伤寒就老是拿外省学生开刀。"

艾玛发抖了。

"这是饮食失调的原因，"药剂师接着说，"还有过分节省造成的紊乱。再说，你知道巴黎的水！饭馆的菜，样样都加香料，结果吃得你发烧，随便怎么说也不如一锅牛肉汤。我总是喜欢实惠的菜，也有益健康！因此，我在卢昂念药剂学的时候，就住在寄宿学校里，和老师一起吃。"

他就这样高谈阔论，谈个人的好恶，直谈到朱斯坦来找他回去配制蛋黄甜奶。

"没有一点休息！"他喊道，"总是锁着！一分钟也出不来！得像牛马一样流血流汗！多苦的命！"

然后，等他走到门口，

"忘了问你，"他说，"你听到消息了吗？"

"什么消息？"

"非常可能，"奥默接着竖起眉毛，认真地说，"下塞纳区的农业展览会今年将要在荣镇一修道院举办。消息至少是传开了。今天早上，报上还提过。这对本区是第一等重要的大事！下次再谈吧。不用点灯了我看得见,朱斯坦有提灯。"

七

第二天对艾玛来说,是一个毫无生气的日子。一切都似乎笼罩在阴郁的气氛中,外部弥漫着一片迷雾,痛苦沉入了心灵的深处,发出了低沉的呼啸,就像冬天的风吹过一片废墟。这是对一去不复返的时光魂牵梦萦、大功告成后感到的心力交瘁,忽然打断习以为常的行动,或者经久不息的震荡突然中止带来的痛苦。

就像那年从沃比萨回来,跳舞的形象还在头脑里旋转一样,她觉得很不开心,灰心失望,甚至麻木不仁。莱昂又出现了,更高大,更漂亮,更温存,更模糊;他虽然走了,但并没有离开她,他还在这里,房屋的墙壁似乎把他的影子留了下来。他走过的地毯成了她们眼睛的留恋之处他坐过的空椅子。河水后浪慢慢推着前浪,顺着滑溜的河堤流过去。他们在这里散过多少次步,听着水波潺潺地流过长满了青苔的石子。他们享受过多么美好的阳光! 多么美好的下午,单单两个人,他不戴帽子,坐在花园深处的树荫下的一张木条长凳上,高声朗诵;草原上的清风吹得一页一页的书窸窣作响,棚架上的旱金莲簌簌摆动……啊,他走了,他是她生活中唯一的乐趣,是使幸福有可能实现的唯一希望! 幸福出现的时候,她为什么不牢牢地抓住! 幸福就要消逝的时候,为什么不双膝跪下,双手紧紧拉住? 她诅咒自己为什么不敢爱莱昂! 她多么渴望吻莱昂的嘴唇。她甚至想跑去追他,扑进他的怀抱,对他说:"是我呀,我是属于你的了!"但是艾玛一想到重重的困难,心里先就起了一片混乱,而她的欲望却因为后悔反而变得越来越强烈了。

从这时起,她忧郁的中心对莱昂的回忆;回忆在忧郁中闪闪发光,好像漂泊的游子在俄罗斯大草原的雪地里留下的一堆火。她赶快向这堆火跑去,蹲在火旁,轻巧地拨动快要熄灭的火堆,到处寻找能够把火烧旺的柴草;于是最近发生的事情和最远的回忆,感觉到的和想象到的,烟消云散了地对肉欲的渴望,像风中枯枝一样摇摇欲坠的如意算盘,没有开花结果的道德观,已经落空了的希望,家庭里的鸡毛蒜皮,她都集拢了,捡起来,加到火堆里去,使她的忧郁变得暖和一点。

也许是燃料不够,或者是堆积太多火焰却越烧越低了。情人不在眼前,爱情也就渐渐熄灭,习惯的压力太大,压得她喘不了气;火光映红过她灰色的天空,后来笼罩在阴影中,变得越来越模糊了。她的头脑昏昏沉沉,误以为讨厌丈夫就是思念情人,怨恨的创伤就是柔情重温。但是狂风一直在吹,没有人来援助,没有太阳照耀热情已经烧成灰烬。她感到四面八方一片黑暗,自己失落在彻骨的寒冷中。

她认为现在比那时还更不幸,因为她已经有了痛苦的经验,并且相信痛苦是没完没了的。于是托特的坏日子又重新开始了。

一个女人为了爱情勉强自己做出这样大的牺牲,只好在花哨的小玩意中寻求满足。她买了一个哥特式的跪凳,一个月因指甲买了十四个法郎的柠檬;她写信去卢昂买一件卡什米蓝袍;她在勒合店里挑了一条最漂亮的绸巾;当室内服的腰带用;她把窗板关上,手里拿一本书,穿着这身奇装异服,躺在一张长沙发上。

她常常改变头发的式样:她梳中国式的头发,有时云鬓蓬松,有时编成发辫;她把头发中间的分缝留在一边,像男人的头发一样在下边卷起。

她心血来潮她买了几本词典,一本文法,一些白纸。要学意大利文:她试着认真读书,读历史和哲学。夜里,夏尔偶尔忽然惊醒,以为有人找他看病:

"就来,"他含糊地说。

其实只是艾玛擦火柴的声响,她要点灯看书。不过她读书就如同刺绣一样,刚开个头,就塞到衣橱里去了;她读读停停,一本没完,又换一本。

她一赌气,就容易走极端。一天,她和丈夫打赌,硬说她能喝半大杯烧酒,夏尔笑着说了声不信,她就一口把酒喝完。

艾玛虽然看起来轻飘飘的(这是荣镇的女人议论她的话),但是并不显得快活,习惯使她嘴角上保留了一条固定不动的皱纹,就像失意的政客或老处女的脸一样。她苍白的脸色,好像一块白布;鼻子上的皮朝着鼻孔的方向拉得更紧,眼睛看人显得心不在焉。她因为在鬓角上发现了三根灰头发。

她时常昏倒。有一天,她甚至吐了一口血,夏尔心里一急,外表也就显得不安起来。

"得了!"她回答道,"这有什么关系?"

夏尔跑到诊室里坐在大扶手椅里,胳膊肘拄在桌子上,对着做成标本的人头哭了起来。

于是他写了封信给他母子,求她来一趟,他们在一起谈了很久艾玛的事。

能够做出什么决定呢?既然她拒绝治疗,那该怎么办呢?

"你知道应该怎样对付你的女人?"包法利奶奶回答说,"那就是逼她去做事,用两只手干活!要是她像别人一样,必须挣钱过日子,她就不会无所事事,胡思乱想,晕头转向了。"

"不过,她并不是无所事事呀!"夏尔说。

"啊!她有什么事做呀!看小说,读坏书,读反对宗教的书,用伏尔泰的话讥笑神甫。还不止这些呢,我可怜的儿子,一个不信教的人总不会有好结果的。"

于是他们决定禁止艾玛看小说。这似乎不容易做到。包法利奶奶包下来了:等她路过卢昂的时候,她要亲自去找租书的人,说艾玛不再租阅了。万一书店硬要做这种毒害人心的勾当,难道他们不会告到警察局去?

婆婆和媳妇在一起呆了三个星期,可没有说过几句话,只不过在餐桌上见面时,或者夜晚上床以前问一声好,说一句客套话而已。

包法利奶奶星期三走,这是荣镇赶集的日子。

广场从早晨起,就挤满了车头朝下,车辕朝天,大车从教堂到客店,顺着房屋,摆了长长的一排。对面是搭帆布棚的小摊子,出卖布帛,被褥,毛袜,还有马笼头和蓝丝带,丝带一头露在布包外面,随风飞舞。地上摆着粗糙的铜器铁器,一边是摆成金字塔形的鸡蛋堆,一边是放着干酪的小柳条筐,垫底的草粘粘地钻出筐外;在打麦机旁边,咯咯叫的母鸡从扁平的笼子里伸出头来。老乡挤进了药房的门就站着不动,有时简直要把铺面挤塌。每逢星期三,药房里总是人满满的,大家挤进去,与其说是买药,不如说是看病,奥默先生。他胆大脸厚,哄得乡巴佬五体投地。他们把他当作比真医生还更伟大的医生他的大名在周围的村子里可响着呢。

艾玛依着窗子(她时常靠着窗子看热闹:在外省,窗口可以取代剧院和散步场),望着乱糟糟的乡巴佬,消遣时光,忽然看见一个穿着绿色丝绒外套的先生。他戴了一副黄色的手套,虽然脚上罩着粗皮的鞋罩;向着医生的住宅走来,后面跟着一个低着脑袋的乡下人,好像心里有事似的。

"医生在家吗?"他向在门口和费莉西谈天的朱斯坦发问。

他以为朱斯坦是医生的佣人,就说:

"请通报一声:于谢堡的罗多夫·布朗瑞先生要见他。"

新来的人并把地名放在他的姓名前面不是为了炫耀他有地产,其实只是为了说明他的身份。于谢堡的确是荣镇附近的一片地产,他不久前买下了城堡,还有两个农场,亲自耕种,但是并不太费工夫。他过的是独身生活,人家说他"一年最少有一万五千法郎的收入"。

夏尔走进了会客厅。布朗瑞先生指着他的佣人说:他觉得"浑身有蚂蚁咬似的",他要放血。

"放血就不痒了,"佣人什么意见也听不进去。

于是包法利要人拿来一捆绷带,一个脸盆,并且让朱斯坦端住盆子,然后,他对脸色已经发白的乡下人说:

"不要害怕,老乡。"

"我不怕,"乡下人答道,"马上动手吧!"

他假装好汉,伸出了粗胳膊。柳叶刀一刺,血就喷了出来,一直溅到镜子上。

"把盆子端过来!"夏尔喊道。

"瞧!"乡下人说,"我的血多红呵!人家会说是一小道泉水在流!这该是好兆头,对不对?"

"有时候,"医官接着说,"身体结实的人特别是像他这样的。开头不觉得怎么样,忽然一下就昏倒了。"

乡下人一听这话,手指头转动的匣子拿不住了。肩膀突然往后一倒,椅子背被压得嘎吱响帽子也掉在地上。

"我早就说过了,"包法利用手指捺住血管说。

在朱斯坦手里脸盆开始摇晃;他的膝盖在打哆嗦,脸也白了。

"太太!太太!"夏尔喊道。

她一步跳下楼梯。

"拿醋来!"他喊道。"啊!我的上帝!一下子倒了两个!"

他紧张得连纱布也绑不好。

"不要紧,"布朗瑞先生把朱斯坦抱在怀里,没事人似的说道。

他把他抱到桌上,背靠墙坐着。

包法利夫人解开他的领带。衬衫的带子打了一个死结;几分钟内她轻巧的手指,才把年轻人颈上的死结解开;然后她把醋倒在她的麻纱手绢上;她小心在意地擦一下,吹一口气地擦他的太阳穴。

赶车的乡下人醒过来了;但朱斯坦,蓝眼珠给灰白的巩膜遮住了,就像牛奶中的蓝花一样还是昏迷不醒。

"不要让他看见血,"夏尔说。

包法利夫人拿起脸盆。她要弯腰才能把盆子放到桌子底下,她的袍子在弯腰时(这是一件夏天穿的袍子,有四道皱褶,黄颜色,腰身长,裙幅宽)就像喇叭花一样摊开在周围的石板地上；因为艾玛俯下身子，伸开胳膊时，有点站不稳，鼓起来的衣服有些地方紧紧贴住身子，露出了她上半身的曲线。随后，她去拿瓶水，溶化了几块糖，这时药剂师才到。女佣人去找他，他正在发脾气；看见他的学徒睁开了眼睛，他才松了一口气。然后，他围着学徒兜圈子，从上到下地打量他。

"不中用！"他说，"小笨蛋，的的确确，不中用！放放血到底算得了什么呀！你难道还是一个什么都不怕的好汉！大家看，他就是爬上树梢也不头晕、还能摇落核桃的松鼠呢！啊！对了，吹牛吧！难道这是将来开药房的人才吗？因为说不定有一天，情况紧急，法院会传你去医治法官的良心呢！那时你可不能毛手毛脚，一定要像一个男子汉，冷冷静静，说话头头是道，否则，就要当大傻子了！"

朱斯坦保着沉默。药剂师继续说：

"谁请你来的？你老给包法利先生和太太添麻烦！再说，星期三我更少不了你。为了关心你，我什么都丢下不管了。现在，药房里还有一大堆人呢。得了，走吧！快跑！等着我，千万不要打了瓶子！"

等到朱斯坦穿好衣服走了之后，昏倒又成了大家的话题。包法利夫人从来没有晕倒过。

"女人不晕倒，真了不起！"布朗瑞先生说。"其实，有些男人都太脆弱。有一次决斗，我就看到一个见证人，就听到手枪装子弹就昏过去了。"

"我呢，"药剂师说，"我一点也不在乎看见别人出血；但是一想到自己的血在流，若是想得太多，我就要昏倒了。"

这时，布朗瑞先生把他的佣人打发走，叫他放心，因为他已经实现了愿望。

"他一心血来潮，倒使我认识了你们，"他又说了一句。

说这句话的时候，他瞧着艾玛。

他把三个法郎放在桌子角上，随随便便打个招呼就走，不久他就到了河对岸（那是他回于谢堡必经之路）；艾玛看见他在草原上，白杨树下走着，走走又放慢了脚步,好像一个有心事的人。

"她很讨人喜欢!"他心里想。"这个医生的太太很讨人喜欢!!牙齿很白,眼睛很黑,脚很迷人,样子好像一个巴黎女人。她到底是哪里来的?那个笨头笨脑的小子又是从哪里搞到她的?"

罗多夫·布朗瑞先生三十四岁,脾气粗暴,眼光敏锐,对风流事了如指掌和女人往来很多。他看中了这个女人,就打她的主意,也考虑她的丈夫。

"我想他一定很蠢。不消说,她开始讨厌他了,他的指甲很脏,胡子三天没刮。他在外头看病人的时候,她呆在家里补袜子。她一定很无聊!想住到城里去,每天晚上跳波尔卡舞!可怜的小娘儿!她渴望爱情,就像砧板上的鲤鱼渴望水一样。只要三句情话,她就会老老实实!她一定温柔!可爱!……是的,不过事成以后,怎样摆脱她呢?"

隐隐约约预见到寻欢作乐会带来的困难,他又想起他的情妇来了。一回想她的形象,他就觉得腻味。那是他供养的一个卢昂的女戏子:

"啊!包法利夫人,"他想,"比她漂亮多了,鲜艳多了。维吉妮肯定在发胖。玩她也没意思。再说,对长鳌虾她是吃上瘾了的!"

田野里没有人,罗多夫只听见他的靴子有节奏地碰到草的飒飒声,蟋蟀伏在远处的燕麦下发出的唧唧声。他好像又看见艾玛在厅子里,穿着他刚才看到的衣服,他把她的衣服剥光了。

"我要把她搞到手!"他喊了起来,一手杖敲碎了面前的土块。

他立刻盘算如何耍手腕。他问自己:

"在哪里会面?怎么要她来?她还要不断管孩子、女仆、邻居、丈夫,各种各样的令人头痛的事。去它的吧!"他说,"太花时间了!"

然而他又重新想起:

"只是她的眼睛,就像钻子一样钻进你的心里。还有梦一般的脸色!……我就

爱这样让人恍惚的女人！……"

到了阿格伊山坡高头时，他已经下定决心。

"只等找机会了。有啦！偶尔去看看他们，送些野味，送些鸡鸭；需要的话，我去放血；成了朋友，就请他们到家里来……啊！不必了！"他心中又产生了一个主意，"不是快开展览会了吗？她会来的，我会见到她的。只要大胆一开了头，这不就成了吗！"

八

这闻名遐迩的展览会果然开幕了！从盛大节日的早上开始，居民就在门口说长道短，议论的主题是准备工作；镇公所门口装饰了常春藤；草地上搭起了一座帐篷，准备摆酒席，而广场当中，教堂前面，有一架中世纪的射石炮，等到州长光临，或者农民受奖的时候，就要鸣炮。从比希开来国民自卫队（荣镇没有自卫队），和比内率领的消防队联合参加检阅。这一天，比内的衣领比平时还高，制服紧紧裹在身上，胸部挺起，一动不动，仿佛只有下半身两条腿才会动似的，抬腿也有节奏，一步一拍,动作一致。税务官和联队长似乎要见个高低,显显本领,各自操练部下。观众只见自卫队的红肩章和消防队的黑胸甲你来我往,络绎不绝,红的才走,黑的又来! 他们从来没见过这样盛大的场面! 好多人家房屋头一天就被打扫干净;三色的国旗挂在半开半关的窗子外面;家家酒店都是高朋满座;天气晴朗,上了浆的帽子,金十字架和花围巾在阳光下闪耀,似乎比雪还白,在星罗棋布的五颜六色衬托之下,深色的外套和蓝色的工装越来越显得单调了。附近的农村妇女生怕弄脏了长袍,就把下摆卷起,用大别针紧紧扣在身上,一直等到下马的时候才解开;她们的丈夫正好相反,只爱惜他们的帽子,把手帕遮在上面,还用牙齿咬住手帕的一个角。

人群从村子的两头走上大街。大街小巷,家家户户都有人出来;时不时地听得见门环响,戴线手套的太太们出来看热闹,门就关上了。大家特别津津乐道的是两个上面挂满了灯笼长长的三脚架,竖立在要人们就座的主席台两边。另外,在镇公所门前的四根圆柱上,绑了四根旗杆,每根竿子上挂了一面淡绿色的小旗,旗子上绣了金字。一面旗子上绣的是商业,另一面是农业,第三面是工业,第四面是艺术。

大家兴高采烈,人人笑逐颜开,显得闷闷不乐只有勒方苏瓦老板娘一个人。她站在厨房的台阶上,仿佛下巴在嘀咕似的说道:

"真是胡闹! 这些帆布签子真是胡闹! 难道他们以为州长也像一个街头艺人,会坐在帐篷底下吃午餐吗? 难道能说这些阻碍交通的摊子是造福乡里吗! 早知道这样,犯得着到新堡去找一个蹩脚厨子来吗! 为什么找人呢? 为这些放牛的! 为赤脚的流浪汉! ……"

药剂师过来了。他穿着黑色的礼服,一条米黄色的裤子,一双狸毛皮鞋,最难得的是戴了一顶小礼帽。

"对不起!"他说,"鄙人很忙。"

胖胖的寡妇问他到哪里去。

"你觉得很奇怪,是不是? 我就像拉·封丹寓言中写的老鼠钻在干酪里一样一直钻在实验室里。"

"什么干酪?"老板娘问道。

"没什么! 没什么!"奥默接着说。"我只是跟你讲,勒方苏瓦太太,一个人呆在家里是我的习惯。不过今天,情况不同了,我不得不……"

"啊! 你到那边去?"她说时露出一副瞧不起的神色。

"是的,到那边去,"药剂师诧异地回答道。"我难道不是咨询委员会的委员吗?"

勒方苏瓦大娘打量了他几分钟,最后笑着说:

"那是另外一码事! 你懂得耕田和种地吗?"

"当然懂得,因为我是药剂师,也就是化学家嘛! 而化学的目的,勒方苏瓦太太,就是认识自然界一切物体的分子之间的相互作用,农业当然也包括在化学的范围之内了! 事实上,肥料的合成,酒精的发酵,煤气的分析,瘴气的影响,我要问你这一切的一切,不是不折不扣的化学吗?"

老板娘无言对答。奥默又接着说:

"勒方苏瓦太太你以为做一个农学家,就要自己耕田种地,养鸡喂鸭吗? 其实,物质的成分是他更需要知道的,地层的分类,大气的作用,土地、矿床、水源的性质,各种物体的密度和毛细管现象! 其他等等。一定要彻底掌握了卫生原理,才能指导、批评怎样建筑房屋,喂养牲口,供应仆人食物! 还要掌握植物学,学会分辨草木,你明白吗? 哪些对健康有益,哪些有害;哪些产量低,哪些营养高;是不是应该在这边拔,再在那边种;繁殖一种,消灭另一种;总之,要读小册子和报章杂志,才能了解科学发展的情况,总要紧张得喘不过气来,才能指出改进的方法……"

老板娘的眼睛始终注视着法兰西咖啡馆的门,药剂师却接着说:

"上帝保佑,假如我们的农民都是农学家,或者他们至少能多听听科学家的意见,那就好了! 因此,我最近写了一篇有七十二页的学术论文的很有用的小册子,题目是:《论苹果酒的制作法及其效用;附新思考》。我送到卢昂农学会去了,并且很荣幸地被接受为会员,分在农业组果树类。哎,要是我的作品能够公布于世……"

但是药剂师住口了,因为看来勒方苏瓦大娘看来心不在焉。

"看他们!"她说,"真不懂! 简直不成话!"

她耸一耸肩膀,把胸前毛衣的网眼也绷开了。她伸出两只手来,指着她对手开的小餐馆,里面传出了歌声。

"你看,这长久得了吗?"她又说了一句。"一个星期就得关门!"

奥默一听,吓得倒退了两步。她却走下三级台阶,在他耳边说道:

"怎么! 你不晓得? 这个星期就要查封了。是勒合害了他。他的借票都到期了。"

"那真是祸从天降!"药剂师叫了起来,不管碰到什么情况,他总是有话说。

于是老板娘就讲她是听吉约曼先生的佣人特奥多讲的。虽然她恨小餐馆的老板特利耶,但也不肯放过勒合。他是一个骗子,一条爬虫。

"啊! 且慢!"她说,"菜市场里那个人不就是他吗? 他正和包法利夫人打招呼呢;夫人戴了一顶绿色的帽子。她还挎着布朗瑞先生的胳膊。"

"包法利夫人吗!"奥默说。"我得过去招呼一下。没准儿她会在院子里柱廊下找个座位。"

勒方苏瓦大娘想叫住药剂师,还要啰啰嗦嗦地讲下去,可是他赶快走开了,不听她的,嘴上还挂着微笑,腿伸得直直的,碰到人就打招呼,黑礼服的下摆在后面随风飘动,占了好多地方。

罗多夫老远就看见了他,却加快了脚步,但是包法利夫人气喘得很急了,他只好又放慢步子,不太客气地微笑着对她说:

"我是要躲开那个胖子;你知道,我说的是药剂师。"

她用胳膊肘捅了他一下。

"这是什么意思？"他心里想。

他一面继续往前走，一面斜着眼睛看她。

她的侧影很安静，简直叫人猜不透。她的脸在阳光下看得更清楚。椭圆的帽子在她头上，浅色的帽带好像芦苇的叶子。她的弯弯的长睫毛下的眼睛望着前面，虽然睁得很大，但由于白净的皮肤下面血在流动，看来有点受到颧骨的抑制。她的鼻孔透出玫瑰般的颜色。她头一歪，看得见珍珠般的白牙齿嵌在两片嘴唇中。

"难道她是在取笑我？"罗多夫心里想。

其实，艾玛捅他，只是要他当心；因为勒合先生陪着他们，没话找话地说上一两句：

"今天天气真好！大家都外出游玩了！今天刮的是东风。"

包法利夫人和罗多夫一样，都懒得回答，但是只要他们稍微一动，他就凑到他们身边问道："有什么吩咐吗？"并且做出要脱帽的姿势。

他们来到铁匠店前，罗多夫突然不从大路到栅栏门去，而是拉着包法利夫人走上了一条小路，并且喊道：

"再见，勒合先生！祝你快乐！"

"你真会打发别人！"她笑着说。

"为什么，"他回答说，"要让别人打搅？既然今天我三生有幸……"

艾玛脸红了。他没有说完他的话。于是天气又成了他们的话题，谈起草地上散步的乐趣来。

有些雏菊已经长出来了。

"这些温存体贴的雏菊，"他说，"相思的姑娘用来。"

他又加上一句：

"要是我也摘一朵呢！你说怎么样？"

"难道你也在谈恋爱吗?"她咳嗽了一声说。

"哎!哎!那谁知道?"罗多夫答道。

草地上的人多起来了,管家婆拿着大雨伞,大菜篮,带着小孩子左冲右突。你还要时常躲开一溜,穿蓝袜子、平底鞋、戴银戒指的乡下女佣人,当走过他们身边时,就闻到牛奶味儿。她们手拉着手,顺着草地走来,从那排拍手杨到宴会的帐篷,到处是人。好在评审的时间到了,庄稼汉一个接着一个,走进了一块用绳子挂着木桩圈出来的空场子。

鼻子冲着绳子的牲口也在里面,大大小小的屁股乱糟糟地挤成一排。有几头猪似睡非睡地在用嘴拱土;有些小牛在哞哞叫,小羊在咩咩叫喊;母牛弯着后腿,肚皮贴着草地,在慢慢地咀嚼,还不停地眨着沉重的眼皮,牛蝇围着它们嗡嗡飞。几个赶大车的车夫光着胳膊,拉住公马的笼头,公马尥起蹶子,朝着母马扯开嗓子嘶叫。母马却伸长了鬃毛下垂的脖子老老实实地待着,小马驹躺在母马身子下面,吃奶的时候才站起来;这些牲口挤在一起,排成一行,动起来就像波浪随风起伏一样,这里冒出雪白的鬃毛,那里露出牛羊的尖角,或者是来回攒动的人头。在围场外面大约一百步远的地方,一个衣衫褴褛的孩子用绳子牵着它。一头黑色的大公牛,戴了嘴套,鼻孔上穿了一个铁环,一动不动,好像一头铜牛。

这时,来了几位大人先生在两排牲口中间,他们走的脚步很重,每检查一只牲口之后,就彼此低声商量。他们当中有一位显得更重要,一边走,一边在本子上记录。他就是评判委员会的主席:邦镇的德罗泽雷先生。他一眼就认出了罗多夫,就兴冲冲地走过来,做出讨人欢喜的模样,微笑着对他说:

"怎么,布朗瑞先生,你想放下大伙儿的事情不管吗?"

罗多夫满口答应说他一定来。但等主席一走,

"说老实话,"他就对艾玛说,"我才不去呢。陪他哪里比得上陪你有意思!"

罗多夫虽然不把展览会放在眼里,却向警察出示自己的蓝色请帖但主要是为

了行动方便,有时还在一件"展品"面前站住,他一发现包法利夫人对展品不感兴趣。马上就改变话题,嘲笑荣镇女人的打扮;接着又请艾玛原谅他的衣着随便。他的衣着很不协调,既普通,又讲究,看惯了平常人的衣服,一般老百姓会看出他的生活与众不同。他的感情越出常轨,艺术对他的专横影响,带种瞧不起社会习俗还是总夹杂着。这对人既有吸引力,又使人恼火。他的细麻布衬衫袖口上有皱褶,灰色斜纹布的背心,只要一起风,衬衫就会从背心领口那儿鼓出来;他的裤子上有宽宽的条纹,在脚踝骨那儿露出了一双南京布面的漆皮鞋。很亮的漆皮镶在鞋上,连草都照得出来。他就穿着这样贼亮的皮鞋在马粪上走,一只手插在上衣口袋里,草帽歪戴在头上。

"再说,"他又补充一句,"一个人住在乡下的时候……"

"干什么都是徒劳,"艾玛说。

"你说得对!"罗多夫接过来说。"想想看,这些乡巴佬,没有一个人知道礼服的式样!"

于是他们谈到乡下的土气,令人窒息的生活,幻灭了的希望。

"因此,"罗多夫说,"我沉在忧郁的深渊里……"

"你吗!"她惊讶得叫了起来。"我还以为你很快活呢?"

"啊!是的,表面上是这样,因为在人群中,我总在脸上戴了一个嘻嘻哈哈的脸谱。但是在月光之下只要一看见坟墓,我在心里寻思好多回:是不是追随长眠地下的人好些……"

"哎呀!那你的朋友呢?"她说,"难道你就不想他们!"

"我的朋友吗?那是什么人呀?我有朋友吗?有谁关心我?"

说到最后一句话的时候,他嘴里不知不觉地吹出了口哨的声音。

但是他们必须分开一下,因为有一个人抱着一大堆椅子从后面走来了,来的人是掘坟墓的勒斯蒂布杜瓦。椅子堆得这样高,只看得见他的木头鞋尖和张开的十个指头。他把教堂里的椅子搬出来给大家坐。只要和他的利益有关,他的想象力是丰富的,所以就想出了这个办法,要从展览会捞一点好处;他的想法不错,的确,乡下人一热,就抢着租椅子,因为要租椅子的人太多,他不知道听谁的好。因为草垫子闻起来有香烛的气味,厚厚的椅背上还沾着熔化了的蜡,于是他们毕恭毕敬地坐了上去。

包法利夫人再次挽住罗多夫的胳膊。他又自言自语地说起来:

"是啊!我总是一个人!错过了很多机会!啊!要是生活有个目的,要是我碰到一个真情实意的人,要是我能找到……哎呀!我多么愿意用尽我的精力,克服一切困难,打破一切障碍!"

"可是,在我看来,"艾玛说,"你应该没有什么可抱怨的!"

"啊!你这样想?"罗多夫说。

"因为,说到底……"她接着说,"自由属于你。"

她犹豫了一下说:

"你还有钱呢。"

"不要嘲笑我了,"他回答说。

她发誓不是开玩笑。忽然听见一声炮响,大家立刻一窝蜂似的挤到村子里去。

不料这是个错误的信号;评判委员们感到很为难,不知道是应该开会,还是该再等一等因为州长先生还没有来。

到底,在广场的尽头,出现了一辆租来的双篷四轮大马车,两匹瘦马拉车,一个戴白帽的车夫正在挥舞马鞭。比内还来得及喊:"取枪!"联队长也不甘落后。大家跑去取架好的枪有些人还忘记了戴领章。大家都争先恐后。好在州长的车驾似乎也能体谅他们的苦衷,两匹并驾齐驱的瘦马,咬着马嚼小链,左摇右摆,小步跑到了镇公所的四根圆柱前,正好国民自卫队和消防队来得及排摆好队伍,打着鼓在原地踏步。

"站稳!"比内喊道。

"立定!"联队长喊道。"向左看齐!"

于是持枪敬礼,枪箍好像铜锅滚下楼梯一般,卡里卡拉一响,然后枪都放下。

于是就看见马车里走下一位,穿了一件银线绣花的短礼服,先生前额秃了,一撮头发在脑后,脸色灰白,看起来很和善。他的两只眼睛很大,眼皮很厚,半开半闭地打量了一眼在场的群众,同时仰起他的尖鼻子,微笑露在他干瘪的嘴上,他认出了佩绶带的镇长,就对他解释,说州长不能来了。他本人是州议员;接着,他又表示了歉意。杜瓦施回答了几句恭维话,州议员表示不敢当;他们就这样面对前额几乎碰到前额面地站着,四周围着评判委员、乡镇议员、知名人士、国民自卫队和群众。州议员先生把黑色的小三角帽放在胸前,一再还礼,而杜瓦施也把腰弯得像一张弓,一面微笑着,结结巴巴地搜索枯肠,要表明他对王室的忠心,对贵宾光临荣镇的感激。

客店的小伙计伊波利特走过来,接过了马车夫手里的缰绳,虽然他跛了一只脚,还是把马牵到那里,有很多乡下人挤在一起看马车的金狮客店的门廊下。于是击鼓鸣炮,先生们一个接着一个走上了主席台,坐上杜瓦施夫人借给大会的红色粗绒扶手椅。

大人先生的模样都差不多。他们脸上的皮肤松弛,被太阳晒黑了,看起来像甜苹果酒的颜色,他们蓬松的连鬓胡子显露在硬领外面,领子上系了白领带,还结了一个玫瑰领花。他们的背心都是丝绒的,都有个圆翻领;一个椭圆形红玉章挂在他们表带的末端;他们都把手放在大腿上,两腿小心地分开,裤裆的料子没有褪色,磨得比靴皮还亮。

有身份地位的女士们坐在后面的柱廊里,或圆柱子中间,而普通老百姓就站在对面,或者坐在椅子上。的确,勒斯蒂布杜瓦把原先搬到草地上的椅子又都搬到这里来了,他甚至还一刻不停地跑到教堂里去找椅子,因为他这样往来做生意,造成了交通堵塞,要想走到主席台的小梯子前,都很困难了。

"我认为,"勒合先生碰到回座位去的药剂师,就搭话说,"我们应该竖两根威尼斯旗杆,挂上一些庄严肃穆、富丽堂皇就像时新的服饰用品一样的东西,那才好看呢!"

"的确,"奥默答道。"但是,你有什么办法呢! 这是镇长一手包办的呀! 他的口味不高,可怜的杜瓦施,根本他就没有任何天分。"

这时,罗多夫带着包法利夫人上了镇公所的二楼,走进了里面没有人的"会议厅",他就说:"在这里瞧热闹舒服多了。"他在摆着国王半身像的椭圆桌边搬了三个凳子,放在一个窗前,于是他们并肩坐着。

主席台上正在不断地交头接耳,低声商量互相推让。最后,州议员先生站了起来。这时大家才知道他姓略万,于是这个姓氏你一言,我一语,就在群众中传开了。他核对了一下几页讲稿,眼睛凑在纸上,开口讲道:

"诸位先生,

首先,在今天的盛会的主题之前,请允许我表达一下我们大家共有的感情。我说,我要公正地评价我们的最高行政当局,政府,君主,诸位先生,我是说我们至高无上、无比爱戴的国王,国王无不关心我们国家的繁荣,或是个人事业的兴隆,并且坚定明智,驾驭国家这辆大车,经过千难万险,惊涛骇浪,不管战时与否,都能振兴工业,商业,农业,艺术。"

"我看,"罗多夫说,"我该靠后一点坐。"

"为什么?"艾玛问道。

恰恰就在这个时候,州议员的声音提得特别高。他激动地讲道:

"诸位先生,内战的血流满广场,商业主夜半被警钟惊醒,标语口号颠覆国家的基础的日子已经一去不复返了……"

"这是因为，"罗多夫接着说，"下面的人看得见我你要晓得，像我这样名声不好的人……"；这样一来，我要花半个月来道歉还怕不够呢!

"哎呀! 你怎么糟蹋自己!"艾玛说。

"不,不,我的名声是糟透了,这是实话。"

"但是,诸位先生,"州议员接着说,"如果我们不去回想这些黑暗的情景,而把我们的目光转移到我们美丽祖国的现实情况上来,又会出现什么呢? 到处的商业和艺术都是一片繁荣;到处的新交通路线,就像国家机体内的新动脉一样,建立了新的联系;我们巨大的生产中心又恢复了活动;宗教向所有的心灵微笑;更加巩固,我们的港口货源不断,我们的信心得到恢复,法兰西总算松了一口气! ……"

"其实,"罗多夫补充说,"从社会的观点看来,他们或许有原因。"

"怎么有理?"她问。

"什么!"他说,"难道你不知道,折磨不断侵袭他们的灵魂? 他们有时需要理想,有时需要行动,有时需要最纯洁的热情,有时却需要最疯狂地享受,人就这样投身于各式各样的狂想,怪癖。"

于是她好像打量一个天外来客一样,瞧着他,接着又说:

"我们却连这种享受也没有呢! 多么可怜的女人呵!"

"这不能算是什么享受,因为幸福不在这里。"

"幸福是找得到的吗?"她问道。

"是的,总有一天会碰到的,"他答道。

"这是你们都明白的,"州议员说。"你们是农民和乡镇工人! 你们领导文件的潮流,和平的战士! 你们是有道德的人,是进步人士! 你们明白,政治风暴的确比大自然的风暴还要可怕得多……"

"总有一天会碰到的,"罗多夫重复说。"总有一天,当你失望的时候,突然一下就碰到了。于是云开见天,仿佛有个声音在喊:'就在眼前!'你觉得需要向这个人推心置腹,把一切献给他,为他牺牲一切! 心照不宣,不用解释。你们梦里似曾相识。(他瞧着她。)总而言之,踏破铁鞋无觅处,宝贝忽然闪闪发光出现在你面前。然而你还怀疑,你还不敢相信,你还目瞪口呆,好像刚刚走出黑暗,突然看见光明一样。"

说完了这几句话,罗多夫还做了一个手势。他用双手捂住脸,好像感到头晕;然后他又把手放下,却趁势让手落在艾玛手上。她把手抽出来。州议员还在念讲稿:

"有什么人会感到惊奇吗,诸位先生! 有的,就是那种眼睛看不见、有眼无珠的人,我敢说,就是那种陷入偏见,在另一个世纪的偏见中陷得太深,甚至不相信农民有头脑的人。的确,如果不来农村,爱国精神在哪里,到哪里找得到对公共事业的忠诚,总而言之一句话,到哪里找得到智慧? 诸位先生,我说的不是表面上的智慧,那是游手好闲、无所事事的点缀品。我指的是那种深刻而不外露的智慧。最重要的是,从事实用目的的智慧,那才对个人福利、公共事业,支持国家,有很大的好处;那才是遵守法律、恪尽职守的结果……"

"啊! 又来了,"罗多夫说。"总是职责,我听腻了。真是一堆穿着法兰绒背心的老混蛋,一堆离不开脚炉和念珠的假教徒,老是在我们耳边唱高调:'职责! 职责!'哎! 天呀! 职责是要感到什么是伟大的,要热爱一切美丽的,而不是接受属于社会的一切陈规,和社会强加在我们身上的恶名。"

"不过……不过……"包法利夫人反对了。

"哎！不要说不！为什么要反对热情？热情不是世界上唯一美丽的东西？不是一切美好事物的根源？没有热情会有英雄主义、积极性、诗歌、音乐、艺术吗？"

"不过，"艾玛说，"应该听取大家的意见，遵守公共的道德呀。"

"啊！但是道德有两种，"他反驳说。"一种是小人的道德，小人说了就算，叫得最响，动得厉害，就像眼前这伙笨蛋一样。所以千变万化，另外一种是永恒的道德，无处不去，就像风景一样围绕着我们，像青天一样照耀着我们。"

略万先生刚刚从口袋里掏出手帕来擦擦嘴。他又接着说：

"诸位先生，难道还用得着我来向你们说明农业的用处吗？难道不是农民？供应我们的必需品？维持我们的生计？诸位先生，农民用勤劳的双手在肥沃的田地里撒下了种子，使地里长出了麦子，又用巧妙的机器把麦子磨碎，这就成了面粉，再运到城市，送进面包房，做成了食品，给富人吃，也同样给穷人吃。为了我们有衣服穿，又是农民养肥了牧场上的羊群？要是没有农民，叫我们穿什么？叫我们吃什么？其实，诸位先生，何必举那么远的例子呢？近在眼前，谁能不常常想到那些不显眼代表我们饲养场的光荣的家禽，它们为我们的枕头提供了软绵绵的羽毛，为我们的餐桌提供了美味的食品，还为我们下蛋呢。如果如此说下去，我怕没个完了，因为精耕细作的土地生产各种粮食，就像慈母对儿女一样慷慨大方。这里是葡萄园，那里是酿酒用的苹果树，近一点是油菜，制干酪在再远一点的地方。还有麻呢，诸位先生，我们不能忘记麻！最近几年，麻的产量大大增加，因此，我要特别提醒大家注意。"

用不着他提醒，因为听众的嘴都张得很大，仿佛他们活要被吞下去。杜瓦施坐在他旁边，听得睁大了眼睛；德罗泽雷先生却时不时地微微合上眼皮；再过去一点，药剂师两条腿夹住他的儿子拿破仑，把手放在耳朵后面，恐怕漏一个字。其他评判委员慢慢地点头，摆动下巴，表示赞成。消防队员站在主席台下，靠在他们上了刺刀的枪上；比内一动不动，胳膊肘朝外，刀尖朝天。他也许听得见，他肯定看不清什么，因为他头盔的帽檐一直遮到他的鼻子。他的副手是杜瓦施先生的小儿子，帽檐低得越发出奇；因为他戴的头盔太大，在脑瓜上晃晃荡荡，垫上印花头巾也不顶事，反而有一角露在外面。笑嘻嘻的，满脸的孩子气，小脸蛋有点苍白，汗水不断地滴下来，又累又困，却好像在享受似的。

广场上，一直站到两边的房屋前面挤满了人。家家有人靠着窗子，有人站在门口，朱斯坦也在药房的铺面前，似乎在聚精会神地注视着他在看的东西。虽然很静，略万先生的声音还是消失在空气中。传到你的耳边的只是片语只言，因为不是这里，就是那里，群众中总有椅子的响声打断他的话头；然后忽然听见背后一声牛叫，或者是街角的羊羔，咩咩地遥相呼应。的确，放牛的和放羊的把牲口一直赶到这里，牛羊时不时地要叫上一两声，伸出舌头，把嘴边的残叶卷进嘴里去。

罗多夫靠得离艾玛更近了，他低声并且很快地对她说。

"这伙小人的合谋难道不使你反感？难道有哪一种感情不受到他们指责？最高尚的本性，最纯洁的同情，都要受到迫害，诬蔑，而且，如果遍把一对可怜的有情人安排到一起，小人们就要组织一切力量，不许他们团聚。不过情人总要试试，总要拍拍翅膀，你呼我应。哎！有什么关系，或迟或早，他们总是要结合的，总是要相爱的，因为他们命里注定了是天生的一对，地成的一双。"

他两臂交叉，手放在膝盖上，就这样仰起脸来，亲密地凝视着艾玛。在他的眼睛里，她看得清黑色瞳孔的周围，发射出细微的金色光线，她甚至闻得到他头发上的香味。于是她感到软绵绵、懒洋洋的，回想起在沃比萨带她跳华尔兹舞的子爵，他的胡子和这些头发一样，也发出了香草和柠檬的香气；她微微闭上了眼皮不知不觉地，要更好地闻闻这股味道。但是她这样往后一仰，却看见了遥远的天边，燕子号公共马车正慢慢地走下勒坡，一片尘土跟着他。当年，莱昂就时常坐了这辆黄色马车进城,为她买东西回来;以后,他又是走这条路,一去不复返了! 她仿佛看见他还在对面,还在窗前;随后,灰飞烟灭;她似乎还在跳华尔兹舞,在吊灯下,在子爵怀里,而莱昂也离她不远,他就要来……但是她一直感觉得到的只是罗多夫的头在她身边。这种温柔的感觉渗进了她昔日的梦想,她的欲望在一股微妙的香气中死灰复燃,就像一阵风卷起漫天飞舞的黄沙一样,散遍了她整个灵魂,她好几次张大鼻孔,用力吸进缠着柱头的常春藤发出的清新气息。她脱下手套,擦擦双手;然后,她拿出手绢来当扇子用,往自己的脸上扇。太阳穴的脉搏跳得很快,但她还听得见群众的喧哗和州议员念经一般的声音。

他说:

"继续努力! 坚持到底! 不要因循守旧,也不要急功劲力、听信不成熟的经验! 努力改良土壤,积好肥料,发展马种、牛种、羊种、猪种! 让展览会成为和平的竞赛场,让胜利者向失败者伸出友谊之手,期待下次的更大成功! 你们这些可敬的佣人,谦虚的下人,今天以前,没有一个政府重视你们的艰苦劳动。现在,请来接受你们只做不说的报酬吧! 请你们相信,从今以后,国家一定会注重你们,鼓励你们,保护你们,满足你们的合理要求,努力消减你们的任务,减少你们痛苦的牺牲!"

略万先生坐下来;德罗泽雷先生站了起来,开始别的讲话。他讲的话也许不如州议员讲的冠冕堂皇,但他也有独到之处。他的风格更重实际,这就是说,他有专门知识,议论也高人一等。因此,歌功颂德的话少了,内容多是农业和家敬。他讲到宗教和农业的关系,两者如何共同努力,促进文化的发展。罗多夫只管和包法利夫人谈梦,谈预感,谈磁力不听这一套。演说家却在回顾社会的萌芽时期,描写洪荒时代,人住在树林深处,吃橡栗过日子。后来,人又脱掉兽皮,穿上布衣,耕田犁地,种植葡萄。这是不是进步? 这种发现是弊多利少吗? 德罗泽雷先生自己提出了这个问题。罗多夫却由磁力渐渐地谈到了亲和力,而当主席先生列举罗马执政官犁田,罗马皇帝种菜,中国皇帝立春播种的时候,年轻的罗多夫却向年轻的少妇解释：这些吸引力是因为前生有缘所以无法抗拒。

"因此，我们，"他说，"我们为什么会相识？这是什么机会造成的？这就好像两条河，原来距离很远，却流到一处来了，我们相互接近的原因是我们各自的天性。"

他握住她的手；她没有缩回去。

"耕种普通奖！"主席发奖了。

"比方说，刚才找到你家里……"

"奖给坎康普瓦的比泽先生。"

"难道你晓得我能陪你出来吗？"

"七十法郎！"

"多少回我想走开，但我还是留下来，一直和你呆在一起。"

"肥料奖。"

"明天，以后就像我今天晚上，一辈子都和你待在一起一样！"

"阿格伊的卡龙先生被奖金质奖章一枚！"

"因为我和别人在一起，从来没有这样全身都着了迷的感觉。"

"奖给吉夫里·圣马丁的班先生！"

"所以我会永远记得你。"

"他驯养了一头美利奴羊……"

"但是你会一样忘了我的，就像忘了一个影子。"

"奖给圣母院的贝洛先生……"

"不会吧！对不对？我在你的心上，在你的生活中，总还留下了一点痕迹吧？"

"良种猪奖两名：勒埃里塞先生和居朗布先生平分六十法郎！"

罗多夫捏住她的手，感到手好像一只给人捉住了的斑鸠暖洋洋、颤巍巍的，还想飞走；但是，不知道她是要抽出手来，还是对他的紧握做出反应，她的手指做了一个动作；他却叫了起来：

"啊！谢谢！你不拒绝我！你真好！你知道我是属于你的！让我看看你，让我好好看看你！"

窗外吹来一阵风，把桌毯都吹皱了，而在下面广场上，乡下女人的大帽子也掀了起来，好像迎风展翅的白蝴蝶一样。

"利用油料植物的渣子饼，"主席接着说。

他赶快说下去：

"粪便肥料，——种植亚麻，——排水渠道，——长期租约，——雇佣劳动。"

罗多夫沉默了。他们互相瞅着。两个人都欲火中烧，嘴唇发干，哆哆嗦嗦；软绵绵地，不用力气，他们的手指无法分开了。

"萨塞托·拉·盖里耶的卡特琳·尼凯丝·伊利沙白·勒鲁，在同一农场劳动服务五十四年，奖给银质奖章一枚——价值二十五法郎！"

"卡特琳·勒鲁，到哪里去了？"州议员重复问了几遍。

她没有走出来领奖，只听见有人嘀咕说：

"去呀！"

"不去。"

"往左边走！"

"不要害怕！"

"啊！她太傻！"

"她究竟来了没有？"杜瓦施喊道。

"来了！……就在这里！"

"那叫她到前面来呀！"

于是一个矮小的老婆子走到主席台前。神情畏畏缩缩，被坏皮衣烂衫所覆盖，显得更加干瘪。脚上穿一双木底皮面大套鞋，腰间系一条蓝色大围裙。一张瘦脸，戴上一顶没有镶边的小风帽,看来皱纹比干了的斑皮苹果还多;两只疙里疙瘩的手从红色短上衣的袖子里伸出。谷仓里的灰尘,洗衣服的碱水和羊毛的油脂使她手上起了一层发裂的硬皮,虽然用清水洗过,看来也是脏的;手张开的时候太多,结果合也合不拢,仿佛在低声下气地说明她吃过多少苦。像修道院的修女一样刻板的表情刻她脸上。哀怨、感动、都软化不了她暗淡的眼光。她和牲口呆在一起的时间太多,自己也变得和牲口一样哑口无言,心平气和。在这样一大堆人当中她这是第一次,看见旗呀,鼓呀,穿黑礼服的大人先生,州议员的十字勋章,她一动不动给吓唬住了,也不知道该往前走,还是该往后逃,既不明白大伙儿为什么推她,也不明白评判委员为什么对她微笑。吃了半个世纪的苦,她现在就这样站在笑逐颜开的老爷们面前。

"过来,可敬的卡特琳·尼凯丝·伊莉莎白·勒鲁!"州议员说,他已经从主席手里接过了得奖人的名单。

他看了一遍名单,又看一遍老婆子,然后用慈父般的声音重复说:

"过来,过来!"

"你聋了吗?"杜瓦施从扶手椅里跳起来说。

他对着她的耳朵喊道:

"五十四年的劳务!一枚银质奖章!值二十五个法郎!这是给你的。"

她就仔细看看,等她得到奖章。于是,她走开时天赐幸福的微笑出现在她脸上,听得见她叽叽咕咕地说:

"我要送给神甫,请他给我作弥撒。"

"信教信到这种地步!"药剂师弯下身子,对公证人说。

会开完了,群众散了。既然已经念过讲稿,每个人都各归原位,一切照旧:主人照旧骂佣人,佣人照旧打牲口,得奖的牛羊在角上挂了一个绿色的桂冠,照旧漠不关心地回栏里去。

这时,国民自卫队上到镇公所二楼,一串奶油圆球蛋糕挂在了刺刀上,大队的鼓手提了一篮子酒瓶。包法利夫人挽着罗多夫的胳膊,他把她送回家里。他们到门口才分手,然后他一个人在草地里散步,等时间到了就去赴宴。

宴会非常热闹时间很长,但是招待不周。大家挤着坐在一起,连胳膊肘都很难动一下,用狭窄的木板临时搭成的条凳,几乎给宾客的体重压断。大家大吃大喝。每个用力吃着属于自己的一份。个个吃得满头大汗;热气腾腾,像秋天清晨河上的水蒸气,笼罩着餐桌的上空,连挂着的油灯都熏暗了。罗多夫心里在想艾玛,背靠着布篷,什么也没听见。在他后面的草地上,有些佣人在把用过的脏盘子摞起来;他的邻座讲话,他不搭理;有人给他斟满酒杯,虽然外面闹哄哄的,他的心里却是一片寂静。他做梦似的回想她说过的话,她嘴唇的模样;好像魔镜的帽徽,照出了她的脸;她的百褶裙沿着墙像波浪似的流下来,他想到未来的恩爱日子也会像流不尽的波浪。

晚上放烟火的时候,他又看见了她,不过她同她的丈夫,还有奥默夫妇在一起。药剂师唯恐花炮出事老是焦急不安,他时常离开大伙儿,过去关照比内几句。

他过分小心,把炮仗锁进了地窖;结果火药受了潮,当花炮送到杜瓦施先生那里时,简直点不着,主要节目"龙咬尾巴"根本上不了天。偶尔看到一支罗马蜡烛似的焰火;目瞪口呆的群众就发出一声喊,有的妇女在暗中给人胳肢了腰,也叫起来。艾玛缩成一团不出声,悄悄地靠着夏尔的肩头;然后她仰起下巴来,望着光辉的火焰射过黑暗的天空。罗多夫只有在灯笼的光照下,才能凝目看她。

灯笼慢慢灭了。星星发出微光。天还下着雨。艾玛把围巾扎在头上。

这时,州议员的马车走出了客店。车夫喝醉了酒,忽然发起迷糊来;远远看得见他半身高过车篷,坐在两盏车灯之间,车厢前后颠簸,他就左右摇摆。

"的确,"药剂师说,"酗酒应该严格禁止!我希望镇公所每星期挂一次牌,公布一周之内酗酒人的姓名。从统计学的观点看来,这也可以像年鉴一样,必要时供参考……对不起。"

他又向着消防队长跑去。

队长正要回家。去看看他的车床。

"派个人去看看，"奥默对他说，"或者你亲自去，这没关系吧？"

"让我歇一口气，"税务员答道，"根本不会出事！"

"你们放心吧，"药剂师一回到朋友们身边就说。"比内先生向我肯定：已经采取了措施水龙也装满了水。火花不会掉下来的。我们可以睡觉去了。"

"的确！我要睡觉，"奥默太太大打呵欠说。"不过，这有什么关系呢？我们这一天过得好痛快。"

罗多夫眼睛浓情似水，低声重复说：

"是啊！好痛快！"

大家打过招呼，就都转身离开了。

两天后，《卢昂灯塔》发表了一篇报道展览会的大块文章。那是奥默劲头一来，第二天就一气呵成了：

"为什么张灯结彩，鲜花似锦？大家像发怒的海涛一样，要跑到哪里去？他们为什么不怕烈日的热浪，淹没了我们的休闲田？"

于是，他谈起了农民的情况。

当然，政府尽了大力，但还不够！他向政府呼吁："要鼓足干劲！各种改革责无旁贷，要我们来完成。"然后，他谈到州议员驾临，没有忘记"我们民兵的英勇姿态"，也没有忘记"我们最活泼的乡村妇女"，还有像古代族长的秃头老人，其中有几位是"我们不朽队伍的幸存者，听到雄壮的鼓声就会心情激动。"他把自己说成是首要的评判委员之一，并且加注说明：药剂师奥默先生曾向农学会递交过一篇关于苹果酒的论文。写到发奖时，他用名不副实的字眼来描绘得奖人的高兴：父亲拥抱儿子，哥哥拥抱弟弟，丈夫拥抱妻子。不止一个人得意扬扬地出示他小小的奖章,不用说,回家之后,他会流着眼泪到了他贤内助的身边,把奖章挂在小茅屋的不引人注意的墙上。

宴会"六点钟左右在列雅尔先生的牧场上举行,参加大会的主要人物欢聚一堂。气氛始终热烈亲切,无以复加。宴会中频频举杯:略万先生为国王祝酒!杜瓦施先生为州长祝酒!德罗泽雷先生为农业干杯!奥默先生为工业和艺术两姊妹干杯!勒普利谢先生为改良干杯!夜幕时分,光明的烟火忽然照亮了天空。这简直可以说是千变万化的万花筒,真正的歌剧舞台布景。片刻之间,我们这个小地方就进入了《天方夜谭》的梦境。"

"我们敢说:这次大家庭的聚会没有出现任何不高兴的麻烦事。"

他还加了两句:

"我们只注意到:神职人员没有到场。当然,教会对进步的了解,和我们有所不同。耶稣会的信徒,随你们的便吧!"

九

罗多夫六个星期过去了还没有来。一天晚上,他到底出现了。

展览会过后的第二天,他就对自己说:

"不要去得太早了,否则反而会误事。"

过了一个星期,他打猎去了。打猎回来,他想去但又自己说服自己现在去太晚了:

"不过,要是她头一天就看上了我,那她越是急着见我,就会越发爱我。还是去吧!"

他明白他的算盘没有打错,因为他一走进厅子,就看见艾玛的脸发白了。

只有她一个人。天色晚了。一排玻璃窗上挂了小小的纱帘子,使屋子显得更暗。镀了金的晴雨表,在斜阳的残照下,闪闪发光,金光穿过珊瑚的枝丫,好像一团烈火反射到镜子里着;艾玛几乎没有回答他的问候。

"我呀,"他说,"我事忙。又生病了。"

"病重吗?"她急了。

"啊!"罗多夫坐在她身边的一个凳子上说,"不!……其实是我不准备来了。"

"为什么?"

"难道你猜不着?"

他眼里露出强烈的情欲又看了她一眼,她羞红了脸,低下了头。他又接着说:

"艾玛……"

"先生!"她站远了一点说。

"啊!你看,"他用忧伤的声音对答,"我不想来是不是有道理?因为这个名字,这个占据了我的心灵、我脱口而出的名字,你却不许我叫!你要我像大家一样叫你包法利夫人!其实,这不是你的名字,这是另一个人的姓!"

他重复说:

"另一个人的姓!"

他用两只手捂住脸。

"是的,我日日夜夜思念你!……我一想起你就难过!啊!对不起!……我还是离开你好……永别了!……我要到很远……远得你听不见人谈我!……但是……今天……我也不知道是什么力量把我推到你的身边!因为人斗不过天,人抗拒不了天使的微笑!一见到美丽的、迷人的、可爱的,人就只好听天由命了!"

艾玛是第一次听到说这种话;她开心得就像一个懒洋洋、软绵绵、伸手伸脚躺在蒸汽浴盆中的人,沉浸在语言的温馨。

"不过,就算我没有来,"他继续说,"即使我不能来看你,啊!至少我也来看过你周围的一切,每天夜晚,我都从床上爬起来,一直走到这里,来看你的房屋,看在月下闪闪发光的屋顶、在你窗前摇摆的园中树木、在暗中透过窗玻璃发射出来的灯光。啊！你哪里晓得还有一个多么可怜的人……离你这么近、却又离你那么远。"

她转身对着他,声音哽咽了。

"啊！你真好！"她说。

"不,你不怀疑这只是因为我爱你吧！告诉我;一句话！只要一句话！"

罗多夫神不知鬼不觉地溜下了凳子,立在地上。忽然听见厨房里有木头鞋子走动的声音,他才发现厅子的门没有关。

"但愿你能行行好,"他站起来说下去,"完成我一件心事！"

他要看看她的房子;他想熟悉环境;包法利夫人看不出有什么不得体的,他们两人一同站起,那时夏尔走进来了。

"你好,博士,"罗多夫对他说。

医生听到这个,喜出望外,赶快大献殷勤,罗多夫乘机定一定神。

"尊夫人,"他说,"同我谈到她的健康……"

夏尔打断他的话头,说他确实非常担心,因为他的妻子又恢复了以前的压抑感。于是罗多夫就问,骑马是不是有点好处。

"当然！很好,好极了！……这是个好主意！你的确应该骑骑马。"

她反对说,她没有马,罗多夫先生就主动借她一匹。她谢绝了,他也没有坚持。然后,为了要给他的访问找个理由,他说他的上次放血的那一个车夫,总是觉得迷糊。

"等哪一天我看他去,"包法利说。

"不必,不必,我叫他来;我们来对你来说更方便。"

"啊！那好。麻烦你了。"

等到只剩下夫妻两个人:

"为什么不接受布朗瑞先生一片好意借的马呀？

她假装赌气的模样，找了种种借口，最后才说她"怕人家笑话"。

"啊！我才不怕人笑话呢！"夏尔踮着一只脚转了一个身说。"健康第一嘛！你错了！"

"哎！我连骑装也没有你叫我怎么骑马呀？"

"那就定做一套吧！"他回答说。

一套骑装使她打定了主意。

等到骑装做好了，夏尔写信给布朗瑞先生说：他的妻子遵嘱整装待发，恭候光临。

第二天中午，罗多夫带来了两匹好马来到夏尔门前，一匹耳朵上系了玫瑰色的小绒球，背上挂了一副女用的鹿皮鞍子。

罗多夫穿了一双长筒软皮鞋，心想她当然没见过这等货色。的确，他穿着丝绒上衣，白色毛裤在楼梯口出现时，这种装束就使艾玛倾倒了。她也已经准备就绪，就等他来。

朱斯坦溜出药房来看她，药剂师也撂下了正在办的事。他再三叮嘱布朗瑞先生：

"小心祸从天上飞来！你的马温顺不温顺呀？"

她听到楼上有响声：原来是费莉西在和小贝尔特玩，把玻璃窗当作小鼓敲。孩子在远处飞了一个吻，妈妈只摇动马鞭的圆头，作为回答。

"一路快乐！"奥默先生喊道。"要小心！要十分小心！"

他摆动手上的报纸，看着他们走远了。

一走到土路上，艾玛的马立刻就跑起来。罗多夫不离她的左右。偶尔他们也说一两句话。她的脸略微朝下，手举起来，右胳膊伸直了，接着马跑的节奏，在马鞍上前俯后仰。

到了坡下，罗多夫放松了缰绳；突然，他们一同快跑起来；到了坡上，马又猛然站住,她脸上的蓝色大面纱就落下来了。

这时是十月初。雾笼罩着田野。水蒸气撒满到天边,露出了远山的轮廓;有的地方水汽散开,升到空中,就消失了。有时云开见天,露出一线阳光,远远可以望见荣镇的屋顶,还有河边的花园,院落,墙壁和教堂的钟楼。她住的这个可怜的村子,从来没有显得这样小艾玛的眼皮半开半闭,要找出她的房子来。他们在坡上,看到下面的盆地好像一片白茫茫的大湖,湖上雾气腾腾,融入天空。不是这里,就是那里,会冒出一丛树木,好似黑色的岩礁;一排一排的白杨,高耸在薄雾之上,看来犹如随风起伏的沙滩。

在旁边的草地上,在冷杉树之间,褐色的光线在温暖的空气中流动。橙黄色的土地像烟草的碎屑,淹没了脚步声;马走过的时候,用铁蹄踢开落在面前的松果。

罗多夫和艾玛就这样沿着树林边上走。她时不时地转过头去,以免和他四目相对,但是那时她就只看得见一排一排冷杉的树干,络绎不绝,看得她有点头昏眼花。马喘气了。马鞍的皮子也咯啦作响。

太阳出来时,他们已走进树林了。

"上帝保佑我们!"罗多夫说。

"你确信吗!"她说。

"往前走吧! 往前走吧!"他接着说。

他用舌头发出咯啦的响声。两匹马又飞跑起来了。

路边有些长长的羊齿草,老是缠住艾玛的脚镫。罗多夫在马上歪着身子,一根一根地把草拉掉。有时为了拨开树枝,他跑到她身边来,艾玛感到他的膝盖碰着她的腿。天空变蓝了。树叶动也不动。广阔大地上长满了正开花的欧石南;有些地方一片紫色,有些地方杂树丛生,树叶的颜色有灰,有褐,有黄。时常听得见荆棘丛中,有翅膀轻轻扑打的声音,或者是乌鸦在栎树丛中飞起,发出沙哑而和缓的声音。

他们下了马。罗多夫把马拴好。她在前面车辙之间的青苔上走着。

可是她的袍子太长，虽然把后摆撩起，行动还是不方便。罗多夫跟在后面，看着黑袍子和黑靴子中间的白袜子，仿佛是看见了她赤裸裸的细嫩的皮肉。

她站住了。

"我有点儿累了，"她说。

"走吧，再加一把劲走走看！"他答道。

再走了百来步，她又停住了。她的蓝色透明的面纱，从她的骑士帽边沿，一直斜坠到她的屁股上，从后面看来，她仿佛在天蓝的波涛中游泳。

"我们究竟去哪里？"

他不回答。她呼吸急促了。罗多夫咬住嘴唇上的胡子向周围环视了一眼。

他们到了一个比较宽阔的地方，那里的小树已被伐掉。他们坐在一棵砍倒了的树干上，罗多夫开始对她谈情说爱了。

他先怕恭维话会吓坏她。他就显出平静、严肃、忧郁的模样。

艾玛低着头听他说，一面还用脚尖拨动地上的碎木屑。

但是一听见：

"难道我们的命运不同的吗？"

"不是！"她答道。"你知道。这是不可能的。"

她站起来要走。他抓住她的手腕。她站住了。她用多情的、湿润的眼睛看了他几分钟，激动地说道：

"啊！好了，不要再说了……马在哪里？往回返吧。"

他做了一个生气而又苦恼的手势。她却重复说：

"马在哪里？马在哪里？"

他露出一张奇怪的笑脸，瞪着眼睛，咬紧牙齿，伸出两只胳膊，去抱她。她哆哆嗦嗦地向后退。她结结巴巴地说：

"啊！你让我害怕！你叫我难过！走吧！"

"既然这样，"他忽然变了脸色回答。

他立刻又变得恭恭敬敬，温存体贴，畏畏缩缩。她挽住他的胳膊。他们一同往回走。他说：

"你到底怎么啦？为什么这样？我不明白。你恐怕是误会了？你在我的心里就像圣母在神位上，高不可攀，坚不可摧，神圣不可侵犯。如果没有你，我活不下去了！我需要你的眼睛，你的声音，你的思想。做我的朋友，做我的妹妹，做我的天使吧！"

他伸出胳膊，搂着她的腰。她软弱无力地要挣脱。他就这样边走边搂着她。

他们听见两匹马在吃树叶。

"再待一会儿！"罗多夫说。"不要走！等一会儿！"

他带她往前走，走到一个浮萍在水上铺开了一片绿茵的水塘旁边。残败的荷花静静地立在灯芯草中间。听到他们在草上的脚步声，青蛙就跳进水里，射起来。

"我该死，我该死，"她说。"我怎么这样傻，怎么能听你的话！"

"怎么了？……艾玛！艾玛！"

"唉！罗多夫！……"少妇把身子依偎着他的肩膀，慢慢地说。

她的袍子紧紧贴住他的丝绒衣服。她把她的嫩的脖子仰起，发出一声叹息，脖子就缩下去，四肢无力，满脸流泪，浑身颤抖。她把脸藏起来，就由他摆布了。

暝色的黄昏降落了；天边的夕阳穿过树枝，照得她眼花缭乱。在她周围，不是这里的树叶上，就是那里的草地上，有些亮点闪闪烁烁，好像蜂鸟飞走时撒下的羽毛。万籁俱寂，树木似乎也散发出了温情蜜意；她又感到她的心跳加速，血液在皮肤下流动，仿佛一条奶汁汹涌的河流。那时，她听到从遥远的地方她静静地听着，从树林外，从小山上，传来了模糊而悠扬的呼声。这声音不绝如缕，像音乐一般流入了她震荡激动的心弦。罗多夫却叼着一支雪茄，止用小刀修补一根断了的缰绳。

他们按原路走回荣镇去。他们在泥地里又看见了并排的马蹄印，同样的小树丛,以及在草地上同样的石子。他们周围的一切都没有改变,但是对她来说,却仿佛发生了移山倒海的变化。罗多夫此时不时地俯下身子,吻一吻她的手。

她骑在马上很漂亮,她挺直了细长的腰身,膝盖靠着马鬃毛弯了下去,新鲜的空气和夕阳的晚照,使她的脸色更加红润。

一走上荣镇的石板地,她就调动马头,左旋右转。大家都在窗口看她。

晚餐时,她很好的气色为她的丈夫发现;但问她玩得怎么样时,她却装作没有听见,只把胳膊肘拄在盘子旁边,在两根点着的蜡烛之间。

"艾玛!"他喊她。

"什么事?"

"你听,我今天下午到亚历山大先生家去了。他一匹老母马,还很好看,只是膝盖受过一点伤。我想,只要花上百把个金币,就可以拥有他……"

他又补充说:

"一想到你会喜欢的,我就要下来了……我就买了下来……我干得如何?你说?"

她点点头,表示干得不错。然后,过了刻把钟。

"你今晚出去吗?"她问了问。

"出去。没什么事吧?"

"啊,没什么事,没什么事,只是问问。"

她把夏尔打发走后,就上楼来,关上房门。

开始,她有点神情恍惚;又看见了树林,小路,小沟,罗多夫,感到搂抱他的双臂,听见树叶哆嗦,灯芯草呼呼响。

但是一照镜子,她又惊又喜。她的眼睛睁得很大,这么黑,这么深。一种神妙的东西渗透了她的全身,使她改头换面了。

她不嫌烦地自言自语:"我有了一个情人! 一个情人!"她自得其乐,仿佛恢复

139

了青春妙龄一样。她到底享有她本以为是无缘消受的狂热了,她到达了一个神奇的只有热情,狂欢,心醉神迷境界;周围是一望无际的蓝天,感情的高峰在她心上光芒四射,而日常生活只在遥远的地面,在山间的暗影中若隐若现。

于是她想起了书中的美女,这些多愁善感的淫妇,成群结队,用姐妹般的声音,在她记忆中唱出了令人销魂的歌曲。而她自己也变成了这些想象人物中的真实部分,实现了自己青春年代的梦想,化为自己长期向往的情人了。再说,艾玛也感到她的报复心理得到了满足。难道她没有吃够苦?现在她胜利了,长期受到压抑的爱情,就像欢腾汹涌的喷泉,突然一下迸发。她要既不懊悔,又不担忧,也不心慌意乱享受爱情。

第二天又是甜甜蜜蜜度过的。他们发了海誓山盟。她对他讲她的痛苦。罗多夫用吻打断她的话;她眼皮半开半闭地瞧着他,要他再叫一遍她的名字,再说一遍他爱她。他们像昨天一样进了森林,待在一间墙是草堆成的,屋顶非常低,要弯腰才能走进去做木鞋的小屋里。他们紧紧挨着,坐在一张干树叶做成的床上。

从这一天起,他们天天晚上写信。艾玛把信带到花园尽头,放在河边地坛的护墙缝里。罗多夫来取信,同时把另外一封放进去,可是她总嫌他的信太短。

一天早晨,夏尔天不亮就出门去时,她起了一个要立刻去看罗多夫的怪念头,她可以赶快去于谢堡,待上个把小时回来,荣镇的人还没有睡醒呢。这个念头使她欲火中烧,呼吸急促,她很快就走到了草原上,脚步更加快了,也不回头向后看一眼。

天开始蒙蒙亮。艾玛远远看到了情人的房屋,屋顶上有两支箭一样的风标,在泛鱼肚色的天空,剪出了黑色的燕尾。

走过农庄的院子,就到了房屋的主体,这大概是住宅了。她走了进去,仿佛墙壁见了她来也会让路似的。一座大楼梯笔直通到一个走廊。艾玛转动门闩,一下就看见房间紧里首罗多夫在睡觉。

她叫了起来。

"你来了！你来了！"他反复说。"你怎么来的？……啊！你的袍子湿了！"

"我爱你！"她用胳膊搂住他的脖子回答。

这第一回大胆的行动，居然得心应手。以后每当夏尔一早出门，艾玛就赶快穿好衣服，蹑手蹑脚地走下河边的台阶。

有时牛走的木板桥拆掉了，那就不得不沿着河边的围墙走；堤岸很滑；她要用手抓住一束束凋残了的桂竹香，才能不跌倒。有时她穿过耕过的田地，陷在泥里，跌跌撞撞，拔不出她的小靴来。她的绸巾包在头上，给草场的风吹得呼呼动；她又怕牛，看到就跑；她跑到的时候气喘吁吁，脸颊绯红，全身发出一股树液、草叶和新鲜空气合成的清香。罗多夫这时仍在睡大觉。她就像春天的清晨一样，降临到他的房间里。

沿着窗子挂着黄色的窗帘，悄悄地透过来的金色光线显得沉重。艾玛眨着眼睛，摸索着走进来。她紧贴两鬓的头发上沾满了露水，仿佛一圈镶嵌着黄玉的光环，围着她的脸蛋。罗多夫笑着把她拉过来，紧紧抱在怀里。

然后，她就巡视房间，打开抽屉，用他的梳子梳头，照照他刮脸的镜子。床头柜上放着一瓶水，旁边有柠檬和方糖，还有一个大烟斗，她甚至经常拿起来叼在嘴里。

他们总要花足足一刻钟，才舍得分离。那时艾玛总是哭；她恨不得永远不离开罗多夫。她总是身不由己地就来找他，有一天，他看见她出乎意外地突然来到，不禁把眉头皱起来，仿佛出了什么不顺心的事。

"你怎么了？"她问道。"不舒服吗？快告诉我！"

他到底板着脸孔说了：她这样随随便便就来看他，会给她自己带来烦恼的。

十

渐渐地，罗多夫的担心也影响了她。起初，爱情使她陶醉，她也心无二用。可是到了现在,爱情已经成了她生活中不可缺少的,她唯恐失掉一星半点,甚至不愿受到干扰。当她从他那里回来的时候,她总要惴惴不安地四处看看,看看天边会不会出现一个人影,村子里的天窗后面会不会有人看见她。她还注意听脚步声,叫唤声,犁头的响声;她在白杨树下站住,脸色苍白,浑身颤抖得比白杨树叶还厉害。

一天早晨,她正这样走回家去,忽然发现有支卡宾枪的长筒枪管好像正在对她瞄准。枪筒斜斜地从一个小木桶上边伸出来,木桶半隐半现地埋在沟边的草丛中。艾玛吓得几乎要昏倒了,但又不得不走。这时一个人就像玩偶盒子里的弹簧玩偶一样。从桶里钻了出来,他的护腿套一直扣到膝盖,鸭舌帽低得一直遮到眼睛,嘴唇哆嗦,鼻子通红。原来是比内队长,他埋伏在那里打野鸭。

"你老远就该说句话呀!"他叫道。"看见枪口,总该打个招呼。"

其实税务员这样说,是想掩饰内心的害怕,因为本州法令规定,只许在船上打野鸭。比内先生虽然奉公守法,偏偏在这件事上明知故犯。因此,他几乎无时无刻不听到乡村警察的脚步声。但是这种忐忑不安的心情,反倒增加了偷猎的兴趣,他一个人缩在木桶里,因为他的诡计得逞而自得其乐。

一看见是艾玛,他心里的大石头落了地,就立刻随便搭起话来:

"天气不热,有点'冷'吧!"

艾玛没有回答。他又说道:

"你为什么这么早出来呀?"

"是的,"她结结巴巴地说:"我刚去奶妈家,看我孩子来的。"

"啊!那好!那好!我呢,你看我这样子,天不亮就来了;天要下牛毛雨,要不是翅膀飞到枪口上来……"

"再见,比内先生,"她打断他的话,转过身就走。

"请便吧,夫人,"他也干巴巴地回了一句。

说完,他又进入桶里去了。

艾玛后悔不该这样突然一下离开了税务员。当然,他一定会往坏处猜测荣镇的人谁不知道,小包法利早在一年前就接回父母身边了。去奶妈家实在是个糟透了的借口,再说,附近没有人家;这条路只通于谢堡;比内自然猜得到她从哪里来,难道他会不说出去吗?她一定会随便乱讲的!她就在那里挖空心思,胡思乱想,凭空捏造各种借口,一直想到晚上,也赶不走眼前这个拿猎枪的坏事人。

晚餐后,夏尔见她愁容满脸,要带她到药剂师家去散散心;偏偏在药房看到的头一个人,又是这个不知趣的税务员!他站在柜台前,短颈大口药水瓶反映的红光照在他脸上。他说:

"请给我半两硫酸盐。"

"朱斯坦,"药剂师叫道,"拿硫酸来。"

然后,他对要上楼去看奥默太太的艾玛说:

"不敢麻烦您,她就下来。还是烤烤火吧……对不起……你好,博士(药剂师非常喜欢叫夏尔作'博士',仿佛这样称呼别人,自己也可以沾点光似的)……小心不要打翻了研钵!还是到小厅子里去搬椅子来,你知道客厅的大椅子不好移动。"

奥默赶快走出柜台,要把扶手椅放回原位,比内却要买半两糖酸。

"糖酸?"药剂师做出内行瞧不起外行的神气说不知道,我没有听说过,你恐怕是要买草酸吧?是草酸,对不对?"

比内解释说,他要一种腐蚀剂,好配一点擦铜的药水,将打猎的各种用具上的铜锈擦掉。艾玛一听就直哆嗦。

药剂师改了口:

"的确,天气不对头,太潮湿了。"

"不过,"税务员似乎话里有话,"可有人是不怕潮湿的。"

她连气都不敢出。

"请再给我……"

"他怎么老是不走!"她心里想。

"半两松香和松脂,四两黄蜡,还请给我一两半骨炭,把漆皮擦擦。"

药剂师开始切蜡时,奥默太太下楼来了,怀里抱着伊尔玛,旁边走着拿破仑,后面跟着阿达莉。她坐在靠窗的丝绒长凳上,男孩蹲在一个小凳子上,而他姐姐围着爸爸身边的枣盒子转。爸爸在灌漏斗,封瓶口,贴标签,打小包。周围没人说话,只有时听见天平的砝码响,还有药剂师不时低声交代学徒几句话。

"你的小宝贝怎么样?"奥默太太忽然问艾玛。

"闭嘴!"她的丈夫叫道,他正在账本上记账。

"怎么不带她来呀?"她放低了声音又问。

"嘘!嘘!"艾玛用手指着药剂师说。

好在比内一心都在算账,看看加错了没有,可能没有听见她们的话。他到底走了。于是艾玛如释重负,长长出了一大口气。

"你出气好吃力呵!"奥默太太说。

"啊!天气热了点,"她答道。

第二天,他们打算换个地方幽会;艾玛想用礼物收买女佣人;最好罗多夫答应去找。在荣镇找一所不会走漏风声的房子。

整个冬天,他一个星期有三、四个夜晚要到花园里来。艾玛特意藏起栅栏门的钥匙,夏尔还以为真的丢失了。

罗多夫为了叫她下楼,就抓一把沙子撒在百叶窗上。她一听到就跳下床;不过有时也得耐心等待,因为夏尔有个怪脾气,喜欢坐在炉边闲聊,并且说个没完。她要命地着急要是她的眼睛有办法,真会帮他从窗口跳进来的。最后,她开始换上睡衣;拿起一本书来,装作没事人的样子读下去,仿佛读得很开心。但夏尔一上了床,就叫她睡下。

"睡吧,艾玛,"他说,"时间很晚了。"

"好,就来!"她答道。

然而,因为烛光耀眼,他就转身朝墙睡着了。她不敢大声喘气,脸微微笑,心突突跳,也不穿衣服,就溜了出去。

罗多夫穿了一件大披风,把她全身裹起,用胳膊搂住她的腰,也不吱声,就把她带到花园的深处。

他们来到花棚底下,坐在那张烂木条长凳上。以前,在夏天的傍晚,莱昂也坐在这里,含情脉脉地望着她。现在她想不到他了。

闪烁的星光穿过茉莉树落了叶的枝条。他们听得见背后的河水流溅,堤岸边干枯的芦苇不时咯啦作响。在黑暗中鼓了出来的左一团右一团阴影,有时,阴影忽然一下全都瑟瑟缩缩,笔直竖立或者俯仰上下,好像巨大的黑浪,汹涌澎湃,要把他们淹没。夜里的寒气使他们拥抱得更紧;他们嘴唇发出的叹息似乎也更响;他们隐约看见对方的眼睛也显得更大。在一片寂静中,窃窃私语落入灵魂的深处,有如清澈透明水晶,回音萦绕心头,不绝如缕,引起无数的涟漪。

碰到夜里下雨,他们就躲到车棚和马房之间的诊室里去。她从书架后面取出一支厨房用的蜡烛,点着照明。罗多夫俨然一副主人的姿态。坐在这里,看到书架和书桌,甚至整个房间,都使他觉得好笑;不由得他不开起夏尔的玩笑来,这使艾玛局促不安。他严肃一点倒是她所希望的,甚至更像戏剧中的人物,有一次,她以为听到了巷子里的脚步声。

"来人了!"她说。

他赶快吹灭蜡烛。

"手枪你带了吗?"

"干吗?"

"怎么?……为了自卫呀!"艾玛答道。

"要对付你的丈夫这个倒霉鬼!"

罗多夫说这句话时，做了一个手势，意思是说："只消一弹手指，就会把他打垮。"

他的匹夫之勇使她目瞪口呆，她也觉得他的口气粗鲁庸俗，令人反感。

关于手枪的事，罗多夫考虑了好久。他想，如果她说这话当真，那就非常可笑，甚至有点可恶了，因为他没有任何理由要恨夏尔这个老实人，这个不妒忌的丈夫；——艾玛还向他赌咒发誓丈夫不会妒忌，他也觉得趣味不高。

而且她越来越感情用事。起先，她一定要交换小照，并且剪下几绺头发相送；而现在，她又要，一个真正的结婚戒指，表示永久的结合。她时常同他谈起晚祷的钟声，或是"自然的呼声"；然后，她又谈起她自己的母亲，问到他的母亲。罗多夫的母亲已经死了二十年。艾玛却还要用假惺惺的语言来安慰他，仿佛他是一个失去了母爱的孩子。有时，她甚至望着月亮对他说：

"我相信，我们的母亲在天之灵也会很高兴的知道了我们的爱情。"

好在她的确是漂亮！他也没有玩过这样坦率的女人！对他说来这种不放荡的爱情，是一桩新鲜事，并且越出了容易到手的常理，使他既高兴，又动情。艾玛的狂热，用市侩的常识来判断，是不值钱的，但他在内心深处也觉得高兴，因为狂热的对象是他自己。爱情既然稳如大山，他就不再费劲去争取，不知不觉的态度也变化。

他不再像以前那样，说些感动得她流泪的甜言蜜语、做些热情洋溢、令人神魂颠倒的拥抱抚摸。结果以前淹没了她的伟大爱情，现在却像水位不断下降的江河，水底的泥沙已经可以看见。她不肯相信，反而加倍温存体贴；而罗多夫却越来越不耐烦，越来越不在乎了。

她不知道，她到底是在后悔不该顺从他，还是相反，只是希望不要过分亲热。自恨软弱的羞愧感慢慢积成了怨恨，但颠鸾倒凤的狂欢又使怨恨缓和了。这不是依依不舍的眷恋，而是更像一种剪不断的引诱。她几乎有点怕他了他降伏了她。

罗多夫随心所欲地摆布他的情妇，然而表面上看起来简直平静无事；过了半年,到了春天,他们两人你看着我,我看着你,好像一对过太平日子的夫妻,爱情已经成为家常便饭了。

又到了卢奥老爹送火鸡纪念他断腿复原的周年的日子,礼物总是和信一同送到。艾玛剪断把信和筐子拴在一起的绳子,就读到了下面这封信:

"我亲爱的孩子们:

"我但愿这封信收到时,你们的身体健康,这次送的火鸡和以前的一样好;但在我看来,它要更嫩一点,而且我还敢说,个儿更大一点。不过下一次,为了换换花样,我要送你们一只公鸡,除非你们硬要'母的',请把鸡筐子送还给我,还有以前两个。我不走运,车棚的棚顶给夜里的大风刮到树上去了。收成也不给我争面子。总之,什么时候去看你们我也不知道。自从我单身起,我就很难离开家了,我可怜的艾玛!"

这里有个空行,老头子好像放下了笔想心事了。

"至于我呢,身体还很健康,只是有一天去伊夫托赶集着了凉。我去赶集是要找个羊倌,原来那个给我辞了,因为他太讲究吃喝。碰到这种坏蛋没什么办法!再说,他还不老实哩。

"我听一个小贩告诉我,他去年冬天到你们那里去做生意,拔了一个牙,他说包法利很累。这并不奇怪,他还给我看他的牙齿;我们一起喝了一杯咖啡。我问他见到你没有,他说没有,不过他看见马棚里有两匹马,我猜想生意还很好。那就好,我亲爱的孩子们,愿上帝保佑你们幸福无比!

"我觉得遗憾的是,我还没有见过我心爱的小外孙女贝尔特·包法利。我为她在花园里种了一棵李子树,我不许人碰它,因为我想将来给她做成蜜饯,放在橱子里,等她来吃。

"再见,我亲爱的孩子们。我吻你,我的女儿;也吻你,我的女婿;还有我的小宝贝,我吻你两边的脸。

"祝你们好!

"你们慈爱的父亲

"特奥多尔·卢奥"

她把这张粗信纸捏在手里呆了几分钟。错字别字到处都有,但是艾玛在字里行间,就像在荆棘篱笆后面,听得见一只躲躲闪闪的母鸡在咯咯叫一样。读出了温柔敦厚的思想,墨水是用炉灰吸干的,因为有灰屑子从信上掉到她袍子上,她几乎

想象得出父亲弯腰到壁炉前拿火钳的情景。她有多久不在他的身边了!以前她老是坐在壁炉前的矮凳上,用一根木棍去拨动烧得噼里啪啦响的黄刺条,结果熊熊的火焰把木棍头上都烧着了。……她还记得夏天的晚上,太阳还没有落,一有人走过,马驹就会嘶叫,东奔西跑……她的窗子下面有个蜂房,在阳光中蜜蜂盘旋飞舞,有时撞到窗玻璃上,就像金球一样弹了回来。那时多么幸福!多么自由!多少希望!多少幻想!现在她已经把它们消耗得干干净净了,一点也不剩了!在她的灵魂经风历险的时候,在她的环境不断改变的时候,在她从少女到妻子,再到情妇的各个阶段——就是这样,在她人生的道路上,她把它们丢得不剩一星半点了,就像一个旅客把他的财富全都花费在路上的旅店里一样。

那么，是谁使她变得这样不幸的？是什么特大的灾难使她天翻地覆的？她抬起头来，看看周围，仿佛要找出她痛苦的原因。

四月的阳光使架子上的瓷器闪闪烁烁，壁炉里的火在燃烧，她感觉得到拖鞋下面的地毯软绵绵的；白天气候温暖，她听得见她的孩子哇啦哇啦在笑。

的确，四围都是翻晒的草。小女孩在草上打滚，她伏在一个草堆上。保姆拉住她的裙子。勒斯蒂布杜瓦在旁边耙草，只要他一走到身边，她就弯下身去，两只小胳膊在空中乱打。

"把她带过来！"母亲说，一面跑去吻她。"我是非常爱你的，我可怜的小宝贝！我多么爱你！"

然后，她看见女儿耳后根有点脏，就赶快拉铃要人送热水来，把她洗干净，给她换内衣，袜子，鞋子，一遍又一遍地问她的身体怎么样，好像刚出门回来似的，最后还吻了她一次，这才流着眼泪，把她交还到保姆手里。保姆见她一反常态，意外得连话都说不出来了。

晚上，罗多夫发现她比平常庄重多了。

"这是心血来潮，"他认为，"一下子就会过去的。"

他一连三次不来赴约会。等他再来的时候，她显得很冷淡，甚至有点瞧不起他的神情。

"啊！你这是浪费时间，我的小妞儿……"

他装出没有注意她唉声叹气、掏手绢的样子。

他不知道艾玛后悔了吧！

她甚至问自己：为什么讨厌夏尔？如果能够爱他，岂不更好？但是他却没有助她一臂之力，让她回心转意，结果她本来就薄弱的意志，要变成行动，就更加困难了，正好这时药剂师来提供了一个机会。

十一

他最近读到一篇赞扬新法治疗跛脚的文章。就起了热爱乡土的念头,因为他主张进步,为了赶上先进水平,荣镇也应该做矫正畸形足的手术。

"因为,"他对艾玛说,"有什么风险呢? 你想么看(他扳着手指头算计尝试一下的好处):几乎一定可以成功,病人的痛苦可以减轻,外形更加美观,做手术的人可以很快出名。比如说,你的丈夫为什么不搭救金狮旅店的伙计,可怜的伊波利特呢? 你看,病治好了,他能不对旅客讲吗? 再说(奥默放低了声音,向周围望了一眼),谁能不让我给报纸写一段报道呢? 那么! 我的上帝! 报道是会流传的……大家都会谈起……那结果就像滚雪球一样! 啊! 谁知道会怎么的? 谁晓得?"

的确,包法利可能会成功;艾玛并不知道他的本领不过硬,她正要寻找比爱情更靠得住的靠山呢。如果她能鼓动他做一件名利双收的大好事,那她会是多么心满意足呵!

夏尔经不起药剂师和艾玛的恳求,就勉强答应了就每大晚上埋头钻研起来。他从卢昂要来了杜瓦尔博士的那部大作《跛脚矫正论》

他研究马蹄足,内翻足,外翻足,也就是说,趾畸形足,内畸形足,外畸形足(或者说得通俗一点,就是脚的各种偏差,从上往下跷,从外往内跷,从内往外跷),还有底畸形足和踵畸形足(换句话说,就是平板脚和上跷脚)。同时,奥默先生也用种种理由,说服客店伙计来动手术。

"你也许就像放血一样扎一下,不会觉得痛;恐怕比除老茧还方便呢。"

伊波利特在转动着发呆的眼睛考虑。

"其实,"药剂师又接着说,"这不关我的事! 都是为了你好! 纯粹是人道主义! 我的朋友,我不愿意看到你一瘸一拐走路,叫人讨厌,还有你的腰部一摇一晃,不管你怎么说,干起活来,总是很碍事的。"

奥默于是向他指出:治好了脚,会觉得更快活,行动也更方便,他甚至还暗示,也更容易讨女人喜欢。马夫一听,笨拙地笑了。然后,奥默又来打动他的虚荣心:

"你不是一个男子汉吗,好家伙?万一要你服兵役,要你到军旗下去战斗,那你会怎么办呢?……啊!伊波利特!"

奥默离开了,口里还说着:他不明白一个人怎么这样顽固,这样盲目,甚至拒绝科学给予他的好处。

因为大家仿佛商量好了来对付他似的。从来不多管闲事的比内,勒方苏瓦老板娘,阿特米斯,左邻右舍,甚至镇长杜瓦施先生,都来劝他,对他传道说教,说得他难为情了终于这个倒霉虫让步了。但是,最后起决定作用的,还是动手术"不要他花钱"。艾玛要他大方一点,包法利甚至答应提供做手术的机器。他当然同意了,心里一直说他的妻子是个天使下凡。

于是他征求了药剂师的意见,做错了又从头来过,总算在第三回要木匠和锁匠做成了一个盒子般的机器,大约有八磅重,不清楚用了多少铁和铁皮,木头,皮子,螺钉,螺帽,说反正没有偷工减料。

然而,要割伊波利特哪一条筋,必须得了解他是那类跛脚。

他的脚和腿几乎成一直线,但是还不能说并不内歪。这就是说,他是马蹄足加上内翻足,或者说是轻微的内翻足加上严重的马蹄足。他的马蹄足确实也和马蹄差不多一样大,皮肤粗糙,筋腱僵硬,脚趾粗大,指甲黑得像铁钉,但这并不妨碍跛子从早到晚,跑起路来和鹿一样快。大家看见他在广场上围着大车不断地蹦蹦跳跳,提供左右力量不相等的支援。看样子他的跛腿甚至比好腿还更得力。跛腿用得久了,它精力充沛,经久耐用,碰上重活,它更不负所托,居然得到了一些优秀的精神品质。

既然是马蹄足，那就该先切断跟腱，而后再冒损伤前胫肌的危险，来除掉内翻足；因为医生不敢一下冒险做两次手术，其实做一次已经使他胆战心惊，唯恐误伤自己搞不明白的重要部位了。

昂布瓦斯·帕雷在塞尔斯一千五百年之后，头一回做动脉结扎手术；杜普伊腾打开厚厚的一层脑髓，消除脓疮；让苏尔第一次切除上颌骨；看样子他们都不像包法利先生拿着手术刀走到伊波利特面前心跳得那么快，手抖得那么厉害，神经那么紧张。就犹如在医院里一样，旁边一张桌子上放了一堆纱布，蜡线，绷带——绷带堆成了金字塔，药房里的全拿来了。奥默先生一早就在做准备工作，既要使大家开开眼界，也要使自己产生错觉。夏尔在皮上扎了一个洞，只听见咯啦一声，筋腱切断了，手术做完了。伊波利特感到意外，弯下身子，不断吻包法利的手。

"好了，平静一点，"药剂师说，"改天再表示你对恩人的感谢吧！"

他走到院子里，对五六个爱打听消息的人讲了手术的结果，他们本来还以为伊波利特马上就会走出来呢。夏尔把机器盒子扣在病人腿上，就回家去了，艾玛正焦急地在门口等待。她扑上去拥抱他，他们一同就餐。他吃得很多，还要喝杯咖啡，星期天家里有客人，他才允许自己这样享受。

晚上过得很快乐，谈话也投机了，梦想也是共同的。他们谈到未来要赚的钱，家庭要更新的设备；他看到自己名声扩大了，生活更幸福了，妻子一直爱着他；她也发现更健康、更美好、更新的感情，使自己得到新生的幸福，到底也对这个热爱自己的可怜虫，有了几分脉脉的情意。忽然一下，罗多夫的形象闪过她的脑子；但当她的眼睛再落到夏尔身上时，她意外地看出他的牙齿并不难看。

他们还在床上的时候，奥默先生却不理睬厨娘的话，一下就跑进了卧房，手里拿着一张刚写好的稿纸。这是他要投到《卢昂灯塔》去的报道。他先拿来给他们看。

"你自己念吧，"包法利说。

他就读起来了：

"光明却已经开始穿云破雾虽然先入为主的成见还笼罩着欧洲一部分地面，照射到我们的农村。就是这样，本星期二，我们小小的荣镇成了外科手术的试验场所，这试验同时也是崇高的慈善事业。我们一位最知名的开业医生包法利先生……"

"啊！太过奖了！太过奖了！"夏尔几乎激动得话说不出来。

"不！一点也不！难道不该这样说吗！……，为一个跛子动了手术，……科学术语我没有用因为，你们知道，在报纸上……并不是大家都懂得；一定要使公众……"

"当然，"包法利说。"读下去。"

"我接着念，"药剂师说。"我们一位最知名的开业医生包法利先生，给一个跛子做了手术。跛子名叫伊波利特·托坦，是在大操场开金狮客店的勒方苏瓦寡妇雇佣了二十五年的马夫。这次尝试是个创举，加上大家对患者的关心，在客店门前人都挤满了。动手术好像施魔法，几乎没有几滴血沾在皮肤上，似乎是要说明：坚韧的筋腱到底也招架不住医术的力量。说也奇怪，患者并不感觉疼痛，我们'亲眼目睹'，可以作证。直到目前为止，他的情况好得简直无以复加。一切迹象使人相信：病人复原为期不远；下次镇上过节，说不准我们会看到伊波利特这位好汉，在欢天喜地、齐声合唱的人群中，大跳其酒神舞呢！看到他劲头十足，蹦蹦跳跳，不是向大家证明他的脚完全医好了吗？因此，光荣属于慷慨无私的学者！光荣属于不知疲倦、不分昼夜、献身事业、增进人类幸福、减轻人类痛苦的天才！光荣！三重的光荣！瞎子可以看见，跛子可以走路，难道这不正是高声欢呼的时候吗！从前，天神只口头上答应给选民的，现在，在事实上科学已经给全人类了！这个令人注目的医疗过程的各个阶段,我们将陆续向读者报道。"

不想五天之后,勒方苏瓦大娘惊恐万状地跑来,高声大叫:

"救命啦!他要死了!……把我吓昏了头!"

夏尔赶快往金狮客店跑去。药剂师看见他经过广场,连帽子都没戴,也就丢下药房不管。他赶到客店,上气不接下气,满脸通红,惴惴不安,碰到上楼的人就问:

"我们关心的畸形足患者怎么样了?"

畸形足患者正在痛苦地抽搐,结果装在腿上的机器撞在墙上,简直要撞出窟窿来。

医生非常小心地拿掉机器盒子为了不移动腿的位置,于是大家看到了一个可怕的景象。脚肿得不成其为脚,腿上的皮都几乎要胀破了,皮上到处是那部出色的机器弄出来的污血。伊波利特早就叫痛了,没有人在意;现在不得不承认,他并不是无病呻吟,于是机器被拿开了几个钟头。但是浮肿刚刚消了一点,两位医学家又认为应该把腿再装进机器里去,并且捆得更紧,以为腿会好得更快。三天之后,伊波利特实在受不了,他们又再把机器搬开,一看结果,他们都吓了一跳。腿肿得成了一张铅皮,到处都是水泡,水泡里渗出黑水。情况变得更严重了。伊波利特开始觉得苦恼,于是勒方苏瓦大娘把他搬到厨房隔壁的小房间,可以至少不那么闷。

不过税务员在这里一天三餐,对这样的邻人深表不满。于是又把伊波利特搬到台球房去。

他躺在那里,在厚被窝里呻吟,面色苍白,胡子老长,眼睛下陷,大汗满头,在肮脏的枕头上转来转去,和苍蝇做斗争。包法利夫人来看他。她还带来了敷药的布,又是安慰,又是鼓励。其实,他并不是没人做伴,特别是赶集的日子,乡下人在他床边打台球,用台球杆做剑来比武,又吸烟,又喝酒,又唱歌,又叫嚷。

"怎么样了?"他们拍拍他的肩膀说。"啊!你看起来好像并不满意!这就得怪你了。你本来应该这么的,不应该那么的。"

于是他们讲起别的病人,没有用什么机器,只用别的法子就治好了;然后,仿佛安慰他的样子,又加上几句风凉话:

"你又不是娇生惯养的国王!你把自己看得太重了!起来吧!啊!没关系,不要穷开心!你不会觉得舒服的!"

的确,溃疡越来越往上走,包法利自己也觉得难过。他每个钟头来,时时刻刻来。伊波利特用十分害怕的眼光瞧着他,结结巴巴地啜泣着说:

"我什么时候能好?……啊!救救我吧!……我多倒霉呵!我多倒霉呵!"

但是医生,只是要他少吃东西就走了。

"不要听他的,我的好伙计,"勒方苏瓦老板娘接着却说。"你被他们害得好苦呵!你不能再瘦下去了。来,只管大口吃吧!"

她给他端来了,几片羊肉,几块肥肉的好汤,有时还拿来几小杯烧酒,不过他却不敢把酒杯端到嘴边喝下去。

布尼贤神甫听说他病重了,就让人求他把病人看看。他开始对病人表示同情,一面却说,既然生病是上帝的意思,那就应该高兴才是,并且应该利用这个机会,请求上天宽恕。

"因为,"教士用慈父的口气说,"你应尽的义务你有点疏忽了。我们很少看到你参加神圣的仪式;你有多少年没有接近圣坛啦?我知道你事忙,人世的纷扰分了你的心,拯救灵魂的事。使你想不到不过,现在是应该想到的时候了。但是,也不要灰心失望,我认识好些犯过大罪的人,快到上帝面前接受最后的审判了(当然你还没到这步田地,我很清楚),他们再三乞求天主大发慈悲,到后来也就平平安安咽了气。希望你像他们一样,也给我们做出个好榜样来!因此,为了提前做好准备,每天早晚为什么不念一句经,说一声'我向你致敬,大慈大悲的圣母玛利亚',或者

'我们在天上的圣父'！对，念经吧！就算看在我的面子上，为了得到我的感激。这又费得了什么呢？……你能答应我吗？"

可怜的家伙答应了。神甫接着一连来了几天。他和老板娘聊天，甚至还讲故事，穿插了一些笑话，还有伊波利特听不懂的双关语。情况需要，他又一本正经，大谈起宗教来。

他的热忱看来收到了好效果，畸形足患者就表示不久以后，他病一好，就去朝拜普济教堂。布尼贤先生听了答道，这里很好的，采取两个预防措施，总比只采取一个强。"反正不会有什么风险"。

药剂师很生气，反对他所谓的"教士操纵人的手腕"。他认为这会妨碍伊波利特复原，因此三番两次对勒方苏瓦大娘说：

"使他静一静吧！你的神秘主义只会打扰他的精神。"

但是这位好大娘不听他的。他是"祸事的根源"。她要对着和他干，甚至在病人的床头挂上一个满满的圣水缸，还在里面插上一枝黄杨。

然而宗教的神通也不比外科医生更广大，看来也救不了病人。溃疡简直势不可挡，一直朝着肚子下部冲上来，改药方，换药膏，都没有用，肌肉萎缩得一天比一天更厉害。最后，勒方苏瓦大娘问夏尔，既然医药无济于事，要不要到新堡去请名医卡尼韦先生来，夏尔无可奈何，只好点头同意。

自信心很强，这位同行是医学博士，五十岁了，职位很高，看到这条腿一直烂到膝盖，就毫不客气地发出了瞧不起人的笑声。然后，他只简单说了一句需要截肢，就到药剂师那里去大骂这些笨蛋，怎么把一个可怜的人坑害到了这种地步。他抓住奥默先生外衣的纽扣，一把把他推得前俯后仰，在药房里大声骂道：

"这就是巴黎的新发明！这就是首都医生的好主意！这和正眼术、麻醉药、膀胱碎石术一样，是政府应该禁止的歪门邪道！但是他们冒充行家，大吹大擂，乱塞药给你吃,却不管结果怎么样。我们这些人,我们不像人家会吹;我们没有学问,不会,不会讨好卖乖;我们只是开业医生,只会治病,不会异想天开,把个好人开刀开成病人!要想医好跛脚!难道跛脚是能医得好的吗?这就好比要驼背不弯腰一样!"

奥默听了这长篇大论,不露声色,满脸堆笑心里非常难受,不敢得罪卡尼韦先生,因为他的药方有时一直开到荣镇。他也不敢为包法利辩护,甚至一言不发,放弃原则,为了商业上更大的好处,他就见利忘义了。

卡尼韦博士要做截肢手术,在镇上这是一件了不得的大事!那一天,所有的居民都起了一个大早,大街上虽然到处是人,却有点凄凄惨惨,就像是看砍头似的。有人在杂货铺里谈论伊波利特的病;商店都不营业,镇长夫人杜瓦施太太待在窗前不动,医生经过她急着要看。

他驾着自用的轻便马车来了。但是马车右边的弹簧给他沉重的身体压得太久,陷下去了,结果车子走的时候,有一点歪歪倒倒的。看得见一个大盒子,上面盖了红色的软羊皮,三个铜扣环闪烁着威严的光彩在他旁边的座垫上。

医生进了金狮客店的门道像一阵旋风似的。他高声大叫,要人卸马,然后亲自走进马棚,看看喂马是不是用燕麦,因为一到病人家里,他首先关心的,总是他的母马和轻便马车。提到这事,大家甚至说:"啊!卡尼韦先生古里古怪,与众不同!"他沉着稳重,一成不变,反而使人更尊敬他。即使世界上死得只有他一个人,他也丝毫不会改变他的习惯。

奥默来了。

"我得用上你了,"医生说,"准备好了吗?走吧!"

但药剂师脸红了,承认他太敏感,不能参与这样的大手术。

"一个人只在旁边看,"他说,"你知道,就会胡思乱想!再说,我的神经系统是这样……"

　　"啊！得了"！卡尼韦打断他的话说，"在我看来，正好相反，你恐怕容易中风。其实，这一点也不奇怪，因为你们这些药剂师先生，老是钻到厨房里，怎能不改变你们的气质呢！你看看我，每天早上四点钟起床，总用凉水洗了脸，从来不怕冷，不穿法兰绒，也从来不伤风，这身体才算过硬！我有时候这样过日子，有时候那样过，什么都看得开，有什么吃什么。所以我不像你们那样娇气，要我给一个基督徒开刀，我满不在乎就像杀鸡宰鸭一样你们听了要说：'这是习惯！……习惯！'……"

　　于是，这两位先生却谈个没完，不管伊波利特急得在被窝里出汗，药剂师把外科医生比做将军，因为这两种人都沉着镇静；卡尼韦喜欢这个比喻，就大谈起医术需要具备的条件。他把医术看成是高尚的职业，虽然没有得到博士学位的医生并不称职。最后，谈到病人，他检查了奥默带来的绷带（其实就是和上次动手术一样的绷带），还要一个人来按住动手术的腿。他们派人去把勒斯蒂布杜瓦找来。卡尼韦先生就卷起袖子，走进台球房去，而药剂师却同阿特米斯和老板娘待在门外，这两个女人的脸比她们的围裙还白，耳朵贴在门缝上听。

　　包法利，一步也不敢出门，在截肢期间。他待在楼下厅子里，坐在没有生火的壁炉旁边，下巴垂到胸前，双手紧紧握着，两只眼睛发呆。"多么倒霉！"他心里想，"太失望了!"其实，他采取了一切想象得到的预防措施。只能怪命运做对了。这还不要紧！万一伊波利特将来死了，那不是他害死的吗？看病的人问起来，叫他拿什么理由来回答？也许，他是不是有什么地方弄错了？他想来想去，也想不出来。其实，最出名的外科医生也有搞错的时候。不过人家不相信！人家只会笑他，骂他这没有名的医生！他的骂名会传到福尔吉！传到新堡！传到卢昂！传得到处都知道！谁晓得有没有哪个同行会写文章攻击他？那就要打笔墨官司了，那就要在报上答复。甚至伊波利特也会告他一状。眼看自己名誉扫地，一塌糊涂，彻底完蛋！

他左思右想，七上八下，就像一只空桶，在大海的波涛中，晃来荡去。

艾玛坐在对面望着他。她并不分担他的耻辱，她感到丢脸的是，她怎么能想象一个这样的人，会做出什么有价值的事来，难道她看了二十回，还看不出他的庸碌无能吗！

在房间里夏尔走来走去。他的靴子在地板上走得咯啦响。

"你坐下好不好？"她说，"真烦人！"

他又坐下来。

她是一个这样聪明的人，怎么又犯了一次错误？是什么痴心妄想使她这样一再糟蹋了自己的一生？她想起了她爱奢华的本性，她心灵的穷困，婚姻和家庭的贫贱，就像受了伤的燕子陷入泥坑一般的梦想，她想得到的一切，她放弃了的一切，她本来可能得到的一切！为什么？为什么得不到？

突然一声喊叫划破长空，打破了村子里的宁静。包法利一听，脸色立刻发白，几乎晕了过去。她却只皱皱眉头，做了个心烦的手势，又继续想她的心事。然而就是为了他，为了这个笨家伙，为了这个理解和感觉都迟钝的男人！他还呆在那里，他的姓名将要变成笑料，一点没有想到还要使她变得和他一样可笑。而她却做过努力来爱他，还哭着后悔过不该顺从另外一个男人呢！

"不过，也许是外翻型吧？"正在沉思默想的包法利，忽然叫出声来。

这句脱口而出的话，冲击了艾玛的思想，就像一颗子弹落在银盘子上一样，她浑身颤抖，抬起头来，揣摩这句她听不懂的话，到底是什么意思。他们互相瞧着，一句话也不说，他们之间的心理距离如此遥远，一旦发现人却近在身旁，就惊讶得目瞪口呆了。夏尔用醉汉的模糊眼光看着她，同时一动不动地听着截肢的最后喊声。喊声连续不断，拖得很长，有时异峰突起，发出怪叫声，就像在远处屠宰牲口时的呼号哀鸣。艾玛咬着没有血色的嘴唇，手中握着一枝弄断了的珊瑚，用火光闪闪的眼珠瞪着夏尔,仿佛准备向他射出两支火箭似的。现在,他身上的一切都惹她生气,他的脸孔,他的衣服,他没有说出来的话,他整个的人,总之,他的存在。她后悔过去不该为他遵守妇道,仿佛那是罪行一般,于是她心里残存的一点妇德,在她自高自大的狂暴打击下,也彻底垮台了。通奸的胜利会引起的恶意嘲讽,她反而开心。情人的形象回到她的心上,更具有令人神魂颠倒的魅力;她的整个心灵投入回忆之中,一种新的热忱把她推向这个形象;而夏尔似乎永远离开了她的生活,不再存在,再存在甚至也是不可能的了,已经消失得无影无踪,仿佛她亲眼看见他奄奄一息、正在咽气一样。

人行道上响起了脚步声。夏尔从放下的窗帘往外看,只见卡尼韦先生在菜场边上,在充足的阳光下,用手绢擦着满头的大汗。奥默跟在他身后,手里捧着一个红色的大盒子,两个人正朝着药房走去。

那时,夏尔就像一个泄了气的皮球,需求家庭的温暖来给他鼓气,就转身对他妻子说:

"亲亲我吧,我亲爱的!"

"走开!"她被气得满脸通红地说。

"你怎么了?你怎么了?"他莫名其妙地重复说。"静一静!定定神!……你知道我爱你!……来吧!"

"够了!"她不耐烦地喊道。

艾玛跑出厅子,用力把门关上,把墙上的晴雨计震得掉了下来,在地上跌碎了。

倒在扶手椅里夏尔,心乱如麻,不知其所以然,以为她得了神经病,就哭起来,模糊地感觉到周围出了什么不可理解的不幸事。

晚上,罗多夫来到花园里,发现在最下面的一级台阶上正在等他的情妇他们紧紧地拥抱。而他们之间的怨恨,也就在热吻中冰消雪融了。

十二

他们以前的爱情恢复了。有时甚至在光天化日之下,艾玛突然写信给他;然后,隔着玻璃窗,她对朱斯坦做个手势,小伙计赶快脱了粗麻布围裙,飞速把信送到于谢堡去。罗多夫来了,她只不过是对他说,她太无聊,丈夫讨厌,不知怎样打发时光才好。

"我什么办法也没有?"有一天,他听得不耐烦了,就喊了起来。

"啊!只要你肯答应!……"

她夹在他的两个膝盖之间,贴在两鬓的头发散开了,眼神迷离恍惚坐在地上。

"答应什么?"罗多夫问。

她叹息一声。

"我们到别的地方去过日子……随便什么地方……"

"难道你当真疯了!"他笑着说。"这是不可能的?"

后来,她又旧话重提;他好像没有听懂,并且换了个题目谈。

像恋爱这样简单的事他不明白,怎么也会变得这样混乱。

她有她的理由,她有她的原因,好像给她的恋情火上加了油。

的确,她的眷恋之情每天都因为对丈夫的厌恶而变得更热烈了。她越是献身给情夫,就越憎恨自己的丈夫;她同罗多夫幽会后,再和夏尔待在一起,就觉得丈夫是十分讨厌,指甲特别方方正正,头脑特别笨拙,举止特别粗俗。于是,她外表装出贤妻良母的样子,内心却欲火中烧,思念那个满头黑发、前额晒成褐色、身体强壮、风度洒脱的情夫。他不但是漂亮,而且头脑清醒,经验丰富,感情冲动却又非常强烈!为了他,她精雕细镂地修饰自己的指甲,不遗余力地在皮肤上涂冷霜,在手绢上喷香精。她还戴起手镯、戒指、项链来。为了等他,在两个碧琉璃大花瓶里她插满了玫瑰。她收拾房间,打扮自己,好像妓女在等贵客光临一样。她要女佣人不断地洗衣浆裳;从早到晚,费莉西不能离开厨房。还好小朱斯坦总来和她做伴,看她干活。

他把胳膊肘撑在她熨衣服的长条案板上,贪婪地看他周围的女用衣物:凸纹条格呢裙子、围巾,细布绉领,屁股大、裤脚小、有松紧带的女裤。

"这干什么用的?"小伙子用手摸摸有衬架支撑的女裙或者搭扣,问道。

"难道你从没见过吗?"费莉西笑着答道。"好像你的老板娘奥默太太从来不穿这些似的!"

"啊!的确不穿!我是说奥默太太!"他又用沉思的语气加了一句:

"难道她也像你家太太,是位贵妇人?"

但费莉西看见他总是围着她转,有些不耐烦了。她比他大六岁,而吉约曼先生的男仆特奥多正开始向她求爱。

"别烦我了!"她挪开浆糊罐说。"你还不如去研碎杏仁呢。你老在女人堆里捣乱,等你下巴上长了胡子再来吧小坏蛋!"

"得了,不要生气,我帮你'擦靴子'去。"

他立刻从壁炉架上拿下艾玛的鞋子,上面沾满了泥——幽会时沾的泥——他用手一捏,干泥巴就粉碎了,在阳光中慢慢地弥漫。

"难道你怕弄脱了鞋底!"厨娘说,她自己刷鞋是那么粗心大意,因为太太一看鞋子旧了,就送给她。

艾玛的衣橱里放了一大堆鞋子,她穿一双,糟蹋一双,夏尔向来不说半句不满的话。

就是这样,他掏三百法郎买了一条木腿,因为她认为应该送伊波利特一条。

木腿内有软木栓子、弹簧关节,是相当复杂的机械,一条黑裤子套在了外面,木脚上穿了一只漆皮鞋。但伊波利特不敢天天用这样漂亮的假腿、就求包法利夫人给他搞一条方便点的。当然，又是医生出钱买了。

于是，马夫逐渐把工作恢复了。大家看见他又像从前一样在村子里跑来跑去，但夏尔只要远远听见石板路上响起了木脚干巴巴的铎铎声，就赶快换一条路走。

去订购木腿的；是那个商人勒合先生接受了委托，这给他多接近艾玛的机会。他对她谈起巴黎摊贩新摆出来的便益、千奇百怪的妇女用品，表现出一片好意，却从不开口讨钱。艾玛看到自己的爱好容易得到满足，也就放松了自己。这样，听说有一根非常漂亮的马鞭在卢昂雨伞店里，她想买来送给罗多夫。过了一个星期，勒合先生就把马鞭送到她桌子上了。

但是第二天，他到带来了一些发票，共计二百七十法郎，零头不算在内她家里来。艾玛拿不出钱来，十分尴尬：写字台的抽屉都是空的；还欠勒斯蒂布杜瓦半个月的工钱，女佣人半年的工资，以及其他债务，而包法利正急着等德罗泽雷先生送诊费来。他按照每年惯例，总是在六月底圣·彼得节前付清账目的。

起初，勒合总算被她打发走了；后来，他却不耐烦起来，说是人家逼他要钱，而他的资金短缺，如果收不回一部分现款，他就不得不把她买的货物全都拿走。

"唉！把它们拿去吧！"艾玛说。

"嗨！这是说得玩的！"他改口说。"其实，我只是舍不得那根马鞭。那么，我去向先生要钱吧！"

"不！不要去找他！"她说。

"啊！这下我可抓住你了！"勒合心里想。

他相信自己有所发现，就走了出去，习惯地在嘴里轻轻吹着口哨，并且低声重复说：

"得了！我们瞧吧！我们瞧吧！"

她正在想怎么摆脱困难,姑娘走了进来,把一个蓝纸卷筒放在壁炉上,那是"德罗泽雷先生送来的"。艾玛一把抓住,打开一看,筒里有十五个金币。这是还账的三百法郎。她听见夏尔上楼,金币被她放在抽屉里首,并且锁上。

三天后,勒合又来了。

"办法我有一个,"他说,"如果那笔款子你肯……"

"钱在这里,"她说时把十四个金币放在他手中。

商人意外得愣住了。于是为了掩盖失望,他又是道歉,又说要帮忙,艾玛都拒绝了。她摸着围裙口袋里找回来的两个辅币,待了几分钟。她打算节省钱来结这笔账……

"啊!管它呢!"她一转念,"他不记账的。"

罗多夫还收到了一个印章除了银头镀金马鞭以外,上面刻了一句箴言:真心相爱。另外还有一条披肩,可以做围巾用;最后还有一个雪茄烟匣,和子爵的那个一模一样,就是夏尔在路上捡到、艾玛还保存着的那一个。然而,这些礼物使他丢面子。好几件事都被他拒绝了;她一坚持,罗多夫结果只好收下,但认为她太专横,过分强人所难。

她有些念头是很稀奇古怪的。

"夜半钟声一响,"她说,"你一定要想我!"

要是他承认没有想她,那就会有没完没了的责备,最后总是那么永不变更的话:

"你爱我吗?"

"当然,我爱你呀!"他回答。

"非常爱吗?"

"那当然!"

"你没有爱过别的女人吗？"

"你难道以为我当初是童身？"他笑着喊道。

艾玛哭了，他想方设法安慰她，表明心迹时，夹杂些意义双关的甜言蜜语。

"唉！这是因为我爱你！"她接着又说，"我爱你爱得离不开你，你知道吗？有时，爱情的怒火烧得我粉身碎骨，我多么想再看到你。我就问自己：'现在他在哪里？是不是在同别的女人谈话？她们在对他笑，他朝她们走去……'不！哪一个女人你也不喜欢，对不对？她们有的比我漂亮，但是我呢，爱情我比她们懂！我是你的女奴，你的情妇！你是我的国王，我的偶像！你真好！你漂亮！你聪明！你能干！"

他听过多少遍这些话，已经不新鲜了。艾玛和所有的情妇一样，新鲜的魅力和衣服一同脱掉之后，剩下的只是赤裸裸的、单调的热情，没有变化的外形语言。这个男人虽然是情场老手，却不知道相同的外形可以表达不同的心理。因为他听过卖淫的放荡女人说过同样的话，就不相信艾玛的真诚了；他想，庸俗的感情要用夸张的语言来掩盖，听的时候要打折扣；正如充实的心灵有时也会流露出空洞的比喻一样，因为人从来不能准确无误地说出自己的需要、观念、痛苦，而人的语言只像走江湖卖艺人耍猴戏时敲打的破锣，哪能妄想感动天上的星辰呢？

但是像一个旁观者那样清醒，罗多夫而不依一个当局者那样迷恋，他发现这种爱情中，还有等待他开发的乐趣。他认为羞耻之心碍手碍脚。他就对她毫不客气。他要使她变得卑躬屈膝，腐化堕落。她对他是一片痴情，佩服得五体投地，自己也神魂颠倒，陷入一个极乐的深渊；她的灵魂沉醉其中，越陷越深，无法自拔，仿佛克拉伦斯公爵宁愿淹死在酒桶里一样。

包法利夫人淫荡成了习惯，结果连姿态也变了。她的目光越来越大胆放肆，说话越来越无所顾忌；她甚至同罗多夫先生一起散步也满不在乎，嘴里还叼着一根香烟,"根本不把别人放在眼里"。有一天,她走下燕子号班车,穿了一件男式紧身背心,结果,本来不信闲言碎语的人,也只得相信了。包法利奶奶和丈夫大闹一场之后,躲到儿子家里来,见了媳妇这等样子,简直气得要命。另外还有很多事也不顺她的心:首先,夏尔没有听她的话,不许媳妇看小说;其次,她不喜欢"这一套管家的办法";她居然指手画脚,尤其是有一回,她管到费莉西头上,两人就闹起来了。

原来是头一天晚上,包法利奶奶意外地发现费莉西和一个男人在一起经过走廊的时候。那人长着褐色连鬓胡子,大约四十岁左右,一听见她的脚步声,就赶快从厨房里溜走了。艾玛一听这话,笑了起来,老奶奶却生了气,说什么除非自己不规矩,否则,总得要求佣人守规矩才是。

"你是哪个世界的人?"媳妇说话十分礼貌,气得婆婆张口就问,她是不是在为自己护短。

"出去!"媳妇跳起来说。

"艾玛!……妈妈!……"夏尔大声喊叫,想要两边熄熄火气。

但是两个女人都气跑了。艾玛顿着脚,翻来覆去地说:

"啊!乡巴佬!真土气!"

夏尔跑到母亲那里;她正气得不知所措,结结巴巴地说:

"蛮不讲理、杨花水性的东西!真不知道坏到什么程度!"

如果媳妇不来赔礼的话她要马上就走。于是夏尔又跑到妻子面前,求她让步,他甚至下了跪。

她最后总算应允了:

"好吧!我去。"

的确,她像个侯爵夫人似的把手伸出来,对婆婆说:

"对不起,夫人。"

然后，艾玛回到楼上房里，趴在床上，把头埋在枕头底下，像个孩子似的哭了起来。

她和罗多夫商量过，临时出了什么事，她就贴一张白纸条在百叶窗上如果碰巧他在荣镇，看见暗号，就到屋后的小巷子里会面。艾玛贴了白纸，等了三刻钟，忽然望见罗多夫在菜场角上。她想打开窗子喊他，已经看不见他了。她又失望地扑到床上。

还好没过多久，人行道上有脚步声她似乎听到了。没有问题，一定是他。她下了楼梯，走出院子。他在门外。她扑到他怀里。

"小心！"他说。

"啊！你知道就好了！"她答道。

于是她就讲了起来，讲得太急，驴唇不对马嘴，又夸大其词，还捏造了不少事实，添油加醋，啰啰嗦嗦，结果他听不出个名堂来。

"算了吧，我可怜的天使，不要怕，看开些，忍耐点！"

"可是我已经忍了四年，吃了四年的苦！……像我们这样的爱情，有什么不可以拿到光天化日之下去的！他们老是折磨我。我再也忍受不了了！救救我吧！"

她紧紧地贴在他身上。她的眼睛里充满了眼泪，好像波浪下的火焰闪闪发光；她的胸脯气喘吁吁，上下起伏。他从来没有这样爱过她，结果他也没了主意，反而问她：

"那该怎么办呢？你想该如何做呢？"

"把我带走！"她叫起来。"抢走也行！……唉！我求你啦！"

她冲到他的嘴边，好像一吻嘴唇，就可以出其不意地抓住嘴里吐出来的同意一样。

"不过……"罗多夫回答说。

"什么?"

"你的女儿呢?"

她想了几分钟,然后答道:

"只好带走她了,真倒霉!"

"居然有这种女人!"他心里想,看着她走了。

她刚刚溜进了花园。因为有人叫她。

后来几天,包法利奶奶觉得非常奇怪:媳妇好像前后判若两人。的确,艾玛表现得更和顺了,有时甚至尊重得过了头,居然问婆婆腌黄瓜有什么诀窍。

这是不是更容易瞒人耳目?还是她想把苦吃到头,在苦尽甘来之前,她要以苦为乐?其实,她并没有这种深谋远虑;她不过是提前沉醉在即将来到的幸福中而已。这是她和罗多夫谈不完的话题。她靠着他的肩头,小声地说:

"咳!等到我们上了邮车!……你想过没有?这不可能!我总觉得,等我感到车子要出发了,那真像是坐上了气球,就要飞上九霄云外一样。你知道我在掰着手指头算日子吗?……你呢?"

包法利夫人她具有一种说不出的美,那是心花怒放、热情奔流、胜利在望的结果,那是内心世界和外部世界协调一致的产物来没有像现在这样漂亮。她的贪心、她的痛苦、寻欢作乐的经验,还有永不褪色的幻想,使她一步一步地发展,有如肥料、风雨、阳光培植了花朵一样,最后,她的天生丽质从大自然中吸收了丰富的营养,也像鲜花一般盛开了。她的眼皮似乎是造化特钟灵秀,包藏着脉脉含情的秋波和闪闪发亮的眸子;而她一呼吸,小巧玲珑的鼻孔就张大了,丰满的嘴唇微微翘起,朦朦胧胧的寒毛在嘴角上投下了一点阴影。人家会以为是一个偷香窃玉的高手,在她的后颈窝挽起了一个螺髻;头发随随便便盘成一团,可以根据翻云覆雨的需要,天天把发髻解开。她的声音现在更加温柔,听起来如微波荡漾,她的腰身看来好似细浪起伏;甚至她裙子的皱褶,她弓形的脚背,也能引人入胜,使人想入非非。夏尔又回到了燕尔新婚的日子,觉得新娘令人销魂失魄,简直不能消受了。

他半夜回来的时候,总不敢吵醒她。过夜的瓷器灯在天花板上投了一圈颤抖的光线;小摇篮的帐子放下了,看来好像一间白色的小房子,在床边的暗影中,更显得鼓鼓的。夏尔看了看帐子。他仿佛听见女儿轻微的呼吸声。现在她正一点点地长大,每一个季节都会很快地带来一点进展。他已经看见她傍晚放学回家,满脸笑容,衣服袖子上沾满了墨水,胳膊上还挎着她的小篮子。以后她还得进寄宿学校,这要花很多钱,怎么办呢?于是他沉思了。并打算在附近租一小块田地,他每天早上出诊的时候,可以顺便管管田产。他要节省开支,省下来的钱存进储蓄所;然后他要买股票,随便哪家的股票都行;再说,看病的人一定会多起来。他这样算计,因为他要贝尔特受到良好的教育,会有才能,会弹钢琴。啊!等她到了十五岁,像她母亲一样在夏天戴起大草帽来,那是多么好看!远远看来,人家还会当作她们是两姐妹呢。他想象她夜晚待在父母身边,在灯光下做活计;她会为他绣拖鞋;她会料理家务;她会使整个房子像她一样可爱,一样快活。最后,他们要为她成家而操心:要为她挑一个可靠的好丈夫;他会让她幸福;并且永远幸福。

艾玛并没有睡着,只是假装在睡;等到他在她身边昏昏入睡的时候,她却醒着做梦。

四匹快马加鞭,一个星期来拉着她的车子,奔向一个新的国土,他们一去就不回来了。他们走呀,走呀,紧紧抱在一起,紧紧闭住嘴唇。马车时常跑上山顶,俯瞰着一座富丽堂皇的城市,城里有圆圆的屋顶,桥梁,船只,树林的柠檬树,白色大理石的教堂,还有长颈鹳鸟筑的巢在钟楼的尖顶上。大家在石板路上从容不迫地走着,地上摆着一束束的鲜花,献花的女郎穿着鲜红的胸衣。听得见钟声叮当,骡子嘶鸣,六弦琴如怨如诉,喷泉水淅淅沥沥,水沫四溅,使堆成金字塔的水果滋润新鲜,喷水池上的白色雕像也笑容可掬。然后,一天傍晚,他们沿着悬崖峭壁到了一个渔村,在一排茅屋前,晾着棕色的渔网。他们就在这里住了下来,住在大海边上,海湾深处,一所矮小的平顶房子里,房顶上还有一棵棕榈树遮阴。他们驾着一叶扁舟出游,他们在晃荡的吊床里休息;生活像他们穿的丝绸衣服一样轻松方便,像他们欣赏的良宵美景一样温暖,而且星光灿烂。不过,她给自己设想的未来一望无际,却没有涌现出任何与众不同的特点;每天都光彩照人,都像汹涌澎湃的波浪,都与辽阔无边、融洽无间的蓝天和阳光融合为一。可惜,小孩在摇篮里咳嗽起来,或者是包法利的鼾声更响了,吵得艾玛直到清晨方才睡着,此时,曙光已经照在玻璃窗上,小朱斯坦已经在广场上卸下药房的窗板。

勒合先生被他找来,对他说:

"我要买一件披风,一件大翻领,加衬里的披风,"

"你要出门?"他问道。

"不！不过……这没关系,我交托给你了,可不可以？还要赶快。"

他鞠了一个躬。

"我还要买一个箱子……"她接着说,"不要太重……要轻巧的。"

"好,好,我明白,大约九十二公分长,五十公分宽,现在都做这个尺码的。"

"还需要一个旅行袋。"

"肯定,"勒合心里盘计,"这两口子吵架了。"

"拿去,"包法利夫人把金表从腰带上解下来说,"就用这个抵账。"

可是商人叫了起来,说她这样就不对了;他们是老相识;难道他还不相信她？怎么这样小孩子气！但她坚持,至少也要他把表链子带走,勒合把链子装进衣袋,已经要走了,她又把他喊了回来。

"东西都留在你铺子里。至于披风(她似乎在考虑),也不用拿来;但是,你把裁缝的地址告诉我,叫他做好等我来取。"

　　他们打算下个月私奔。她离开荣镇,假装去卢昂买东西。罗多夫先把马车座位订好,办好护照,甚至写信到巴黎去。包一辆驿车直达马赛,再在马赛买一辆敞篷四轮马车,继续不停地走上去热那亚的路。她可以小心地把行李送到勒合那里,再直接装上燕子号班车,免得引起别人疑心;大家从来都不提孩子的问题。罗多夫是避而不谈;这也许她还想不到。他说还要两个星期才能办完他的事情;过了一个星期,他还是说要两个星期,后来又说病了;然后又要出门,八月就这样过去了,七拖八拖之后,到底决定九月四日星期一私奔,日子不再更改了。

　　终于到了星期六,私奔的前两天。

　　罗多夫在晚上来了,大翻领,加衬里的。比平常早到一些。

　　"都准备好了吧?"她问道。

　　"准备好了。"

　　于是他们围着花坛走了一圈,走到平台旁边,在靠墙的石井栏上坐下。

　　"你为什么不高兴?"艾玛说。

　　"没有,你为什么问?"

　　但是他瞧着她,眼光有点异样,有点温存。

　　"是不是舍不得走?"她接着说,"丢不下旧情? 忘不了过去的生活? 啊! 我明白了……可是我呀,我在世上无牵无挂! 我的一切就是你了! 因此,我也要成为你的一切,我就是你的家庭,你的祖国;我会照料你,我会爱你。"

　　"你太可爱了!"他把她抱在怀里说。

　　"当真?"她心旷神怡地笑着说。"你爱我吗? 你发个誓!"

　　"我爱你吗! 我爱你吗! 我爱你爱得发疯了,我心爱的人!"

　　又圆又红的月亮,从草原尽头的地平线上升起。它很快升到杨树的枝丫之间,树叶像一张到处是窟窿的黑幕,使人看不清它的真面目。后来,光辉灿烂的月亮又上升到没有一片云的天空;那时,它才放慢速度,在河里撒下一个银影,化为无数星辰;这道颤抖的银光好像一直钻入河底,好像一条满身鳞甲闪闪发亮的无头蛇。月影又像一个巨大的枝形蜡烛台,从上面不断地流下一串串融成液体的金刚钻。温柔的夜色平铺在他们周围;树叶变成了一片片阴影。艾玛的眼睛半睁着,她深深地叹息,深深地呼吸着吹过的凉风。他们两人,已经失落在侵入他们心灵的美梦中。往日的似水柔情又悄悄地涌上他们的心头,软绵绵的,好像山梅花醉人的香气,并且在他们的回忆中留下了影子,比不动的柳树铺在草地上的影子更广阔,更忧郁。

时常有刺猬或黄鼠狼夜间出来捕捉猎物,闹得树叶簌簌响,有时又听得到一个熟透了的桃子从墙边的树上自动地掉下来。

"啊!多美的夜晚!"罗多夫说。

"以后还有呢!"艾玛答道。

她又似乎自言自语似的说:

"是的,旅行多美呵!……然而,我为什么觉得惆怅?难道是害怕未知的……还是要改变生活习惯的影响……或者是……? 不,这是太幸福的结果!我多脆弱,是不是? 原谅我吧!"

"时间还来得及!"他喊道。"考虑考虑,你还有可能会后悔的。"

"不会的!"她冲动地答道。

然后她又靠近他说:

"有什么可怕的呢? 只要和你一道,沙漠、海洋、悬崖峭壁,我都敢闯。只要我们在一起生活,那就一天比一天拥抱得更紧,更圆满! 没有什么可以打扰我们的。不用担心,不用怕困难! 我们两个人,什么都是我们两个人的,就这样天长地久……你说话呀,回答我呀。"

他机械地有问必答："是的……是的。"她用手摸他的头发，虽然大颗眼泪流下了，还是用孩子般的声音反复说：

"罗多夫！罗多夫！……啊！罗多夫，亲爱的小罗多夫！"

夜半钟声敲响了。

"半夜了！"她说。"好了，明天就走了！只有一天了！"

他站起来要走；艾玛忽然露出了快活的神气这好像是他们私奔的暗号：

"护照办好了？"

"是的。"

"什么也没忘记吧？"

"是的。"

"你敢肯定？"

"肯定。"

"你是在普罗旺斯旅馆等我，是不是？……中午？"

他把头点了点。

"好，明天见！"艾玛最后亲亲他说。

她望着他走了。

他没有转过头来。她又追上去，弯腰站在水边的乱草丛中。

"明天见！"她大声喊道。

他已经到了河对岸，很快走上了草原。

几分钟后，罗多夫站住了。他感到心跳得厉害，连忙靠住一棵树，免得跌倒当看见她雪白的衣裳像幽灵似的渐渐消失在黑暗中。

"我多么愚蠢！"他赌了一个难听的咒之后说。"没关系，她是个漂亮的情妇！"

于是艾玛的美丽、恋爱的欢乐，一下又都涌上他的心头。起先他还心软，后来就反感了。

"话说到头,"他指手画脚地喊道,"我不能够离乡背井,不能够背个孩子的包袱呀!"

他又自言自语,免得决心动摇。

"再说,还有麻烦,开销……啊! 不,不,一千个不! 谁干这种蠢事!"

十三

罗多夫刚回家,一下就坐到书桌前,坐在装饰墙壁的鹿头下。可是笔一拿到手上,他却不知说什么好,于是双手支住头,思考起来。艾玛似乎已经退入遥远的过去,仿佛他刚下的决心忽然在他们之间挖了一条鸿沟。

他为了回忆起和她有关的往事,去床头的衣橱里取出一个装兰斯饼干的旧盒子,里面放着女人给他的信,发出一股受潮的土味和枯萎的玫瑰香气。首先,一条有灰暗斑点的手绢他看到。这是她的东西,有一回散步时她流鼻血用过,但是他已经记不清楚。旁边有一张艾玛送他的小像,四角都磨损了,装束显得矫揉造作,暗送秋波的效果却适得其反。而后,他努力想从肖像中看出本人的模样,但艾玛的面貌却在他记忆中越来越模糊,仿佛活人和画像互相摩擦,磨得两败俱伤似的。最后,他读起她的信来;信里老解释为什么要私奔,很短,很实际,很急切,倒像在谈生意经。他想看看以前写的长信,就在盒子底下找,结果把信都翻乱了;他又机械地在这堆乱纸和杂物中搜寻,结果摸到了一些乱七八糟的花束,一条松紧裤带,一个黑色假面具,几根别针和几缕头发——居然还有头发!褐色的,金黄的;有的甚至沾在盒子的铁盖上,一开盒子就弄断了。

他就这样游荡在往事中,看看来信的字体和文笔,没有两个人是一样的。有的温柔,有的快乐,有的滑稽,有的忧郁;有的要爱情,有的只要钱。有时一句话可以使他想起几个面孔,几个姿态,几个声音;有时却想不起来什么。

其实,这些女人同时跑进他的思想,互相妨碍,争长论短,结果都变得又矮又小,仿佛相同的爱情水平使她们难分高低似的。于是,一把翻乱了的信被他抓起,使它们像瀑布似的从右手落到左手里,就这样玩了好几分钟。最后,罗多夫玩腻了,人也困了,又把盒子放回衣橱里去,自言自语说:

"全是胡说八道!……"

这是他的总结:因为他寻欢作乐,就像小学生在操场上玩,他的心也像操场的地面一样给踏硬了,一株青草也长不出来,孩子玩后还会在墙上刻下名字,这些朝三暮四的女人,却连名字也都没有留下。

"好了,"他自言自语说,"动手写信吧!"

他写道:

"鼓起你的勇气,艾玛!鼓足你的勇气!我不希望造成你一生的不幸……"

"到底,这是真话,"罗多夫心里想。"我是为了他好才这样做,我是老实的。"

"你下的决心,有没有经过深思熟虑?你想过我会把你拖下苦海去吗?可怜的天使!你不知道,对不对?你太轻易相信人了,相信幸福,相信未来,你简直是疯了……啊！我们真是不幸！我们太不懂事！"

罗多夫停下来，要找个有说服力的借口。

"假如我告诉她我破产了……啊！不行，再说，这也不能叫她不来。那一切又得重新开始，没完没了。和这种女人如何讲道理呢！"

他考虑后，又接着写：

"相信我的话，我不会忘记你的，我会继续对你无限忠诚，不过，或迟或早，总有一天，这种热情（世上的事都是这样），不消说，会减少的！我们会感到厌倦。等到你后悔了，我也会后悔，因为是我使你后悔的，那时，我会多么痛苦呵！一想到你会痛苦，艾玛，我就好像在受严刑拷打！忘了我吧！为什么我会认识你呢？为什么你是这样美呢？难道这是我的错吗？我的上帝！不是，不是，要怪只能怪命了！"

"这个命字一定会起作用的，"他自言自语。

"啊！假如你是一个常见的轻浮女人，我当然可以自私自利地拿你做个试验，那对你也没有什么危险。但是你兴高采烈，沁人心脾，这构成了你的魅力，但也造成了你的痛苦，你这个令人倾倒的女人，却不明白我们未来的地位是不符合实际情况的。我也一样，起初这个问题没有考虑，只是躺在理想幸福的树荫下，就像躺在死亡之树下一样，后果没有预见到。"

"她也许会以为我是舍不得花钱才不出走的……啊！没关系！随她去，反正这事该了结了！"

"世界是冷酷无情的，艾玛。我们无论躲到哪里，人家都会追到那里。你会受到不合分寸的盘问，诽谤，蔑视，甚至侮辱。什么！侮辱！……我只想把你捧上宝座呵！我只把你当作护身的法宝呵！我要惩罚我对你犯卜的罪过，我要出走。我不知道要到哪里去我真疯了！祝愿你好！记住失去了你的可怜人。把我的名字告诉你的孩子，让他为我祷告。"

两支蜡烛的芯子在摇动不定。罗多夫起来把窗子关上,又回来坐下。

"我看,这也够了。啊! 再加两句,免得她再来'纠缠'。"

"这几句伤心话当你读到的时候,我已经走远了,因为我想尽快离开你,免得我想去再见你一面。不要软弱! 我会回来的。说不定将来我们的心冷下来了之后,我们还会再在一起谈我们的旧情呢。再见了!"

最后他还写了一个"别了",分成两半:"别——了!"并且认为这是高级趣味。

"现在,怎么署名才好?"他自言自语。"用'全心全意的'?……不好。'你的朋友'?……好,就用'朋友'吧。"

"你的朋友"

他又再读一遍。似乎信写得不错。

"可怜的小女人!"他带着同情的心情想道。"她要以为我的心肠比石头还硬了。应该在信上留几滴眼泪。但我哭不出来,这能怪我吗?"

于是,罗多夫在杯子里倒了一点水,把他的手指头沾湿,让一大滴水从手指头滴到信纸上,使墨水字变得模糊。然后,他又去找印章盖信,偏偏找到的是那颗"真心相爱"的图章。

"这不大对头……啊! 管它呢! 不要紧!"

然后,他吸了三斗烟,才去睡觉。

第二天,罗多夫下午两点钟起床(因为他睡晚了),叫人摘了一篮杏子。信被他放在篮子底下,上面盖了几片葡萄叶,马上打发犁地的长工吉拉尔小心在意地送去给包法利夫人。他总是用这个办法和她联系,根据不同的季节,把水果或野味给她送去。

"要是她问到我,"他说,"你就说我出门去了。篮子一定要亲手交给她本人……去吧,小心点!"

吉拉尔穿上了新工装从容不迫地走上了去荣镇的路。用手帕包住杏子,还打了一个结,换上他的木底大钉鞋,迈开沉重的大步子。

包法利夫人在他走到的时候,正向费莉西交代放在厨房桌子上的一包要洗的衣物。

"这是,"长工说,"我们主人送的。"

她有不祥的预感,一面在衣袋里找零钱,一面用惊慌失措的眼色看着乡下人,乡下人也莫名其妙地看着她,不明白这样的礼物怎么会使人感情激动。到底他走了。费莉西还在那里,艾玛再也憋不住,就跑到厅子里去,似乎是要放下杏子;她把篮子倒空,把叶子分开,找到了信,把信拆开,仿佛背后有烈火烧身一般,惊慌失措地跑上卧室去。

夏尔在卧室里,她也看见了他;他对她说话,她却没有听见,只是赶快往楼上跑,跑得上气不接下气,头昏脑涨,好像喝醉了一样,那张讨厌的信纸一直在手里拿着,就像一块嗦嗦响的铁皮。到了三楼,她在阁楼门前站住了,门是关着的。

这时,她想把心静下来。她想起了那封信;应该看完,但她不敢。再说,在哪里看?怎么?人家会看见的。

"啊!不行,"她心里想,"就在这里看吧。"

艾玛推开门,进去了。

沉闷的热气从石板屋顶上,紧紧压在太阳穴上,压得呼吸都很困难。她拖着脚步走到窗下,拔掉插销,耀眼的阳光突然一下涌了进来。

对面,从屋顶上看过去,是一望天边的原野。底下,乡村的广场上,空空的没有一个人;人行道上的石子闪烁发亮,房顶上的风信旗一动不动;在街角上,从下面一层楼里发出了呼隆的响声,高低起伏的刺耳音也夹杂着。那是比内在旋东西。

他靠在天窗的框架上,又看了一遍信,气得只是冷笑。但是她越想集中注意力,她的思想就越混乱。她仿佛又看见了他,听见他在说话,她用胳膊把他抱住;她的心在胸脯跳动,就像撞锤在攻城门一样,左一锤,右一锤,越撞越快。她看了一眼四周,巴不得天崩地裂。为什么不死了拉倒?有谁拦住她吗?她现在无拘无束。于是她向前走,眼睛望着石块铺成的路面,心里想着:

"算了!死了拉倒!"

阳光从地面反射上来,好像要把她沉重的身体拉下深渊。她觉得广场的地面都在动摇,沿着墙脚都在上升,而地板却在向一头倾斜,好像一条船在海浪中颠簸。她似乎是在船边上,几乎悬在空中,上不沾天,下不沾地。蔚蓝的天空落到她头上,空气侵入了她空洞的脑袋,她只好听天由命,任其自然,而旋床的轰隆声也像是不断召唤她的怒号。

"太太!太太!"夏尔喊道。

她停住了。

"你在哪里?来呀!"

想到她刚刚死里逃生,几乎要晕倒了。她闭上眼睛,然后,她感到有一只手拉她的袖子,又哆嗦起来。那只是费莉西。

"先生等你呢,太太,汤已经上来了。"

只好下楼了!只好就餐了!

她勉强吃了几口。东西咽不下去。于是她把餐巾摊开,好像要看织补好了没有,并且当真数起布上缝的线来。忽然一下,她想起了那封信。信丢了吗?哪里去找?但是她觉得太累了,甚至懒得找个借口离开餐桌。再说她也心虚;她怕夏尔;不要说,他全知道了!的确,他说起话来也与以往不同:

"看样子,近来罗多夫先生我们见不到了。"

"谁说的?"她哆嗦着说。

"谁说的?"这句突然冒出来的话使他感到有点惊奇,就回嘴说:"是吉拉尔呀,我刚才在法兰西咖啡馆门口看到他。他说主人出门去了,或是要出门了。"

她抽噎了一声。

"这没有什么奇怪的? 他总是这样出门玩去的,说实话,我倒觉得他这样好。一个人有钱,又是单身! ……再说,我们的朋友玩得是十分痛快的! 他是个浪荡子。朗格卢瓦先生对我讲过……"

女佣人进来了,他只好住口,以免有失礼节。

费莉西把架子上的杏子放回到篮子里去,夏尔要她拿过来,也没注意他太太的脸红了,拿起一个杏子就吃。

"啊! 好吃极了!"他说。"来,尝一尝看。"

篮子被他送过去,她轻轻地推开了。

"闻闻看,多香呵!"他把篮子送到她鼻子底下,一连送了几回,还这样说。

"闷死我了!"她跳起来叫道。

但她努力控制自己,胸口感到的抽紧就过去了。

"这不要紧!"她接着说,"这不要紧! 是神经紧张! 你坐着吧,吃你的吧!"

因为她怕人家盘问她,照料她,不离开她。

夏尔听她的话,又坐下来,把杏核吐在手上,再放到盘子里。

忽然,一辆蓝色的两轮马车快步跑过广场。艾玛往后一仰,发出一声喊叫,笔直倒在地上。

事实是,罗多夫再三考虑之后,决定到卢昂去。但从于谢堡去比希,只有走荣镇这条路,他不得不穿过镇上,不料他的车灯像电光一般划破了苍茫的暮色,被艾玛认出了。

药剂师听见医生家乱哄哄的,赶快跑了过来。桌子,盘子都打翻了;酱呀,肉呀,刀呀,盐呀,油呀,撒得满房间都是;夏尔高声求救;吓得贝尔特只是哭;费莉西用发抖的手,解开太太的衣带,艾玛浑身上下都在抽搐。

"我去,"药剂师说,"我到实验室找点香醋来。"

然后,等她闻到醋味,把眼睛睁开了,他说:

"我有把握,死人闻了也会活转来。"

"说话呀!"夏尔说,"说话呀! 醒一醒! 是我,是你的夏尔,爱你的夏尔! 你认出来了吗? 瞧瞧,这是你的小女儿:亲亲她吧!"

孩子伸出胳膊,要抱住母亲的脖子。但是艾玛转过头去,气喘吁吁地说:

"不要,不要……一个人也不要!"

她又昏了过去。大家把她抬到床上。

她嘴唇张开,眼皮闭紧,两手放平,一动不动躺着,脸色苍白,好像一尊蜡像。两道眼泪慢慢地流到枕上。

夏尔站在床头,药剂师在他旁边,保持肃静,好像想着什么,在这严重时刻,这样才算得体。

"放心吧,"药剂师用胳膊碰了夏尔一下说,"我想,危险已经过去了。"

"是的,现在她安静一点了!"夏尔看她睡着了才说。"可怜的女人! ……可怜的女人! ……她又病倒了!"

于是奥默问起病是怎样发的。夏尔答道:她正在吃杏子,突然一下就发病了。

"这太少见了! ……"药剂师接着说。"不过也很可能是杏子引起昏迷的! 有些人生来就对某些气味敏感! 这是一个有趣的问题,无论从病理学或从生理学观点来看,都值得研究。神甫都懂得这个问题重要,因此举行宗教仪式总要烧香。这就可以使人麻木不仁,精神恍惚,尤其是对脆弱的女人,比对男人还更容易起作用。比如说,有的女人闻到烧蜗牛角或者烤软面包的味道,就会晕倒……"

"小心不要吵醒了她!"包法利低声说。

"不单是人,"药剂师接着说,"这种反常现象就是其他动物也有。你当然不会不知道:荆芥俗名叫猫儿草,对猫科动物会产生强烈的春药作用。另一方面,一个确确实实的例子还可以被举出来,我有一个老同学布里杜,目前在马帕卢街开业,他有一条狗,只要一闻到鼻烟味,就会倒在地上抽搐。他当着朋友们的面,做实验在吉约林别墅里。谁想得到使人打喷嚏的烟草,居然会摧残四足动物的机体? 你说这是不是奇闻?"

"是的,"夏尔没有听,却顺答了一句。

"这就证明了,"药剂师自己得意,却又不伤害别人,笑嘻嘻地说,"神经系统有无数不规则的现象。对于嫂夫人呢,说老实话,我觉得她是真正的神经过敏。因此,我的好朋友,我不劝你用那些所谓的治疗方法,那是借口对症下药,事实上却是伤了元气。不要吃那些不中用的药! 只要注意调养,那就够了! 再用点镇静剂,软化剂,调味剂。还有,你看要不要治治她的胡思乱想?"

"在哪方面? 怎么治法?"包法利问道。

"啊! 问题就在这里! 这的确是问题的症结所在:'这就是问题了!' 我最近看到报上这样说。"

但是艾玛醒了,喊道:

"信呢? 信呢?"

大家以为她是胡说八道;从半夜起,她就精神错乱了,恐怕是得了脑炎。

四十三天来,夏尔都没有离开她。他不看别的病人;他自己也不睡觉,只是不断给她摸脉,贴芥子泥膏,换冷水纱布。他派朱斯坦到新堡去找冰;在路上冰化成水了,他又派他再去。他请卡尼韦先生来会诊;他把他的老师拉里维耶博士也从卢昂请来;他急得没办法。他最怕艾玛虚弱得精疲力竭了,因为她不说话,也听不见,甚至看起来不痛苦——仿佛她的肉体和灵魂在万分激动之后进入了全休克状态。

十月中旬,她可以在床上坐起来,背后垫了几个枕头。夏尔看见她吃第一片果酱面包的时候,哭了起来。她的力气慢慢恢复了,下午可以起来几个小时。有一天她觉得人好些,夏尔还让她扶着他的胳膊,在花园里走了一圈。小路上的沙子给落叶遮住了,她穿着拖鞋,肩膀靠住夏尔,脸上带着微笑一步一步地走着。

他们这样走到花园尽头,平台旁边,她慢慢地把身子挺直,用手搭成凉篷,向前眺望;她向前看,尽量向前看,但只看见天边有几大堆野火,在远山上冒烟。

"不要把你累坏了,我亲爱的,"包法利说。

他轻轻地把她推进花棚底下:

"坐在这条长凳上,舒适一点。"

"啊! 不坐! 不坐!"她有气无力地说。

她一阵头晕,从晚上起,病又发了,说不准是什么病,反正更复杂了。她有时是心里难过,有时是胸口,有时是头部,有时是四肢,有时还呕吐,夏尔以为这是癌症初发的症像。

可怜的男人,除了治病以外,他还得为钱苦恼呢!

十四

首先,他不知道奥默先生的医药费怎样才能还得清,虽然作为医生,他可以不付药钱,但是欠一笔人情账总叫他有点脸红。其次,自从厨娘当家以来,家里开销大得吓人,账单雪片似的飞来,送货的商贩口出怨言,尤其是勒合先生叫他头痛,的确,在艾玛病得厉害的时候,勒合抓住机会,乱开发票,急急忙忙把披风送来,旅行袋;一只箱子外加一只,还有许许多多其他的东西。夏尔说他用不着这些,但没有用,商人气势汹汹地说这都是夫人订的货,出门就不能再退换了;再说,不能和夫人过不去,不利于她复原,所以要先生考虑;总而言之,他决心打官司也不放弃他的债权,退回他的货物。后来夏尔要把东西送回他的商店去,费莉西却忘送了;夏尔一忙,也没再想到这件事,不料勒合又来讨债了,又是恐吓又是诉苦,逼得包法利只好写了一张为期半年的借据。但他刚在借条上签字,一个大胆的念头就被他想起了:何不向勒合先生借一千法郎?于是他露出了为难的神色,问他有没有办法帮忙,还说借期一年,利息倒不在乎。勒合跑回铺子,拿来了金币,要包法利再写一张借据,写明年九月一日,付清欠款一千零七十法郎,加上原欠一百八十法郎,合计一千二百五十法郎整。这样一来,六分利息,加上四分之一的佣金,还有卖货起码有三分之一的赚头,一年期满,就可以净得一百三十法郎的好处;而他希望生意并不是到此结束,借据到期不付现款,还要利上加利,那么他小小的资本,吃医生的、喝医生的,就像在疗养院里一样,等回到他身边的那一天,恐怕吃得要撑破肚皮,胖得要把钱袋撑破了。

再说,他一切顺利。他投标供应苹果酒给新堡医院,又中了标;吉约曼先生答应他入股,得到格鲁默尼泥炭矿的股份;他还打算在阿格伊和卢昂这条路上加开一趟班车,跑得快,票价低,运货多,不要说会挤垮金狮旅店的老马破车,那么,荣镇的生意就全落在他手里了。

夏尔好几次自己问自己:明年有什么办法还这么多债?他挖空心思,想出主意,比如说找父亲帮忙,或者是卖东西。但父亲不会理他,他也没有什么东西可卖。他发现自己陷入了困境,想起来都不愉快,于是干脆不想算了。他反责备自己不该忘了艾玛;仿佛他的思想都只属于这个女人,一刻不思量,就等于偷了她的东西一样。

冬天过得艰难。太太复原的时间拖得很长。天气一好,就把她坐着的扶手椅推到窗前,眺望广场,因为她现在对花园有反感,那边的窗帘总是放下的。她要人把马卖掉,她以前喜欢的东西,现在都讨厌了。她的思想好像只限于调养自己。她坐在床上吃点心,拉铃叫女佣人来,问汤药熬好了没有,或者是和她谈谈天。那时,菜场棚子顶上的积雪把一片茫茫的白光反射到她房里;过些日子,天又下起雨来。艾玛每天等待必定会发生的小事,虽然事情和她没有什么关系。最重要的大事就是燕子号班车在傍晚回到荣镇。那时,老板娘高声喊叫,别的声音此呼彼应,而伊波利特的手提灯,如黑暗中的星光一样,在车篷上寻找行李箱子。夏尔中午回家,下午出去;然后,她喝一碗汤,到五点钟天要黑的时候,孩子们放学了,拖着木鞋在人行道上踢踢踢踢地走,都用手中的尺子敲打一扇又一扇挡雨的窗板。

就在这个时候,布尼贤先生看她来了。他问她的健康情况,和她谈谈新闻,并且劝她信教,他谈起来又随便又温存,倒不显得枯燥无聊。一看见他的黑道袍,就能给她安慰。

有一天她病得最厉害的时候,要求举行临终前的宗教仪式。人家在她房里作后事的准备,把堆满药瓶的衣柜改成圣坛,费莉西在地上撒大丽花,这时,艾玛觉得有股力量经过她的身上,使她摆脱了痛苦、知觉、感情。她的肉体轻飘飘的,不再想事,新的生命开始了;她觉得她的灵魂飞向上帝,就要融入对天国的爱,正如点着的香化为青烟一样。床单上洒了圣水;神甫从圣体盒中取出白色的圣体饼,她把嘴唇伸出,领受救世主的圣体时,感到天堂的幸福使她昏迷沉醉。她床上的帐子微微鼓起,好像周围缭绕的祥云,衣柜上点着两支蜡烛发出的光线,在她看来,仿佛成了耀眼的光轮。于是她又让头倒下去,以为听见了天使在天上的歌声琴音,在一片蔚蓝的天空中,看见了光辉灿烂、崇高庄严的天父,在黄金的宝座上坐着,在手拿绿色棕榈枝的圣徒中间,示意长着火焰翅膀的天使下凡,伸出胳膊,把她接上天去。

这个光辉的幻觉就像一个最美丽的梦想留在她的记忆里;直到现在,她还可以努力追寻当时的感觉,虽然现在不能心无杂念,但是还能体会到同当时一样深入心灵的脉脉温情。她的心灵给争强好胜折磨得精疲力竭,最后才领会到了基督教的谦逊精神。艾玛尝到了弱者的乐趣,就在自己身上摧毁意志,好把地盘空出,让怜悯来占领。原来尘世的幸福之外,还有一种更伟大的幸福;尘世的情爱之上,还有一种更伟大的博爱,无边无际,没完没了,而且不断增长!在她的希望造成的幻象中,她隐约地看到一个纯净的幻境,和天界打成一片,他的向往正是这个。她要成为一个圣徒。于是她买念珠,戴护身符;她要在卧房的床头挂一个镶绿宝石的圣物盒,以便她每天晚上顶礼吻拜。

神甫对艾玛的这份诚心感到惊异,尽管他也认为,她的宗教信仰如果热得过分,结果可能走进歪门邪道,甚至做出荒谬的行为。可是这个问题超出了他的理解能力之外,他也没有把握,就写信给主教的书商布拉尔先生,请他寄来"一些名著,给一位富有灵感的女读者"。不料书商满不在乎,就像给黑人寄五金用品一样,乱七八糟地寄来了一大堆当时流行的宗教用书。其中有问答手册,有德·梅斯特先生那样目空一切的布道小书,还有一些玫瑰色精装的小说,平淡无奇,不是走江湖的修士,就是入修道院忏悔的女才子写的。例如《慎思》、获奖多次的德……先生的大作《上流人士归服圣母》、少年读物《代尔泰的谬论》等等。

包法利夫人的头脑还不够清醒,不能专心认真读书;再说,读严肃的东西也急不了。宗教的清规戒律惹她生气;目中无人的论战文字,死死咬住一些她不认识的人不放,使她厌恶;根据宗教经典改编的世俗故事,在她看来,简直不合情理,她本来想在故事中找到真理的证据,结果却不知不觉地离信仰更远了。但她照样坚持阅读,等到书从手上掉下来的时候,她还以为自己是得了天主教的忧郁症,因为纯洁的灵魂都是多愁善感的。

对罗多夫的思念,已经埋在她心灵的深处;和地下宫里的木乃伊一样,神圣不可侵犯。这伟大的爱情也涂上了防腐的香料,发出了一股香气,渗透一切,使她想在其中生活的圣洁空气也变得香甜温馨了。她跪在哥特式的祷告凳上,向救世主说出的美妙言词,正是她以前向她的情夫推心置腹时说过的甜言蜜语。她以为这样能得到信仰;但信仰的幸福并没有从天而降,她又站了起来,四肢无力,模模糊糊地感到像是上了大当似的。她认为这样心切地求道,又是一番功德;她为自己的诚心感到骄傲,就把自己和那些她羡慕过的、光荣的贵妇人相比,她们庄严地拖着绣花长袍,遁入空门,把伤心的泪水洒在基督脚下。

她行起善来,也显得过分。她给穷人缝补衣服;她给产妇送去木柴;有一天夏尔回家的时候,看见三个游手好闲的人坐在厨房里喝汤。她生病时,小女儿被丈夫送去奶妈那里,她现在又接回家来。她想教贝尔特认字,女儿哭也不要紧,她不再发脾气。她打定主意,一切听天由命,宽大为怀。她说起话来,随便谈什么,都用带有理想色彩的字眼。她问女儿:

"我的天使你肚子痛好了吗?"

包法利奶奶也没有什么可挑剔的,只怪媳妇忙着给孤儿织衣服,却忘了缝补自己的抹布在自己家里。奶奶和丈夫吵嘴,累得要命,倒不如儿子这边清静,所以她一直住到复活节过后,免得回家去受包法利老爹的气,他即使在斋戒的星期五,也照样要吃香肠。

艾玛每天都有人做伴。除了判断正确、态度稳重的婆婆使她的信心更加坚定之外,还有朗格鲁瓦夫人,卡龙夫人,杜布勒伊夫人,杜瓦施夫人,以及两点到五点一定来看她的奥默太太,她心肠好,关于艾玛的闲言碎语。从来不肯相信那些小奥默也来看她,朱斯坦陪他们来。他同他们上楼,走进她的房间,站在门口,一动不动,话也不说。包法利夫人往往不在意,在他面前梳妆打扮。她先取下梳子,猛然摇一摇头,一圈一圈的黑头发就散开了,一直披到膝盖。当这个可怜的孩子头一次看到她梳头的时候,简直眼花缭乱,就像走进了一个新奇的世界。

艾玛当然不会注意到他默默无言、怯生生的热情。她想不到从她的生活中爱情消失了，却跳进了她身边一个少年的心头，她的美貌发出的光辉，却照亮了他的粗布衬衣。

再说，现在对什么她都不在乎，说话亲热，目光冷淡，态度变化多端，人家搞不清楚她到底是自私还是慈善，是堕落还是崇高。比如有一天晚上，女佣人要请假出去，找借口时结结巴巴，她生气了，但却忽然问道：

"你爱他是真的吗？"

她不等羞红了脸的费莉西回答，就愁眉苦脸地说下去：

"好了，去吧！快玩去吧！"

春天到了，她不听夏尔的话，要人把花园从头到尾都翻了一遍。夏尔只要看见她想做点什么事，就总是那么高兴的。她身体一天天恢复，想做的事也一天比一天多。首先，她想办法把奶妈罗勒大嫂打发走了，奶妈在她养病期间，已经养成了习惯，经常把她喂奶的两个孩子和另外一个寄养的都带到厨房里来。寄养的那个孩子胃口非常大，简直像个生番。然后，艾玛摆脱了奥默一家大小，陆续辞谢了各家的探望，甚至去教堂也不像从前那么经常了，这一下可得到了药剂师的称赞，他当时对她就善意地说：

"你以前迷信得有点过头！"

布尼贤先生，每天上了教理问答课就来。他喜欢待在外面呼吸新鲜空气，尤其是在花棚里，他把花棚叫作"林中荫处"。这时夏尔刚好回家。他们怕热，就在"荫处"同喝甜苹果酒，预祝太太早日康复。

比内也在那里，不是在花棚下，而是靠着墙在河里打捞小虾。包法利请他喝酒解渴，而他的拿手好戏是打开酒瓶。

"应当这样，"他由近到远，满意地看了一眼说，"把瓶子在桌上放稳，然后把绳子剪断,再不慌不忙地把软木塞轻轻拔掉,就像餐馆里开汽水一样。"

但是在他示范表演的时候,忽然苹果酒一涌而出,溅得他们满脸泡沫,于是神甫似笑非笑地打趣道:

"溅到眼睛里来的一定是好酒。"

神甫的确是个好人。有一天,药剂师劝夏尔带夫人去卢昂剧场听著名的男高音拉加迪表演,消遣消遣,神甫并没有表示反对。奥默见他没有开腔,反倒觉得惊讶,就问他意下如何,神甫却说,在他看来,音乐并不像文学那样伤风败俗。

但是药剂师为文学辩护了。他认为戏剧可以攻击偏见,表面上给人娱乐,实际上有益于世道人心。

"'寓教于笑,移风易俗',布尼贤先生!所以,看看伏尔泰的悲剧吧。大部分悲剧中闪烁着哲学思想的光辉,教导人民什么是遵守道德,什么是随机应变。"

"我呢,"比内说,"以前我看过一出戏,叫作《巴黎的浪子》,里面有一位老将军,的确令人拍手叫好!他把一个勾引女工的世家子弟教训了,最后……"

"当然罗!"奥默接着说,"也有不好的文学,就像有不好的药房一样;不过,眉毛鼻涕一把抓,批判艺术中最重要的文学,对于我的看法,是一种野蛮的行为,一种愚昧的想法,简直和监禁伽利略的时代一样可恶。"

"我明白,"神甫反驳道,"世界上有好作品,好作家。但是,男男女女聚集在目迷五色、装潢得富丽堂皇的客厅里,穿着奇装异服,涂脂抹粉,在灯光照耀下,说话软绵绵的,结果自然会使人产生放荡的思想,受到邪恶的引诱,做出越轨的行为。至少,这种看法圣父们都有。总而言之,"他在大拇指上搓了一撮鼻烟,忽然换了一种神秘的口气,接下去说,"如果教会谴责演戏,一定有它的理由。我们只能服从教谕。"

"为什么,"药剂师质问道,"教会要把戏子驱逐出教吗?他们从前曾在举行宗教仪式时公开演出过。对的,他们在唱经堂当中演出过圣迹剧一类的滑稽剧,剧里还常拿体面人出洋相。"

神甫没有话回答,只好叹一口气算了,而药剂师却不肯放过:

"就像在《圣经》里一样。……你知道……不止一个地方……使人春心荡漾,有些东西……简直是……色情!"

看见布尼贤先生做了一个生气的姿势,他又接着说:

"啊!你也承认这不是一本给姑娘们读的书吧!要是我看见我的女儿阿达莉……"

"劝人读《圣经》的,"神甫不耐烦地喊道,"是新教徒,不是我们天主教!"

"没关系!"奥默说,"我觉得奇怪的是,到了如今,到了一个光明的世纪,既然可以读《圣经》,为什么要禁止看放松精神的戏剧,禁止读无害而有益健康的文学,读警恶扬善的文学呢?博士,你说呢?"

"当然。"医生随便答了一声。也许他的看法和奥默的相同,但不得罪人,也许他根本就没有什么看法。

到这里谈话似乎可以结束了,但药剂师认为机不可失,不妨再踢对方一脚。

"我还认识一些人,并且是些教士,却换上了便服,去看舞女跳大腿舞。"

"别乱说了!"神甫说。

"啊!我的确认识!"

奥默还嫌不够,又一字一顿地重复一遍:"我——的——确——认——识。"

"那么,他们是错的!"布尼贤无可奈何地说。

"天呀!他们还有花样呢!"药剂师喊道。

"先生!……"神甫眼睛冒火地说,药剂师怕了。

"我只是说,"药剂师改了口气,"百无禁忌才更有把握叫人信教。"

"好说！好说！"老实的神甫退步了，又坐下来。

但是他只多待了两分钟。等他一走，奥默先生就对医生说：

"这也可以算是斗嘴！我用某种方式把他打翻在地了你看见的！……话又说回来，听我的话，带夫人去戏院吧，一辈子有一次机会，气气这该死的老乌鸦也不错呀！要是有人能替我，我真愿意陪你们去。要去还得赶快，拉加迪只演一场；英国出重金请他去。人家都说这兔崽子出了名！他在钱堆里打滚！有三个情妇在身边，一个厨子！大艺术家糟蹋起身体来，就好比两头烧的蜡烛；他们要过放荡的生活，想象力才能活跃。最后，他们死在收容所里，因为他们年轻的时候，不知道把钱存起来。得了，祝你有个好胃口，明天见！"

看戏的念头很快就在夏尔心里滋生起来了；因为他不久就告诉了太太。她起先不愿去，说是怕累，怕麻烦，怕花钱；但是说也奇怪，夏尔这次偏不让步，认为这种娱乐对她大有好处。他看不出有什么困难；母亲出人意外地寄来三百法郎给他，他们目前欠的债不算多，而勒合先生的借据离到期还远着呢，可以不必担心。尤其是，夏尔以为她不肯去戏院，是要为他省钱，他就更要去了。她经不起他的纠缠，最后只好答应。于是第二天上午八点钟，他们坐上了燕子号班车。

在荣镇药剂师其实没有什么事非得留下来，他却自以为脱不了身，看见他们走，叹了一口气。

"好，旅途愉快！"他对他们说，"你们太有福气了！"

随后，看见艾玛穿着一件滚了四道荷叶边的蓝色缎子袍，又说：

"我看你美丽得像个爱神！卢昂布要选你做市花了。"

在博瓦新广场的红十字旅馆门前马车停下了。这个旅馆和内地市郊的客店差不多，停马的棚子大，住人的房间小，院子当中停着推销员的马车，车上沾满了泥，车子底下有母鸡在啄荞麦吃；旧式的老房子，木栏杆上有虫蛀的洞，冬天夜里一起风就嘎吱响,但人还总是住满了,热热闹闹,吃吃喝喝,黑色的餐桌粘呼呼的,沾满了洗不掉的咖啡酒迹;厚厚的玻璃窗给苍蝇叮黄了,潮湿的餐巾上满是斑斑点点的酒印;乡村的土气客店总脱不了好像乡巴佬穿上城里人的衣服一样,靠街有咖啡馆,靠近田野却又有菜园。夏尔才下车就东奔西走。他分不清花楼和后楼,前厅和包厢,东问西问,总不明白,从查票员问到经理,从客店走到剧场,来回跑了几趟,到剧场去的大马路都被他测量过了一遍。

夫人买了一顶帽子,一副手套,一束花。先生只怕误了时间,汤还没有喝完,就急忙赶去剧场,没想到大门还没有开。

十五

观众靠墙站着,有两排栏杆在入口处。街道拐角有大幅广告,都用花体字写着:"今晚上演拉加迪……主演歌剧……《吕茜·德·拉梅穆》……等等。"天气晴朗,人觉得热,鬓发里也在出汗,大家掏出手帕来擦发红的额头;有时河上吹来一阵热风,轻轻吹动小咖啡馆门口的斜纹布篷的花边。但是下边街上有一股凉气,闻起来有猪油、牛皮、菜油的味道。这是大车街散发出来的气息,昏暗的大货栈满街都是,总有人在滚大桶。

艾玛怕出洋相,在进剧场之前,先要在休息室转转,而包法利为小心起见,在手捏着戏票手又插在裤子口袋里,把票贴住肚皮。

她一走进前厅,心跳就加快了。看见观众急急忙忙走上右边的过道,而自己却走上一楼的包厢,她不由得露出了暗暗得意的微笑,她用手指推开挂着帷幔的包厢门,觉得像小孩子一样高兴;她看不见夹道里灰尘飞扬,深深地吸了一口气,等到她在包厢入座之后,她就挺起胸来,像一位公爵夫人一样神气。

剧场快要客满了,有人从盒子里取出望远镜来,长期订座的观众隔得老远就互相打招呼,他们要在艺术中寻找快乐,摆脱对买卖的担心;但他们忘不了"生意经",谈的还是棉花、烧酒,或者靛青。还看得见一些老头,脸部呆板,态度温和,头发灰白,肤色苍白,好像银质奖章褪了色,蒙上了一层铅粉般的雾气。前厅一些趾高气扬的花花公子背心上方的领口露出了玫瑰红或者苹果绿的领带;包法利夫人爱从楼上看着他们,把戴了黄色手套的巴拿支撑在金头手杖上。

那时,乐池的蜡烛点亮了。天花板上的分枝吊灯也放低了,上面的菱形小玻璃片闪闪发亮,顿时活跃了大厅的气氛。然后,乐师各就各位,先响起了好一阵不协调的噪音:有呼隆的低音,嘎吱响的小提琴,嗒嗒滴滴的铜管乐,咿咿唔唔的长笛和短笛。但是听到舞台上敲了三槌之后,定音鼓咚咚地响了起来,和弦被铜管乐器奏出了,幕拉起来了,露出了一片布景。

布景是树林中两条路交叉的地方;左边,有一个喷泉在栎树的树荫下。一些农民和贵族,肩上斜披着苏格兰格子花呢长巾,一起唱着打猎的歌;然后来了一个军官,朝天伸出双手,请求苦难的天使下凡;后面又来了一个军官;他们走了,猎人又唱起歌来。

艾玛也回到了青年时代阅读的小说里,回到了华特·司各特描写的人物中间。她似乎听到苏格兰风笛声穿过浓雾,在欧石南丛中萦回。再说,小说的情节她记得,所以很容易听懂剧本,她就一句一句地听着唱词,但是回到她头脑中的思想却难以控制,在一阵阵的音乐声中,回忆也立即随风四散飘扬了。她让自己随着音乐的旋律摇动,觉得自己全身颤抖,仿佛琴弓拉的不是琴弦,而是她的神经。服装、布景、人物、还有人一走过就会震动的树木,都使她目不暇接;直筒无边的绒帽、斗篷、宝剑,这些符合她想象的东西在和谐悦耳的乐声中动荡,就像是在另一个世界中一样。但是一个年轻女人走上前来,拿一个钱包丢给一个穿绿衣服的骑士侍从。只剩下她一个人了,于是听见如怨如诉笛声,好像潺潺的泉水,又像啁啾的小鸟。这个女人就是吕茜,她开始慢慢地唱她的咏叹调;她抱怨爱情带来的痛苦,恨不得身有彩凤的双翼。艾玛也一样想逃避生活,想飞向爱情的怀抱,忽然一下,埃德加·拉加迪出场了。

他的肤色像大理石一样洁白,这使热情的南方民族看来更加光辉灿烂,更加崇高。他矫健的身材穿了一件棕色的紧身短上衣,在左屁股上挂了一把精工雕镂的首。他转动一双多愁善感的眼睛,同时露出了一口白牙齿。据说一天傍晚,一个波兰公主听见他在比亚里兹海滨修理小艇时唱歌,就爱上了他。她为他倾家荡产,他却把她丢在一边,另寻新欢去了,在风流艳事上出了名,在艺术上的地位也就抬得更高。这个善于交际的蹩脚戏子,甚至总是小心在意地在广告上加一句富有诗意的溢美之词,夸耀自己的才华,令人倾倒,心灵高尚,多愁善感。一副好嗓子,一颗无动于衷的心,体力强于智力,虚张声势多于真情实意,但却提高了这个走江湖卖艺人的叫座力。他的实质不过是个理发师加上斗牛士而已。

他一上场就使观众兴奋。他把吕茜紧紧抱在怀里,又离开她,再走回来,似乎绝望了:怒气一阵阵地爆发,然后又无限温柔地用嘶哑的声音唱着哀歌,音符从他脖子里溜出来,不像呜咽就像亲吻。艾玛为了看他,把身子往前倾,指甲抓进了包厢的丝绒。她心里充满了音调悠扬的悲叹哀鸣,在低音提琴的伴奏下,哀歌的余音更是不绝如缕,就像在狂风暴雨中海上遇难者的呼救声。她听出了令人心醉的迷恋,几乎使她丧生的痛苦。她觉得女戏子的歌声就是她内心的回音,这个使她神魂颠倒的幻象,更只是她生命的一部分。但是世界上从来没有任何人这样深深地爱过她。他们最后一夜在月下说"再见"时,罗多夫就不像埃德加那样哭过。最后一段和声又重唱了一遍剧场内爆出了喝彩声;这一对情人唱到了他们坟上的鲜花,他们的海誓山盟,流亡,命运,希望。当他们唱出最后的告别时,艾玛发出了一声尖叫,和结尾高响入云的震颤音融合为一,简直难分真假了。

"为什么，"包法利问道，"这个贵族是不是要迫害这个少女？"

"不对，"艾玛答道，"她是他的情人。"

"那么，他为什么赌咒发誓，要对她一家人进行报复呢？而另外一个男的，就是刚才上场的那一个，却说：'我爱吕茜，我想她也爱我。'并且同她父亲挽着胳膊走了。那个丑陋的小老头，帽子上插根鸡毛的，不就是她的父亲吗？"

虽然艾玛再三解释，二重唱的意思夏尔还是不懂。在二重唱中，仆人向主人献计如何哄骗吕茜，但夏尔却把哄骗吕茜的假订婚戒指当作是埃德加送给她定情的纪念品。此外，夏尔承认没有听懂这个故事，因为音乐太响，听不清楚唱词。

"没关系！"艾玛说，"不要说了！"

"因为，"他注视着她的肩膀，接着又说，"你知道，我想了解清楚。"

"不要说了，不要说了！"她不耐烦地说道。

吕茜一半靠了侍女的搀扶，才走向台前，头上戴了一顶橘子花冠，脸色比她身上穿的白色缎子长袍还要白。她的结婚日子艾玛又想起来；她仿佛又看见自己在麦地里，沿着一条小路，向教堂走去。当时为什么她没有像吕茜那样又是拒绝，又是恳求呢？恰恰相反，当时她很高兴，却没有发现自己是在走向深渊……啊！假如她还年轻貌美，没有被婚姻玷污清白，没有对情夫感到幻灭，假如那时她能把自己的一生，交托给一个伟大而坚强的男人，而贞节、温情、恩爱、义务全都合而为一了，那么，她怎么会从那至高无上的幸福中，堕落到今天的这步田地呢？当然，那种幸福只是谎言，只是幻想，结果只会使一切欲望化为泡影。她现在才知道感情是多么微不足道，是艺术把感情无限夸张了。艾玛不想再受愚弄，她将她痛苦生活的翻版戏只当作是一种造型的幻想，只能使人赏心悦目而已。她甚至怜悯剧中人，又瞧不起他们，于是心中暗笑。这时，从舞台后部的丝绒门帘底下，走出了一个披着黑色斗篷的男子。

他做了一个姿势,斗篷的西班牙式大帽子就落到背后去了;立刻乐队开始了六重奏,歌手也开始六重唱。埃德加怒气冲冲,用他嘹亮的男高音压倒了其他歌手。阿斯通用男低音向他发出了致命的挑衅,用女高音吕茜诉说自己的痛苦,亚瑟隔岸观火,用男中音唱着抑扬顿挫的转调,神甫的中低音呼隆呼隆响,好像一架风琴,而侍女们用女低音重复神甫的唱词,齐声合唱,倒比神甫唱得更加美妙动听。他们全都站成一排,指手画脚;愤怒、报复、妒忌、恐怖、慈悲、惊愕,同时从他们半开半闭的嘴里倾吐出来。这个多情人埃德加气得拔出剑来挥舞;随着他胸脯的开阔与收缩,他的镂空花边的衣领也就上下起伏,他大踏步向左走,镀金的马刺在地板上走得铿锵响。软皮靴在脚踝处开了口。艾玛心里想,他的爱情一定取之不竭用之不尽,所以才能滔滔不绝地流向观众。剧中角色的诗意侵入了她的心灵,她原来要贬低他们的念头,还没有见诸行动,就烟消云散了。剧中人物造成的幻象,使她对演员本人产生了好感;她揣摩他如何生活,如何名闻远近,光彩夺目,不同凡响,如果机会凑巧,她本来也可以过上这种生活的。她本来可能认识这个演员,他们可能相爱!她可能同他周游欧洲各国,从一个首都到另一个,把他的疲劳和骄傲分享,捡起抛给他的花束,亲自为他的服装绣花边;然后,每天晚上,坐在包厢里,在金色栅栏后面,她会心醉神迷地倾听他吐露他的心灵,他只是为她一个人而歌唱的;在舞台上,他也会一边演戏,一边向她暗送秋波。她忽然突发奇想,认为他现在就在看她,而且是千真万确的!她真想扑到他的怀抱里,寻求他的力量保护,就像他是爱情的化身一样。她要对他说,要对他喊:"把我抢走,把我带走,让我们走吧!我是你的,我朝思暮想的,就是你呵!"

但是幕落下了。

煤气灯味和观众的呼吸混成一片;扇子的风使人气闷。艾玛想走出去,但是挤在过道上的人群挡住了路,她只好又在扶手椅里坐下,心扑通扑通地跳个不停,连呼吸都吃力了。夏尔怕她晕倒,跑到小卖部给她买了一杯杏仁露。

　　好不容易他才回到座位上,因为他两只手捧着杯子,每走一步,胳膊肘都要撞人,甚至把四分之三的饮料,都泼到一个卢昂女人的肩膀上,那个女人穿着短袖长袍,感到冷水往腰间流,猪嚎似的叫了起来。她的丈夫是个纱厂老板,对这个笨蛋大发脾气;在她用手绢擦干她漂亮的樱桃红绸子长袍的时候,她粗暴地说要夏尔赔偿损失,付他现金。最后,夏尔总算到了太太身边,气喘吁吁地说:

　　"天呀! 我以为回不来了! 到处都是人! ……是人! ……"

　　他又加上一句:

　　"你猜猜我碰到谁了? 莱昂先生!"

　　"莱昂?"

　　"正是他! 他就要来看你啦!"

　　刚说完话,当年荣镇的实习生就走进了包厢。

　　他像个上流人一样不拘礼节地把手伸出来了;包法利夫人也不由自主地伸出手来,当然,她是顺从一个意志更强的吸引力。自从那个雨打绿叶的春天黄昏,他们站在窗前道别以后,她就没有再碰过这只手。但是,她很快就意识到,在目前的情况下怎样做才算得体,于是努力摆脱回忆带来的出神状态,又迅速又结巴地说:

　　"啊! 你好……怎么! 你竟在这里?"

　　"肃静!"正厅后排有人喊道,因为第三幕开始了。

　　"你来卢昂了?"

　　"是的。"

　　"什么时候来的?"

　　"要讲话就出去! 出去!"

　　大家转过头来望着他们,他们只好停止讲话。

但是,从这时起,艾玛就再也没心听戏了;对她说来宾客的合唱,阿斯通和他的仆人密谋的场面,伟大的 D 大调二重唱,一切都很遥远,仿佛乐器变得不够响亮,剧中人物已经退到幕后似的;她又回忆起了在药房打牌,去奶妈家路上散步,在花棚下读书,在炉边密谈,这微不足道的爱情,静悄悄,慢悠悠,小心翼翼,含情脉脉,但她全都忘了。那么他为什么要回来?难道是机缘巧合,又使他进入了她的生命?他站在她背后,肩膀靠着板壁;她时时感到他鼻孔呼出的热气侵入了她的头发,令她微微震颤。

"你喜欢看戏吗?"他说时弯下腰来,脸离她十分近,胡子尖都碰到了她的脸。

她心不在焉地答道:

"哦!我的上帝,不,不怎么喜欢。"

于是他提议到剧场外去喝点冷饮。

"啊!不要现在去!待一会儿吧!"包法利说。"女主角的头发散了,看样子悲剧要出现了。"

女主角的表演在她看来太过火了发疯的场面不合艾玛的口味。

"她叫得太厉害,"她转过头来,对正在听戏的夏尔说。

"是的……也许……有点,"他不知如何回答,到底是老实承认自己喜欢看,还是应该尊重太太的意见。

接着,莱昂叹口气说:

"这里太热……"

"实在受不了!"

"你难受了?"包法利问道。

"是的,闷死我了;走吧。"

温存体贴地莱昂先生把她长长的花边围巾披上她的肩头,他们三个人就走到码头上,坐在一家露天咖啡馆的玻璃窗外。

他们先谈艾玛的病,但她几次把夏尔的话打断,说怕莱昂听了乏味;于是莱昂就说他来卢昂,在一家大事务所熟悉两年业务,因为在诺曼底处理起业务来,和在巴黎并不相同。然后,他问起贝尔特,奥默一家大小,勒方苏瓦老板娘;因为在丈夫面前,他们不能讲更多的话,不久,谈话就谈不下去了。

看完了戏有些人,在人行道上哼着歌曲,或者拉大嗓门,怪声高喊:"啊!美丽的天使,我的吕茜!"于是莱昂谈起音乐来,表示他是个业余的艺术爱好者,他听过唐比里尼,吕比尼,佩西亚尼,格里西;比起他们来,拉加迪虽然有洪亮的声音,却算不了什么。

"不过,"夏尔插嘴了,他把小口啜着的冰镇果汁酒放下了,"人家说最后一幕演得好,可惜没看完就出来了,我正开始看得来劲呢。"

"那没关系,"实习生说,"不久还要再演一场。"

但是夏尔说,他们明天就要回去。

"除非,"他又转身对太太说,"我的小猫你愿意一个人留下来吗?"

年轻人意想不到的机会居然送上门来,他见风使舵说拉加迪在最后一幕唱得是好。简直是高人一等，无人能比！于是夏尔又坚持说：

"你星期天再回去吧好不好？你自己决定！只要你觉得有一点好，就留下来看吧。"

那时，周围的桌子都空了，一个伙计悄悄地站到他们旁边；夏尔明白到付账的时候了，实习生拉住他的胳膊，甚至没有忘记把两个银币克朗一起放在大理石桌面上，当作小费。

"真不好意思，"包法利小声说，"要你破费……"

实习生做了一个满不在乎的亲热姿势，拿起他的帽子：

"说好了，对不对。明天六点钟？"

夏尔再说一遍他是留不下来的，但是艾玛……

"但是……"她结结巴巴地说，笑得有点异样，"我不知道……"

"不要紧！你想想吧，过一夜主意就有了……"

然后，他又对陪着他们的莱昂说：

"现在你回家乡了，我希望有空你就来我们家便餐！"

实习生说他一定来，因为事务所还有事要他去荣镇办。于是他们在圣·埃布朗大教堂前分手，这时正敲十一点半钟。

第三部

一

　　莱昂先生学习法律,但并不是不去茅庐舞厅,舞女十分青睐他,因为她们觉得他"与众不同"。他是最正派的学生:头发既不太长,也不太短,既不在月初就把一个学期的钱都用完。又和教授有很好的关系。他做什么事都不过分,既胆小怕事,又不好意思。

　　他在房间里读书。或者坐在卢森堡公园椴树下的时候,常常让《法典》掉在地上,艾玛的形象又回到他的心头。但是慢慢地这种感情就淡薄了,新的欲望取带了旧的欲望,不过并没有把它压垮;因为莱昂仍不死心,隐约看见一线希望,在未来的岁月里闪烁发光,就像神话里的万绿丛中挂着一个金苹果似的。

　　现在,别离三年之后,再见到她,他的旧情又复燃了。他想,一定要下决心把她搞到手。再说,常与轻浮子弟为伍,畏惧心理早已消尽磨光,回到内地,他就看不起没穿过漆皮鞋、没走过柏油马路的人。如果是在一个身穿花边裙的巴黎小姐身边,在一个身戴勋章、家有车马的有名之事的客厅里,可怜的实习生当然会孩子一般战战兢兢;但现在这里是卢昂码头,眼前是一个小小医生的妻子,他心中有数,预感到他会令人倾倒。心情的平稳是因地而异的:在底层说话和在四楼不同,阔绰的女人腰缠万贯,就像披甲戴盔似的保护她的贞操。

　　头天夜晚,莱昂和包法利夫妇分手之后,还远远跟着他们,看见他们走进了红十字旅馆,才转过脚跟回去,整整一夜,都在想怎样动手。

次日下午五点钟左右,他走进了客店的厨房,喉咙紧张,脸色苍白,但是胆小鬼一旦狠了心,反倒更难阻挡。

佣人说先生不在。

这对他是个好兆头。他就走上楼道去。

她看见他来,心里一点也不乱,反而向他抱歉,说是忘了告诉他下榻的地方。

"哦,我猜得到,"莱昂答道。

"怎么?"

他说是靠本能,也靠机会凑巧。

她微微一笑。他马上弥补漏洞,说是找了她一上午,问遍宛全城的旅馆。

"你决定留下来了?"他加了一句。

"是的,"她说,"其实真不应该。眼前的事还忙不完,寻欢作乐,搞惯了怎么办……"

"啊!我想……"

"不!你想不到!因为你不是女人。"

但是男人也有许多的苦恼;于是谈话就带上了一点哲学味道。艾玛大谈世界上感情造成的痛苦,天长地久的与世隔绝,心就像活埋了一样。

年轻的男子为了表明自己的身价,或者看见别人忧郁,自己也要天真地装得忧郁,就说自己学习时无聊得要命。诉讼手续令人厌烦,他想改行,母亲的信不断使他苦恼。他们查找痛苦的原因,越谈越细,推心置腹,越谈越来劲。不过他们也不是总有话要谈的,有时也要字斟句酌,婉转达意。她闭口不谈她对罗多夫的恋情,他也不说他曾把她忘了。

可能他不记得舞会之后和装卸女工吃过消夜;她当然也就忘了和罗多夫的幽

会，忘了一大清早跑过草地到情夫家去的事。他们耳闻不到城市的喧闹；房间显得特别狭小，好让两颗寂寞的心靠得更紧。艾玛穿一件凸纹条格布的罩衫，发髻靠在一把旧安乐椅的椅背上；在她后面，黄色的墙纸衬托出她那金色的背景。镜子照出了她紧贴两鬓的黑发和中间的白缝，耳尖却露在鬓发之下。

"啊！对不起，"她说，"我老是诉苦是不应该的！恐怕你都听腻了！"

"不会，不会！"

"如果你知道，"她接着说，同时抬头看天花板，眼睛里还含着一滴眼泪，"我朝思暮想的是什么！"

"唉！我也一样！我也很痛苦！我常常出去。拖着疲倦的身子在河岸上走，嘈杂的人声使我头昏脑涨，但纠缠不休的烦恼却摆脱不了。大马路上有一家画店，挂了一张意大利版画，上面画了一个文艺女神。她穿了一件宽大的长裙，眼睛望着月亮，散开的头发上插了勿忘草。不知道什么东西不断地吸引我到那里去，一去就是几个钟头。"

然后，他声音颤抖地说：

"女神跟你有点像。"

包法利夫人把头转过去，免得他看见她嘴唇上的微笑，她感到笑意已经涌上嘴角，再也按捺不住了。

"我时常给你写信，"他接着说，"写了我又撕掉。"

她不回答。他继续说：

"我有时想，偶然的机会也许会把你带来。在街角上我有时以为会碰到你：只要马车门口露出一条披巾或者纱巾，有点像是你的东西，我就跟着马车跑……"

她似乎主意已定让他说，自己并不打岔。她的两臂交叉，眼睛朝下，瞧着拖鞋上的玫瑰花结，偶尔脚趾在缎鞋里稍微动动。

到底,她叹了一口气:

"最可悲的,难道不是像我这样虚度了一生? 如果我们的痛苦对别人有点好处,那做出牺牲还能得到一点安慰。"

他也开始说道德和义务的好话,尤其是默默无闻的奉献精神,他自己就令人难以置信地需要献出一片真诚,而他需要的却不能满足他。

"我很愿意,"她说,"在医院里做一个看护病人的修女。"

"唉!"他接着说,"男人就没有这种神圣的使命,我在哪里也找不到什么神圣的事业……也许只能作医生……"

艾玛轻轻耸了一下肩膀,打断他的话头,埋怨自己生了一场大病,几乎要死。多么倒霉! 一死,她现在就可以不痛苦了。莱昂立刻说,他也羡慕"坟墓中的安静",有一天晚上,他甚至立下了遗嘱,埋葬的时候,要把她送他的那床条纹毛毯盖在身上,因为他们生不能同衾,死不妨和对方的遗物同穴。哪里晓得:语言是一架压延机,感情也越来越远。

但是听到他捏造的毛毯事件,她问道:

"那是为什么?"

"为什么?"

他忧虑了一下。

"因为我爱你呀!"

莱昂心中暗喜,这一道难关总算跨过了,于是斜着眼睛瞧她的脸。

她的脸好像风吹云散后的天空。忧思愁云离开了她的蓝眼睛,脸上立刻容光焕发。

他等着。她还是回答了:

"我早就猜想到了……"

于是他们谈论过去生活中的细枝末节,他们刚才已经用一句话总结了其中的苦乐。他想起了挂铁线莲的架子,她穿过的袍子,她卧室里的家具,她的那所房子。

"我们可怜的仙人掌怎么样了?"

"去年冬天冻死了。"

"啊!我很想念它!难道你不知道?我时常看见它像从前一样,在夏天早上的太阳照着窗帘的时候……我看见你的两条光胳膊,在花丛中穿过来,穿过来。"

"可怜的朋友!"她说时向他伸出了手。

莱昂赶快用嘴唇吻她的手,然后,他深深吸了一口气说:

"那个时候,你对我来说,是一种无以名之的神秘力量,使我的生命成了你的俘虏。比如说,有一次,我到你家里去;你可能不记得了?"

"记得的,"她说。"你讲吧。"

"你在楼下的前厅里,刚要出门,已经走下台阶了;你戴的帽子上有蓝色的小花;你并没有要我陪你,我却身不由己就跟着你走了。但是我时时刻刻,都越来越感到自己是在干傻事,不过我还是陪着你,既不敢走得离你太近,又舍不得离开你太远。你走进了一家铺子,我就待在街上,隔着窗子的玻璃,看你脱掉手套,在柜台上数钱。后来,你在杜瓦施夫人家拉门铃,大门开了,你一进去,门立刻被关上,我却像个傻瓜似的,被关在沉重的大门外头。"

包法利夫人听他讲,怀疑自己怎么就老了;往事似乎扩大了她的生活,使她回想起感情的汪洋大海;于是她的眼皮半开半闭,偶尔地低声说道:

"是的,有这回事!……有这回事!有这回事……"

他们听见睦邻区的钟声,从寄宿学校、教堂钟楼、无人住的公馆里响了起来,八点钟了。他们不再说话,只是互相看着,但是他们凝视对方的眼珠,似乎发出了听不见的声音,传进了对方的头脑。他们手握着手,于是过去、未来、回忆、梦想,全都融化成了心醉神迷的脉脉温情。夜色越来越浓地笼罩着墙壁,只有墙上挂的四幅铜版画的彩色还在闪闪发亮,画上的场景和底下的西班牙文和法文的说明就消失在阴影中,看不清楚了。从上下拉的窗户往外看,只见尖尖的屋顶,刺破了一角黑暗的天空。

她站起来,点着了五斗柜上的两支蜡烛,又回来坐下。

"怎么样?……"莱昂说。

"怎么样?……"她答道。

他正在寻思,怎样接上刚刚打断了的话头,她却对他问道:

"为什么直到现在,还没有人来向我表达这样的感情呢?"

实习生高声说,人的天性是很难理解的。他一见她,就陷入了情网,假如机会巧合,他们能够早日相逢,结成牢不可破的良缘,那就可以过上幸福的生活,一想到这里,他就灰心失望。

"有时候我也这么想,"她接着说。

"多美的梦!"莱昂低声说道。

于是他含情脉脉地抚摸她的白色长腰带的蓝边,又添上一句:

"我们为什么不能从头来过呢?……"

"不行,我的朋友,"她答道。"我的年纪太大了……你却年纪太轻……忘了我吧!会有人爱你的……她们也会值得你去爱的。"

他喊道,"不会像爱你一样!"。

"你真是孩子气!得了,知道吗!我要你听话!"

她向他指出:爱情是不可能的,他们应该像从前一样,只保持姐弟一般的友情。

她说的是不是真心话?恐怕艾玛自己也不知道,这种勾引使她心荡神驰,她又不得不进行自卫;于是她用温柔的眼光看着年轻人,轻轻推开他畏畏缩缩、哆哆嗦嗦地伸出来摸她的手。

"啊！对不起。"他说时往后退缩。

看见这种畏缩，艾玛模糊地觉得有点害怕，因为对她来说，这比罗多夫大胆地伸出胳膊来拥抱她还更危险。在她看来，从来没有一个男人像他这么潇洒。他的外表流露出一种令人心醉的单纯。他细长而弯曲的睫毛垂下。他脸上细嫩的皮肤也红了——她想——这一定是因为他渴望占有她的肉体，于是艾玛感到一种难以控制的欲望，要吻他的脸庞。但她只好转过身去，弯腰看钟。

"时间很晚了，我的上帝！"她说。"我们只顾了谈我们的话！"

他明白她的意思，就找他的帽子。

"我连看戏的事都忘了！可怜的包法利本来是要我留下来看戏的！大桥街的洛莫先生和太太还要陪我去呢。"

但是已经错过机会了，因为她明天就要回去。

"真的？"莱昂说。

"是真的。"

"不过我还要再见你一次，"他接着说。"我有话要跟你说……"

"什么事？"

"重要的事……认真的事。唉！不行，你不能走，你怎么可能走呢！要是你知道……听我说……难道你不明白我的意思？难道你就猜不出来？……"

"你不是说得很明白吗！"艾玛说。

"啊！你这是笑我！够了！够了！可怜我吧！让我再见你一次……一次……只要一次。"

"那好！……

她住了口，然后，似乎改变了主意：

"啊！不在这里！"

"随便你说哪里。"

"那么你看……"

她思考了一下，然后干脆地说：

"明天，十一点钟。在大教堂。"

"我准时来！"他喊了起来，抓住她的手，她甩开了他的手。

因为他们两个人都站着，他站在她背后，而艾玛又低下了头，他就弯下身子吻她的后颈窝，吻了又吻。

"怎么你疯了！啊！你疯了！"她说时叽叽嘎嘎笑了起来，他也就吻如雨下。

于是他把头从她肩膀上伸过去，仿佛要看她的眼睛是否愿意。她的眼色凛然，冷若冰霜。

莱昂往后退了三步，要走出去。在门口他又站住了。然后，他哆哆嗦嗦地低声说：

"明天见。"

她点点头，算是回答，然后像只小鸟一样，进入了里首的套间。

晚上，艾玛给实习生写了一封没完没了的长信，要摆脱这次约会：现在，一切都已成为过去，为了双方的幸福，他们不应该再见面。信封好了，莱昂的地址她却不知道，觉得很为难。

"我当面交给他，"她想，"他一定能来的。"

次日，莱昂打开窗子，在阳台上哼着歌曲，自己擦亮薄底皮鞋，打了几层油，他穿上一条白色的长裤，一双精工细作的短袜。一件绿色上衣，把他所有的香水都洒在手帕上，然后把头烫成波浪形，又再弄直，看起来更加美丽动人。

"还早着呢！"他看看理发店的杜鹃报时钟刚刚九点，心里想道。

他读读一本旧的时装杂志,走了出去,吸着一支雪茄,走过三条大街,心想时候到了,就轻快地朝圣母院广场走去。

这是一个美丽的夏天清晨。银楼的银器闪闪发亮,斜照在大教堂上的阳光,使灰色石墙的裂缝成了耀眼的波纹;在蓝天下,一群飞鸟围着有三叶窗眼的小钟楼盘旋翱翔;广场上是一片喧哗,铺石路旁花香扑鼻,有玫瑰花,茉莉花,石竹花,水仙花和晚香玉,中间或多或少摆了一些带水的绿叶,荆芥,和喂鸟用的海绿;喷泉在广场中央的在哗啦哗啦响,在大伞下面,在堆成金字塔的罗马甜瓜之间,一些光着头的卖花女用纸卷起一束一束的蝴蝶花。

年轻人也买了一束。这是他有生以来头一次为女人买花。他的胸脯吸着花香,也就得意扬扬地鼓了起来,仿佛他献给一个女人的敬意,转过来也提高了他自己似的。

但是他怕被人看见;就头也不回地走进了教堂。

教堂的门卫那时正在门口,站在左边大门当中。在雕着"玛丽安娜跳舞"的门楣之下,他的头盔上插了一根翎毛,腰间挂了一把长剑,手上拿着一根拄杖,比红衣主教看起来还更神气,像圣体盒一样光华灿烂。

他向莱昂走来,面带微笑,就如神甫盘问小孩子时装出来的慈祥一样。

"先生想必不是本地人吧? 教堂的珍品古迹先生要不要看看?"

"不看,"莱昂答道。

他先沿着侧道走了一圈,然后又到广场看看。艾玛还没有来。他就一直走上祭坛。

大殿的屋顶,尖形的穹窿,彩画玻璃窗的一部分,都被倒映在满满的圣水缸里。五彩光线反射在大理石台面上,但是一到边沿就折断了,要到更远的石板地上才又出现,好像一张花花绿绿的地毯。外面的阳光从三扇敞开的大门射进了教堂。有如三根巨大的光柱,偶尔地从里面走出一个圣职人员,在圣坛前斜身一跪,就像匆匆来一下就走的信徒一样。分枝的水晶烛台的一动不动地吊着。在圣坛前点着了一盏银灯;从侧殿里,从教堂的阴暗部分,有时会发出一声叹息,加上关栅栏门的声音,也在高高的拱顶下引起了回声。

莱昂迈开庄重的步子,靠着墙走。在他看来,生活从来没有这么幸福。她立刻就会来,又迷人,又激动,还会偷看一眼后面有没有眼睛盯着她,——她会穿着镶花边的长袍,拿着长柄金丝眼镜,穿着小巧玲珑的靴子,显出他从来没有领略过的千媚百娇和贞节妇女失身时难以形容的魅力。教堂犹如是一间准备就绪、由她安排的大绣房;拱顶俯下身来,投下一片阴影,好听她倾吐内心的爱情;彩画玻璃光辉闪烁,好照亮她的脸孔,而香炉里冒出轻烟,好让她在香雾缭绕中出现,就像天使下凡。

但她还没有来。他坐在一把椅子上,他的眼睛看着一扇蓝玻璃窗,窗上画了一些提着篮子的船夫。他很仔细地看了很久,看得他数鱼身上的鳞和船夫的紧身衣有几个纽扣洞,但他的思想却在到处寻找艾玛。

门卫站在旁边,心里暗暗生气,怪这家伙擅自一个人参观大教堂。他认为,这简直是咄咄怪事,从某种意义上来说,是在抢他的生意,几乎可以说是犯了渎圣罪。

但是石板地上的窸窣声,一顶帽子的宽边,一个黑色的网眼面纱……是她!莱昂站了起来,向她跑去。

脸色苍白的艾玛。她走得很快。

“看吧!……”她把一张纸交给他,同时说道,“啊!不要碰我!”

她匆忙缩回手去,来到了供奉圣母的小教堂,靠着一把椅子跪下,开始祈祷起来。

年轻人对她这心血来潮的虔诚念头感到恼火;但看见她在约会的地点,居然像个西班牙侯爵夫人一样沉浸在祈祷中,却感到另有一番滋味;不久,他对这没完没了的祷告又不耐烦了。

艾玛在祈祷,或者不如说是努力要祈祷,希望天赐灵丹妙诀,很快解决她的困难。为了想得到上天的眷顾,她把圣物柜发出的灿烂光辉,尽量纳入眼底;在大花瓶里开着白花的香芥,她尽量吸进它的香气;她还要把教堂的寂静,尽量收进她的耳朵里去,但这反倒增加了她内心的混乱。

她站起来,他们正要出去,门卫立刻走过来说:

“夫人想必不是本地人吧? 夫人要不要看教堂的珍品古迹?”

“咳! 不看!”实习生喊道。

“为什么不看?”她回嘴说。

因为她要保住摇摇欲坠的贞操观,就拼命抓住一切机会,不管是圣母,塑像还是圣墓。

于是,为了“按顺序”看,门卫把他们领到靠近广场的入口处,用拄杖指着一个用黑石板铺成的大圆圈,上面既没有刻字,也没花纹。

“瞧,”他很神气地说,“这是昂布瓦斯大钟的钟口。钟重四万磅,是欧洲唯一的。工人铸好了钟,一高兴就死了……”

“走吧,”莱昂说。

老好人带路往里走,回到了圣母的小教堂。他伸出胳膊,大概地指了一指,神气十足,比乡下财主显示他的果树还更得意:

“这块普通的石板底下,埋葬了皮埃尔·德·布雷泽,瓦雷纳和布里萨的爵爷,普瓦图大元帅兼诺曼底总督,一四六五年七月十六日死于蒙莱里之战。”

莱昂咬咬嘴唇,跺跺脚。

“右边墓碑上,这位全身武装、战马直立的骑士,就是他的孙子路易·德·布雷

211

泽,布雷瓦和蒙肖韦的爵爷,莫尼男爵,御前大臣,功勋骑上,也是诺曼底总督,碑文上说,他死于一五三一年七月二十三日,星期天;墓碑下身刻的这个下葬的贵人也是他。生前死后刻得一模一样,是不是,世界上恐怕也找不到更好的雕刻了?"

包法利夫人拿着长柄单眼镜细细看。莱昂动也不动地瞧着她,甚至懒得再说一句话,不再做一个手势。他面前两个狠心人:一个滔滔不绝地讲,一个对他漠不关心,使他心灰意冷。

没完没了的向导接着讲:

"在他旁边跪着哭的女人,就是他的妻子狄安娜·德·普瓦洁,布雷泽伯爵夫人,又是瓦朗丁努瓦公爵夫人,她生于一四九九年,死于一五六六年;左边抱着圣婴的是圣母娘娘。现在,来到这边来看:这是昂布瓦斯叔侄的坟墓。他们两人都做过卢昂的红衣主教和大主教。乔治还是路易十二国王的大臣。他对大教堂做过许多善事。他在遗嘱里还给了穷人三万金币。"

他一刻不停地讲着。又把他们推到一个栏杆林立的小礼拜堂,挪开了几个栏杆,发现了一大块石头,可能是一座雕坏了的石像。

"这块石头,"他长长叹了一口长气说,"从前装饰过狮心王理查的陵墓,理查是英吉利国王兼诺曼底公爵。先生,都是卡尔文新教徒把它破坏成这个样子。他们心怀歹意,把大石头埋在大主教的宝座下面。看,他回府就走这座门,我是说大主教。我们赶快去看圣·罗曼大主教杀死毒蛇的彩画玻璃吧!"

但是莱昂赶紧从衣袋里掏出一块银币送给他,拉起艾玛的胳膊就走。门卫莫名其妙,不知道为什么时间不到就先赏钱,他还有这么多东西要指给外地人看呢。于是他就叫道:

"喂!先生。还有宝塔!宝塔!……"

"不看了,"莱昂说。

"先生为什么不看！宝塔有四百四十尺高,比埃及的大金字塔才短九尺。全都是铁的……"

莱昂赶快逃之夭夭;因为他觉得他的爱情在教堂里差不多呆了两个小时,快要变成化石了,现在又要化成一道轻烟,从这个长方鸟笼的半截管子里,从补锅匠修补教堂搭起来的破烂烟筒里,不知道飞到哪里去了。

"我们去什么地方呀?"她问道。

没有回答,他只管赶快走,而包法利夫人已经把手指浸入圣水缸里了,忽然听到后面有喘气声,喘一口气就用手杖拄一下地。莱昂把头转过来。

"先生!"

"有什么事吗?"

一看又是门卫,胳膊底下夹着二十来本装订好了的大书,一直顶到肚皮,免得掉下来。这是些"关于大教堂"的作品。

"蠢驴!"莱昂冲出教堂,低声骂道。

有一个小淘气在广场上玩。

"去给我叫一辆马车来!"

小孩子蹦蹦跳跳到四面风大街去了,于是只剩下他们两个人,面对面在一起呆了几分钟,有点尴尬。

"啊! 莱昂! ……的确……我不知道……我该不该……"

她先有点做作。后来,她一本正经地说:

"这不合适,你清楚吗?"

"有什么不合适?"实习生反驳说。"在巴黎都是这样!"

这句话是个驳不倒的理由,使她死心塌地了。

但是马车总不来。莱昂怕她要回到教堂里去。还好马车总算来了。

"至少也该到北门看看彩画玻璃!"门卫站在门口对他们喊道,"那里有《复活》,《最后的审判》,《乐园》,《大卫王》,还有在火焰地狱里《受罪的人》。"

马车夫问道。"先生到什么地主去?"

"随便哪里都行!"莱昂把艾玛推上车说。

于是老马破车走了。

马车走下了大桥街,走过艺术广场,拿破仑码头,新桥,走到皮埃尔·高乃依的雕像前站住了。

"往前走!"声音从车子里面传出来。

马车又往前走,从拉·法耶特十字路口起走下坡路,一直跑到了火车站。

"不要停,一直走!"车里的声音说。

马车走出了栅栏门,不一会儿就上了林荫大道,在高大的榆树林中慢步跑着。马车夫把额头擦了擦,把皮帽子夹在两腿中间,把马车赶到平行侧道外边,顺着水边的草地走。

马车顺着河走着,走上了拉纤用的碎石路,在瓦塞尔这边走了很久,连小岛都走过了。

忽然一下,车子跑过了四水潭,愚人镇,大堤岩,埃伯街,第三次在植物园前站住了。

"为什么不走呀!"车里的声音很大。

马车马上继续走了,走过了圣·塞韦尔,居朗洁码头,石磨码头,又过了一次桥,然后又走过校场,走到广济医院花园后面,园里有些黑衣老人,沿着长满了绿色常春藤的平台,在太阳下散步。车再走上布弗勒伊马路,走完了科镇马路,走遍了理布德坡,一直走到德镇坡。

马车又往回走,车夫不知如何是好了,不知道哪个方向好,就随着预马到处乱走。车子出现在圣·波尔,勒居尔,加冈坡,红水塘,快活林广场;在麻风病院街,铜器街,圣·罗曼教堂前,圣·维维延教堂前,圣·马克卢教堂前,圣·尼凯斯教堂前,——海关前——又出现在古塔下,烟斗街,纪念公墓。车夫座在马车上,碰到小酒馆就要看上几眼,表露出倒霉的神气。他莫名其妙,以为他的乘客得了火车头一样的毛病,一开动了就不能停下来。只要他说停车,就听见后面破口大骂。于是他一使劲抽一鞭子,打在两匹满身大汗的劣马身上,但是他不再管车子颠不颠,随它东倒西歪也不在乎,垂头丧气,又渴又累,难过得几乎要哭了。

在码头上的货车和大桶之间,在街头拐角的地方,有些庸人自扰,睁大了眼睛看这内地少见多怪的平常事,瞧着这辆走个不停地马车,窗帘拉下,关得比墓门还更紧,车厢颠簸得像海船一样。

晌午时分,在田野当中,太阳直射在镀银的旧车灯上,一只手从黄布小窗帘下伸了出来,把一封撕碎了的信扔掉,碎纸像雪花一样随风飘扬,落在远远的红色苜蓿花丛中。

快到六点钟,马车停在睦邻区一条小路上,一个戴了面纱的女人下了车,头也不回就走了。

二

包法利夫人一到客店,没有看见驿车,就吃了一惊。车夫伊韦尔等了她五十三分钟,等不到就走了。

其实,并没有什么要紧的事等她回去做,但是她答应了那天晚上回家。她怕夏尔等得着急;她已经感到心虚,像做许多了亏心事的女人一样,她的温顺既是对奸淫罪的惩罚,也是赎罪。

她赶紧收拾行李,付清账目,在院子里叫了一辆两轮马车,催促马夫快走,说了不少好话,时时刻刻问几点钟了,走了多少里路,总算在快到坎康普瓦的时候,赶上了燕子号班车。

她一坐到角落里的位子上,就闭上眼睛,快到山坡脚下才又睁开,远远看见费莉西放哨似的站立在铁匠店前。伊韦尔拉住马,厨娘就踮起脚来把头伸到窗口,故弄玄虚似的说道:

"太太,你得马上去奥默先生家。有急事。"

村子和往日一样静悄悄的。街道转角的地方,有几小堆玫瑰色的水果在冒热气,因为现在正是做果酱的季节,而荣镇的人都在同一天把他们储备的水果酿成果酱。药剂师门口那一大堆,谁看了都说好,药房酿的当然与众不同,公家的口味也胜过私人的花样。

她走进了药房。大扶手椅倒在地下,就连《卢昂灯塔》也扔在地上,摊开在两个捣槌之间。她推开过道的门;棕色的坛子在厨房当中摆着,里面装满了脱粒的红醋栗,还有砂糖、方糖、天平摆在桌上;火上放着大锅,奥默一家大小,围裙一直系到下巴,手里拿着叉子,正在忙着呢。朱斯坦低头站着,药剂师喊道:

"谁叫你去储藏室去找的?"

"怎么了?出什么事了?"

"出了什么事?"药剂师说。"我们在做果酱,已经煮开了锅,但是汤太多了,马上要流到外头,我就叫他再去找一口锅来。可是他呀,一眯精神头都没有,懒洋洋的,走到我的实验室里,把储藏室的钥匙从钉子上拿了下来!"

药剂师把屋顶下一间小房子叫作储藏室,里面放满了他那个行当的用具和商品。他经常一个人在房里待上几个漫长的小时,贴标签,把这个瓶子里的东西倒进那个瓶子,重新捆扎;所以他不单是把这个阁楼当作仓库,而是一个真正神圣的地方,他在这里亲手精制的各种大小丸药,汤药,洗剂,药水,使他名扬四乡。他不让外人插足；他重视阁楼到了这种地步，甚至打扫也不需用别人。总而言之，药房对外开放，是他显示得意之作的地方，储藏室却是他藏身之处，他在这里聚精会神，沉浸在他私心的嗜好之中；因此，朱斯坦的冒失在他看来，简直是滔天大罪；于是他的脸涨得比红醋栗还更红，反复地说：

"是的，储藏室的钥匙！里面锁着各种酸和碱，有腐蚀性的碱！让他去拿一口锅来！一口带盖的锅！可能我永远用不着的锅！任何东西都有它的用处，这就是我们这一行操作微妙的地方！一定要划清界限，不能混淆了家用和药用！就像不能用手术刀杀鸡一样，就像当官的……"

"不要生气！"奥默太太说。

阿达莉拉住他的外衣：

"爸爸！爸爸！"

"别闹，让开！"药剂师接着说。"走开！真见鬼！还不如去开杂货铺，说老实话！得了，去吧！不管三七二十一！打碎吧！砸烂吧！把蚂蟥放走！把蜀葵烧掉！在药瓶里腌黄瓜吧！把绷带撕掉吧！"

"你不是说……"艾玛问。

"等一等！——你知道出了什么乱子吗？……你难道没有看见左边第三块搁板角上的东西？说呀，告诉我呀，编一句什么出来呀！""我不……晓得，"小伙计结结巴巴地说。

"啊！你不晓得！可是我晓得！你看见一个蓝色的玻璃瓶子，上头用黄蜡封了口，里面装了白色的粉末，"危险"两个大字让我写在了外面！你知道里面是什么？是砒霜！谁叫你去碰的！只是让你去拿旁边的那口锅呀！"

"旁边的，"奥默太太把两只手合在一起叫道，是砒霜！你要把我们毒死吗！"

孩子们都哭叫起来，仿佛已经觉得肚子痛得要命似的。

"难道你要毒死病人！"药剂师接着说。"难道你要我上刑事法庭,坐在犯人的凳子上？拉上断头台去？难道你没有看见我操作多么小心,哪怕是干熟得不得了的活？我一想到重大责任,就不得不害怕！因为政府总要追究我们的责任,而管我们的荒唐法律,好像一把挂在我们头上的宝剑,随时可能落下！"

艾玛不想问为什么要她来了,药剂师还在上句不接下句地说下去:

"这就是你对我的报答吗！我对你像父亲一般无微不至的关怀,该得到这种报应吗！如果没有我,你现在会呆在什么地方呢？你能做什么事？谁给你吃的,穿的,让你受教育,千方百计,让你将来在社会上站得住脚？你要出成绩就得出大汗,卖大力,像俗话说的,要手上起老茧:要'专心致志,做什么像什么'。"

他气得要死,居然说起拉丁文来了。假如他懂中文和格陵兰文的话,恐怕也会引用的;因为他在气头上,灵魂充分暴露,就像暴风雨中的海洋,不但翻出了海边的水藻,而且掀起了海底的沙子。

他又继续说:

"我真后悔不该多管你的闲事！早该让你回你的老家,过你的穷日子,蹲你的烂泥坑！你也只能放牛放羊！你哪里配搞科学！连标签都不会贴！你住在我家里,好像个胖神甫,像只大公鸡,只会大吃大喝！"

艾玛转身问奥默太太:

"他们叫我来……"

"啊！我的上帝！"这位好心的太太打断了她的话,显出难过的模样,"叫我怎么说好呢？……这是个坏消息!"

她还没有说完。药剂师暴跳如雷了:

"赶快倒掉洗干净再拿回来!"

他抓住朱斯坦工作服的衣领,摇了两下,摇得一本书从他衣袋里掉了出来。

年轻人弯下腰去捡。奥默比他更快，捡起书来一看，眼睛也睁圆了，嘴巴也张大了。

"《夫——妻——之——爱》！"他一个字一个字慢慢地读着。"啊！真好！真好！真美！还有图画！……啊！太不成体统了！"

奥默太太走上前来。

"咳，不要动手！"

孩子们想看看图画。

"出去！"他粗鲁地喊道。

他们就出去了。

他起初在前后左右，大步子走来走去，手指还夹着打开的书，眼睛东转西转，出气都困难，脸颊肿胀，好像中了风的样子。后来，他一直走到学徒面前才站住，叉着胳膊说：

"怎么什么坏事都有你一份呀，小坏蛋？……小心，你已经要滑下坡去了！你难道没有想想，这本坏书会落到我的孩子手里，在他们头脑里生根发芽，玷污阿达莉纯洁的心灵，使拿破仑腐化堕落！他已经要长大成人了。至少，你能肯定这本书他们没有看到吗？你敢不敢保证……"

"不过，先生，"艾玛问道，"你到底有没有话要对我讲……？"

"的确，夫人……你的公公死了！"

确实，老包法利离开餐桌时突然中风，在前天刚刚去世了：夏尔过分担心艾玛多愁善感，求奥默先生把这个可怕的消息婉转地告诉她。

奥默也考虑过应怎样遣词造句，应怎样说得宛转曲折，彬彬有礼，节奏分明；这将是一篇小心慎重、转弯抹角、精巧细致、温存体贴的杰作；但一生气，他就把修辞学忘到九霄云外去了。

详细的情况艾玛知道听不到,就离开了药房,因为奥默先生又口若悬河似的说起来了。不过他现在气消了,一面拿他的伯希腊小帽当扇子用,一面像个长辈一样唠唠叨叨地说:

"我并不是完全不赞成这本书!作者是个医生。书里有些科学方面的东西,一个人知道了也没有坏处;我甚至敢说,一个人也应当知道。不过,晚些时候吧,晚些时候吧!起码也要等到你自己长大成人,性格稳定了才行呀!"

夏尔在等艾玛,一听见门环响,就伸出胳膊走上前去,用带有哭腔的声音对她说:

"啊!我亲爱的……"

他温存地低下头来吻她。但一碰到他的嘴唇,另外一个男人就被她想了起来。于是用颤抖的手摸自己的脸。

同时,她回答道:

"是的,我知道了……我知道了……"

他把母亲寄来的信给她看,信上谈到父亲去世的事,可是一点也没有假装多情。她只是惋惜他到死也不能接受宗教的拯救,就倒在杜德镇上一家咖啡馆门口,他刚同几个旧日的战友在里面举行了一次爱国聚餐。

艾玛把信还给他;后来吃晚餐的时候,她也学得世故了,假装吃不下去。但是他一定要勉强她吃,她也就硬着头皮吃起来,而夏尔一动不动坐在她对面,显得心情沉重。

他时不时地拍起头来看她一眼,眼里充满了忧伤,看的时间很长。有一次他叹了一口气:

"我真想再见他一面!"

她没有说话。最后,她觉得应该有所表示了,就问道:

"你父亲高寿?"

"五十八岁!"

"啊!"话就到此结束了。

一刻钟后,他又说了一句:

"我可怜的母亲? ……她现在应该怎么办?"

她摇摇头,表示她也不知道。

看见她沉默寡言,夏尔以为她还在难过,就克制自己不再说下去,以免触动她多愁善感的心。于是,他把自己的痛苦摆在一边,问道:

"你昨天玩得开心吗?"

"很好。"

餐桌的桌布被撤掉了,包法利没有起来离开餐桌。艾玛也没有;她看着他的时间越长,就越觉得这个场面单调无味,她内心对他的怜悯也就越来越少了。她觉得他是个小人物,没本领,不中用。总而言之,在各方面都是个可怜虫。怎么摆脱他呢? 这一晚可真长呵! 仿佛有股鸦片烟味使她麻木不仁了。

他们听见门廊里有干巴巴的木棍拄地板的响声。那是伊波利特送太太的行李被送来了。要把行李放下,他吃力地用他的假腿在地上画了一个四分之一的圆圈。

"他已经忘记得一干二净了!"她心里想,同时看着这个红头发的可怜人汗如雨下。

包法利在钱包底下掏出零钱,面对着他自己的无能造成的牺牲品,他既不感到良心的责备,也忘记了失败的耻辱。

"啊! 你这把花真好看!"他瞧着壁炉上莱昂送的蝴蝶花说。

"是啊,"她满不在乎地说。"这是我刚买的……一个讨钱的女人卖的。"

夏尔拿起蝴蝶花来,温存体贴地闻了一闻,好像花香能使哭红了的眼睛舒服一点似的。但她马上把花从他手中抢了过来,放在一个水杯里。

第二天,包法利奶奶来了。她同儿子哭了很久。艾玛借口有事走了。

过了一天,办丧事大家该在一起谈谈了。婆媳二人带了女红盒子,三人一同坐在水边的花棚底下。

夏尔在想他的父亲,他本来以为他们只是一般的父子关系,不料父子之情这样深厚,连他自己也觉得奇怪。包法利奶奶也想念她的丈夫。过去讨厌的日子,现在却变成值得留恋的了。一切怨恨都已烟消云散,长年累月养成的习惯,怀念使人自然而然地产生了;有时她一针刺下去,一大颗眼泪却顺着鼻梁流下来,流到半路又停住了。艾玛却在思念莱昂,不到四十八小时以前,只有他们两人待在一起,远离尘世,在爱情中陶醉,对着半天也看不够。她要竭尽全力抓住那一去不复返的一天,回忆那些只可意会、难以言传的细枝末节。可是婆婆和丈夫就在眼前,真是碍事。她本想不听不看,以免打扰自己对爱情往事的回忆。但无论如何,在外部感觉的压力之下,她内心的沉思默想,渐渐消失得无影无踪了。

她在拆一件袍子的衬里,碎布拆得到处都是,包法利奶奶没有抬头,只听见她手里的剪刀嘎嗒响,夏尔脚上穿一双粗布条编织的拖鞋,身上穿一件棕色旧外套,当作室内的便服用,两只手插在衣袋里,也不开腔;贝尔特在他们身边,系了一条白色的小围裙,一把小铲子拿在手中,把小路上的沙子刮平。

忽然他们看见布匹商人勒合先生从栅栏门走进来了。

碰到这种"丧葬大事",他就自动来帮忙。艾玛回答说是不必费心。商人却不肯罢休。

"对不起,"他说,"我想和你个别交流交流。"

然后,他就放低声音说:

"你知道我要谈的事⋯⋯?"

夏尔的脸一直红到了耳根：

"啊！对……当然。"

他转过身慌慌张张地对妻子说：

"你能不能……我亲爱的？……"

她似乎知道他的意思，因为她站起来了，于是夏尔又对母亲说：

"没什么！可能是些家务琐事。"

他不想让她知道借据的事，怕听她的指责。

一见只有两个人了，勒合先生不再含糊其词地说话了。他祝贺艾玛继承了遗产，然后，又说些不相干的话，墙边的果树，今年的收成，还有他自己的健康，总是"马马虎虎，不好不坏"。的确，他费了九牛二虎之力，无论人家怎么说，他却面包还抹不上黄油呢！

艾玛随他说去。她这两天正闷得要命！

"你现在完全恢复健康了吗？"他继续说。"的确，我看见你丈夫当时的可怜样子！他真是个好人，虽然我们之间有过争执。"

她问是什么争执，因为要退货的事夏尔没有告诉她。

"你不可能不知道！"勒合说。"就是你一时高兴，要买的那些旅行用的箱子呀！"

他的帽子戴得很低，差不多要遮住眼睛，两只手在后面背着，带着微笑，吹着口哨。他瞧着她的脸，模样令人难以容忍。难道他看出了什么蛛丝马迹？她陷入了各种各样的疑惧忧虑之中。但是最后他却改口说：

"我们之间的问题已经解决了。我来和他商量一个新的计划。"

他指的是延长包法利的借据。延长之后，先生就可以不再操心了；尤其是现在，他有一大堆麻烦事要办，这个哪有工夫照应啊！

"其实,他最好把这方面的事委托给一个人,比方说,委托给你;你如果有了委托书,那就方便多了,我们也好在一起打交道……"

尽管她没有听懂,但他也不再说了。然后,话题转到生意上头。勒合说:夫人怎能不在他店里买点东西呢?他回头给她送一块十二米的黑呢料子来,可以做件长袍。

"你身上这件在家里穿很好。要出门做客就得换一件。我一进门,第一眼就注意到了。我的眼睛是很尖的心哩。"

他没有要人送衣料,而是自己把呢子带来。过后他又来量尺码,再过后又找别的借口,每次来都显得和蔼可亲、诚心诚意帮忙,用奥默的话来说,就是听从指挥,但是总要对艾玛说上几句委托书的事。他却从来不提借据。她也想不起来;在她开始复原的时候,夏尔对她露过口风,可是她脑海里惊涛骇浪奔腾起伏,早忘到脑后去了。再说,她也闭口不谈钱财的事,包法利奶奶觉得意外,以为她的转变是病中信教的结果。

但是奶奶一走,艾玛立刻使夏尔大吃一惊,这些实用知识她从哪里学来的!应该了解情况,核实财产是否抵押出去,是否要拍卖或者清算。她随口引用专门名词,什么继承人的顺序,催促对方诉讼代理人出庭的通知,互助基金等,还不断将继承的麻烦夸大;结果有一天,她拿出一张授权委托书的样本,上面写着"经营管理一切事务,代办一切借贷,代签一切票据,代付一切款项,等等"。她将勒合教她的都照办了。

夏尔幼稚地问她,这样本从哪里来的。

"居约曼先生那里。"

她非常稳重地加了一句:

"我不太相信他。公证人的名声不好! 也许应该问问……我们只认识……唉! 没有认识的人。"

"只有莱昂……"夏尔想了一下,接嘴说。

但是写信说不清楚。于是她说要去一趟。夏尔婉言阻拦。她却坚持要去。两人争着表示体贴对方。最后,她装出顽皮的口气叫道:

"不,求你让我去吧。"

"你多么好呵!"他吻着她的前额说。

第二天,她坐燕子号班车去卢昂请教莱昂先生;在那里她住了三天。

三

这三天过得真充实,真有味,真漂亮,这才是真正的蜜月。

他们在靠码头的布洛涅旅馆住下。白天,他们待在房里,闭上窗板,关上门,地上的鲜花和冰镇的果子露,一清早就有人送来。

到了傍晚,他们又乘上一条门窗紧闭,帘幕遮严的小艇,到一个小岛上去吃晚餐。

这时,造船厂外,听得见捻缝工人用木槌敲打船身的响声。熬柏油的黑烟从树木间升起,看得见河上有大块的油渍,在太阳的紫红光线下,不匀称地浮荡,就如佛罗伦萨的古铜勋章一样。

他们穿过停泊的船只,船上的长缆索斜斜地,轻轻地擦着他们小艇的上部。

城市的喧嚣,大车的滚动,人声的嘈杂,甲板上的犬吠,不知不觉地就越离越远了。她解开了帽带,他们走上了他们的小岛。

他们在一家小酒馆低低的餐厅里坐下,酒馆门口挂着黑色的渔网。他们吃油炸糊瓜鱼,奶油樱桃。他们躺在草地上;他们在偏僻的白杨树下互相拥抱;他们恨不得变成两个鲁滨逊,就在这个小地方,永远地住下去;他们心醉神迷,觉得这里就是真正的人间乐园。他们并不是头一次看到树木,青天,芳草,也不是头一次听到流水潺潺,微风吹动树叶,但是他们的确从来没有这样欣赏过良辰美景,仿佛大自然以前并不存在,只是在他们满足如火的欲望之后,大自然才开始显得美丽似的。

到了夜里,他们才起身回去。小艇沿着小岛走着。他们两个人待在船里,藏在阴影下,并不说话。方桨一划,铁桨架就嘎吱响;仿佛在一片静寂中打着拍子,而船尾的舵拖在水中,轻轻地喋喋声不断地发出来。

有一回,月亮出来了,于时他们不得不附庸风雅,夸夸其谈,说什么月色忧郁,充满了诗意,她甚至亮起了歌喉:

记得那夜划船时……

她柔和的歌声在水波上消失,拖音给阵风吹散,莱昂听来,好像翅膀在他身边扑扑地响。

她坐在他对面,背靠着小艇的板壁,月光从开着窗板的一个窗口照了进来。她穿一件黑色袍子,下边的褶幅像一个折扇面一样摊开,使她显得更瘦,更高。她仰着头,合着双手,两眼朝天。有时,她整个人都给柳树的阴影遮住了,然后,她又在月光中突然冒了出来,如梦似幻。

莱昂坐在地上，一伸手在她身边捡到了一条深红色的丝带。

船夫仔细看了一眼才说：

"啊！这大概是前一天坐船的那一伙人的。他们真是热闹，有男有女，带了蛋糕，香槟酒，还有短号，真是无奇不有！特别是一个高高大大，漂漂亮亮的先生，留了小胡子，最使人开心！他们总对他说：'来吧，讲点什么吧……阿多夫……多多夫……'这个名字我想起了。"

她发抖了。

"你不舒服？"莱昂来到她身边来说。

"哦！没什么。可能是夜晚太凉了。"

"……看来，他不愁没有女人喜欢他，"老船夫又轻轻地说了一句，想讨好外地人。

然后，在掌心他吐了一口唾沫，接着又划起桨来。

可是最后总得分手！离别真是难舍难分。她要他把信寄给罗勒嫂子转交；她无微不至地再三叮嘱他要用双重信封。她对于私通这一套如此精明，使他不得不甘拜下风。

"这样，你可以对我说没有事了吧？"她最后一次亲吻他的时候说。

"当然没有！"他一个人回家，在街上寻思着：她为什么这样关心委托书呵？

四

时间不长，莱昂在他的伙伴们面前摆出了一副高人一等的姿态，不屑与他们为伍，甚至连公事也不在意了。

他等她的信；信一来就读了又读。他给她写回信。他全心全意，努力去回忆她的形象。思念之情不但没有因为分离而减弱，他反而一天比一天更想再见到她，结果一个星期六的早上,他悄悄地离开了事务所。

等他到了山坡高头,看见山谷里教堂的钟楼,还有白铁皮做的风信旗在随风旋转,心里觉得高兴,就像百万富翁荣归故里一样得意扬扬,感慨系之。

他围着她的房子走。厨房里有盏灯亮着。他等着看她的影子出现在窗帘后,但是没有出现。

勒方苏瓦大娘一看见他,就大叫大嚷,说他"高了,瘦了",而阿特米斯却恰恰相反,说他"胖了,黑了"。

像以前一样,他还在小餐室吃晚餐,但是只有他一个人,没有税务员做伴,因为比内等燕子号班车也等累了,已经提前一个小时用膳,并且定了就不再改,准五点钟开晚餐,这样一来就硬说老马破车又迟到了。

莱昂到底下了决心;去敲医生的门。夫人在卧室里,要一刻钟后才下来。医生见到他似乎很高兴;但他整个晚上都在家里,第二天也不出门。

一直等到第二天夜里很晚的时候,莱昂才有机会单独和她在花园后头约会,——也是在小街上,和另一个情夫一样!天在打雷下雨,他们打着伞,在电光下谈情。

分手真叫她受不了。

"这还不如死好!"艾玛说。

她缠在他怀里哭着说。

"再见!……再见!……什么时候才能再见?"

他们分了手又转回来互相拥抱;就在这时她答应他,不管怎样也要想个,可以自由见面长远之计,起码一个星期要见一次。艾玛相信会有办法。而且她满怀希望。她不久就会有钱了。

因此。她买了勒合先生早就向她吹嘘过:货色价廉物美两幅有宽条纹的黄色窗帘。她梦想买一条地毯,勒合说:"这并不像喝光海水那么难。"他很有礼貌地保证送货上门。她再也少不了他的帮忙。一天她要人找他二十回,他立刻丢下手头的事,甚至一句牢骚也不发。大家更不明白的是,罗勒嫂子为什么每天来她家吃午餐,此外还要专程探望。

也就是说,在初冬季节,她对音乐似乎热爱得入了迷。

一天晚上,夏尔听她弹琴,她弹了四遍同一支曲子,越弹越生气,夏尔却听不出来,反而喊道:

"好极了!……非常好!……为什么不弹了?弹下去吧!"

"不行!我的手指都迟钝了弹得太糟。"

第二天,他求她再弹一点什么。

"好吧,只要你喜欢听!"

于是夏尔也承认她有点失误。她把乐谱弹错了,乱弹一气,后来干脆停下。

"啊!我算完了!恐怕该去上钢琴课,不过……"

她把嘴唇,又接下去说:

"上一课要二十法郎,太贵了!"

"是,的确……有点贵……"夏尔傻里傻气地咮咮笑着说。

"不过,我看,不一定要花那么多钱,因为有些不出名的钢琴老师,往往比出名的音乐家还强呢。"

"你找找看,"艾玛说道。

他第二天回家时,用自作聪明的神气瞧着她,最后还是忍不住说了:

"你有时候也真死心眼!我今天到巴弗谢尔去了。好,列雅尔太太告诉我,她的三位小姐都在慈悲修道院,学一次钢琴只要五十个苏,还是一个出名的女教师呢!"

她耸耸肩膀，从此不再弹琴了。

但是她走过钢琴旁边的时候，只要夏尔也在那里，她就叹口气说：

"唉！我可怜的钢琴！"

有人来看她，她总会告诉你，她为了重要的原因已经放弃音乐，不再弹琴了。于是人家就同情她。真是可惜！她有这样好的素质！人家甚至还会对包法利说情。人家会使他觉得惭愧，尤其是药剂师：

"你这就不对了！一个人有天分绝不该荒废呀！再说，你想想看，我的好朋友，让你太太学琴，不是省了以后孩子学音乐的教育费吗？我呢，我主张母亲亲自教育子女。这是卢梭的想法不过我敢担保，现在也许还太新了一点，总有一天会占上风的，就像母亲喂奶和种牛痘一样，现在不也没人反对了吗？

于是当夏尔又再一次提起学钢琴的问题时。艾玛却尖酸地说反话：还不如把琴卖掉呢！这架可怜的钢琴，使她心满意足地出过多少风头呵！要把琴卖掉，那不是要包法利夫人亲手割掉身上一块肉吗！

"要是你想学的话……，"他说，"偶尔去上一课，也不会叫我们倾家荡产呵！"

"不过钢琴课一上，"她反驳说，"决不能中断，否则就是白学了。"

她就是这样工于心计，设下圈套，让她丈夫自投罗网，答应她一个星期进一次城，去会她的情人。但是人家一个月后，居然认为，她的钢琴弹得大有进步呢！

五

星期四到了。她起床后，悄悄穿好衣服，免得吵醒夏尔，怕他劝她不要这么早起来。然后她在房里走来走去；站在窗前，望着广场。曙光在菜场的柱子之间流动，药房的窗板还没有打开，在朦胧的晓色中，隐约可以看出招牌上的大写字母。

她等到座钟的针指到七点一刻，就到金狮旅店去，阿特米斯打着呵欠来给她开门。女佣人为夫人把埋在灰烬里的木炭剔出来。艾玛一个人待在厨房里。她不时走出去看看。伊韦尔在不慌不忙地套车,一面听勒方苏瓦大娘吩咐。老板娘戴着棉布睡帽,把头从卖票的小窗口伸了出来,不厌其烦地交代解释,要是别人早听得不耐烦了。艾玛的靴后跟在院子的石板地上走得咯咯响。

伊韦尔喝了羹汤,披上粗毛大衣,点起烟斗,拿起马鞭,悠闲地坐到马车夫的位子上。

燕子号开车时跑小步,前四分之三古里,总是走走停停,好让旅客上车;有些旅客站在大路边或自家院子的栅栏门前,等候车来。有时旅客头一天订了座,反而要车等人;有人甚至还在床上睡大觉。冷风吹进了车窗的裂缝伊韦尔又叫又喊又骂,还不得不离开车座,去打鼓似的敲门。

然而,四条长凳渐渐都坐满了人,马车也滚滚前进了,一行苹果树,一棵一棵地往后倒退;大路两边有两条里面都是黄泥浆水的长沟,远远望去,路离天边越近,就越窄了。

艾玛在大路上来来去去,把路都走熟了;她知道走过了牧场,有一根标杆,然后是一棵榆树,一个仓库,或者是一个养路工人的工棚;她有时,甚至闭上眼睛,期望开眼时能看到意外的东西。但是眼睛一睁开,她总是清清楚楚地知道还有多少路要走。

最后,马车离砖砌的房屋越来越近了,车轮也在土路上响了起来,燕子号穿过了路两边的花园,看得见栅栏围着的雕像。搭着葡萄架的土台,剪齐了的紫杉,还有秋千。再一眨眼,城市就在望了。

城市好像一个圆形剧场由高而低,笼罩在朦胧的雾色中,过了桥后,城区越来越大,也越来越乱。再过去又是单调起伏的旷野,越远越高,最后和遥远的灰色天边,模模糊糊地连成一片了。整个景色这样从高处望过去,好像一幅动也不动的图画;抛锚停泊的航船成堆地挤在一个角落里;河道弯弯曲曲,流过青翠的小山脚下,椭圆形的小岛似乎是些在水面上定居的黑色大鱼。工厂的烟囱喷出一大团、一大团褐色正如没有根的羽毛的浓烟,随风飘散。听得见炼铁厂的轰隆声,还有直立在雾中的教堂钟楼发出的叮当声。马路两旁的树木脱了叶子,夹杂在房屋丛中,看起来像紫色的荆棘,屋顶上的雨水还没有干,随着房屋的高低起伏,反射出参差不齐的亮光。有时,一阵强风吹来,把浮云吹到圣·卡特琳岭的悬崖峭壁之前,仿佛空气凝成了波浪,一声不响地触上了暗礁,立刻泡沫四溅。烟消云散了。

对她说来,人成了堆的地方,会放射出令人头晕目眩的生活气息,充满她的心头,仿佛住在这里的十二万人,心一跳动,就会使她感到热情洋溢的热气。她的爱情把一片热热闹闹、模模糊糊、越来越高的喧哗声也吸收进去也随着空间而扩大了。然后,她又把这一片热闹倒了出来,倒在广场上,林荫道上,街头巷尾,而这座诺曼底的古城,呈现在她眼前,好像成了无边无际的京都,仿佛她正在走进巴比伦古国似的。她把双手靠着车窗,吸着窗外的微风;三匹马快步跑,跑得泥浆里的石头嘎吱响,马车左右摇晃,伊韦尔老远就叫路上的小货车让路,在吉约姆森林别墅过了夜的阔老板,坐着家庭自备的小马车,安安逸逸地跑下坡去。

班车在栅栏前停住了;艾玛解开了木底皮鞋的扣子,换了手套,披好肩巾,不等燕子号往前再走二十步,就下了车。

全城这时才算醒了,有些伙计戴着希腊小帽,在擦铺面的橱窗,有些妇女腰间挎着篮子,隔一会儿就在街角吆喝一声。艾玛眼朝下挨着墙走,高兴得在黑面纱下微笑。

因为怕人看见她,平时不走最近的路,她钻进阴暗的小街小巷,满身是汗,走向国民街街口,走到喷水池边。这是剧院林立,布满了咖啡馆,妓女出没的地区。她常碰到拉着布景的大车,晃晃荡荡地走过。有些系着围裙的伙计,把沙子撒在绿色小树丛之间的石板路上。闻得到苦艾酒、雪茄烟和牡蛎的气味。

她转过一条街，一眼就认出了那个鬈发露在帽子下面的人是他。

在人行道上。她跟住莱昂一直走到旅馆；他上了楼，打开房门，走了进去……多么热烈的拥抱！

接吻之后，千言万语涌出嘴来。他们倾吐了一星期的相思挂念，等信的焦急不安；但是一切都成了过去，现在他们面对面，你看我，我看你，心醉神迷地笑着，亲亲热热地喊着。

床是一张桃花心木的船形大床。红绸帐子从天花板上挂了下来，快到床头方才束紧，张天了一个喇叭口罩着枕头板——紫红色衬托着她棕色的头发和雪白的皮肤，她不好意思，两条裸露的胳膊靠拢，两只手遮住脸。世上没有比这更美的了。

房间温暖如春，有隔音的地毯，光线非常柔和，装饰显得轻佻，似乎是情人幽会的好地方。壁炉栏杆上的箭头，圆铜花饰和大铜球，只要阳光一照进来，都会闪闪发亮。壁炉上两个烛台之间，放着两个玫瑰色的大螺壳，俯耳一听，还可以听到海浪的澎湃声。

他们多么爱这个寻欢作乐的温室，虽然它的光辉有点褪色了！他们总发现家具原封不动地摆在老地方，有时，她上个星期四忘记带走的头发夹子，也会放在座钟脚下。他们在壁炉旁，在一张镶嵌着贝壳的独脚红木小圆桌上吃午餐。艾玛把肉切好后，一面一片一片放在他盘子里，一面卖弄风情；当香槟酒倒满了轻巧的玻璃杯，泡沫溢了出来，溅在她的戒指上时，她就浪荡地高声大笑。他们竟把这里当成了他们的安乐乡，完全沉醉在你欢我爱之中，以为可以这样到死。做一对长生不老的情侣。他们说：这是"我们的房间，我们的地毯，我们的安乐椅"，她甚至把莱昂送她的花哨礼物叫作"艾玛的拖鞋"。那是一双粉红色的缎子鞋，有天鹅绒毛镶边。当她坐在他的膝盖上时，她的腿短了一点，悬在半空中，小巧玲珑的拖鞋没有后跟,就只套在她赤脚的趾头上。

他是第一次尝到女性的难以言传的娇媚之美。他从来没有听过这样温存体贴的语言,见过这种引人入胜的装束,这种白鸽酣睡的娇态。她的心灵深不可测,她的花边裙子难以看透,都令人倾倒。再说,难道她不是一朵"倾城的名花",一个有夫之妇!总而言之,一个名副其实的情妇么!

由于她的脾气,有时神秘,有时高兴,有时喋喋不休,有时默默无语,有时生气,有时随和,无论怎样变化无常,她都会引起他的无穷欲望,唤醒他的本能或者记忆。她就是所有小说中的情人,所有剧本中的女主角,所有诗集中泛指的"她"。他在她的肩头看到了"土耳其入浴宫女"的琥珀色皮肤;她有封建城堡女主人的细长腰身;她也像西班牙名画中"脸色苍白的女人",但是说来说去,她总是个天使!

他常常盯着她看,觉得自己的灵魂似乎出了窍,化为一层波浪,顺着她头脑的轮廓往下流,被吸进了她白净的胸脯。

有时他面对着她坐在地上,两条胳膊放在她膝头,仰起脸来,笑眯眯地端详。

她也弯下身子,仿佛心醉神迷得透不出气来,悄悄对他说道:

"呵!不要动!不要说话!瞧着我吧!你眼睛里流出来的脉脉温情,使我说不出的舒服!"

她叫他做"孩子":

"孩子,你爱我吗?"

她还没有听见他的回答,他的嘴唇已经捷足先登,封住了她的口。

座钟上有一个爱神的小铜像,他撒娇似的弯着两条胳膊,举起一个镀金的花环。他们一看就笑,笑了好几回,但等到他们要分别的时候,就笑也笑不出了。

他们一动不动,面面相觑,翻来覆去地说:

"下星期四再见!……下星期四再见!……"

她用双手突然搂住他的头,迅速地吻了他的前额,喊了一声"再见!"就冲下楼梯了。

她走到剧院街,去一家理发店整理鬓发。天黑了,店铺里都点起了煤气灯。

她听见剧院叫演员准备的铃响;她看见对面走过一些脸色白皙的男子,一些服装褪了色的女人,都从后台的旁门走了进去。

理发店的房子又低又小,倒很暖和,在油头粉脸和假发中间,火炉烧得噼噼啪啪地响。烙铁的气味,梳头的那一双油手,不久就使她昏昏沉沉,披着梳头罩衫朦朦胧胧睡了一会。小伙计给她理发时,老问她要不要化装舞会的门票。

最后,她走上大街小巷,来到红十字旅馆前上车;她把早上藏在长凳底下的木底皮鞋取了出来,穿在脚上,和等得不耐烦的旅客挤在一起。有些旅客到山坡下就下了车。车里只留下她一个人。

车一转弯,就看得见城里的灯光越来越多,仿佛一片朦胧的闪烁星光,笼罩着参差不齐的房屋。艾玛跪在软垫子上,迷离的眼光失落在茫茫的夜色中。她叫着莱昂的名字呜咽了,说了几句温柔的情话,送了几个飞吻,但都随风消逝了。

山坡上有一个可怜的流浪汉,拄着一根木棍,在马车之间走来走去。一堆破布披在他的肩头,一顶像脱了底的圆面盆似的,头通底落的狸皮帽,遮住了他的脸,但是只要他一脱帽,就看不见他的眼皮,只见两个血红的眼眶。脸上的肉松得像红色的破布;脓液一直流到鼻子边上,凝成了绿色的脓疮,黑色的鼻孔呼吸起来也像抽筋似的。他要对人说话总是仰起头来傻笑;那时他淡蓝色的眼珠,连续不断地朝太阳穴方向转动,一直转得碰到疮疤为止。

他唱着一支小调:上坡跟着马车跑,

天气热得小姑娘

做梦也在想情郎。

接着就歌唱小鸟、太阳、树荫。

他有时突然光着头出现在艾玛背后。她吓得叫起来，忙往后退。伊韦尔拿他开心，要他去圣·罗曼赶集时当众出丑，或者笑着问他的相好怎么样了。

往往马车在走，车窗忽然夹住了他的帽子，他就用一只胳膊抓住脚凳，让车轮溅得他满身是泥。他的叫声像婴儿哭开始微弱，却越来越尖了。叫声拖得很长，夜里听来，仿佛是无名的痛苦发出模糊的哀鸣；在铃铛声中，加上风吹树动，空车轰响，叫声显得遥远，使艾玛心烦意乱。这些声响就像一阵旋风卷入了深渊，沉入了她灵魂的深处，把她带进了无边无际的忧伤世界。不过伊韦尔发现马车失去了平衡，就挥动长鞭，拼命打瞎子。鞭梢抽到他的烂疮，他倒在泥浆里，痛得号叫。

燕子号的乘客到底睡着了，有的张嘴，有的低头，靠住旁边人的肩膀，或是抓住皮带，随着马车颠簸，摇来晃去；车灯也在外面摇摆，照着辕马的屁股，又透过褐色布帘，把血红色的影子撒在沉睡的旅客身上。艾玛沉醉在凄凉中，觉得脚越来越冷，直打寒噤，好像进了地狱。

夏尔在家里等她回来；燕子号碰到星期四，老是误点。夫人总算到家了！她勉强亲了一下小女儿。她也不怪厨娘。晚餐还没做好，那没关系！现在似乎一切都随女佣人的便。

往往丈夫觉得她脸色苍白，问她是不是不舒服。

"没什么，"艾玛说。

"不过，"他反问道，"你今天晚上怎么不对头呀？"

"哪里？没什么！没什么！"

她有些日子，甚至一到家就上楼去卧室；朱斯坦在楼上不声不响地转来转去，小心在意地服侍她，比起头等的女佣人来，也是有过之而无不及的。他把火柴、烛台和一本书摆好，拿出她的睡衣，摊开她的被子。

"好了,"她说,"行了,你走吧!"

因为他还两手垂下,两眼睁开,仿佛给突如其来的如梦似幻的千丝万缕缠住了似的站在那里。

第二天的日子真难熬,以后的日子越来越难以忍受,因为艾玛迫不及待地要重温她的幸福——她的贪恋,加上如漆似胶的回忆,就像干柴烈火一样燃烧起来。等到了第七天,一见莱昂,自然变成热情奔放的拥抱了。他的热情却掩盖在无限的惊异之下,不尽的感激之中。艾玛全神贯注,却又有分寸地享受这种爱情,她利用温存体贴的千姿百态,想把感情维持得天长地久,但想到有朝一日,爱情会烟消云散,就难免不寒而栗了。

她往往脉脉含情,用忧郁的声音对他说:

"唉!你呀!你会离开我的!…………你和别的男人一样总要结婚的。"

他问道:

"哪些男人?"

"哪个男人不是这样?"她答道。

他然后,又故作伤感地把他推开,加一句:

"你们都没有良心!"

一天,他们有点哲学意味地谈到人世希望的破灭,她要试试他是不是妒忌,或者也许是为了需要倾吐衷情,她随便对他谈起,在他之前,她还爱过一个男人。"自然不像爱你这样!"并且用她女儿的头做保证:"没有发生什么关系。"

年轻人信以为真,但还是不免要问问:"他"是干什么的?

"我的一个船长朋友。"

这就可以避免他再追问下去,同时也抬高了自己的身价,因为一个经风历险、受人敬仰的船长居然拜倒在她裙下,这不说明了她多么有魅力吗?

于是实习生自惭形秽了。他也羡慕肩章，勋章，头衔。她当然喜欢这一套：看她花起钱来大手大脚，不就一目了然了吗？

艾玛其实还有一大堆心有余而力不足的想法没有说出口来，比如说，她来卢昂，想坐一辆自备驾一匹英吉利骏马的蓝色的马车，还要有一个穿翻口长筒靴的马夫。是朱斯坦引起她这个想法的，他要求做她的侍仆；没有自备马车虽然不会减少她每次去幽会的乐趣，但却肯定会增加她回家的痛苦。

他们时常在一起谈到巴黎，她最后总是自怨自艾地说：

"啊！要是我们住在那里，该多么好！"

"难道我们现在不幸福吗？"年轻人一面用手摸她的鬓发，温情脉脉地反问她。

"对，我们幸福，"她说，我都幸福得要发疯了。吻吻我吧！"

她对丈夫从来不像现在这样好，她为他做"阿月浑子"奶酪，晚餐后给他弹华尔兹舞曲。他觉得自己是世上运气最好的人，艾玛也过得无忧无虑，但是一天晚上，他突然间问道：

"是不是朗珀蕾小姐给你上钢琴课？"

"是的"

夏尔接着说，"我下午在列亚尔太太家碰到她。我对她说起你来，她却说不认识你。"

这好像是雷轰头顶。不过，她还是若无其事地答道：

"啊！恐怕是她忘了我的名字！"

"也许在卢昂，"医生说，"不止一个朗珀蕾小姐教钢琴吧？"

"这也可能。"

然后，她赶紧说：

"不过我有她的收据。等等！我找来给你看。"

于是她走到书桌前，搜遍了所有的抽屉，翻乱了所有的文件，结果还是昏头涨脑，没有找到，夏尔尽力劝她不必劳神，为这些无所谓的收据伤脑筋。

"嗯！我会找到的，"她说。

的确，到了下星期五，夏尔在不见阳光的衣帽间换皮靴的时候，在皮子和袜子之间摸到了一张纸条，拿出来一看，上面写着：

兹收到三个月学杂费六十五法郎整，此据。

音乐教师费莉西·朗珀蕾

"这鬼收条怎么钻到我靴子里来了？"

"那恐怕是，"她答道，"装发票的旧纸盒里掉出去的，盒子不是放在木板边上吗！"

从这时起，她的生活成了用谎话纺织起来的艺术品，把爱情掩藏在面纱的包装之下。

说谎到了成为一种需要，一种嗜好，一种乐趣。如果她说昨天上街她靠右走，你就得相信其实她是靠左走的。

一天早上，像平常一样，她穿得相当单薄，动身到卢昂去了，不料忽然下起雪来；夏尔正在窗口看天气，一眼看见布尼贤神甫坐着杜瓦施市长的马车，要去卢昂。于是他跑下楼，拿了一条厚围巾拜托神甫交给他一到红十字旅馆，就转交给他太太。神甫一到就问旅馆老板娘：荣镇的医生夫人住哪间房子。老板娘说：她很少光顾。因此，到了晚上，神甫在燕子号班车上碰到包法利夫人时，就说起这件为难的事，但他并不觉得这有什么要紧，因为他接着就谈起一位在大教堂的传道师来，说他口若悬河，阔太太都听得不肯走。

没有关系，他并没有寻根问底，但是她想谁知道别人会怎样说呢。以后还是每次在红十字旅馆下车更稳当，镇上的正派人上下楼看见她，就不会起疑心了。

不料有一天,勒合先生碰到她挽着莱昂的胳膊,从布洛涅旅馆里走出来,她吓坏了,以为他会张扬出去。其实,他哪里会那样傻!

不过,三天之后,他走进了她的房间,关上房门,说道:

"我等钱用。"

她说她拿不出钱来。于是勒合唉声叹气,说他帮过她多少忙。

的确,夏尔签过字的两张借据,艾玛直到目前,只付了一张,至于第二张呢,商人在她请求之下,答应换成两张借条,但是借款的日期却大大提前了。叹气后,他从衣袋里拿出一张加起来总数大约有两千法郎。没有付款的账单来,其中有窗帘、地毯、沙发套的料子、几件衣服,还有梳妆打扮的各种用品。

她低下头,他却接着说:

"你没有现钱,但有'房产'呀。"

于是他指出坐落在奥马尔附近,在巴恩镇有一座旧房子,没有多少收益。房子原来是归田庄的,但包法利老爹把小田庄卖了,勒合对这些了解得一清二楚,甚至知道占地多少公顷,邻居姓甚名谁。

"我要是你呀,"他说,"卖掉房子还清债,还有多余的钱好用呢。"

她就问他怎样才能卖掉。她怕不容易找到买主;他说也有可能找得到。

"你不是有委托书吗?"他答道。

这句话有如一阵清风,吹到她的脸上。

"把账单留下吧,"艾玛说。

"哎!你何必麻烦呢!"勒合答道。

下个星期他又来了,并且自我吹嘘,说是大费周折之后,总算找到了一个什么朗格瓦,他早就打那座房子的主意,但不知道打算出什么价钱。

"价钱没有关系!"她叫了起来。

正相反,他倒不急,说要等等,试试这个家伙。这笔买卖值得跑一趟,既然她不能去,他主动提出。去和朗格瓦当面打交道。他一回来,就说买主愿出四千法郎。

艾玛一听到这个消息,立刻心花怒放。

"凭良心说,"他又加了一句,"出价不低。"

她马上拿到一半现款,当她要还清欠账的时候,商人却说:

"说老实话,看到你一下子花完这么一大笔款子,我都觉得过意不去。"

于是她看着钞票,想到这两千法郎可以用来付多少风流账呵!

"那怎么办!那怎么办!"她结结巴巴地说。

"啊!他装出一个老实人的样子,笑着说,"要是你愿意记账也可以呀?难道我不会替你精打细算吗?"

他目不转睛地盯着她,手里拿着两张长纸条,在手指中间转来转去。最后,他打开皮夹子,拿出四张票面上是一千法郎的期票放在桌上。

"签个字吧,"他说,"钱给你了。"

她生气了,叫了起来。

"不过,如果我把余额给你,"勒合先生满不在乎地答道,"这不是帮你的忙吗?"

于是他拿起笔来,在账单底下写道:"收到包法利夫人四千法郎整。"

"你有什么不放心的呢?因为六个月后,你就可以拿到卖房子的欠款,而且我把最后一张期票的日期,写成欠款付清之后。"

艾玛算来算去,有点搞糊涂了,耳边只听见叮当声,仿佛金币撑破了口袋,围着她在地板上滚似的。最后,勒合对她解释:他有一个在卢昂开银行的朋友叫作万萨,可以给这四张期票贴现,扣掉她实际的欠款之后,他会亲自把余额给她送来。

但是他送来的不是两千法郎,而只有一千八,因为他的朋友万萨"理所当然"

扣下了二百法郎,作为佣金和贴现费。

接着,他就顺便要张收条。

"你知道……做买卖……有时候……唉!请写日期,写上日期。"

艾玛眼前出现了梦想可能实现的前景。不过她还算小心,留下了一千金币,等头三张期票到期时,用来付款;但是第四张不凑巧,偏偏在星期四送到家里,夏尔莫名其妙,只好耐心等妻子回来再问清楚。

为了免得他为家事操心呀她没有告诉他期票的事。她坐在他的膝盖上,又是亲他,又是哄他,说了一大堆即使赊账也非买不可的东西。

"说到底,你也得承认,这样一大堆东西,价钱不算太高呀!"

夏尔没有法子想,只好去找永远少不了的勒合帮忙,勒合赌咒发誓只要医生给他另外签两张期票,一张是七百法郎,三个月内付款。一定使大事化小、小事化了,为了有法子还债,夏尔给他母亲写了一封动情的家信。

母亲没有回信,亲自来了。艾玛问夏尔有没有挤出点油水:

"钱有,"他答道,"不过她要查账。"

第二天天一亮,艾玛就跑到勒合先生那里去,求他另外做份,不能超过一千法郎的假账,因为她要是拿出四千法郎的账单来,那就得承认她已经还了三分之二的账,这不是要招供卖房子的事吗?而这笔买卖是商人瞒着她家里做成的呵。

虽然每件东西都很便宜,包法利奶奶还是嫌开销太大。

"你就不可以少买一条地毯吗?为什么沙发要换新套子呢?在我那个时候,一家只有一张沙发,还是给老人坐的,——至少,在我母亲家里是这样,她可是个正派人呢,告诉你吧。——世界上并不是个个人都有钱!再有钱也经不起流水似的乱花呵!要是像你这样贪舒服,我真要羞死了!而我上了年纪,本来要人照顾……你看!你看,这样喜欢打扮,这样摆阔!怎么!两法郎一尺的绸夹里!……印度纱不是一样管用只要十个苏,甚至八个苏一尺!"

艾玛仰卧在长沙发上,尽量压住脾气说:

"唉!奶奶,够了!够了!……"

奶奶却继续教训她,预言他们到头来怕要进收容所。不过,这都怪包法利。幸而他答应收回委托书……

"怎么?"

"啊!他起了誓的,"奶奶答道。

艾玛打开窗子,叫来夏尔,可怜的男人只得承认是母亲逼他答应收回的。

艾玛走了,马上就转回来,神气十足地拿出一张厚纸来给奶奶。

"我谢谢你,"奶奶说。

就把委托书丢到火里去。

艾玛大笑起来。笑得刺耳,轰动,持久:她的神经病又发作了。

"啊!我的天呀!"夏尔喊了起来。"唉!妈!你一来就跟她吵!你也不对,……"

母亲耸耸肩膀,硬说这是"装疯卖傻"。

但夏尔这一次他为妻子辩护,可不听话了,气得奶奶要走。第二天她就走了,走到门口,儿子还想留她,她却答道:

"不必了,不必了!你要老婆不要老娘,这是人之常情,天下事都是这样的,不过等着瞧吧,这好不了!……好好保养身体……因为我不会像你说的那样,再来跟她吵了。"

夏尔得罪了母亲,也得罪了艾玛,夫妻一对面,妻子就尽情发泄她的怨恨,骂他背信弃义;他不得不再三恳求,她答应再接受他的委托,并且由他陪着去吉约曼先生事务所,重新签订一份一模一样的委托书。

"这很容易理解，"公证人说，"一个搞科学的人哪能为这些生活琐事操心呢！"

夏尔听了这曲意奉承的话，觉得松了一口气，公证人仿佛能点石成金，给他的弱点披上了高尚使命的光辉外衣。

下一个星期四，在他们旅馆的房间里她是如何心花怒放呵！和莱昂在一起的时候，她又笑又哭，又唱歌又跳舞，又要果汁又要香烟，他觉得她太过分了，但是风流可爱。

他不知道她的生命起了什么变化，居然越来越拼命追求生活的享受。她变得容易发脾气，贪吃好东西，越来越放荡；同他在街上走，她头抬得高高的，她说，不用怕人家说三道四。不过，他们虽说一刀两断了，但她似乎还不能完全甩开对他的依恋有时她想到万一碰到呢，不由得颤抖起来。

一天晚上，她没有回荣镇。罗多夫小贝尔特没有妈妈不肯睡觉，夏尔急得不知如何是好，呜呜咽咽，哭得胸脯时起时落。朱斯坦到大路上去碰碰运气。奥默先生也为此离开了药房。

最后，到了十一点钟，夏尔实在耐不住了，就驾起他的马车，跳上车去，使劲抽打牲口，到红十字旅馆，已经早晨两点钟左右，人不在那里。他想起实习生也许见到过她，但他住在哪里呢？幸而夏尔记得他老板的地址，他跑去了。

天蒙蒙亮。他看出了一家门上有几块牌子；他去敲门。门没有开，回答问话的人又说又骂，咒骂那些深更半夜吵得人睡不着的人。

实习生住的房子既没有门铃，也没有门环，还没有门房。举起拳头，重重地捶了几下窗板。一个警察走过来了，他把夏尔吓得赶快走开了。

"我真傻，"他自言自语，"当然是洛尔摩先生留她吃晚餐了。"

洛尔摩家已经不再住在卢昂。

"她在哪里呢？杜伯伊太太已经死了两个月了！不是留下来照顾伯伊太太了

……那么，"

他忽然有了主意，他到一家咖啡馆去查当地的《年监》，很快找到了朗珀蕾小姐的名字，她住在皮匠街七十四号。

他看见艾玛从街的另外一头走过来；他与其说是拥抱她，不如说是扑在她身上，并且喊道：

"昨天谁留住你呐？"

"我不舒服。"

"哪里不舒服？……你住在哪里？……这是怎么搞的？……"

她用手摸摸额头，"在朗珀蕾小姐家里。"答道。

"当然是她家！我正要去呢。"

"啊！不必去了，"艾玛说。"她刚出去。不过，以后，你也不用再担心了。我会晓得回家晚一点。会把你急成这个样子，你看，我就不方便在外边走动了。"

这就算是打过招呼，以后她就可以毫无拘束地离开荣镇了。因此，她就充分利用一切机会。只要她想见莱昂，随便找个借口，她就走了，但是，那天他不会在旅馆等她，她就索性找到事务所去了。

头几回他们过得很快活，但是不久之后，他告诉她：老板讨厌有人无事打扰他不能再掩饰真相了。

"算了！去他的吧，"她说。

于是他就溜之大吉。

他穿一身黑衣服，下巴上留一撮尖尖的胡子，看起来好像路易十三的画像。她想看看他住的地方，发现房子太差劲了；说得他满脸通红，她却毫不在乎，反倒劝他买些和她家里一样的窗帘。等到他说价钱太贵时，她就笑着说：

"哈！哈！你舍不得你那几块小金币啦！"

自从上次幽会之后她每回都要莱昂讲清楚,他都做了些什么事。她要求他写一首"情诗"献给她;他才写到第二行就押不了韵,只好从纪念册上抄一首十四行诗,敷衍了事。

这与其说是爱面子,还不如说是要讨她欢喜。她说什么,他从来不争辩;她喜欢什么,他都全盘接受;仿佛她不是他的情妇,而他反倒成了他的情妇似的。她说起话来温情脉脉,吻起他来。叫他销魂失魄。她这套高深莫测,真假难分,差不多到了出神入化的地步,勾魂摄魄的本领是哪里学来的?

六

到荣镇来看她,时常在药剂师家吃晚餐,莱昂觉得礼尚往来,若不邀请他来卢昂,未免说不过去。

奥默先生答道。"我非常乐意也应该出去走走,因为总待在这里,身上都要长出老茧来了。我们去看看戏,吃吃馆子,玩个痛快!"

"啊! 我的好当家人!"奥默太太听说他要去冒一些模糊的危险,心里不免担惊受怕,就温存体贴地小声挽留他。

"哎,怎么了? 你以为我一年到头在药房里闻药味就不会损害我的健康吗? 瞧! 连科学也妒忌,甚至反对最合情合理的消遣这就是她们的德性。别听她的! 我准来。说不定哪一天我就转到卢昂,同你一起去把铜钱转得哗啦响。"

他认为巴黎吃喝玩乐的风气最有派头,也像他的邻居包法利太太一样,非常好奇地向实习生打听首都的风俗习惯,甚至还说说巴黎用语,来炫耀自己……使土佬财主目瞪口呆药剂师从前是不肯说这种话的,现在也学时髦了。例如他把卧房叫作寝室,把集市叫作商场,不说"好看"而说"漂亮",不说"时新"而说"摩登",不用法语而用英语叫"北大街",不说"我走了"而说"我去了"。

就这样,有一个星期四,艾玛居然在金狮旅馆的厨房里,意外地碰到了奥默先生。他穿着一件没人见他穿过的旧披风,一只手提着一个小箱子,另一只手拿着一个店里暖脚用的皮囊。他唯恐出门会使大家担心似的没有把他的旅行计划告诉任何人。

一想到要旧地重游,他当然兴高采烈,一路上滔滔不绝,说个没完没了;不等到站,他就赶快跳下车,要去找莱昂;奥默先生硬给竭力推托的实习生拉到诺曼底大咖啡馆去了,他大模大样地走了进去,连帽子也不脱,认为在公共场所不戴帽子太土头土脑了。

艾玛等莱昂等了三刻钟。最后,她跑到事务所去,心里胡猜乱想,怪他漠不关心,又恨自己弱,就这样把额头贴在窗玻璃上,生了一下午的闷气。

他们两个对面的坐在桌子两边,一直坐到两点钟。火炉的烟筒管做成棕榈树的形状,把圆锥形的金黄枝叶伸向白色的天花板大厅已经空了;他们靠着窗子,窗外太阳光里,大理石水池中有一个小喷泉在沙啦沙啦地响;池里有水田芥和石刁柏,当中有三只迟钝的龙虾伸直了身子,碰到了一堆侧身躺着的鹌鹑。

奥默兴高采烈。使他陶醉的与其说是美酒好菜,不如说是富丽堂皇的气氛,等到酒煎鸡蛋端上来的时候,他就谈起女人伤风败俗的妙论来了波玛尔的红酒也喝得他心情有点激动。"时髦"对他有着最大的诱惑力。他喜欢服装讲究的女人和家具讲究的房子,至于体形,他倒不讨厌大块头。

莱昂无可奈何地瞧着挂钟。

药剂师还是有吃有喝,有谈有笑。

"你在卢昂,""恐怕缺少知心人吧。其实,你的情人住得并不算远。"他忽然说。

对方脸红了。

"得了,老实说吧! 不要瞒我,你在荣镇……?"

年轻人结结巴巴。

"在包法利夫人家,你不是看中了女佣人……?"

他并不是在开玩笑。但是莱昂太爱面子,没有思前顾后,就一口咬定,说是没
这回事,因为他只爱棕色头发的女人。

"你说得对。她们的性欲更旺盛。"药剂师说,

于是他侧着身子对着朋友的耳朵说,怎样才能看出一个女人的性欲旺不旺。
他甚至扯到人种学上去了,说什么德意志女人暧昧,法兰西女人放荡,意大利女人
热情。

"那黑种女人呢?"实习生问道。

"这是艺术家的爱好,"奥默说。"伙计! 再来两小杯咖啡!"

"我们走吧!"他实在不耐烦了,最后又再说了一遍。

"好,"奥默用英文答道。

但是他走之前,当着餐厅老板的面,还要说几句恭维的客套话,年轻人正想离
开他,就推托说有事要走。

“好！我陪你去！”奥默说。

于是他陪着莱昂上了街，一路上大谈他的老婆，儿女，前途，还有他的药房，讲到药房以前多么糟糕，又如何把它搞得尽善尽美。

莱昂走到布洛涅旅馆门前时出其不意的甩掉了他，三步两脚上了楼梯，发现他的情妇正焦躁不安。

一提到药剂师的名字，她就火冒三丈，然而他提出了一大堆不能怪他的理由；她了解奥默先生。怎么可能相信他会喜欢和他在一起？她转过身去；他又把她拉过来，自己跪在地上，用两条胳膊抱住她的腰，做出一副恳求既动情又可怜的样子。

她两只冒火的大眼睛认真地瞪着他一直站着，简直有点吓人。然后，她红润的眼皮下垂，半遮着朦胧的泪眼，让莱昂吻她的手时进来了一个佣人，说有人要找先生。

“你回来吗？”她问。

“当然。”

“什么时候回来？”

“马上回来。”

“这是个高招吧？”“我看你恐怕不愿意拜访人，就把你找出来了。我们去布里杜那儿喝一杯开胃酒吧？”药剂师一见莱昂就说。

莱昂说，他得到事务所去了。但是药剂师却拿公文程序开玩笑。

“去他的什么法学家！见鬼去吧！有谁拦住你呀？做个好样儿的！我们去看布里杜和他的狗。

“我也去事务所。我看报纸等你，或者翻翻法典也行。”实习生不肯去。

艾玛发的脾气，奥默先生的啰嗦，也许午餐吃得太多，使莱昂晕头转向，拿不定主意；药剂师的疲劳轰炸更使他丧魂失魄：

"去看布里杜吧！只两步路，就在马帕吕街。"

他怕磨缠，人又糊涂，加上一种无以名之、专和自己做对的情绪，他竟然跟着他到布里杜那里去了。布里杜在小院子里，监督三个小伙计气喘吁吁地转动一部机器的大轮子，正在做塞尔兹矿泉水。奥默给他们出主意，并拥抱了布里杜，他们喝开胃酒。莱昂三番五次要走。

"等一等！我就走。我们去《卢昂灯塔》报社看看。我给你介绍托马森。"那一位总是拉住他的胳膊说。

他好不容易才脱了身，跑到了旅馆时。艾玛已经走了。

她刚离开，气得要命。她现在简直恨他了。说话不算数，约会没信用，这是叫人跌跤。他没有男子汉大丈夫气，软弱，庸俗，比女人还温顺，而且吝啬小气，胆小怕事。她还要找别的理由，好说服自己离开他。

等到她心平气和的时候，结果又发现，冤枉了他，但是诋毁自己心爱的人，总会或多或少地疏远感情的。泥菩萨的金身，只要一碰，金粉就会沾在手上所以千万不要碰。

他们终于到了这个地步，谈起话来，十之八九和爱情毫不相干，艾玛写起信来，说的也是花呀，诗呀，月亮，星星，热情已经如潮涌退，但又心有不甘，无可奈何，妄想借助外力死灰复燃，旧情重温，她总是不断地给自己许愿，下一次去卢昂一定要痛饮幸福的琼浆，但是事后又不得不承认，和以前的幽会没有什么不同。这种失望却并没有使她灰心，只要一有新的希望，她就更加欲火中烧，如饥似渴地回到了他的身边。她脱起衣服来毫无羞耻感，一下就把束腰的丝带揪掉，她踮着脚走到门边。再看看门是不是关好，然后把身上的衣服脱得精光；她脸色发白，也不说话，神情紧张，一下就倒在他的胸脯上，浑身上下不住地打哆嗦。

然而，她额头的冷汗、颤抖的嘴唇、失神的眼珠、拥抱的胳膊使莱昂似乎感到一

世界二十大名著 包法利夫人 图文珍藏版

种濒临绝境、预兆不祥、无以名之的力量忽然插身在他们之间,要把他们活活拆开。

他发现她经验这样丰富,心里不免寻思,她一定是个风月老手,经受过各种痛苦和欢乐的考验他并不敢问她;过去使他心醉魂销的风情,现在吓得他有点丧魂失魄了。还有更使他反感的,是他的人格一天比一天消失得更多。他怪艾玛不该这样长久占领他的身心。甚至想不再对她亲热,但只要听到她的小靴子咯噔一响,他就浑身软弱无力了像酒鬼见到好酒一样。

的确,吃得讲究,穿得花哨,眼睛脉脉含情来自她无微不至的关怀。她从荣镇带了玫瑰花来,放在胸前,一见到他,就把花投到他脸上。她担心他的健康,出主意叫他怎样对人对事;她为了进一步占有他的心,希望老天能助她一臂之力,就在颈上挂了一个圣母像章。她像贤妻良母一样,打听他的同事。她对他说:

"不要去看他们,不要出去,不要管别人,只管我们自己吧,爱我吧!"

她甚至想到要监视他的生活,要人在街上跟踪他。旅馆旁边有的是游手好闲的流浪汉,对这类事当然是不会拒绝的……不过这会有损于她的自尊心。

"唉!管他呢!要是他三心二意,和我又有什么相干!难道我还在乎?"

那一天他们分手了,时间还早,她顺着大马路走回去,一眼看见了他曾住过的修道院的围墙,于是她就在榆树阴影下长凳上坐了下来。从前这里是多么安静!那些从书中读到的,使她想入非非,只可意会、不可言传的恋爱心情,多么令人神往呵!

新婚的头几个月,在森林中骑马漫游,同子爵跳华尔兹舞,听拉加迪唱歌剧,一切都历历在目……忽然一下,她觉得莱昂也和这些往事一样遥远了。

"不过,我还在爱他呢!"她心里想。

那又有什么用!她并不幸福,从来也没有幸福过。这种不满足生活感是从哪里来的?她心灵的寄托为什么,转眼就成了腐朽?……为什么她就碰不到一个刚强的天生的勇敢的,既热情洋溢,又温存体贴,既有诗人的内心,又有天使的外表,能使无情的琴弦奏出多情的琴音,能向青天唱出哀怨动人乐歌的男子?呵!不可能!再说,也不值得追求,到头来一切皆空!一切微笑都掩盖着厌烦的呵欠,一切欢乐下面都隐藏着诅咒,兴高采烈会使人腻味,最甜蜜的吻留在嘴唇上的只是永远不得满足的淫欲。

修道院的钟敲了四下嘶哑的青铜声在空中荡漾。才四点钟,她却觉得在长凳上似乎坐了一辈子。一分钟里容得下无限的感情,正如一个小地方容得下一大堆人一样。艾玛不把金钱放在心上,像是个公爵夫人。她生活在自己的感情中,

但是有一天,一个鬼鬼祟祟、秃头红脸的人走进了她的家门,说是卢昂的万萨尔先生派来的。他取下别在绿色长外套衣袋上的别针,别在袖子上,客客气气地从衣袋里取出一张纸条来。

这是一张上面有她的签名,五百法郎的借据,由于她几次拒绝付款,勒合就把账单转给万萨尔了。

她打发女佣人去找勒合。他不能来。

那个陌生人一直站着,好奇地东张西望,他带着莫明其妙的神气问道:

"我怎么回万萨尔先生的话呢?"

"就说……我手头没有钱……下星期再来吧……请他等几天……好不好?下星期再来。"艾玛答道。

陌生人没有说什么就走了。

但是第二天中午,她收到一张拒付通知书;一看到贴了印花的公文,和几次三番出现了用粗体字写的"比希执达员哈朗"的名字,她吓得这样厉害,赶快跑去找布店老板时看见他在店里,正用绳子把一个包裹捆起来。

"有什么吩咐吗?"他说。

勒合一边说,一边只管继续打他的包,有一个十三四岁的驼背女孩子做他的帮手,她既当伙计,又当厨子。

然后,他拖着踩得铺子里的地板嘎吱响的木头鞋,把包法利夫人带上了楼,领进一个狭窄的小房间,里面有一张放着几本大账簿的松木大书桌,账簿上横压着一根上了挂锁的铁杠。靠墙隐约可以看见一只大保险柜,柜上遮了一些印花布的零头,体积很大,里面装的当然不只是票据和现金。包法利夫人的金表链,特利耶老头的金耳环,都装在柜子里事实上是勒合先生借贷收抵押品。可怜的老头子最后不得不卖掉家私,在坎康普瓦买下了一家存货不多的小杂货店,后来害了重伤风,死在杂货铺的黄烛当中,脸比蜡烛还黄。

勒合坐到大扶手椅的草垫子上,问道:

"有什么事呀?"

"你看。"

于是她拿出通知书来。

"唉!我有什么办法?"

她生气地说他答应过不转让她的借据;他并不抵赖。

"不过我也是刀搁在脖子上,迫不得已呀。"

"现在会怎么样?"她又问道。

"啊!那倒简单:先是法庭判决,然后扣押……;就算'完了'!"

艾玛恨不得要打他一顿。有没有办法大事化小,小事化了。

"哈!你希望万萨尔大事化小。"但她忍气吞声地问,"你不知道,他比阿拉伯人还狠呢!"

这就要勒合先生出力了。

"你听我说!直到现在,我对你还算不错吧?"

于是他打开一本账簿说:

"你看!"

"你看……你看……八月三日,两百法郎……六月十七,一百五十……三月二十三,四十六法郎……而在四月……"然后他一页一页从后往前翻:

他打住了,好像害怕说漏了嘴似的。

"我还没提你丈夫签的期票,一张七百法郎,一张三百!还有你的零碎账,加上利钱,算也算不清,我都搞糊涂了。你叫我怎么再管下去呢!"

她哭了,甚至喊他"我的好勒合先生"。但是他总推说"万萨尔这家伙太坏"。他手头一个钱也没有,现在谁也不还欠账,简直是在他身上剥皮拔毛,像他这样一个开小铺子的可怜人,怎么能放账呢?

艾玛不说话了。勒合先生为了她的沉默而感到不安,轻轻地咬着鹅毛笔管的羽毛,他又说:

"如果,不管哪一天,起吗我有一笔进款……我才能够……"

"其实,"他说,"巴恩镇拖欠的款子……"

"怎么?……"

对于朗格卢瓦还没有付清欠账,他显得大为意外。然后,他假情假意地说:

"那我们好商量,比如说……?"

"唉!一切都可以随你!"

于是他闭上眼睛,盘算了一下,写了几个数字,说自己也很困难,事情很棘手,他的"老本也赔出去了,"这才开了四张每隔一个月付清二百五十法郎的期票。

"但愿万萨尔接受我的期票!其实,我说话是算数的,就像苹果是圆的一样。"

然后,他随随便便挑了几件在他看来,没有一件够她的格。新到的货给她看。

"我说一件衣料卖七个苏一公尺,保证不掉颜色!他们就相信了!其实,我没有讲真话,你当然明白。"他想这样对她推心置腹,把欺骗别人的事告诉她,就可以取得她相信,他对她是另眼看待的。

她一走,他又把她叫回来,看一幅三公尺的镂空花边,那是他最近买到的"抢手货"。

"多漂亮!""现在用的人多着呢,搭在沙发背上,真够派头。"勒合说;然后,他比扒手还快,就用蓝纸把花边包好,塞到艾玛手里。

"至少,就我所知道的……?"

"啊!以后再说吧,"他又加了一句,就转过脚后跟进去了。

一到晚上,她就催包法利给他母亲写信,要她把遗产还没有付清的款子尽快给他们寄来。婆婆回信说,遗产清算已经结束没有余款:他们除了巴恩镇的房产以外,每年还有六百法郎收入,她会按时给他们汇来。

于是包法利夫人只好向两三家病人讨款,以后老用这个办法,因为她一讨债就灵。在账单后面加上一句:"请不要向我丈夫提这件事,你知道他多么爱面子……真对不起……请多关照……"有人表示不满,她就把信截住。

为了搞到钱,她还卖她的旧手表,旧帽子,破铜烂铁;她讨价还价,分文必争——她身上流着农民的血液,使她见钱眼开,后来,她进城的时候,还买了一些便宜的旧货,不怕转卖不掉,因为勒合先生总是会收下的。她收买鸵鸟的羽毛,中国的瓷器,还有大木箱;她向费莉西借钱,向勒方苏瓦大娘借,甚至借到红十字旅馆的老板娘头上,不管什么地方,见人就借。最后,收到了巴恩镇的欠款,她还清了两张期票,另外一千五百法郎又过期了,她又签新期票,就这样一直拖下去。

其实,她有时也想算计算计,但是一算就发现事情连她自己也难以相信。越出常轨,于是她又重新算过,但是越算越糊涂,只好丢下不管,甚至想也懒得想了。

现在,这个家只看见讨债的商人走出门时满面怒容搞得一塌糊涂!有时手绢丢在灶上;小贝尔特居然穿破袜子,这可惹得奥默太太大发牢骚。如果夏尔敢不识相,说上片言只语,艾玛回起嘴来就蛮不讲理,说这一点不能怪她!

为什么这样大的脾气?他认为她的老毛病又复发了,于是他反而责备自己太不体贴,不该把她的神经病当作错误,真想跑去吻她,表示歉意。

他心里又想,"啊!不行,""我会惹得她讨厌的!"

于是就不敢去。

晚餐后,他一个人在花园里散步;有时他打开一本医学杂志让小贝尔特坐在他膝盖上,教她认字。孩子从来没有学习过。不一会儿就愁容满面,睁大眼睛,哭了起来。他只好又来哄她;把喷水壶里的水倒在沙上,流成一条小河。或者掰断女贞树的枝丫,栽在花圃里,这并不会糟蹋花园,因为园子里的草已经长得太乱,锄草的钱也好几天没有付给勒斯蒂布杜瓦了!后来孩子一冷,就要妈妈。

"叫保姆吧,"夏尔说。"你晓得。我的小宝贝,妈妈不喜欢人打搅。"

秋天,树叶已经开始落下,——就像她两年前生病时一样!——……他双手搭在背后继续走着。

太太待在卧房里,如果没有人上楼去打扰她。她就待一整天,麻木不仁,连衣服也几乎不穿,有时点起苏丹后宫用的锭香,那是她在卢昂一家阿尔及利亚人开的铺子里买的。为了不要丈夫夜里直挺挺地躺在自己身边,她就蹙眉噘嘴,打发他到楼上去睡;她看书一直看到天亮,看些里面描写狂欢滥饮的场面,鲜血淋漓的情景,荒唐的小说。

有时她吓得魂不附体,大声喊叫。夏尔赶快跑来。

"没你的事!快点走开!"她说。

有时,她想起幽会的欢乐,于是欲火中烧,气喘吁吁,心情激动,简直成了情欲的化身,她只好打开窗子,吸进一口冷空气,让压在头上压得太重的头发迎风散开,望着天上的星星,幻想多情的白马王子会从天而降。她又想起了他,想起了莱昂,那时,只要能有一次心满意足的幽会,她就是牺牲一切,也在所不惜了。

幽会的日子是她盛大的节日。她要过得绚丽多彩!当他一个人的钱不够花的时候,她就满不在乎地填补了余额。他想告诉她,换个便宜点的旅馆可以过得一样痛快,可她就是不听。

一天,她从手提包里拿出了六个镀金的小勺子,这是她结婚时卢奥老爹送的礼物,她却要他马上拿到当铺去换钱。莱昂不敢不去,虽然心里老大不高兴。他怕名誉会受影响。

事后一想,他觉得他情妇的行为不正常,如果要摆脱她,也许不能算错。

碰巧有一个人给他母亲写了一封长长的匿名信,说他"和一个有夫之妇打得火热,不能自拔"。老太太仿佛立刻看到了一个会害得她家破人亡、永世不得翻身的祸根,那就是说,一个模糊不清的害人精,一个迷人的女妖,一条毒蛇,一个如梦似幻地潜伏在爱情深处的不祥物,于是她赶快写信给她儿子的老板杜博卡吉律师,因为他办起这种事来,可以说是拿手好戏。他和莱昂谈了三刻钟话,要他睁开眼睛,看清他面前的无底深渊。这种不清不白的关系将来会影响他开业的。律师要求他和情妇一刀两断,即使他不为自己的利害着想,忍痛割爱,至少也该为他杜博卡吉着想呀!

莱昂到底发誓不再见艾玛了。他说得到,却做不到,一想起这个女人可能给他带来的麻烦,惹起的口舌,还不算他的伙伴早上在炉畔的闲言碎语、打趣开心,他又不得不责备自己了。再说,他快要提升为第一帮办:是应该认真的时候。因此,他放弃了音乐,放弃了狂热的感情,放弃了幻想——因为每一个有钱的年轻人在大脑发热的时期,没有一天,没有一刻不认为自己是情深似海,将来会功高如山的。最平庸无能的浪荡子弟做梦也会想到娶一个苏丹的王妃;每个公证人心里都有诗人遗留下来的绕梁余音。

莱昂现在感到厌烦的是艾玛忽然一下靠紧他的胸脯，呜咽起来；他的心好像只听得见某种音乐的人一样，不能忍受爱情的噪音，体会不出细腻的感情，一听到就满不在乎地昏昏入睡了。

他们对彼此的肉体都了如指掌，占有对方本来会使欢乐增加百倍，现在却毫无新奇之感，她觉得他乏味，正如他对她感到厌倦一样。艾玛又发现幽会也和结婚一样平淡无味了。

不过，怎么才能摆脱他呢？她虽然觉得这种幸福微不足道，见不得人，但是腐化堕落已成习惯，要丢也丢不开；她反倒越陷越深，幻想得到更多的幸福，却把所遗无几的幸福吸吮得一干二净了。她一失望，就怪莱昂，仿佛是他欺骗了她；她甚至希望祸从天降，把他们两个人拆开，因为她狠不下心来和他决裂。

她还照旧给他写情书，根深蒂固地认为给情人写信永远是女人的本分。

但是在写信的时候，她看到的并不是莱昂，而是另外一个男人，一个由她最亲热的回忆、最美丽的读物、最强烈的欲望交织而成的幻象；这个幻象最后变成了一个真人，一个远在天边、近在眼前的男子，她一见他就会心扑扑跳，惊喜万分，但却看不清他的真面目，因为他像一个天神，尊称的法号太多，有如缭绕的云雾，使他显得迷离恍惚了。他住在蔚蓝的天国，要爬上丝织的悬梯，在花香中，在月光下，才能摇摇晃晃地爬上他的阳台。她感到他近在身旁，只要用一个吻就可以把她带到九霄云外。但紧接着她又从天上摔了下来，香销魂断，因为这种朦朦胧胧的爱情冲动使她精疲力竭，比起肉体的荒淫无度来，还有过之而无不及。

她现在感到没完没了，无所不在的劳累。艾玛甚至时常得到传讯，还有贴印花的公文，她连看也不看。她恨不得死了倒好，或者一觉睡得永远不醒。

四旬斋狂欢节，她没有回荣镇；晚上她去参加化装舞会。她穿了一条丝绒长裤

世界经典文库

世界二十大名著 包法利夫人

图文珍藏版

和一双红袜子,头发用缎带扎在颈后,歪戴着一顶三角帽。她在狂欢的长号声中,跳了一个通宵;大家围着她跳;第二天清晨,她发现自己在剧院的柱廊下,同五六个化妆成装卸女工和水手的人待在一起,他们是莱昂的伙伴,正说要去吃夜宵。

附近的咖啡馆都客满了。他们在码头上发现一家最蹩脚的小馆子,老板给他们在四层楼上打开了一个小房间。

男人在角落里低声商量,当然是谈开销的事。他们中有一个帮办,两个医生的助手,一个小伙计,这就是她的舞伴!至于女人,艾玛一听她们的声音语调,马上看出她们几乎都是社会底层的小人物。于是她害怕了,把椅子往后拉,眼睛不敢抬起。

别人开始吃起来了。她什么也不吃,她的额头发烧,眼皮仿佛感到针扎,皮肤是冰凉的。她觉得她的头似乎成了舞厅的地板,千百只脚打着疯狂的拍子,还在上面蹦跳。酒味和烟气熏得她头昏。她晕了过去,大家把她抬到窗前。

天开始亮了,圣·卡特琳教堂那边苍茫的天空,有一个大红点变得越来越大。浑浊的河水给风吹起了涟漪,桥上还没有行人,路灯熄灭了。

那时她醒了过来,忽然想起贝尔特还在楼下女佣人房里睡觉呢。但是一辆装满长铁条的大车走过,铁条颠簸的响声把房屋的墙脚都震动了,震得耳朵要聋。

她赶快溜走,脱掉了舞会上穿的服装,告诉莱昂她要回去,总算一个人回到了布洛涅旅馆。一切都叫她无法忍受,连她自己在内。她恨不能长上两只翅膀,飞到一个遥远的地方去,那里纯洁无瑕的空气能够使她永远青春焕发。

她走出去,穿过林荫大道、科镇广场和郊区,一直走到一条开阔的、两边都是花园的大路。她走得快,新鲜空气使她安静下来,于是渐渐人群的脸孔,化装的假面,四对舞,悬挂式分枝烛架,夜宵,还有那些女人,全都云消雾散了。然后,她回到红十字旅馆,走上二楼有"纳尔塔"壁画的小房间,倒在床上,一直睡到下午四点钟,伊韦尔来喊醒她。

她一回家,费莉西就从座钟后取出一张灰色的纸条,上面写着:"根据判决书的抄本,决定执行……"

什么判决书?昨天的确送来了一纸公文,她没有看清楚,因此,她一见这几个字,就吓呆了:

"国王的圣旨,法院的命令,着包法利夫人……"

于是她跳过了几行,再看:

"限二十四小时之内,不得延误。"——什么意思?"付清欠款八千法郎。"下面还有"到期不付,当即按照法律程序,扣押房产家具。"

怎么办呢?……只有二十四小时了,就是明天!她心里想,这当然又是勒合在恐吓她了,因为她自以为一下就看透了他要的把戏,猜到了他通融迁就的目的,使她放心的是:欠账哪有这么多呢?这不是过分夸大吗?

她总是买东西不付钱,借了钱不还账,签了期票又延期,这样利上滚利,结果给勒合先生送上门来的买卖使他捞到了一大笔本钱她却不知道,他正迫不及待地等着,要用这笔钱做他的投机生意。

她满不在乎地去找他。

"你知道我出了什么事?这个玩笑也开得太大了吧!"

"这不是开玩笑。"

"那是怎么搞的?"

他慢慢转过身去,两臂交叉,对她说道:

"我的少奶奶现在,我放出去的债也该讨回来了,你以为我这一辈子给你送货上门,送钱到家,都是不要报酬的吗?这难道不公平吗!"

哪里欠了这么多债,她高声大叫:

"啊！你不认账！但是法院承认！有判决书！通知也送给你了！再说，并不是我要这样做，是万萨尔！"

"难道你不能疏通疏通……？"她问。

"咳！一点办法也没有。"

"不过……能不能……讲点理由。"

于是她东拉西扯，她事先一点也不知道……这太出乎她意料之外了……

勒合挖苦地向她行了一个礼，说道："那能怪谁呢？我在这里累得像个黑奴一样，你不是在那里过好日子吗？"

"啊！不要讲大道理！"

"讲讲也没有坏处呀，"他反驳道。

她软下来了，把漂亮的、又白又长的手放在商人的膝盖上，苦苦哀求他。

"不要给我来这一套！人家会说你要勾引我呢！"

"你这个该死的坏蛋！"她叫了起来。

"哈哈！你怎么这样说话！"他笑着接下去说。

"我要揭穿你的老底。我要告诉我的丈夫……"

"那好。我也正要告诉你的丈夫！"

于是勒合从保险柜里拿出一张一千八百法郎，她贴现给万萨尔的时候，写下的借条。

"你以为这个可怜的好人，""一点也不知道你的盗窃行为吗？"他又加上一句。

她浑身无力，比当头挨了一棒还更厉害。"啊！我要给他看的……我要给他看的……"他在窗子和桌子之间走来走去，翻来覆去地说：

然后他又走到她身边，用和气的声音说：

"我知道；这不是闹着玩的事，不过，这也不会逼死人的，但这是要你还债的唯一的办法了……"

"叫我到哪里去搞钱呢?"艾玛扭着自己的胳膊说。

"着什么急! 你不有的是朋友吗?"

于是他瞪着眼睛看她,可怕的眼光似乎穿透了她的心肝五脏,吓得她浑身上下发抖。

"我答应你,""我签字……"她说。

"你签的字,我有的是!"

"我再卖东西……"她说。

"算了吧!"他耸耸肩膀说,"你没有东西可卖了。"

于是他对着墙上开的洞口喊铺子里的人:

"安纳蒂! 不要忘记了十四号的三块零头布。"

艾玛明白女佣人来是撵她走,就问:"要多少钱才能不吃官司?"

"太晚了!"

"要是我给你带几千法郎,四分之一,三分之一,几乎全都带来怎样?"

"哎呀! 不行,没有用了!"

他把她轻轻地推到楼梯口。

"我求求你,勒合先生,再宽限几天吧!"

她啜泣了。

"得了! 眼泪有什么用!"

"你这是要我的命!"

他关门时说。"这我就不管着了!"

七

第二天,执达员哈郎先生带了两个见证人到她家来,她无可奈何,只好若无其事地让他们登记要扣押的物品。

他们从包法利的诊室开始,把骨相学的头颅当作职业上需要的仪器;没有登记但他们清点了厨房里的盘子、锅子、椅子、烛台,卧室里架子上的各种摆设。他们查看她的袍子、内衣、梳洗室;她的生活,甚至最见不得人的角落,也像一具尸体一样,陈列在众目睽睽之下,让这三个人随意检查。

哈朗先生穿一件纽扣全部扣上紧身的黑上衣,系了一条白领带,脚上的鞋套也扎得很紧,他翻来覆去地问:

"可以看看吗,太太?可以看看吗?"

他时常看得叫了起来:

"真漂亮!……非常美!"

然后他把笔在左手拿着的角质墨水瓶里沾沾墨水,继续登记。

等到他们查完了房间,又上顶楼去。

楼上有一张里面锁着罗多夫来信小书桌,他们一定要她开锁。

"啊!来往信件!"哈朗先生很知趣地微笑着说。"对不起,可以查查吗?因为我要看看信件里有没有别的东西。"

于是他斜拿着仿佛会抖出金币来似的。信纸,轻轻抖动,她嫌这只粗手,这鼻涕虫一般又软又红的手指头,捏住这些曾使她心醉神迷的信纸她恼火了。

他们总算走了!费莉西本来奉命在外面等候,要把包法利支使开又进门来。现在,她们赶快把扣押房产的留守人藏在阁楼里,他答应不出来。

夏尔整个晚上显得心事重重。艾玛用焦急的眼光看着他,以为他脸上的皱纹也是对她的控诉,然后,她的目光落到中国屏风遮住的这些减轻过她生活痛苦的壁炉上,大窗帘上,扶手椅上她心里感到有些内疚,或者不如说,感到悔恨交加,但是这种悔恨不但没有使她的热情冷下去,反而使它更旺盛了。夏尔却把两只脚搁在壁炉的铁架子上,在心平气和地拨火。

有时留守的人在阁楼里躲得不耐烦了,不免发出一点声响。

"楼上有人走动?"夏尔问道。

"没有!"她答道,"大约是一扇天窗没有关,风一吹就响。"

第二天是星期日,她到卢昂去找那些她久闻大名的银行家。他们不是下乡度假,就是出门了。她不怕碰钉子即使有的人当面笑她,没有人答应借钱;还是碰到一个就向人家借钱,说她要钱有急用,担保一定归还。

两点钟,她跑到莱昂住的地方,敲他的门。没人来开。最后,他出来了。

"谁叫你来的?"

"打搅你了吗?"

"没有⋯⋯不过⋯⋯"

他承认房东不喜欢"女人"上门。

"我有话对你说,"她回答道。

"啊!用不着,到我们那里去。"于是他要拿出钥匙来。她拦住他。

他们去了布洛涅旅馆,进了他们的房间。

她一进来就喝了一大杯水,脸色惨白地对他说。

"莱昂,你得帮我一个忙。"

她紧紧捏住他的手,上下摇动。加了一句:

"听我说,我需要八千法郎!"

"难道你疯了!"

"还没有!"

她立刻告诉他扣押的事,她实在没有办法了。因为她的婆婆恨死了她,卢奥老爹帮不了忙,夏尔完全蒙在鼓里。她只好来求他,为她奔走奔走,去搞到这笔决不可少的钱……

"你怎么能……"

"你多差劲!"她叫了起来。

于是他傻里傻气地说:

"你说得太过分了吧。也许有个千把金币,你的债主就不会逼你了。"

难道他三千法郎还搞不到。那她更有理由要他想方设法了;再说,莱昂还可以替她担保呢。

"去吧! 试试看! 没有钱不行! 快跑! ……唉! 试试看! 试试看! 我多么爱你呵!"

他出去了,一个小时后才回来,并且拉长了脸说:

"我去了三家……都没有用。"

后来,他们两个一动不动,一言不发。面面相觑地坐在壁炉的两个角上,艾玛耸耸肩膀,顿顿脚,对他低声说:

"假如我是你,我一定有办法弄到钱!"

"到哪里去弄?"

"到你的事务所去!"

于是她瞧着他。

她的眼睛冒出火光,流露出不怕下地狱的神色,上下眼皮越靠越近,勾引,挑动他——年轻人感到这个女人虽不明目张胆说出她的用心,却在暗示要他犯罪,他怕自己招架不住。于是,为了免得她把话挑明,他就拍拍额头,大声说道:"莫雷尔今天夜晚回来(他是个富商的儿子,又是他的好朋友)! 我想,他不会不借钱给我的。我明天把钱给你送去,"他又加了一句。

艾玛并不像他想的那样好像猜到了他在扯谎,一点也没有流露喜出望外的神

情。他脸红了,接着又说:

"不过,要是我三点钟还回不来,你就不必等我,亲爱的。现在我得走了,对不起。再见!"

他握握她感到已经麻木的手,艾玛实在精疲力竭,连感觉都失去了。

四点钟一响,她就站起来,要回荣镇去,像个木头人一样,只是听从习惯支配。

天气很好;这是三月份一个晴朗而寒冷的日子,天空被太阳发出的白光,照白了。卢昂人穿了节日的服装,心满意足地在街上散步。她走到圣母院前的广场上。晚祷刚刚做完,人流从三座拱门下涌了出来,就像河水流过三个桥洞一样,门卫胜过急流中的砥柱。站在拱门当中,动也不动。

于是她想起了那难忘的一天:她非常着急,但又充满了希望,走进了这个教堂的甬道。甬道虽然很长,但还有个尽头,而她那时的爱情却显得无穷无尽。眼泪直往下流,滴在她面纱上;她继续往前走,她头昏眼花,摇摇晃晃,几乎支持不住了。

"当心!"有人从开着的马车门里喊着。

她赶快站住,让一匹黑马踢蹬而过。黑马拉着一辆双轮轻便马车,车上坐着一个穿貂皮大衣的绅士。这个人是谁?她似曾相识……但马车奔驰过去了。

哦!当她发现这个人是子爵!转过身子去看时,街上已经没有了人。她伤心透顶,几乎要垮了,赶快靠住一堵墙,以免倒在地上。

过后一想,她恐怕看错了人。至少,她并没有把握,里里外外,她都不再是当年的人了。她感到丧魂失魄似的,搞得不好就要滚进无以名之的深渊。来到红十字旅馆,一眼看见了好心的奥默先生,她觉得说不出的高兴,奥默看着一大箱药品装上燕子号班车,手里拿着一块绸巾,里面包着六个那种铁路工人爱吃的小面包,那是给他太太买的。

奥默太太特别爱吃这种又粗又短的、头颅形状的小面包,总是在四旬斋期间涂上加盐的黄油吃。这是哥特的人也许在十字军时代就吃上了。食物的样品，那些身强力壮的罗曼人，在火炬的黄色光焰下，在餐桌上的大酒大肉之间，看见了这种头状的面包，仿佛看到了萨拉逊人的头颅，立刻狼吞虎咽起来。药剂师的太太虽然牙齿不好，却和古代的英雄好汉一样爱大吃大嚼。因此，每次进城，奥默先生总要到屠宰场的大面包房买上一些，带回家去。

"很高兴碰到你！"他一面说，一面伸出手来搀艾玛上燕子号班车。

然后他把面包挂在网架的皮条上，不戴帽子，两臂交叉地坐下，摆出一副沉思默想、不可一世的姿态。

但等到瞎子像平时一样出现在山坡脚下的时候，他就叫了起来：

"我真不懂，当局怎么还能容忍干这种犯罪的行业！应当把这些该死的东西关起来，强迫他们劳动才对！说老实话，我们简直是像乌龟爬行！进步的太慢了，我们还生活在野蛮时代呢！"

瞎子伸出他的帽子，在马车门前摇晃，乞求施舍，看起来好像门帘上脱了钉子的口袋。

"看，"药剂师说，"淋巴腺结核！"

虽然他早见过这个穷鬼，却装作头一次见到的样子，口中念念有词，说什么"角膜"，"不透明角膜"，"巩膜"，"面型"，然后用大发慈悲的口气问他：

"朋友，你得了这种可怕的病，时间不短了吧？最好不要上小酒馆，要注意饮食。"

他劝瞎子要吃好酒好肉。

瞎子显得几乎是个傻子，还是唱他的歌，最后，奥默先生打开了钱包。

"给你，这是一个苏，找我两个铜板。不要忘记我的话，你的病会好的。"

伊韦尔居然敢怀疑他的话。于是药剂师保证能治好结核病，只要瞎子用他亲

自配制的消炎膏,他并且留下了自己的住址。

"我是奥默先生,住在菜场旁边,一问便知。"

"得了,不必白费劲了。""难道你也要演戏?"伊韦尔说。

瞎子往下一蹲,头往后一仰,两只暗绿色的眼睛一转,舌头一伸,双手摸摸肚子,嘴里发出饿狗般喑哑的号叫。艾玛见了恶心。转过身去,把一个五法郎的钱币扔给他,这是她的全部财产,她觉得这样扔了也好。

车又走了,忽然,奥默先生把头伸出窗外,对瞎子喊道:

"不要吃淀粉,也不要喝乳! 贴身要穿羊毛衫,要烧得刺柏的浆果出烟,熏你的结核!"

艾玛渐渐忘了目前的痛苦。看着熟悉的景色在她眼前倒退,但她累得支持不住,回到家里只是发呆,垂头丧气,几乎要睡着了。

"管它呢!"她心里想。

谁知道怎样? 为什么不发生意外的事? 说不定勒合会死呵!

早上九点钟,广场上嘈杂的声音把她吵醒了,一大堆人围着菜场看柱子上贴的大布告,她看见朱斯坦爬上一块界石,把布告撕下来。这时,一个乡村警察一把揪住他的衣领。奥默先生从药房里走了出来,勒方苏瓦大娘正在人群当中夸夸其谈。

"太太! 太太!"费莉西叫着跑了进来,"真是可恶!"

可怜的女佣人心情激动,女主人接过她刚从门上撕下来的黄纸布告。艾玛一眼就看见了:她的全部动产都要拍卖。

于是她们面面相觑,静悄悄地对看了一会儿。她们主仆之间并没有不可告诉对方的秘密。最后,费莉西叹了一口气:

"假如我是你,太太,我就去找吉约曼先生。"

"你看行吗?"

这句问话的意思是:"你和他家佣人要好,摸得清他家的底,是不是他主人有时候也谈起过我来?"

"行,去吧,去了就好。"

她换了衣服,穿上黑袍子,戴了一顶有黑色圆点的帽子;(广场上总是人多),她走河边的小路,从村外绕过去怕人看见。

她上气不接下气走到公证人的铁栅门前,天是阴沉沉的,下着小雪。

一听见门铃响,特奥多就穿着红背心,来到台阶上,他几乎就像是接待一个常客一样,是亲切地把门打开,把她带进了餐厅。

一个在噼啪响瓷器的大火炉,上面的壁龛里放了一盆仙人掌,栎木的墙纸上挂了几个黑色木框,里面是德国画家的《吉普赛女郎》和法国画家的《埃及妇人》早餐准备好了,桌上有两个银火锅,门上的扶手是个水晶球,地板和家具都闪闪发亮,小心在意地擦得干干净净,像英国人家一样清洁;玻璃窗在四角装上了彩画玻璃。

"这才是个餐厅,""这才是我需要的餐厅。"艾玛心里想。

公证人进来了,左胳膊使带棕叶图案的晨衣紧紧贴在身上,右手脱下栗色丝绒高帽又赶快戴好,装模作样地故意戴得向右倾斜,露三绺金黄的头发,再从后脑向前盘,在秃顶的脑壳上绕了一匝。

他请她坐下后,自己也坐下来吃早餐,一面说对不起,请恕他失礼了。

"先生,"她说,"我来求你……"

"夫人有什么事?请不必客气。"

她开始对他讲他的情况。

吉约曼先生和布匹商人暗中勾结其实她不必讲,他也知道,只要有人用东西押款,要他公证,总是由布店出资金。

因此,他比她更清楚了解这些借据悠久的历史,开始数目很小,贷款人的姓名也不相同,还款的期限拖得很长,到期不还又不断续订新的借据,拖到最后关头,商人把拒付证书一起交给他的朋友万萨尔,要他出面追索欠款,免得当地人骂他人面兽心。

她一面讲,一面骂勒合,公证人听了,只作不痛不痒的回答。他照吃他的猪排,喝他的茶,下巴碰到了天蓝色的领带,领带上别了两个钻石别针,挂着一根金链子,他又温柔又暧昧得很怪地笑着,一看她的脚走湿了,就说:

"靠近火炉一点……脚抬高点……就踩瓷器上吧。"

她怕把瓷器踩脏了,公证人就用献殷勤的口气说:

"美人的鞋子是不会把东西踩脏的。"

于是她试着打动他,却自己先动了感情。她诉说家庭生活贫困经济拮据,入不敷出。他全明白:一个这样漂亮的女人!但他并没有中断吃早餐,只是身体完全转到她这边来了,结果膝盖碰到了她的湿靴,曲线很美的靴底还在炉上冒汽呢。

但是,当她开口要借一千金币的时候,他就咬紧了嘴唇,然后非常惋惜地说:她从前为什么不委托他代管财产呢?就是一个女流之辈,也有许多方便之门,可以利用金钱来发财呵！比如说,格鲁默尼泥炭矿或者哈弗尔的地皮,都是万无一失的投资好机会,他让她想到本来肯定可以大发其财,来吊她的胃口,使她悔恨莫及。

"你为什么不早点来找我呢?"他接着说。

"我不太懂。"她说。

"怎么? 嗯……难道你怕我吗? 你看,我多苦呵! 我们几乎还算不上相识呢! 其实,我对你是一片好心,但愿你现在不再怀疑了。"

他伸出手来,握住她的手,拼命地吻,然后把它放在他膝盖上,温存体贴地抚摸她的手指,一面向她倾吐甜言蜜语。

他的声音好像单调的小溪流水;枯燥无味,他的眼珠冒出连闪烁反光的镜片也遮不住的火花,他把手伸进了艾玛的衣袖,抚摸她的胳膊。她脸上感到了他急促的呼吸。这个人真讨厌透了。

她一下就跳了起来,对他说道:

"先生,我等回答!"

"回答什么?"公证人说,他的脸色忽然一下,变得刷白。

"借钱的事。"

"这个……"

强烈情欲到底占了上风:

"钱嘛。有的! ……"

他也不怕弄脏了他的晨衣。跪着爬了过来,

"求求你,不要走! 我爱你呀!"

他搂住她的腰。

包法利夫人脸上涨潮似的起了一层红晕。她气得一面往后退,一面喊道:

"你真不要脸,先生! 欺侮一个不幸的女人。我来求情,并不是来卖身!"

于是她就走了。

公证人目瞪口呆地盯着情妇送他的礼物这是一双漂亮的绣花拖鞋。一见拖鞋就减轻了他的痛苦。再说,他也想到,这种风流事做过了头,也会把他拖得下不了台的。

"多卑鄙!多无耻!……多下流!"她心里想,拔腿跑到路边的山杨树下。钱没借到反受气,失望使她更加愤怒。在她看来,老天似乎有意和她过不去,她不但不肯低头,反而要争口气;她从来没有这样看得起自己,也从来没有这样看不起别人。争强好胜使她忘乎所以。她恨不得要打男人一顿,朝他们脸上吐唾沫,把他们统统压垮;她赶快继续往前走,脸色惨白,全身发抖,怒气冲冲,眼睛含泪,望向一望无际的天边。恨得喘不过气来,却又似乎为了憎恨而感到自负。

她一眼看见了自己的房屋,忽然觉得全身麻木。她再也走不动了,但又不得不往前走。再说,还有哪里可以去呢?

费莉西在门口等她。

"怎么样?"

"没借到!"艾玛说。

她们两个商量了刻把钟,看看荣镇还有没有什么人可以救她,但只要费莉西提到一个名字,艾玛就反驳说:

"有可能吗!他们不会借的!"

"但是先生要回来了!"

"我知道……你走吧。"

一切都试过了。现在,没有什么办法,只好等夏尔回来时,照实对他说了:

"走开。这块地毯房子里的家具,一针一线,一草一木,都不再是你的,都是我害得你破产的,可怜的人!"

接着,他会大哭一场,大流眼泪,然后,惊魂一定,他又会原谅的。

"是的,"她咬紧牙关低声说,"他会原谅我的,可是即使他有一百万法郎给我,我也不会原谅他怎么认识了我的……不行!不行!"

一想到包法利比她强,她的气就更大了。其实,她说出来也好,不说出来也好,他早晚是要知道这场大祸的。那么,她一定要看到她怕看的情景了,一定要给他的宽宏大量压得喘不过气来了。

她还想去找勒合:哪有什么用呢?想到给她父亲写信:可时间已经来不及了。想到刚才为什么不顺从公证人呢?正在这时,她听见小路上的马蹄声。是他回来了,在开栅栏门,她一步跳下了楼梯,赶快往广场跑;脸色比新粉刷的墙还更苍白。镇长夫人正在教堂前面同斯蒂布杜瓦谈天,看见她走进了税务员的门。

镇长夫人跑去告诉卡龙太太。两个女人爬上顶楼,躲在竹竿上晾的衣服后面,正好看得见比内房里。

他一个人在屋顶下的小房间里,用些新月形或满月形的圆环,一个套着一个,整个竖起来好像一块方尖碑。仿制一个象牙连环套,这种工艺美术品没有什么实用价值,但他已经动手做最后一个圆环,眼看就要马到成功了!在这半明半暗的车间里,金黄色的木屑在车床上飞舞,有如快马飞奔时,马蹄铁打出的冠状火星网。车床上两个旋转的齿轮,发出了轰隆轰隆的声音;比内满脸堆笑,下巴低着,鼻孔张开,似乎沉醉在完美无缺的幸福中,这种幸福当然只有平凡的劳动才能得到,表面上困难、实际上容易干的活儿能使人心旷神怡,一旦大功告成,人就心满意足,不再想入非非了。

"啊!她在这里!"杜瓦施太太说。

但是车床转得太响,她讲什么不太可能听清楚。

两个女人到底听到了"法郎"两个字,杜瓦施太太就低声说:"她在请求允许她延期交付税款。"

"看起来好像是!"另一位太太说。

她们看见她来回走动,看看靠墙挂的餐巾环,摆在蜡烛台栏杆柱子上的圆球,而比内却摸摸胡子,自得其乐。

"她是来订货的吗?"杜瓦施太太说。

"他也不卖货呀!"她旁边的人反驳说。

税务员睁大眼睛,好像在听,但是似乎没有听懂。她还在继续讲,走到比内身边,胸脯扑扑地跳,他们不说话了。她的样子哀婉动人。

"她难道要勾引他?"杜瓦施夫人说。

比内连耳根都红了。她拉住他的手。

"啊! 实在太过分了!"

她当然是在提出干什么见不得人的事,因为税务员——他是一条好汉,在普鲁士为法兰西打过仗,还被提名申请十字奖章呢——忽然好像看见一条毒蛇一样,拼命向后退,口里喊道:

"夫人! 你想到哪里去了?"

"这种女人真该被教训一顿!"杜瓦施夫人说。

"她到哪里去了?"卡龙太太问道。

在她们说话时,她已经走了;她们见她穿过大街,往右一转,仿佛是要到墓地去,她们就只好胡思乱想。

"罗勒嫂子,"她一到奶妈家,开口就说,"我闷死了! ……帮我解开带子。"

她一下倒在床上,就啜泣起来。罗勒嫂子拿条围裙盖在她身上,站在她身边。她好久没有说话,老实的乡下女人就走开了坐到纺车前又纺起麻线来。

"啊! 不要干了!"她以为还是比内的车床在响,就埋怨说。

"怎么碍她的事了?"奶妈心里寻思。"她为什么要到这里来?"

她跑到这里来,仿佛家里有个凶神恶煞,追得她走投无路一般。

她一动不动地仰面躺着,两只眼睛发呆,虽然她要聚精会神,但是眼前的东西看起来总是模模糊糊的。她瞧着墙上剥脱的碎片,两块还没有烧尽的木柴,一头接着一头,正在冒烟,一只长蜘蛛在她头上的屋梁缝隙里爬着。她的思路倒理清了。她记起了……有一天,同莱昂……啊!那是多久以前……太阳照在河上,铁线莲散发出香气……于是,回忆就像一条奔腾的激流,很快又把她带到了昨天。

"几点了?"她问道。

罗勒嫂子走了出去,用右手的指头对着最明亮的天空,看了一看,慢慢地回来说:

"快三点了。"

"啊!多谢!多谢!"

因为莱昂要来了。这是一定的!他可能会搞到钱。不过他恐怕会去那边,她在这里他怎么想得到呢。于是她要奶妈赶快跑到家里去,把他带到这里来。

"赶快去吧!"

"嗯,太太,我去!我去!"

她现在觉得奇怪,一开头怎么没有想到他呢;昨天他答应了,不会不算数的;于是她已经看见自己到了勒合家里,把三张支票往桌上一摆。但还得找个借口捏造什么理由呢?对付包法利。

奶妈去了好久没有回来。不过,茅屋里没有钟,艾玛想:怕是自己心急,时间就显得长了。于是她在园子里兜圈子,走一步,算一步;她顺着篱笆走,又急忙走回来,怕奶妈走另外的小路先到。她等累了,坐在一个角落里,闭住眼睛,塞住耳朵。起了疑心,又怕自己疑心生暗鬼,就这样不知道待了多久。忽然间栅栏门嘎吱一

响,她跳了起来,但不等她开口,罗勒嫂子就说:

"你家里没有来人!"

"怎么?"

"啊!没有人来!先生在哭。他在喊你。大家都在找你。"

艾玛没有搭腔。呼吸急促,眼珠东转西溜,四处张望。乡下女人见她这副模样,以为她要疯了,本能地吓得缩起来。突然一下,她拍拍额头,喊了一声,因为罗多夫被她想了起来,这就好比划破漫漫长夜的一道电光,照亮了她的灵魂。他是多么好呵!多么温存体贴,多么慷慨大方!再说,是不是帮她这个忙他还拿不定主意,难道她不会用勾魂摄魄的眼色,使他重新眷恋已经熄灭的旧情?于是她赶快到于谢堡去,一点也没想到:她这也是送上门去,卖身投靠,而同样的勾当,刚刚在公证人家里,她却气得浑身哆嗦呢!

八

她一边走,一边寻思:"我怎么说呢?从哪里开始?"她认出了小树丛,白杨树,山坡上的黄刺条,还有远处的庄园。她发现自己恢复了初恋的心情,受到压制的心也如花怒放了。暖风亲吻着她的脸孔;正在融化的雪点点滴滴从新芽上落到草上来。

她像从前一样,从牧牛场的小栅栏门走了进去,走到两边有两排椴树的正院。椴树摇晃着长长的枝丫,发出了窸窣的响声。狗窝里的狗一起嗥叫,叫得上下翻腾,但却没有出来人。

她走上正面、有木栏杆的宽楼梯,来到铺了石板、灰尘满地的过道,那里并排开了好几个房门,就像修道院或者旅馆一样。他的卧室是前头左边的那一间。当她的手指要转动门锁的时候,忽然感到没有力气。她怕他不在里面,几乎希望他不在,然而这是她唯一的希望,最后的机会了。她站了一分钟,定了定神,急迫的感觉逼得她硬着头皮进去了。

他坐在壁炉前,两只脚放在炉架上,正在叼着烟斗吸烟。

"啊! 是你!"他马上跳起来说。

"对,是我! ……我要,罗多夫,请你帮我想个办法。"

不管她怎样竭尽全力,到嘴边的话总是说不出来。

"你没有变,总是这样可爱!"

"唉!"她痛苦地答道,"又可爱又可悲,因为你对我已经不屑一顾了。"

于是他就开始解释,说些不着边际的话,因为他临时什么借口捏造不出来。

她一听见他的话,甚至一听到他的声音,一看见他本人,就不能够摆脱;于是装作相信,说不准还是真相信:他们破裂的原因是一个秘密,关系到第三者的名誉、甚至生命。

"没有关系!"她伤心地瞧着他说,"但我吃了多少苦呵!"

他用哲学家的口气回答:

"人生就是这样! 至少,"艾玛接着说,"自从我们分手之后,你生活得还好吧?"

"啊! 不好……也不坏。"

"如果我们没有分手,也许好些。"

"是的……也许!"

"你真这样认为?"她来到他身边说。

她叹了一口气。

"啊,罗多夫! 你不知道……过去我多爱你!"

那时,她握住他的手,两人手指交叉,待了一会——就像头一次在农业展览会上一样！但他做了一个自尊的姿态，免得自己心软。而她却倒到他的怀里，说道：

"如果没有你，你叫我怎么活！习惯了幸福的生活，怎能失掉！我真伤心到了极点！那时我以为要死了！下一次再谈吧。可是你……总躲着我！……"

三年来，由于强者天性中的弱点，他总是小心在意地躲开她；现在，艾玛的头在他怀里蹭来蹭去，千娇百媚，胜过一只动情的母猫。

"你在爱别的女人吧，说老实话！啊！我懂得女人，得了！我原谅她们，谁经得住你的勾引呢？我曾经就上过钩吗！你是一个男子汉，你！你有很多讨好女人的条件。不过，让我们重新来过好不好？我们会相爱吗？你看，我笑了，我开心了！……你怎么不说呀！"

她的模样令人看了心醉，眼睛里含着哆嗦的泪珠，好像蓝色的花萼里蕴藏着暴风雨遗留下来的水珠。

她被他抱到膝盖上，用手背抚摸她光洁的鬓发，在昏黄的暮色中，最后一线夕阳的斜晖像一支金箭在她的头发闪烁。她低下了额头；他忍不住蜻蜓点水似的轻轻吻了她的眼皮。

"你哭过了！"他说。"为什么呀？"

她忽然啜泣起来，他以为这是她爱得憋不住了；但她又不作声，他以为这是她羞得不好意思开口，于是就高声说：

"啊！原谅我！其实我是唯一爱你的。我真是又傻又坏！我爱你，我永远爱你！……你怎么了？告诉我吧！"

她跪下了。

"哎！……我破产了，罗多夫！你借我三千法郎吧！"

"这个……这个……"他一边说，一边慢慢站了起来，但他脸上的表情显得那么严重。"你知道，"她赶快接着说，"我丈夫把财产都委托一个公证人代管；但他跑了。我们借了钱,病人又不付诊费。再说,清算还没结束,我们会有钱的。不过,今天,缺了三千法郎,人家就要扣押财产了;就是现在,就在眼前,我想找你帮忙,所以来了。"

"啊!"罗多夫心里想,脸色一下变得惨白,"她是为钱而来的!"

于是他平静地说:

"我没有钱,亲爱的夫人。"

他并不是说谎。要是他有钱的话,他当然会借的,但一般说来,借钱的人都不大方;摧毁爱情的狂风暴雨,其中最冷酷无情,最能连根摧垮的,就是借钱了。

她先是瞧着他,瞧了几分钟。

"你没有钱!"

她重复了好几次。

"你没有钱!早知如此,我又何必来丢这最后一次脸!你从来就没有爱过我!你也并不比别的男人好!"

她将真心话说了出来,不知如何是好。

罗多夫打断了她的话头,说他自己也"手头拮据"。

"啊!我可怜你!"艾玛说,"的确,你也非常值得我可怜!……"

于是她的眼光落在一支镶嵌着银丝图案的马枪上,马枪在陈列武器的盾形板上闪闪发光。

"如果你真没有钱,你的枪托上就不会镶嵌银丝!你也不会买珍珠贝壳装饰的座钟!"她指着布尔的座钟继续说,"更不会给马鞭接上镀金的银哨子——(她动手摸摸银哨)——当然不会在金表上挂些琳琅满目的小玩意了!唉!你不缺什么,甚至卧房里还有一个放酒瓶、酒杯的柜子;因为你不肯亏待自己,你要生活得舒服。你有房子,田产,树林;你去围场打猎,去巴黎旅行……咳!哪怕就是这小玩意儿,"

她拿起壁炉上的衬衫纽扣来,高声说,"就是这微不足道的小玩意!也值好多钱呵!……啊!我并不要你的,你自己留着吧!"

她把两个纽扣扔得老远,小金链子在墙上碰断了。

"而我呢,为了得到你一个微笑,为了让你多看我一眼,为了听到你说一声'谢谢',我可以把一切献给你,把一切都卖掉,我可以干粗活,可以沿街乞讨。而你现在却没事似的坐在安乐椅里,仿佛你并没有使我吃过苦,受过罪!你知道吗?没有你,我本来可以过得快活!谁要你来找我?难道是打赌吗?你说你爱过我,……刚才还这样说……啊!你还不如把我赶走呢!刚才你吻过我的手,手现在还是暖和的,就在这个地方,就在这地毯上,你跪在我面前发誓,说你永远爱我。使我相信了你:整整两年,你使我沉醉在最香甜的美梦中!……唉!我们的旅行计划,你记得吧?唉,你那封信,你那封信!我的心都被它撕碎了!……现在我来找他,找他。他又有钱,又快活,自由自在!我来求他帮忙,谁也不会拒绝的,我来恳求他,没有带来丝毫怨恨,他却拒绝了我,因为我要花他三千法郎!"

"我没有钱!"罗多大不动声色地答道,控制住了的愤怒反而显得平静,这种平静又像盾牌一样挡住了愤怒。

她出来了。墙在发抖,天花板要压垮她;她又走上了长长的小路,枯叶被风吹散,又聚成一堆,几乎把她绊倒。她总算走到了铁门前的界沟;她这样急着要开门,结果指甲都给锁碰坏了。然后再走一百步,累得气喘吁吁,简直要跌倒了,她才站住。于是她转过身来,又一次看了一眼不动声色的于谢堡,还有牧牛场,花园,三个院落和房屋正面高低上下的窗子。

她怅然若失地站着,忽视了自己的存在,只听到脉搏的跳动。仿佛震耳欲聋的音乐弥漫在田野间。她脚下的泥土比水波还更柔软,犁沟在她看来似乎成了汹涌澎湃的褐色的大浪。她头脑中的回忆、想法,也都一下跳了出来,好像烟火散发的万朵金花。她看到了她的父亲，勒合的小房间，她幽会的密室，还有其他景色。她的神经错乱，害怕起来，好不容易才恢复平静，当然还是模模糊糊的，因为她居然忘记了是金钱问题使她落到这个地步。她只感到爱情的痛苦，一回忆起来，就丧魂失魄，好像伤兵在临死前看到生命从流血的伤口一滴滴流掉一样。

天黑下来了，乌鸦在天空中乱飞。

忽然之间，她仿佛看到火球像气泡一样在空中爆炸，像压扁了的圆球一样振荡发光，然后转呀，转呀，转到树枝中间，融化在雪里了。在每一个火球当中，她都看见了罗多夫的面孔。火球越来越多，越来越互相接近，渗透到她身上，就消失了。她定睛一瞧，原来是万家灯火，远远在雾中闪烁。

于是她的处境才像无底的深渊，出现在她眼前。她喘不过气来，胸脯喘得都要裂开了。她一激动，英雄气概也油然而生，这几乎使她感到快乐了，就跑下山坡，穿过牛走的木板桥，走上小街小巷，走过菜场，来到药房门前。

药房里没有人。她要进去；但门铃一响，会惊动大家的；于是她溜进栅栏门，连大气也不敢出，只是摸着墙，一直走到厨房门口，看见一支蜡烛在炉台上点着。朱斯坦穿着一件衬衫，端着一盘菜走了。

"啊！他们正在吃晚餐。等一等吧。"

他回来了。她敲敲窗玻璃。他走了出来。

"钥匙！就是上头那一把，放……"

"怎么？"

他瞧着她，她的脸色怎么变得这样惨白，在黑夜的衬托下，更形成了鲜明地对照。在她看来，她简直美得出奇，像幽灵一样高不可攀。他不了解她的用意，但却有不祥的预感。

她赶快接着说，声音很低，很甜，令人心醉。

"我要钥匙！你给我吧。"

板壁很薄，餐厅里叉子碰盘子的响声可以听得到。

她借口说老鼠吵得她睡不着，她要毒死老鼠。

"那我得向老板报告。"

"不要！等一等！"

然后，她装出满不在乎的样子说：

"哎！用不着你去，我马上就告诉他。来，你给我照亮！"

她走上通到实验室的过道。墙上有一把贴了"储蓄室"的标签的钥匙。

"朱斯坦！"药剂师等上菜等得不耐烦了，喊道。

"上楼！"

他跟着她。

钥匙在锁孔里一转，她就一直走到第三个药架前，凭着她的记忆，拿起了一个蓝色的短颈大口瓶，拔掉塞子，伸进手去，里面的白粉被抓出了一把，马上往嘴里塞。

"使不得！"他扑过去喊道。

"别嚷！人家一来……"

这真要了他的命，他要叫人。

"什么也别说，免得连累你的老板！"

于是她转身就走，痛苦也减轻了，几乎和大功告成后一样平静。

夏尔知道了扣押的消息，心乱如麻，赶回家来，艾玛却刚出去。他喊呀，哭呀，晕了过去，但她还没回来。她会到什么地方去呢？他派费莉西去奥默家，杜瓦施先生家，勒合店里，金狮旅店，哪里也找不到；他一阵阵地心急如焚，看到自己名誉扫地，财产丧失，贝尔特的前途无望！为了什么缘故？……怎么没有一句话！他一直等到晚上六点钟。最后，他等不下去了，以为她去了卢昂，就到大路上去接她，但走了半古里也没有碰到人，又等了一会儿才回家。

她却先回来了。

"出了什么事？……什么缘故？……你能讲讲吗？……"

她坐在书桌前开始写信。慢慢封上，盖印，再写日期，钟点。然后郑重其事地说：

"你明天再看信。从现在起，我请求你，一句话也不要问我！……一句也不要！"

"不过……"

"唉！让我安静一会儿！"

说完，她就伸直身子躺在床上。

她感觉嘴里有一股呛人的味道，使她醒了过来。她隐约看见夏尔，就又闭上眼睛。

她留意看自己有没有难受。现在还没有。她听见座钟的嘀嗒声，火柴的噼啪声，夏尔站在她床边的呼吸声。

"啊！死也不算什么！"她心里想。"如果我睡着了，就什么都完了！"

她喝了一口水，翻身朝墙躺着。

嘴里还有那股。

"我渴！……唉！我渴得厉害！"她唉声叹气地说。

"你怎么啦？"夏尔端了一杯水给她，问道。

"没什么！……打开窗子……我闷死了！"她突然觉得恶心，刚把枕头下面的手帕打开，就吐出来了。

"拿开！"她赶快说；"扔掉！"

他问她,她不答。她一动不动,只要稍微动一下就会呕吐。同时,她觉得两脚冰凉,寒冷从脚上升到了心窝。

"啊!瞧!现在开始了!"她低声说。

"你说什么?"

她痛苦得把头转来转去,不断地张开上下颚,仿佛舌头上压了什么东西似的。到了八点钟,又呕吐起来了。

夏尔注意到脸盆底上有一种白色的砂粒,粘在瓷面上。

"这可怪了!这可少见!"他重复说。

但她便说:

"不对,你看错了!"

于是,他小心翼翼地,几乎是抚摸似的把手放在她肚子上。她尖声叫起来。他吓得连忙往后退。

接着,她就开始呻吟,起初声音微弱。后来肩膀发抖,脸比床单还白,蜷缩的手指紧抠住被子。她的脉搏不匀,现在几乎感觉不到了。

大滴汗珠从她脸上渗透出来,脸孔发青,好像金属蒸发成了气体,又再凝成固体一样。她的牙齿上下颤抖,眼睛大而无神,四处张望,不论问她什么,她都不回答,只是摇头,有时还微笑了两三回。渐渐地,她呻吟得更厉害了。她不由自主地发出喑哑的叫声,口里却说自己好多了,马上就可以起床。但她又浑身抽搐,大声喊道:

"哪!这太狠了,我的上帝!"

他跪在床前。

"你把什么吃了?说呀!看在老天面上,回答我吧!"

他用温情脉脉的眼光瞧着她,她好像从来没见过他过这样温存体贴。

"那好,那封……那封!……"她有气无力地说。

他跳到书桌前,拆开盖了印的信封,高声念道:"不要怪任何人……"他顿住了,用手擦擦眼睛,再念下去。

"怎么……救人呀!快来呀!"

他翻来覆去,却说两个字:"服毒!服毒!"费莉西跑去奥默家,奥默在广场上大声喧嚷:勒方苏瓦大娘在金狮旅店都听见了,有几个人马上去通知邻居,一夜之间,全村都知道了。

夏尔丧魂失魄,话也说不清楚,几乎站不住了,只在房里转来转去。他撞在家具上,扯自己的头发,药剂师怎么也没想到他能做出这样吓人的事来!

他坐下来给尼韦先生和拉里维耶博士写信。他糊糊涂涂,起草了十五回。伊波利特送信到薪堡去,朱斯坦拼命踢包法利的马,马累得精疲力竭,跑不动了,只好丢在吉约姆树林坡子下。

夏尔要查医学词典,但他看不清楚,每行字都在跳舞。

"镇静一点!"药剂师说。"只要吃下烈性的解毒药就行了。服的是什么毒?"

夏尔给他看信。她吃的是砒霜。

"那么,"奥默接着说,"应该化验一下。"

因为他知道,不管中什么毒,都要先化验。夏尔没有懂。只跟着说:

"啊!好的!好的!救救她吧……"

然后,他回到她床边,支持不住了,倒了下来,坐在地毯上,头靠着床沿,只是泣不成声。

"不要哭!"她对他说。"不用多久,我就不会再折磨你了!"

"为什么要这样?有谁强迫你?"

她回答道:

"我不得不这样,我的朋友。"

"难道你过得不快活? 是不是我的错? 我能为你做什么,我一定能做到!"

"不错……你说得对……你是个好人,你!"

她把手放在他头发上,慢慢地抚摸。这种温柔的感觉更加重了他的痛苦。当她显得比过去更爱他的时候,他总要抛弃她,一想到这点,他就感到心灰意冷,仿佛整个生命在悄悄地流走,他毫无办法,他不知道该如何是好,也不敢动手,现在迫切需要他马上做出决定,他反倒心乱如麻了。

她心里万念皆空,不再在乎人世的欺诈,卑鄙的行径,折磨她的无数贪欲。现在,她也不恨任何人了;苍茫的暮色笼罩着她的思想,人间的闲言碎语,她能听到的只是这颗痛苦的心发出的悲叹哀鸣,断断续续、温温顺顺、朦朦胧胧,好像交响乐逐渐消逝的回声。

"我要看看孩子,"她支起胳膊肘说。

"你看了不会更难过吗?"夏尔问道。

"不会! 不会!"

孩子由女佣人抱来了,还穿着长睡衣,露出了两只光脚丫,脸上没有笑容,仿佛还在梦中。她莫名其妙地看着乱七八糟的房间,眨眨眼睛,桌子上点着的几根蜡烛使她眼花缭乱。不消说,烛光使她勾起了过年过节的清晨,她总是这样一早就给烛光照醒,被抱到母亲的床上,来接受节日的礼物,因为她发问了:

"东西在哪里,妈妈?"

没有人回答。

"我的小鞋子呢?"

费莉西把她抱到床头,她却总是看着壁炉旁边。

"是不是奶妈拿走了?"她问道。

一听见"奶妈"两个字,包法利夫人就想起了她和奸夫的幽会,当前的灾难,她立刻转过头去,仿佛嘴里尝到一种恶心的味道,比毒药还更厉害。那时,贝尔特被放在床上。

"啊!你的眼睛好大,妈妈,脸好白,汗好多呵!……"

她母亲瞧着她。

"我怕!"孩子边说边往后缩。

艾玛拉住她的小手,想亲亲她,她却挣开了。

"行了!把她抱走吧!"夏尔在床后啜泣,大声喊道。

然后,病人的症状有一阵子不那么明显;她好像不那么激动不安了;于是,她每说一句无关紧要的话,胸口比较平静地吐出一口气,他都觉得回生有望。等他到底看见卡尼韦进来,就扑到他怀里,哭着说:

"啊!你来了!感谢上帝!你真好!现在,她好点了。你来看……"

他同行的看法和他截然不同,说起话来,像他自己说的,也不"转弯抹角",他直截了当地开了催吐剂,要把肚子里的东西清理得一干二净。

不料她却吐起血来。她的嘴唇咬得更紧,四肢抽搐,身上起了褐色斑点,脉搏一按就滑掉了,好像一根绷紧了的线,或是快要绷断的琴弦。

然后她大叫起来,吓得吓人,她咒骂毒药,说毒药该死,但又哀求它快点送掉她的命,并且伸出僵硬的胳膊,推开夏尔竭力要她喝下去的药,看起来他比她还更痛苦。他站在那里,用手帕遮住嘴唇,发出嘶哑的哭声,呜咽得出不了气,浑身颤抖,连脚后跟也一颠一颠。费莉西在屋里跑上跑下;奥默动也不动,只是大声叹息;卡尼韦先生始终保持镇静,也开始觉得不对了。

"见鬼!……但是……她已经排除干净了,而病源一消失……"

"病状应该消失,"奥默说,"这是不消说的。"

"救救她吧！"包法利喊道。

药剂师居然大胆提出假设："这说不定是转折的顶点。"但卡尼韦不屑理睬，正要用含鸦片的解毒剂，忽然听马鞭挥舞的噼啪声。上下的玻璃窗都震动了，三匹全副披挂的快马，拉着一辆轿式马车，污泥一直溅到马耳朵上，一下就冲过了菜场转弯的地方。原来是拉里维耶博士大驾光临。

天神下凡也不会使人更加激动。包法利举起了两只手，卡尼韦立刻打住了，奥默赶快脱下不必脱的希腊小帽，那时医生还没有进门呢。

他属于穿比夏白大褂的伟大外科学派，对于现代人来说，知名度已经大不如前了。但他们既有理论，又能实践，如醉如痴地热爱医学，动起手术来精神振奋，头脑清醒！他一生起气来，医院上下都会震动，他的学生对他崇拜得五体投地，刚刚挂牌行医，就竭力模仿他的一举一动；结果附近城镇的医生，个个像他一样，穿棉里毛料的长外套，宽大的藏青色工作服；他的衣袖纽扣总是解开的，遮在他丰腴的双手上，手很好看，从来不戴手套，随时准备投入行动，救苦救难似的。他不把十字勋章、头衔、学院瞧在眼里，待人温和，慷慨大方，济贫扶幼，施恩而不需要回报，可以说是一个圣人，但是他的智力敏锐，明察秋毫，使人怕他就像害怕魔鬼一样。他的目光比手术刀还更犀利，一直深入到你的灵魂深处，穿透一切托词借口、不便启齿的言语，揭露出藏在下面的谎言假话来。这样，他既庄严肃穆，又平易近人，说明他意识到自己伟大的才能，顺利的处境，以及四十年来辛勤劳动、无可非议的生活。

他一进门，看见艾玛仰面躺在床上，嘴唇张开，脸如死灰，就把眉头皱了一下。然后，他好像在听卡尼韦说话，一边把食指放在鼻孔底下，一面重复地说：

"哦，这样，这样。"

但他慢慢耸了一下肩膀。包法利瞧见了；两人互相瞧了一眼；这个阅尽人间苦难的名人不住流下泪来，溅在胸前的花边上。他要和卡尼韦不想叫人知道说话，便

叫他到隔壁房间去。夏尔不知就里,也跟了过去,问道:

"她病得很厉害,是不是? 用芥子泥治疗可以吗? 我不知道用什么好! 请您出个主意,您救过这么多人呵!"

夏尔把两只胳膊都放在他身上,注视着他,眼神流露出恐惧和哀求,几乎晕倒在他胸前。

"得了,我可怜的人,你要挺得住! 没有什么办法了。"

拉里维耶医生转过身去。

"你就走吗?"

"我还回来。"

他同卡尼韦先生走了出去,好像有话要吩咐马车夫,卡尼韦也不愿意看到艾玛死在自己手里。

药剂师跟着他们到了广场上。他一见了名人就不愿离开。因此他恳求拉里维耶先生不嫌简陋,光临他家吃顿午餐。

他赶快差人到金狮旅店去要鸽子,到肉店去要所有的排骨肉,到杜瓦施家去要奶油,找勒斯蒂布杜瓦要鸡蛋,药剂师自己也动手准备,而奥默太太却一边束紧围裙带子,一边说道:

"真对不起,先生;因为在我们这个倒霉的小地方,要不是头一天先通知……"

"高脚杯!!!"奥默低声说。

"要是我们在城里,至少我们可以做个蹄髈肉……"

"不要啰唆! ……请入席吧,博士!"

他认为吃了几口之后,应该提供这场事故的一些情节:

"我们开头只看到她喉咙干燥,然后上腹部痛得要命,上吐下泻,外在昏迷状态。"

"她为什么服毒？"

"我也不清楚，博士，我甚至不知道她哪里搞到的砒霜亚砷酸。"

朱斯坦这时端了一叠盘子进来，忽然双手发抖。

"你怎么了？"药剂师问道。

年轻人听见问他，一失手盘子丁零当啷全都掉到地上去了。

"笨蛋！"奥默喊了起来；"该死！木头人！蠢驴一条！"

但他一下控制住了自己：

"我想，博士，应该化验一下，首先，我小心地把一根管子插进……"

"其实，"外科医生说，"不如把手指伸进她的喉咙。"

卡尼韦没有说话，他刚刚因为用了催吐剂，已经挨了一顿顾全面子的申斥，结果这位治跛脚时盛气凌人、口若悬河的同行今天变得非常谦虚，只是满脸堆笑，满口唯唯诺诺。

奥默今天做了东道主，得意扬扬，包法利的悲痛使他反躬自省，对比之下，反而模糊地感到高兴。加上博士在座，他更忘乎所以。他卖弄杂家的知识，胡拉乱扯，大谈西班牙的斑蝥，果实有毒、见血封喉的树木、蝰蛇。

"博士，我在书上看到，不同的人吃了熏得太厉害的香肠一样会中毒，就像触了电一样！至少，我们的药剂学大师，著名的卡德·德·加西古，就在他的报告里提到过。"

奥默太太又出来了，端着一个摇摇晃晃的酒精炉子；因为奥默想在餐桌上煮咖啡，而且已经亲手炒好，亲手磨好，亲手调制好了。

"砂糖，博士，"他递上砂糖时，用拉丁文说。

然后他把孩子们都叫下楼来，想要知道外科医生对他们体格的看法。

然后，拉里维耶先生要走，奥默太太还请求他检查一下她的丈夫。他的血流得迟钝了,每天晚餐后都要打瞌睡。

"只要头脑不迟钝,血脉不碍事的。"

医生的俏皮话,没有人听出别有用意之处,他只是微微一笑,打开了门。药房里排满了人,使他脱不了身,杜瓦施先生怕妻子胸部有炎症,因为她在炉灰里吐痰,已经习惯了;比内先生有时饿得发慌;卡龙太太身上老痒;勒合觉得头晕;勒斯蒂布杜瓦有风湿症;勒方苏瓦老板娘的胃反酸。最后,三匹马拉着医生走了,大家都愿他不随和。

恰好布尼贤先生捧着圣油,走过菜场,才转移了大家的视线。

奥默根据他推理的原则,把神甫比如死尸引来的乌鸦;看教士,他就浑身不舒服,因为黑道袍使他想到了裹尸布。他讨厌道袍,有一点是由于尸布使他害怕。

然而,面对他所谓的"天职",他并没有退缩,而是按照拉里维耶先生临走前的嘱咐,陪同卡尼韦回到包法利家去;要不是他太太反对,他甚至要把两个儿子也带去见见世面,这好比上一堂课,看看人家的榜样,将来头脑里也可以记得这个庄严的场面。

他们走进了庄严而阴森的房间。女红桌上蒙了一条白餐巾,银盘子里放了几个小棉花球,旁边有个大十字架,两边点着两支蜡烛。艾玛的下巴靠在胸前,两只眼睛大得像两个无底洞;两只手可怜巴巴地搭在床单上,就像人之将死其心也善,其形也恶,恨不得早点用裹尸布遮丑一样。夏尔的脸白得如同石像,眼睛红得如同炭火,没有哭泣,站在床脚边,面对着她;而神甫却一条腿跪在地上,咕噜咕噜地低声祷告。

当他转过脸来看见了神甫的紫襟带,居然脸上有了喜色,当然是在异常的平静中,重新体验到已经失去的、初次神秘冲动所带来的快感,还看到了即将开始的永恒幸福。

神甫站起来拿十字架;于是她如饥似渴地伸长了脖子,把嘴唇紧贴在基督的圣体上,用尽了临终的力气,吻了她有生以来最伟大的一吻。接着,他就念起"愿主慈悲""请主赦罪"的经来,用右手大拇指沾沾圣油,开始行涂油礼:先用圣油涂她的眼睛,免得她贪恋人世的浮华虚荣;再涂她的鼻孔,免得她流连温暖的香风和缠绵的情味;三涂她的嘴唇,免得她开口说谎,得意得叫苦,淫荡得发出靡靡之音;四涂她的双手,免得她挑软拣硬;最后涂她的脚掌,免得她幽会时跑得快,过后,却走不动了。

神甫把沾了圣油的棉花球丢到火里擦干净他自己的手指头,过来坐在临终人的身边,告诉她现在应该把自己的痛苦和基督的痛苦结合在一起,等候上天地宽恕了。

他说完了临终的劝告,把一根经过祝福的蜡烛放进她的手里,象征着她将要沐浴在上天的光辉中,艾玛太虚弱了,手指头合不拢,若不是布尼贤先生帮忙,蜡烛就要掉到地上。

她的脸色不像原来那样惨白，表情反而显得平静，仿佛临终圣事真能妙手回春似的。

神甫当然不会视而不见。他甚至向包法利解释：有时主为了方便拯救人的灵魂，可以延长人的寿命。夏尔记起了那一天，她也像这样快死了，领圣体后却起死回生。

"也许不该灰心失望，"他心里想。

的确，她慢慢地向四围看了看，犹如大梦方醒，然后用清清楚楚的声音要她的镜子。她照了好久，一直照得眼泪汪汪。

那时，她仰起头来，又倒在枕头上了，叹了一口气。

她的胸脯立刻急速起伏。整个舌头伸到嘴外，灰暗的像两个油尽灯残的玻璃罩，眼珠还在转动，人家会认为她已经死了，但是她还拼命喘气，喘得胸脯上下起伏，越来越快，快得吓人，仿佛灵魂出窍时急得蹦蹦跳跳似的。费莉西跪在十字架前，药剂师也弯了弯腿，卡尼韦先生却茫然看着广场。布尼贤脸靠在床沿上，又念起祷告词来，夏尔穿着黑色的长袍跪在对面向艾玛伸出胳膊。他紧紧握着她的双手，她的心一跳动，他就哆嗦一下，仿佛大厦坍塌的余震一样。垂死的喘息越来越厉害，神甫的祷告也就念得像连珠炮；祈祷声和夏尔遏制不住的啜泣声此起彼伏，有时呜咽淹没在祷告声中，就只听见单调低沉的拉丁字母咿咿呀呀。

忽然听见河边小路上响起了木鞋的嗒嗒声，还有木棍拄地的笃笃声；一个沙哑的声音唱了起来：

天气热得小姑娘

做梦也在想情郎。

艾玛像僵尸触了电一样披头散发，目瞪口呆。坐了起来，

大镰刀呀割麦穗，

要拾麦穗不怕累，

小南妹妹弯下腰，

要拾麦穗下田沟。

"瞎子！"她喊道。

艾玛大笑起来，笑得如疯如狂，伤心绝望，令人害怕，她相信永恒的黑暗就像瞎子丑恶的脸孔一样可怕。

那天刮风好厉害，

吹得短裙飘起来！

她一阵抽搐倒在床褥上。等大家过去看时她已经断了气。

世界二十大名著 包法利夫人

九

人死之后，仿佛总会发出令人麻木的感觉，使人难以置信、也难相信：生命怎么化为乌有了。但当夏尔看见她不动的时候，就扑在她身上，喊道：

"永别了！永别了！"

奥默和卡尼韦把他拉到房间外面去。

"你要克制自己！"

"是的，"他挣扎着说，"我明白，我没事。不过，放开我吧！我要看看她！她是我的妻子呀！"

他于是哭了起来。

"哭吧，"药剂师接着说，"哭个痛快，心里会好受些！"

夏尔由他们拉到楼下厅子里变得比孩子还脆弱，奥默先生接着也回家了。

他在广场上碰到瞎子，他拖拖拉拉地到荣镇来讨消炎膏，碰到人就打听药剂师住的地方。

图文珍藏版

"得了！你以为我闲得没事要打狗吗！咳！去你的吧，等我有空再来！"

他忙忙碌碌走进了药房。

他要写两封信，要给包法利配一副镇静剂，要捏造谎言以掩盖服毒之事，写成文章寄给《灯塔》报，还不提那些要向他打听消息的人呢；一直等到荣镇的人都知道，艾玛做香草奶酪时，错把砒霜当作糖了，这时，奥默又一次回到了包法利家。

他发现夏尔一个人（卡尼韦先生刚走）坐在扶手椅里，靠近窗子，白痴似的瞧着厅子里所有的一切。

"现在，"药剂师说，"你应该自己定一下举行仪式的时间。"

"做什么？什么仪式？"

然后，他结结巴巴、畏畏缩缩地说：

"哎呀！不要，好不好？不要，我要在她的身旁看着她。"

奥默不慌不忙，拿起架子上的浇水壶，去浇天竺葵。

"啊！多谢，"夏尔说，"你真好！"

他说不下去了，因为药剂师浇水的姿势勾引起他无限的伤心往事，使他透不过气来。

奥默以为不妨谈谈园艺，也为了和他分忧说植物需要水分。夏尔低下头来表示同意。

"再说，好日子快来了。"

包法利"啊"了一声。

药剂师轻轻拉开窗玻璃上的小窗帘他觉得无话可说。

"瞧，杜瓦施先生过来了。"

夏尔也机械地跟着说：

"杜瓦施先生过来了。"

奥默不敢再对他谈那件伤心的往事,倒是神甫的话还起作用。

夏尔把自己关在诊室里,还啜泣了好一阵子,这才拿起笔来写道:

"我要她下葬时穿结婚的礼服,白缎鞋,戴花冠。头发披在两肩。要橡木的,桃花心木的,铅的三副棺木。不要对我讲了,我会挺得住的。她身上要盖一条绿色丝绒毯子。请照办吧。"

先生们觉得非常意外:包法利哪里来的这么多浪漫想法!药剂师立刻过去对他说:

"在我看来丝绒毯子未免多余。再说,开销……"

"这和你有什么关系?"夏尔喊了起来。"不要管我的事!你不爱她!走吧!"

神甫挽着他的胳膊,同他在花园里散步。他大谈人世的浮华虚荣。只有上帝是真正伟大、真正慈悲的;人人都有该毫无怨言地听他安排,甚至还该感恩戴德。

夏尔居然咒骂起来:

"上帝我讨厌你!"

"你的抵触情绪还没消呢,"神甫叹口气说。

包法利已经走远了。他挨着墙边的果树大步走着,望着天空咬牙恨所有的一切,露出了诅咒的神气,但连一片树叶也没有惊动。

下起小雨来了。夏尔敞露着胸脯,冷得他直打哆嗦。他回到屋里。

六点钟,广场上响起了铁车轮碰地的声音:燕子号班车到了。他把额头贴着窗玻璃,看乘客一个接着一个下车。费莉西在客厅地上给他铺了一个床垫,他倒在上面就睡着了。

奥默先生尊重死者,居然到了逆来顺受的地步。因此,他并不和可怜的夏尔计较,一到晚上,他又守灵来了,带了几本书和一个活页本子留用做笔记。

布尼贤先生也在。灵床已经挪了位置,床头点了两根大蜡烛。

药剂师受不了寂静的压力，忍不住发了几句牢骚，埋怨这个"不幸的少妇"，神甫却回答说：现在只应该为她祈祷了。

"不过，"奥默接嘴说，"二者必居其一：如果她的死是上天的安排（像教会所说的那样），那么，她一点也不需要我们祈祷；要不然，如果她死不悔改（我想这是教士的用语），那么……"

布尼贤打断他的话，用粗暴的声音反驳，说那更少不了祈祷。

"不过，"药剂师不同意，"既然上帝知道我们需要什么祈祷也是没有用的？"

"怎么！"神甫说，"不祈祷！难道你不是基督教徒？"

"对不起！"奥默说。"我信仰基督教。首先，它解放了奴隶，在世界上提出了一种道德观……"

"不对！所有的经文……"

"呵！呵！至于经文，打开历史看看，谁不知道，经文是耶稣会篡改了的！"

夏尔进来了，他走到灵床前，慢慢拉开帐子。

艾玛的头歪向右边的肩膀。嘴角张开，仿佛脸孔下半开了一个黑洞，两个大拇指都折向手心，有一层白色的粉末撒在眼睫毛上，眼睛开始看不见了，上面出现了灰白色的粘液，好像蜘蛛结了一层薄网似的。床单从胸脯到膝盖都凹了下去，到脚尖又高了起来。在夏尔眼里，仿佛是不知道多么重、多么大的东西把她压扁了。

教堂的钟敲两点。听得见淙淙的河水在平台脚下流过，流进黑暗中去。

布尼贤先生劲头一来就大声擤鼻子，奥默却用笔把纸刮得吱吱响。

"算了，我的好朋友，"他说。"在这里难过的样子何必呢，还不如走开的好。

夏尔一走开，药剂师和神甫又恢复辩论了。

"应该读伏尔泰！"一个说，"读霍尔巴赫！读《百科全书》！"

"应该读《葡萄牙籍犹太人写的信》！"另一个说。"读前任文官尼古拉写的《基督教之道》！"

他们争得面红耳赤，他们同时各讲各的，谁也不听谁的；布尼贤气得要命，说对方胆大脸厚；奥默觉得奇怪，说神甫怎么这样愚蠢；他们差不多要破口大骂了，偏偏夏尔又忽然出现。他好像着了魔似的，时时刻刻跑上楼来。

他站在她对面看她，好看得清清楚楚。他专心致志地看，看得忘记了自己，也就忘记了痛苦。

他记起了感应的故事，磁力造成的奇迹；他自言自语，只要专心致志，也许可以起死回生。有一次他甚至弯下腰来，低声叫道："艾玛！艾玛！"他使劲呼出的气息使烛影在墙上摇晃。

一大早，包法利奶奶赶来了。夏尔拥抱她的时候，又是满脸泪痕。她也像药剂师一样，想劝他节省丧葬的开销。他气得这样厉害，她只好闭口不谈；他反倒支使她到城里去，买些必不可少的东西。

夏尔整个下午没人做伴；贝尔特送到奥默太太家去了；费莉西待在楼上房间里，和勒方苏瓦大娘一起守灵。

晚上，他接待来吊唁的人。他站起来，和吊客握手，说不出话，然后大家挨着坐下，在壁炉前围了半个圆圈。大家都低着头，发出叹息都觉得无聊，但是又不好意思说走。

奥默两天来，只见他在广场上，九点钟又来到这里，带来一堆樟脑，安息香和香草。他还带着一满瓶漂白水，要给房间消毒。这时，女佣人，勒方苏瓦大娘，包法利奶奶围着艾玛，忙着给她换衣服；她们给她蒙上绷紧的罩布，一直罩到她的缎鞋。

费莉西哭着说：

"啊！可怜的太太！可怜的太太！"

"瞧她，"旅店老板娘同情她，"她看起来还是多么可爱！谁敢说她不会马上爬起来呢！"

随后，她们弯下腰去，给她戴好花冠。

要戴花冠一定要把头抬高一点，那时好像呕吐一样一般黑水从嘴里流了出来。

"啊！我的上帝！当心袍子！"勒方苏瓦大娘叫了起来。

"来帮帮忙吧！"她对药剂师说，"难道你还害怕？"

"我会害怕？"他耸耸肩膀答道。"哎！你说到哪里去了！我学制药的时候，在市医院还见过死人吗！我们还在解剖尸体的阶梯教室里做过五味酒呢！死吓不倒哲学家。我不是时常说，要把遗体送给医院，可以对科学做出贡献吗！"

神甫一到，就问包法利先生身体如何；听了药剂师的回答，就说：

"打击太大了，你知道，恢复需要时间。"

于是奥默祝贺他，不像凡夫俗子，不会失掉终身伴侣；结果两人对神甫婚姻的问题争论起来了。

药剂师说，"男人若少了女人，这太不合乎情理了。这太不合乎情理了！有些男人犯罪……"

"不过，木头刀子！"教士喊了起来，"你怎么能要一个结了婚的人，比如说，保守别人忏悔的秘密呢？"

奥默攻击忏悔。布尼贤为忏悔辩护；他大加发挥，说忏悔可以使人改过自新。他举了道听途说的小故事来做证明，一些小偷怎么一下变成好人。一些军人一走进忏悔厅，立刻看清了自己的罪过。弗里堡有一个神甫……

他的对方已经进入梦中。他觉得房间里有点别闷，就去打开窗子，却把药剂师惊醒了。

"来吧！吸口烟！"他对他说。"一吸，就不困了。"

从这处不知什么地方传来断断续续拖得很长的狗叫声。

"你听见狗叫吗?"药剂师问。

"有人说,狗闻得到死人的气味,"教士答道。"蜜蜂也是一样,一有死人就会飞出蜂窝。"

奥默没有反驳这些谬论,因为他又睡着了。

布尼贤先生更挺得住,口中继续念念有词,然后,不知不觉的下巴一耷拉,放松了手里的黑色大书,也打起鼾来。

他们两个人眉头紧皱,脸皮浮肿,肚子鼓起而对面坐着,在争论不休之后,都为人类共同的弱点所征服;他们一动不动,和他们旁边的尸体一样,而尸体看起来却也在睡觉呢。

夏尔进来并没有吵醒他们。这是最后一次。他来向她告别。

香草烧得还在冒烟,淡蓝色的滚滚烟雾,飘到窗口,就和窗外进来的雾气打成一片。

天上有几颗闪烁的星星,夜死一般的寂静。

熔化了的蜡烛油像大颗眼泪一样滴到床单上。夏尔看着燃烧的蜡烛焰发出的光把他的眼睛都看累了。

缎子长袍上的波纹闪闪烁烁,像月光一样的。艾玛仿佛已化为全体在长袍下看不见了。从她身上散发出来,朦朦胧胧,和周围的东西,寂静,黑夜,吹过的风,冉冉升起的、阴森潮湿的香气,融合为一了。

忽然他看见她在托特的花园里,在荆棘篱笆旁边的长凳上,忽然一下,又在卢昂,在大街上,在他们家门口,在贝尔托的院子里。他还听见快活的小伙子在苹果树下跳舞的笑声;房间里弥漫着她头发的香味,她的长袍在他怀里发出火花般的爆裂声。她现在穿的就是那件袍子!

他就是这样一桩桩、一件件,回忆已经消逝了的幸福,她的态度,她的姿势,她的声调。一阵难过之后,又来另外一阵,永远消失不了,就像潮水泛滥,后浪推前浪一样。

他忽然好奇得要死:心不停地跳着,慢慢地用手指尖揭开了她的面罩。他吓得大喊一声,把两个睡着了的人都叫醒了,他们赶快把他拉到楼下厅子里去。

费莉西随后上楼来说:他要她的头发。

"剪吧!"药剂师答道。

因为她不敢动手,他就亲自拿着剪刀走上前去,他抖得这样厉害,结果在鬓角的皮肤上开了几个口子。最后,奥默狠下心来,大手大脚随便剪了两刀,剪得漂亮的黑头发里露出了几块白肉。

药剂师和神甫又重新争论起来,争争睡睡,睡醒了又互相责怪。于是布尼贤先生在房间里洒他的圣水,奥默拿漂白药水洒在地上。

费莉西想得周到,在柜子上放了一瓶烧酒,一块干酪,一大块蛋糕。到早晨四点钟,药剂师挺不住了,叹口气说:

"说老实话,我很喜欢吃点东西。"

不必等人请神甫做了弥撒就会回来;他们两人有吃有喝,有说有笑,不知怎么搞的,人家是乐极生悲,他们却是悲去喜来了;喝到最后一杯,神甫竟拍着药剂师的肩膀说:

"我们总会不打不成相识的!"

他们在楼下门厅里碰见工人来了。于是夏尔在两个小时之内,不得不忍受铁锤敲棺材板的折磨。后来他们把她放进橡木棺材,再把小号棺材放进中号,中号放进大号。因为太大,棺材中间不得不塞进垫褥子的羊毛绒。最后,等到三副棺木都刨好,钉好,焊好了,就把灵柩抬到门口;屋门大开,荣镇人开始涌来了。

卢奥老爹一到,在广场看见办丧事的黑布,就昏了过去。

十

他在艾玛死后三十六小时才得到药剂师的信。奥默先生担心老人家的感情受不了,把信写得含含糊糊,叫人不知道是怎么回事。

老人家开头好像中了风一样倒了下去。后来又以为她没有死。但也可能死了……最后,他穿上罩衣,戴上帽子,给鞋子装上马刺,马不停蹄地走了。一路上卢奥老爹不停地喘气,心急如焚。有一次,他甚至不得不下马来。他什么也看不见,只听见四周都是声音,他觉得自己要疯了。

天亮时,他一眼看到三只黑母鸡睡在树上,这个不祥之兆吓得他打哆嗦。于是他向圣母许愿,要送教堂三件祭披,还要光着脚从贝尔托公墓一直走到瓦松镇的礼拜堂去。

他一到玛罗姆,就用双手围成喇叭状呼唤店家,肩膀一顶,撞开了店门,一下跳到荞麦袋前,把一瓶甜苹果酒倒进了马槽,然后又骑上他的小马,跑得马蹄迸出火星。

他心里想:不消说,她定会有救,医生定会有办法,这是肯定的。他又想起了人家讲过的起死回生的奇迹。

随后,她又好像死了。她就在他眼前,仰面躺在大路当中。他赶快拉住缰绳,幻影却又消失了。

到了坎康普瓦,他要给自己打气,连着喝了好几杯咖啡。

他又怀疑信上是不是写错了姓名。他摸摸衣袋找信,信摸到了,但他不敢打开来看。

他甚至猜想,这也许是"恶作剧",有人想要报复,或者是异想天开,要出出气;要不然,若她真个死了,父女会心心相印,息息相通的!但他没有感到!乡下还和平常一样：天是蓝的，树在摇摆，羊在走羊的路。他看见了荣镇；只见他伏在马背上，拼命地跑，拼命地打马，打得马肚带都滴血了。

等到他恢复了知觉，他又倒在包法利怀里，大声哭道：

"我的女儿！艾玛！我的孩子！你说……？"

包法利也啜泣着答道：

"我也不晓得，我也不晓得！这是天大的不幸！"

药剂师把他们两个分开。

"讲这些可怕的经过有什么用呢？我等等再告诉您吧。瞧，大家都来了。要沉得住气，管它呢！要想开一点！"

可怜的丈夫想要拿出丈夫气来，他翻来覆去地说：

"是……要挺得住！"

"好！"老人家也喊道，"我会挺得住的，哪怕天打雷劈，我送她也要送到头。"

钟声一响，一切准备稳妥，只等丧礼进行。

他们两个坐在圣坛的祷告席上，看着唱经班的三个歌手在他们面前不停地走来走去，唱着赞美诗。蛇管手使劲地吹。布尼贤先生全副盛装，尖声唱经；他对圣龛行礼如仪，高举双手，伸出胳膊。勒斯蒂布杜瓦拿着鲸骨杖，在教堂里转来转去；灵柩停在经桌旁边，四行蜡烛中间。夏尔老想站起来把蜡烛吹灭。

然而他也想激起自己对宗教的虔诚信仰，希望来生还可再见到他。他又幻想她是没死出远门了，已经去了好久。但当他意识到她就在棺材里，一切都已落空，而且马上就要下葬，他就伤心绝望，感到一片黑暗，难过得要撒野了。有时他以为自己麻木不仁，这样反而倒舒服些，但又责怪自己于心何忍。

忽然听见石板地上响起了铁皮木棍的嗒嗒声。响声从教堂里面传出来，到了侧殿突然停住。一个穿着褐色粗呢短外套的男人吃力地跪下。原来是金狮旅店的伙计伊波利特,他装上了艾玛送他的假腿。

一个唱经班的歌手围着正殿走了一圈,请求大家布施,于是大铜板一个接着一个扔进了银盘子。

"快点走开!我不好受!"包法利喊道,一面生气地把一个五法郎的钱币丢给了他。

歌手对他行了一个礼,表示感谢。

大家又是唱又是跳,又站起来,这一套搞个没完没了!他记得初来的时候,有一回和艾玛同来做弥撒,就坐在对面,右手墙边上。钟声又响了。大家把椅子挪开。抬棺材的人把三根木杠放在灵柩底下,把棺木抬出了教堂。

朱斯坦这时已经来到在药房门口。他脸色惨白,站立不稳,马上又进去了。

大家都在窗口看出殡。夏尔打头,他挺直了腰身。他装出男子汉大丈夫的模样,对那些从街头巷尾出来参加送殡的人表示谢意。六个抬棺材的人,一边三个,走着小步,有点喘气。神甫,唱经班,还有儿童合唱队的两个孩子,一起朗诵《哀悼经》;他们的声音高低起伏,传到了野外。有时他们一拐弯,走上小路,看不见了;只有银质的大十字架总是举得高高的,掠过了树梢头。

妇女披着黑色斗篷跟在后面,戴着垂边的风帽;她们手里拿了一枝点着的大蜡烛,夏尔听见翻来覆去的祈祷,看见前前后后的火光,闻到蜡烛的油味和道袍的汗味,觉得支持不住了。一阵清风吹来,吹绿了黑麦和油菜,吹得路边荆棘篱笆上的露珠颤抖。天边响起了各种生气勃勃的声音:车轮在远处的车辙中滚动的咔嗒声,公鸡没完没了的咯咯啼声,或者小马蹦蹦跳跳跑到苹果树下的笃笃声。纯净的天空飘浮着几片斑斓的玫瑰色云彩;淡蓝的烛光落在五彩光环笼罩的茅屋上;夏尔走过的时候,认出了这些院落。他记得有几个这样的早晨,他在这些院落里看完了病出来,就回到艾玛身边去。

黑色棺罩上星罗棋布地装饰着泪珠般的白点,时时刻刻风会掀起罩布,露出棺木来。抬棺材的人走累了,就慢走点,于是棺木一颠一颠,好像迎风破浪、上下颠簸的小船。

总算到了。

男人继续往下去,走到一块草地上,那里挖好了一个墓穴。

大家在墓穴周围站。在神甫讲话的时候,挖墓穴时抛上来的红土毫不惹人注意,不断地从四个角落溜了下去。

然后,等到四条粗绳摆好之后,就把棺木放在上面。夏尔看着棺木吊下墓穴。棺木一直往下吊。

最后,听到一声碰撞,四条绳子又嘎吱嘎吱地拉了上来。于是,布尼贤拿起勒斯蒂布杜瓦递给他的铁铲;他右手还在洒圣水,左手却使劲推下了一大铲土;石头碰在棺木上,一声巨响,仿佛是永不消逝的回响。

神甫把圣水壶递给他旁边的人。奥默先生站在神甫的旁边,他郑重其事地摇了摇圣水壶,然后递给夏尔;夏尔跪在土里,抓起大把的土往墓穴里扔,一面喊道:"永别了!"他向她送飞吻;他向墓穴爬去,要和她埋葬在一起。

人家把他拉开;他不久也就平静下来,说不定和大家一样,模模糊糊地感到一块石头下了地,反倒心安理得。

卢奥老爹送葬回来,也平静地吸起了烟斗;奥默看了,心里觉得很不顺眼。他同时还注意到,比内先生没来送殡,杜瓦施听了弥撒就"溜掉了",公证人的佣人特奥多居然穿了一套蓝色的衣服,"这成什么体统仿佛找不到一套合适的送葬的黑衣服似的,真是见鬼!"他把这些想法从东传播到西。大家都惋惜艾玛的死,尤其是勒合,他也不错过送葬的机会。

"这个可怜的女人!她的丈夫多么痛苦!"

药剂师接着说：

"要不是我，你知道吗？他恐怕早就放任自己，走上自杀的道路了！"

"一个这样好的女人！说来叫人难以相信，我上星期六还在店里见到她呢！"

"可惜我没有时间，"奥默说，"不能在她坟上讲几句话。"

回到家里，夏尔脱掉丧服，卢奥老爹烫了他的蓝色罩衣。罩衣是新做的，因为他一路总用袖子擦眼睛，衣服的颜色掉到脸上。他的眼泪流湿了脸上的尘土，留下了一道道泪痕，把新罩衣也弄脏了。

包法利奶奶他们三个人在一起，谁也不说话。最后还是老爹叹了一口气说：

"你记得吗，我的朋友，有一回我去托特，你的头一个媳妇刚去世。那个时候我还可以安慰你！我还有话好说。可是现在……"

于是他啜泣起来，哭得胸脯一起一伏：

"啊！这真要我的命，你看！我看到我的女人去世……后来是我的儿子……今天又是我的女儿！"

他要马上回贝尔托去，说是在这屋子里睡不着觉。他连他的外孙女也不愿看一眼。

"算了！算了！看到她我更难过。还是你替我吻吻她吧！再见！……你是一个好男子汉！再说，我永远也不会忘记，"他说时拍拍屁股，"不用担心！我总会送火鸡来的。"

但是等他到了坡上，却又转过身子，就像当年在圣·维克多路上和艾玛分别时一样。荣镇的窗户沐浴在草原上的落日斜晖中，仿佛着了火一般。他把用手遮住耀眼的阳光；他看见前面有一道围墙，墙内有一堆堆树木，有如一束束黑花，开放在白石墓碑之间。于是他又继续赶路，小马只能小跑，因为它已经跛脚了。

夏尔和他的母亲虽然累了，晚上还在一起谈了很久。他们谈到过去的日子，谈到将来。她要搬到荣镇来住,帮他管家,他们不再分开了。她很机灵,又很疼爱儿子,对于失而复得的母子之情,内心感到非常高兴。夜半钟声响了。荣镇像平常一样,静悄悄的,夏尔总睡不着,一直在想艾玛。

罗多夫为了消磨时间,除了打猎就是睡觉;莱昂在城里也睡得不错。

这时,偏偏还有一个人睡不着。

在松林间的墓地里,一个小伙子跪着,哭得伤心,他的胸脯给呜咽撕碎了,在暗中一起一伏,无穷的悔恨压在他心上,像月光一样轻,像黑夜一样深。栅栏门忽然嘎吱响了。那是勒斯蒂布杜瓦来找他丢在墓地里的铁铲。他认出了朱斯坦在爬墙,于是心中暗喜,以为抓到了偷他土豆的人。

十一

夏尔第二天把孩子接回来。她问妈妈呢?别人告诉她出去了,会带玩具给她。贝尔特还问过好几次,孩子无忧无虑,日子久也就不再想了,反倒使夏尔心里不好受,但他却不得不忍受药剂师唠唠叨叨的慰问。

不久,勒合先生又要他的朋友万萨尔出面讨债。夏尔宁可答应付高得吓人的利息,也不肯变卖一件属于他妻子的家具。他完全变了一个,把他的母亲气坏了,他却比母亲气还大。她只好丢下家不管。

于是每个人都来占便宜。朗珀蕾小姐来讨六个月的学费,虽然艾玛从来没上过一次钢琴课,但是她们两人串通好了,出了一张收据给包法利看;租书人来讨三个月的租书费;罗勒嫂子来讨二十来封信的寄费,夏尔要她讲清寄给谁了,她倒很诚实地答道:

“啊!我怎么知道呢!这是她的事呀!”

夏尔每次还债,都以为一了百了。怎会知道旧债刚了新债来,永远没有个完。

他向人家要以前看病的欠账。人家拿出他夫人的信来。于是他反倒不得不赔礼道歉。

费莉西现在穿起太太的衣服来了；自然不是全部，因为他留下了几件，放在她的梳洗室里，时常关起门来，在室内见物如见人；费莉西和太太个子差不多；有时夏尔看见她的背影，居然产生错觉，大声喊道：

"喂！不要走！不要走！"

但是到了圣灵降临节，她却溜之大吉，同特奥多远离开了荣镇，并且把衣橱里剩下的衣物偷得一干二净。

也在这个时期，寡居的杜普伊夫人送给他一张喜帖，上面说："她的儿子、伊夫托的公证人莱昂·杜普伊先生，将和邦德镇的莱奥卡蒂·勒伯夫小姐结婚。"夏尔写信表示祝贺，并且加了这么一句：

"如果我可怜的妻子还活着，那她会多么高兴呵！"

一天，他在房子里闲着没事，在到阁楼上，一直便觉得鞋子底下踩到便了一个揉成一团的小纸球。他打开一看："鼓起你的勇气，艾玛！鼓足你的勇气！我不愿意毁坏你的一生。"这是罗多夫的来信,从箱子夹缝里掉到地上,天窗一开,风刚把纸吹到门口。于是夏尔动也不动,目瞪口呆地站在艾玛原来站过的地方,不过她当时比他现在更加面无血色,心灰意冷,巴不得死了倒好。最后,他在第二页信底下看到一个"罗"字。这是什么意思?他记起了罗多夫对她献过殷勤,忽然不再来了,后来碰到过他两三次,他却显得拘束。但是来信敬重的口气又使他产生了错觉。

"说不定他们是精神恋爱,"他心里想。

再说,夏尔不是那种追根问底的人;在证据面前反而畏畏缩缩,他的妒忌似有似无,已经消失在无边无际的痛苦中了。

他想,人家是爱慕。哪个男人不想得到她呢?于是他觉得她更美;他的欲望更是绵绵不断,如醉如狂,无穷无尽,然起了他心中的绝望情绪,因为他的欲望现在是不可能满足的了。

为了讨死者的欢喜,他尊重她生前的爱好和想法;他买了一双漆皮鞋,系上一条白领带。他在胡子上涂发油,他学她签票据。她想不到死后影响反而更大。

他不得不把银器一件一件卖掉,然后又把每间房子和家具都统统卖掉。只剩下卧室和她的房间,还和她生前一模一样。吃过晚餐,夏尔上楼来。他把圆桌推到壁炉前,又把她坐过的安乐椅拉到面前。他坐在对面。金黄的烛台上点着一支蜡烛。贝尔特在他身边,在版画上涂颜色。

看见她穿得不像样,父亲感到很难过,高帮靴没有靴带,罩衫接袖处脱了线,一直破得露出了屁股,因为女佣人不把这当一回事。但是她很温顺,很乖,小脑袋一歪,金黄的头发遮在粉红的小脸上,非常可爱。他感到喜不自胜,不过欢喜中掺杂了几分忧伤,就像酿坏了的酒闻起来有松香味一样。他为她修理玩具,把硬纸板做成玩偶,或者缝补囡囡破了的肚皮。然后,要是他一眼看见了针线盒,或者是拖在桌上的丝带,甚至是落在桌缝里的针,他就会浮想联翩,神情忧伤,感染得她也忧伤起来。

现在,没有人来看他们了,药剂师的孩子们越来越少见,因为朱斯坦已跑到卢昂当了一家杂货店的伙计,奥默先生考虑到他们两家的社会地位不同,也不在乎密切的关系能否维持下去。

瞎子的病不是消炎膏治得好的,他又回到吉约姆树林山坡下,逢人就讲药剂师的膏药不管用,讲得奥默先生进城的时候,不得不躲在燕子号班车的窗帘后面,免得和冤家狭路相逢。他心里恨透了瞎子;为了自己的名誉起见,他使出了浑身的法术,要用暗箭伤人,必欲置之死地而后快,可见他的城府之深,心肠之狠。可以接连六个月在《卢昂灯塔》上读到这样的花边评论:

"无论哪一个到土地肥沃的庇卡底去的人,不会不在吉约姆树林山坡下看到一个满脸疮疤的叫花子。他缠住你不放,逼得你没办法,简直是要旅客留下买路钱来。难道我们现在还是中世纪的野蛮年代,可以在光天化日之下展示亡命之徒从东方带回来的麻风和癫疮?"

或者是:

"虽然法律明文规定,不得流浪乞讨,但是我们大城市的近郊,还是不断受到成群结队的乞丐骚扰。我们有时也可以看到他们单独行动,但这并不是说,他们就不成其为危险人物了。我们的市政当局对此做何感想呢?"

然后,奥默还凭空捏造了一些消息:

"昨天,在吉约姆树林山坡下,一匹马突然受惊……"

接着,他就编了一段瞎子造成的事故。

他的手段这样高明,结果官府把瞎子关了起来。但是没有确凿的证据,只好又把瞎子放了。瞎子重操旧业,奥默也就故伎重演。这是一场斗争。最后奥默大获全胜；因为他的对手被判终身监禁，关在收容所里。

这场胜利使他更加胆大。从这时起，不管是区里压死一条狗，烧了一个仓库，或者殴打一个女人，他不知道则已，一知道就公之于世，表现他对进步的热爱，对神甫的憎恨。他对初级小学和兄弟会主办的扫盲学校做了比较，肆意攻击教会学校，看见教堂得到一百法郎津贴，就提起旧教徒对新教徒大屠杀的惨案。他还指出流弊，挖苦教会。这是他的拿手好戏。奥默知道：他成了危险人物。

但他觉得报纸范围太小，不能施展雄才大略，他需要的是书，是大部有名著作！于是他编了一本《荣镇统计大全，附气候志》，统计又把他推向哲学。他研究起大问题来：社会问题，贫穷阶层的教化，鱼类养殖，橡胶种植，铁路交通等等。他还觉得做个市侩太难为情，于是模仿艺术家的派头，吸起烟来！他买了两座"流行"的蓬帕杜夫人式的小雕像冒充风雅，装饰他的客厅。

他并没有放弃药房；恰恰相反，他对新的发现一点也不放过。他紧跟提倡吃巧克力的伟大运动。他是头一个把"可可"和"补力多"引进到塞纳河下游州的人。他热爱皮韦马谢发明的水电医疗链，他自己身上就绑了一条；一到晚上，他脱下法兰绒背心，奥默太太立刻眼花缭乱，看不见自己的丈夫，只见他身上金光闪闪的螺旋形链条，比古代蛮夷身上缠的金线还更长，比东方王爷的装束还更光彩夺目，她不由不对他更加钦佩得五体投地。

他对艾玛的坟墓也有好多点子。他先提出半截石柱加个帷幔，然后是金字塔，再后是圆亭式的灶神庙……或者是"一堆废墟"。而在所有的设计中，奥默咬住不放的是一株垂柳，他认为这是忧郁必不可少的象征。

夏尔和他一同到卢昂去，找一个承办雕刻墓碑的人，同去的还有一个画家，名叫活夫里拉，是布里杜的朋友，一路上说说笑笑，妙语如珠。夏尔看了一百来个图样，要了一份估价单，最后又第二次来到卢昂，决定采用陵墓式的石碑，正反两面都刻"一个守护神,手里蜷着熄灭了的火炬"。

奥默认为碑上刻的字最好不过是:"行人止步",连自己到此止步了;他再挖空心思,翻来覆去地说:"行人止步"……忽然想:"不要惊动美人!"结果就被采用了。

说也奇怪,包法利不断地思念艾玛,她的形象却悄悄地从他的记忆中溜走,不管他怎样竭力要留住她,他还是非常遗憾地把她淡忘了。然而,他每天夜里都梦见她,总是同样的梦;他走到她身边;但当他要拥抱她的时候,她却在他怀里成了行尸走肉。

有一个星期,大家看见他每天晚上去教堂。布尼贤先生甚至还来看过他两三次,随后就不来了。据奥默说,这个老神甫越来越不能容人,越来越狂热;他破口大骂时代精神,每半个月讲一次道,总要讲起伏尔泰吃粪而死的痛苦,这是家喻户晓的事。

尽管包法利过着节衣缩食的日子,但要还清旧债,总是相差太远。勒合的借票不肯再延期。扣押财产迫在目前。于是他不得不向母亲求助;母亲答应拿她的财产作抵押,但在信上尖嘴薄舌地数落了艾玛一通;作为抵押财产的回报,她只要一条费莉西劫后残存的披巾。夏尔居然不肯给她。母子又闹翻了。

母亲带头让步,想要挽回局面,提出要把孙女接去,给她做伴。夏尔答应了。但到了临走时,他怎么也不忍心。于是这一回彻底闹翻了,甚至没有挽回的余地。

随着亲友关系的淡薄,他对女儿的感情也越来越专一了。偏偏她又不能让他放心,因为她有时候咳嗽,脸上还有红斑。

他对面的药剂师一家却显得兴旺发达,称心如意,世上的事件件得到满足。拿破仑帮他配药,阿达莉给他绣希腊小帽,伊尔玛剪圆纸板盖果酱缸,富兰克林能一口气背出九九表来。他是最幸福的父亲,运气最佳的人。

不对! 他的雄心壮志在默默地啃蚀着他的心:奥默想得到十字勋章。其实,他的名声并不算小：

第一，霍乱流行时期，因为无限忠诚受到表扬；第二，自费出版各种公益作品，例如……（他提到《酿造苹果酒》的论文；送法兰西学院的绒毛蚜虫报告；《统计大全》，甚至他考药剂师资格的论文）；还不提好几个学术团体的会员资格（其实他只参加了一个）。

"说到底，"他打了一个转身，高声说道，"就凭救火这一件事，我也该受到表扬呀！"

于是奥默对有权有势的人物低头哈腰。他在选举时不出头露面，却帮了州长的大忙。他最后卖身投靠，辱没人格。他甚至给国王写了一封请愿书，求他"主持公道"；他称呼他为"我们的好国王"，并且把他比做亨利四世。

每天清晨，药剂师急着看报，想看到他的提名，但是他的大名老不出现。最后，他等不极，就把花园里一块草地剪成宝星勋章的形状，还把上方两行草搞成绶带模样。他两臂交叉，在草地周围转来转去，心里默念政府有眼不识泰山，世人忘恩负义。

由于尊重死者，或者是由于一种于心不忍的感情，夏尔从来没有打开过艾玛生前常用的那张红木书桌的抽屉。一天，他坐在桌前，到底转了一下钥匙，打开了弹簧锁。莱昂的情书全都出现在他的眼底下。这一次，不能再睁开眼睛做瞎子了！他迫不及待地一直看到最后一封信，搜遍了各个角落，每件家具，全部抽屉，躲在墙后面，又是啜泣，又是号叫，丧魂失魄，简直疯了。他找到一个盒子，一脚踢个头通底落。情书散了一地，中间有张罗多夫的画像，赫然在目。

大家奇怪他怎么这样心灰意懒。他出门不见人什么人也不想看。于是大家以为他在"关起门来喝酒"。

有时，想知道人踮起脚来，从花园的篱笆上头向里一望，就会大出意外地看到一个衣着表情不讲究的男人，在一边走，一边放声大哭。

夏尔晚上，他牵着小女儿到墓地去。他们到天黑才回家，广场上除了比内的天窗以外，没有灯光。

然而他的痛苦感并没有人分担，未免显得美中不足；他去看过勒方苏瓦大娘，想谈谈"她"。但旅店老板娘一只耳朵进，另一只耳朵出。她和他一样，也有自己的烦恼，因为勒合先生到底也开了一家"便利经商"的车行，而伊韦尔因为办事得力，有口皆碑，又要求额外增加薪水，否则，他就威胁要"改换门庭"了。

一天，夏尔到阿格伊市场去卖马——这是他山穷水尽，最后一着了——碰到了罗多夫。

冤家碰头，脸都白了。罗多夫在艾玛下葬时只送来了一张名片，所以一开头就含含糊糊地道歉，后来居然胆大脸厚，(那时正是八月，天气很热)请他到小酒店去喝酒。

罗多夫坐在夏尔对面，胳膊肘放在桌上，一边嚼雪茄烟，一边聊天；夏尔面对着这张她爱过的脸孔，茫然若失，浮想联翩。他似乎又见到了她的一部分。说来令人叫绝，他恨不得自己是罗多夫才好。

罗多夫继续谈农业之事，找些无聊的话来填空补缺，唯恐漏出一点私情来。夏尔并不听他的；罗多夫也看得出，他一见对方面部的表情，就找得到回忆的踪迹。夏尔的脸渐渐涨红了，鼻孔震颤得越来越快，嘴唇哆嗦得越来越厉害；有一阵子，他阴沉的脸孔充满了愤怒，眼睛死盯着罗多夫，吓得他话也不敢说。还好，没用多久，他脸上又恢复了那种心灰意懒、死气沉沉的表情。

"我不怪你，"他说。

罗多夫一言不发。

夏尔双手抱头，用有气无力的声音，用万分痛苦、无可奈何的语调接着说：

"不是,我现在不怪你了!"

他又加了一句,这是他一生中唯一的豪言壮语:

"一切都要怪命!"

罗多夫这个命运的主宰,看见他到了这步田地还说这种话,未免窝囊得让人想笑,甚至有点可耻。

第二天,夏尔走到花棚下,坐在长凳上。阳光从格子里照进来;葡萄叶在沙地上画下了阴影,茉莉花散发出芳香,天空是蔚蓝的,斑蝥围着百合花嗡嗡叫,夏尔仿佛返老还童,忧伤的心里泛滥着朦胧的春情,简直压得他喘不出气来。

七点钟,一下午没见到他的小贝尔特来找他吃晚餐。

他仰着头,靠着墙,眼睛闭着,嘴巴张开,手里拿着一股长长的黑头发。

"爸爸,来呀!"她说。

以为他是在骗他,她轻轻地推了他一下,他却倒到地上。原来他已经死了。

三十六小时后,应药剂师的邀请,卡尼韦先生赶来了。他解剖后,看不出什么病。

财产卖完之后,只剩下十二法郎七十五生丁,给包法利小姐做路费,投靠老祖母去。老奶奶当年也死了,卢奥老爹已经瘫痪,只好由一个远房姨妈收养。姨妈家里穷,为了谋生,就把她送到纱厂去做童工。

自从包法利死后,接连有三个医生到荣镇来,但都站不住脚,不久就给奥默先生挤垮了。他的主顾多得吓人,当局不敢得罪他,舆论包庇他。

他到底得到了十字勋章。